RuNyx es una autora superventas cuyos libros se han colocado en la lista de más vendidos de *USA Today* y Amazon. Le encanta crear universos literarios y, después, prenderles fuego.

Síguela en redes:

@ authorrunyx

 authorrunyx

Papel certificado por el Forest Stewardship Council®

MIXTO
Papel
FSC® C117695

Penguin
Random House
Grupo Editorial

Título original: *The Emperor*

Primera edición en B de Bolsillo: abril de 2026

© 2021, RuNyx
© 2025, 2026, Penguin Random House Grupo Editorial, S. A. U.
Travessera de Gràcia, 47-49. 08021 Barcelona
© 2025, Jesús Jiménez Cañadas, por la traducción
Diseño de la cubierta: Adaptación de la cubierta original de Nelly R. /
Penguin Random House Grupo Editorial

Printed in Spain – Impreso en España

ISBN: 979-13-87652-57-9
Depósito legal: B-2.534-2026

Compuesto en El Taller del Llibre, S. L.
Impreso en Liberdúplex
Sant Llorenç d'Hortons (Barcelona)

BB 5 2 5 7 9

El Emperador
Dark Verse 3

RUNYX

Traducción de Jesús Jiménez Cañadas

Para todos los supervivientes.
Ya llevéis cicatrices en la piel o en el alma,
ya hayáis visto lo peor de la humanidad
o luchado contra el peor de los destinos.
Seguís aquí.
Esto es para vosotros

NOTA DE LA AUTORA

Este es el tercer volumen de la serie *Dark Verse*, y si bien trata de una única pareja y su relación a lo largo de muchos años, en él se mencionan personajes y acontecimientos de los dos libros anteriores. Si no habéis leído *El cazador* y *La tormenta*, os recomendaría encarecidamente que lo hicierais para disfrutar de una experiencia lectora al completo.

Si habéis leído los dos primeros libros, creo que hay que mencionar que este se vuelve mucho más oscuro. Esta novela tiene escenas tanto de violencia explícita como de naturaleza sexual. También hay un par de advertencias de contenido delicado que creo que es justo mencionar en caso de que estos temas os resulten difíciles de digerir: ataques de pánico, síndrome de estrés postraumático, agresiones sexuales contra menores, violencia contra menores, asesinato, violación, tortura, esclavitud y tráfico de personas.

Si alguno de estos temas os causa incomodidad, no sigáis leyendo. Vuestra salud mental es lo más importante, y si cualquier punto de los anteriores os afecta negativamente, os pido que paréis. En cambio, si proseguís con la lectura, espero de todo corazón que disfrutéis del viaje.

Gracias.

LISTA DE REPRODUCCIÓN

La banda sonora de Dante y Amara.

PRÓLOGO

La casa era vieja. La mañana estaba fría. Y las historias se habían contado. Aunque jamás había sido en voz lo suficientemente alta como para llegar a oídos de quien pudiese ayudar.

El hombre se encontraba junto al árbol; un árbol desde el que llevaba más de dos semanas vigilando la casa. Aquella edificación solitaria, rodeada de tierra y niebla, ya era bastante espeluznante por sí sola. Con bosques a su espalda, el río a poco más de un kilómetro y la carretera más cercana a tres, era verdaderamente un nido de pesadillas. Desde fuera se parecía a una que el hombre había conocido en su día, una casa de paredes escuálidas y destartaladas que jamás conseguían silenciar los gritos. La piedra envolvía la podredumbre del interior.

A primera hora de la mañana, el hombre vio al chico junto a la ventana. Los ojos curiosos del chaval intentaban encontrar algo en medio de la densa bruma. El hombre sabía que, si descubrían al niño, este se llevaría un castigo severo. Sin embargo, era valiente, o quizá estaba desesperado. El hombre no sabía cuál de las dos.

Probablemente debería sentirse mal por aprovecharse de él, pero no fue así. Encendió el mechero que tenía en la mano y lo alzó para hacerle una señal. Vio cómo esos pequeños ojos se fijaron en su brazo. El chico se apresuró a mirar hacia atrás para asegurarse de que no venía nadie y, tras haberlo comprobado, asintió dos veces. Dos asentimientos lentos y precisos, por si acaso el hombre no se fijaba en el gesto. Ya con la respuesta que había venido a buscar, el hombre bajó el brazo. Aquel mierdecilla valiente había resultado de más ayuda de lo que había esperado.

El niño se apartó de la ventana y se perdió en el interior de la habitación. El hombre esperaba que no acabase muerto. Que ninguno de ellos muriese antes de que los descubriesen. Sería una lástima.

Dado que ya tenía la respuesta que había esperado, retrocedió, se internó en la bruma de la que había surgido y desapareció de la vista.

No estaban listos.

Ninguno lo estaba.

PARTE I

BRISA

A la mitad del viaje de nuestra vida, me encontré en una selva oscura por haberme apartado del camino recto.

DANTE ALIGHIERI, *Infierno*

1

Amara

Diez años

Se estaban *besando*.

Con ojos desorbitados, Amara contemplaba desde detrás del árbol al hijo del señor Maroni y a la chica guapa del pelo rosa, ambos con las bocas unidas. La chica *tenía el pelo rosa*. Amara jamás había visto a nadie con el pelo rosa. Ladeó la cabeza e intentó ver qué hacían. Ya había visto cómo se besaban los héroes y las heroínas de las películas, pero jamás lo había presenciado en la vida real. Dado que su padre ya no estaba con su madre y con ella, tampoco los había visto besarse.

«Un momento, ¿se están mordiendo los labios? Puaj».

Con la nariz arrugada, Amara se pasó la lengua por los labios para comprobar qué se sentía. Húmedo. Asqueroso. Puso una mueca y siguió mirando, intentando comprender con su mente ingenua qué era lo que disfrutaban tanto. Tampoco era que hubiese ido a espiarlos. En absoluto. Había estado dando un paseo por los bosques (cosa que *no* debería haber hecho sola de ninguna de las maneras) y de pronto se topó con un pequeño cobertizo. Por curiosidad, se acercó a mirar, y se escondió tras un árbol tras ver al hijo del señor Maroni y a la chica.

La chica era de *fuera* del complejo.

Amara era joven, pero conocía las reglas lo suficiente como para saber que no se permitía la entrada al complejo a la gente de fuera. Era una palabra que había aprendido la semana pasada: complejo. «Com-ple-jo». Allí era donde vivían. A ella le permitían estar allí porque su madre trabajaba en la casa grande en lo alto de la colina. Sin embargo, aquella chica de fuera no podía entrar. Amara podría avisarlos. Pero ¿por qué iba a hacerlo? Quizá tenían permiso. A fin de cuentas estaba con el hijo del señor Maroni. Y se estaban besando otra vez. ¿No se cansaban? Después de los primeros segundos parecía muy *aburrido*.

Harta del espectáculo, Amara decidió volver a casa, porque ya era bastante tarde. El sol casi se había puesto y el cielo estaba a punto de oscurecerse. Sin luz, los bosques daban miedo. Además, se suponía que no podía deambular por el complejo después de las seis de la tarde. Se iba a meter en problemas. Con eso en mente, empezó a correr a pasos cortos hacia el lugar donde acababan los bosques y empezaban los edificios. El cielo se oscurecía, y Amara jadeaba, cada vez más asustada. No le gustaba la oscuridad. No debería haberse quedado fuera hasta tan tarde. Su pequeño cuerpo empezó a estremecerse al llegar a la linde del bosque. Fue ahí donde tropezó y cayó de bruces.

«Ay, qué dolor».

Amara se miró la rodilla por debajo del dobladillo de la falda. Se había hecho un moretón que le palpitaba. Se encogió. Su madre siempre decía que tenía un umbral del dolor muy bajo. Eso significaba que sentía más dolor de lo normal cada vez que se hacía daño. Umbral también era una palabra nueva para ella. «Um-bral», se repitió para sus adentros. Una gota de sangre le brotó de la rodilla. Sintió náuseas y alzó la cabeza hacia el cielo oscuro para no verla.

—¿Quién anda ahí? —se oyó una voz masculina desde lejos, lo cual le recordó que tenía que volver a toda prisa a casa. No debía estar en los terrenos después del anochecer, sobre todo en aquella parte del complejo.

Se puso en pie, aunque notaba débil la rodilla herida y fue a la carrera hasta el edificio donde vivía con su madre. Al bajar la ladera que llevaba hasta su casa, sin dejar de notar la palpitación en la pierna, Amara sintió que odiaba los terrenos de los Maroni. ¿Por qué tenía que ser tan grande aquel lugar? ¿Por qué tenía que estar en una montaña? Era difícil subir y bajar una ladera.

—¿Otra vez escabulléndote a hurtadillas, Mara? —la voz de un chico, que sonó a su espalda, la sobresaltó.

Amara casi volvió a caerse de culo. Apenas consiguió mantener el equilibrio y frenó en seco para saludar a Vin. Era su mejor amigo. Su único amigo, de hecho. Y, por algún motivo, también era incapaz de pronunciar bien su nombre. Siempre la había llamado «Mara».

—¡Vinnie! ¿Qué haces espiando? —preguntó. Vin solo era un año mayor que ella, cosa que él siempre le recordaba. También deambulaba por ahí, aunque se suponía que no debía hacerlo.

Vin se acercó a ella. Era apenas dos centímetros más bajo. A Amara le gustaba chincharlo por su estatura, pero entonces Vin le recordaba que crecería mucho en los próximos años y ella seguiría siendo bajita. Uf, cómo la enfadaba.

—Estaba entrenando —dijo él en tono quedo. La agarró del brazo para ayudarla y echó a andar colina abajo.

Bueno, cuando se portaba bien no era tan molesto.

—¿Y cómo entrenas? —le preguntó por centésima vez, con una curiosidad genuina.

Vin había empezado a «entrenar», o lo que fuera, hacía apenas una semana, el día después de su undécimo cumpleaños. Amara sabía que eso de los entrenamientos tenía que ver con los pistolones que había visto que llevaban los guardias, pero nada más. Y, por más veces que le había preguntado a su amigo en qué consistían, este se había negado a contárselo.

Él se encogió de hombros y lanzó una mirada de soslayo hacia el oscurecido edificio de entrenamientos, de donde había salido. Amara lo vio en la lejanía. Otro chaval bajaba cojeando la ladera, pero en dirección opuesta, hacia el lago. El chico nuevo. Aunque llevaba allí desde que Amara podía recordar, todos lo llamaban «chico nuevo». Jamás habían cruzado una palabra, pero dado el modo en que los demás hablaban de él, Amara sabía que era peligroso.

—¿Has hablado con el chico nuevo? —no pudo evitar preguntar.

—Lleva aquí cinco años, Mara —le recordó Vin—. Ya no es nuevo.

—Ya lo sé. —Pasó por encima de una piedra. Casi habían llegado a casa—. Es que todo el mundo lo llama así.

La luz del edificio iluminó el cabello oscuro y lacio de Vin, así como sus ojos oscuros y sus paletas ligeramente torcidas.

—El nuevo no habla con nadie. Los chicos no entrenan con él.

—Él también es un chico —señaló Amara al tiempo que subía las escaleras frontales.

Vin negó con la cabeza. Le osciló el flequillo que le caía sobre la frente.

—No es como nosotros. No te acerques a él, ¿de acuerdo?

Amara contempló el lago en la lejanía. Jamás había estado en aquella parte del complejo. Si pensaba en el chico malhumorado que vivía allí, se le quitaban las ganas de ir. Ya en el descansillo del enorme edificio donde vivían tanto ella como Vin, ella en la planta baja y Vin en el tercer piso, lo detuvo, emocionada por compartir con él el descubrimiento que había hecho aquel día.

—Hoy he encontrado un cobertizo en los bosques —le dijo, intentando mantener la voz baja para que nadie la oyese.

Vin, que había estado contemplando las estrellas, la miró con ojos desorbitados.

—¿Has ido sola? ¿Estás *loca*?

—¡Calla! —Miró en derredor, con miedo a que algún mayor le oyese. Si su madre se enteraba, la iba a castigar. *Odiaba* quedarse en casa castigada. Tras un segundo, dado que no vino nadie, se relajó un poco.

—Los bosques son peligrosos —le recordó Vin con voz suave. Era algo que los adultos les decían a todos los niños: «No vayas a los bosques».

Amara puso los ojos en blanco.

—No me he adentrado mucho.

—Pero...

—¡Ay! —exclamó Amara, enojada, y le dio un puñetazo en el brazo para que se callase—. No estaba sola. El hijo del señor Maroni estaba también por allí. Con una chica —susurró al recordar la emoción de entrar en los bosques y toparse con los dos adolescentes.

Vin parpadeó y sus ojos se agrandaron de entusiasmo.

—¿Con una chica? ¿De fuera?

Amara asintió y esbozó una sonrisa. Vin soltó un silbido. O lo intentó. Practicaba a diario.

—Estaban *besándose* —le informó Amara con voz aún más baja—. ¡Besándose! ¿Te lo imaginas? ¡Besándose con una chica de fuera!

Vin se tironeó del cuello de la camiseta y miró a la puerta de entrada con aspecto incómodo.

—Qué guay.

Amara sonrió.

—¿Te estás sonrojando?

La cara rechoncha de Vin se ruborizó aún más.

—Claro que no.

Amara se echó a reír, le dio un leve codazo y fue cojeando hasta la puerta. Ma siempre le decía que no pusiese incómoda a la gente. Aunque Vin era su mejor amigo, se veía que lo estaba, así que Amara lo dejó estar.

—No vuelvas a ir sola a los bosques, ¿vale? —le dijo, y entró en el edificio tras ella.

Amara fue derecha a su puerta y le sonrió.

—Buenas noches, Vinnie.

Él negó con la cabeza y se dirigió a las escaleras. La conocía lo bastante bien como para saber que volvería a escabullirse. Amara lo vio de espaldas bajo las luces del pasillo y captó el moratón que tenía en la pierna bajo los pantalones cortos. Ya se le estaba poniendo de un color desagradable, pero Vin no cojeaba. No sabía en qué consistían los entrenamientos, pero no le gustaban. Ni un poquito.

Enojada ante la idea de que algo le hiciese daño a su amigo, abrió la puerta del apartamento y entró en el comedor tenuemente iluminado. Era tarde, y seguro que su madre ya estaba dormida, cansada por todo el trabajo que hacía durante el día. Era la jefa de empleados domésticos de la gran mansión. Había empezado como cocinera, pero a lo largo de los años había ascendido en el escalafón. Ahora gestionaba todo el personal de cocina, así como el de limpieza y jardinería. Y de este último había mucho, porque los terrenos eran enormes. Era uno de los puestos más altos entre los empleados; por eso tenía un apartamento encantador con tres grandes dormitorios, aunque fuera solo para su madre y ella. Su padre las había abandonado hacía años.

Amara lo recordaba a veces, pero siempre había querido más a su madre. Siempre que la tuviese sería feliz. Se dirigió al cuarto de baño junto al salón, donde estaba el botiquín de primeros auxilios, y encendió la luz.

—¿Dónde estabas, señorita?

Amara alzó la vista y miró a su madre, que era apenas unos centímetros más alta que ella. El cabello ondulado le caía sobre un hombro. La gente decía que se le parecía: los mismos ojos verde oscuro, el mismo pelo negro como la tinta, la misma piel bronceada.

—Estaba dando un paseo con Vin. —Amara le dijo aquella verdad a medias, a sabiendas de que su madre confiaba en él.

Ella negó con la cabeza y soltó un suspiro. Entonces sus ojos se posaron sobre la rodilla de Amara.

—Ay, Mumu, ¿qué te ha pasado? —preguntó, empleando aquel apodo que adoraba.

—Solo me he caído, mamá.

Se sentó en el asiento cerrado del inodoro, sabiendo ya que su madre se encargaría de limpiar la herida. Tal y como había supuesto, esta se apresuró a sacar el botiquín y se puso de rodillas. Se colocó los pies de Amara en el regazo.

—¿Te duele, Mumu? —preguntó en tono quedo.

Sí que le dolía, pero Amara negó con la cabeza. Después de que su padre las abandonase, ella se había convertido en el mundo entero de su madre, que sentía todos sus dolores, toda su felicidad, todo lo que ella misma experimentaba. Era su otra mejor amiga.

—¿Mamá? —Amara rompió el silencio mientras su madre le ponía una pomada sobre la herida. Se preguntaba si debería formular la pregunta que tenía en la cabeza.

—¿Hum? —Su madre empezó a dejar a un lado el botiquín.

—¿Conoces al hijo del señor Maroni? —preguntó al fin, mientras sentía un extraño calor en el rostro.

Su madre, con esos ojos tan parecidos a los suyos, centró la mirada en ella.

—¿El pequeño Damien?

Amara negó con la cabeza.

—No, al mayor.

—¿Dante?

Amara asintió, con el corazón al galope. Bajó de un salto del asiento y fue a su dormitorio. Su madre la siguió y fue apagando las luces tras ella. Amara se acercó a su armario y sacó el camisón de dormir. No le gustaba ponerse pantalones, ni cortos ni largos. Incluso para la escuela prefería llevar faldas y vestidos holgados.

—Claro que lo conozco —dijo su madre—. ¿Por qué?

Tomó asiento en la cama al tiempo que Amara se quedaba en ropa interior, unas bragas con bonitas flores azules, para luego ponerse el sencillo camisón de algodón.

—Nada, es que lo he visto hoy. —Intentó sonar despreocupada. Se metió en la cama y se sentó delante de ella—. Nunca hablas de él.

Sintió las manos de su madre en su largo cabello y echó la cabeza hacia atrás para que esta le hiciese las trenzas de por la noche. Trenzarse el pelo antes de dormir, le decía siempre su madre, dejaba el pelo bonito y saludable por la mañana. Que Amara recordase, su madre le había hecho trenzas todas las noches y a la mañana siguiente, su cabello siempre estaba bonito y ondulado.

—Es un buen chico —le dijo mientras trabajaba con las manos.

Amara solo lo había visto de lejos. Siempre había estado allí, pero nunca se había fijado en lo suave que parecía su cabello ni en lo alto que era ya. Sintió un aleteo en la barriga y se la restregó para espantarlo.

—¿Cuántos años tiene? —preguntó, tironeándose del dobladillo del camisón.

—Quince —dijo su madre—. El pobre perdió a su madre siendo muy pequeño. Desde entonces se ha ocupado de su hermano. Y el señor Maroni es un hombre… muy estricto.

Amara contempló la cómoda al otro lado del cuarto e imaginó cómo sería no tener madre. Supuso que no sería una sensación agradable. Los niños deberían tener siempre una, igual que la tenía ella. Bueno, Amara podía compartir la suya.

—Deberías prepararle algo dulce, mamá —comentó, paladeando la sabiduría de aquella idea—. Galletas. Las de chocolate. Sí, creo que algo así le gustaría.

Una vez hubo terminado con el cabello, su madre se apartó de la cama y dejó que Amara se acomodase. La tapó con las mantas y se las ajustó a los costados, tal y como a ella le gustaba. Esbozó una dulce sonrisa que le marcó un hoyuelo en la mejilla. Cómo le gustaría a Amara tener ese mismo hoyuelo. Vin le había dicho que le saldría uno si se clavaba el dedo en la mejilla. Hasta el momento no había funcionado.

—Muy considerado por tu parte, Mumu. —Le acarició la mejilla con suavidad—. Mañana se las haré.

Amara sonrió y agarró la mano derecha de su madre. Era áspera y delgada, no muy grande. Le encantaba.

—Haz unas pocas para mí también.

Con una risita entre dientes, su madre le plantó un beso en la frente.

—No permitas nunca que se te endurezca el corazón, cariño mío.

Amara no comprendió qué quería decir. ¿Cómo se iba a endurecer un corazón? ¿No se moriría una persona si se le quedaba el corazón duro? Qué cosa tan rara. Pero, aun así, sonrió mientras su madre salía de la habitación. Se sentía feliz, segura, amada.

Contempló el techo y parpadeó mientras recordaba el beso que había visto. Había parecido muy pegajoso, pero quizá era más divertido hacerlo que verlo. Quizá por eso lo hacían sin parar. ¿Por qué iba a besarse la gente si era aburrido, no? Amara debía de haberse perdido algo.

La habitación estaba en silencio. Lo único que se oía era la suave melodía de la lámpara de noche a su lado. Amara se reacomodó y cerró los ojos. Decidió que iba a leer más sobre besar para comprender por qué lo disfrutaba la gente. Y luego, quizá algún día, cuando creciese y fuese muy hermosa, podría pedirle al hijo del señor Maroni que le diese un beso. Era muy guapo. Quizá la besaría, una vez que se hubiese vuelto tan guapa como él mismo.

También tenía un nombre guapo. ¿Podían ser guapos los nombres? En la quietud de la habitación, en la oscuridad de la noche, Amara soltó una risita entre dientes ante la idea. Paladeó su nombre por primera vez en los labios.

Sí, decidió. Aquel chico sería su primer beso.

2

Dante

Dieciséis años

Joder, cómo *odiaba* a aquel puto gilipollas.

Dante se crujió la mandíbula sin apartar los ojos cargados de rencor de aquel chico de catorce años. Mantuvo deliberadamente una media sonrisa en la cara, aunque le dolía la mejilla magullada. Echó el puño hacia atrás y golpeó al otro en el costado. Este apenas soltó un gruñido y se giró con un movimiento fluido que su cuerpo, más bajo, no podría haber llevado a cabo sin un entrenamiento intensivo. Estrelló el codo con fuerza contra la espalda de Dante.

«Joder».

Eso le había dolido de verdad, pero lo que Dante hizo fue soltar una risita.

—Vamos, chaval —dijo para provocarlo a propósito.

Dios, ¿era mucho pedir que reaccionase? Llevaba más de un año intentando minarle las defensas, y lo único que conseguía sacarle eran miradas huecas y pasividad en sus ojos azules. Por más que lo cabrease, a Dante le gustaba aquel chico, sobre todo porque eso jodía a su viejo. Todo lo que jodiese a Maroni el Sabueso era oro puro para Dante.

El puñetazo en la mandíbula salió de la nada, seguido de un golpe rápido a la nariz.

«Hijo de mil putas».

Dante oyó el crujido antes de notar el dolor lacerante en el cráneo. Se agarró la nariz y sintió el chorro de sangre que le salía. Se le escapó la risa y tuvo que parpadear para espantar las estrellas que veía ante los ojos. Por Dios, aquel chico era bueno. Le estaba bien empleado por chincharlo. Sacó el pañuelo que siempre llevaba en el bolsillo, un hábito que le había taladrado en el cerebro su hermosa madre, aunque siguiese llevando esos vaqueros raídos que probablemente la habrían hecho revolverse en su tumba. Se lo llevó a la nariz para contener la hemorragia.

—Sabes que no me voy a ninguna parte, ¿verdad? —murmuró Dante bajo la tela que le cubría la boca.

Y por fin, tras un año entero de chincharlo, el chaval habló:

—Que te pires.

Bingo. Dante se había llevado el *premio gordo*. Sonrió tras el pañuelo.

—Encantado de conocerte, Tristan. Ahora eres amigo mío.

Tristan entrecerró levemente aquellos ojos azules. Acto seguido salió del centro de entrenamiento. O más bien del centro de tortura, como Dante solía llamarlo. Maroni el Sabueso había construido dentro de su propiedad toda una estructura dedicada a entrenar a sus soldados y a los hijos de estos. El entrenamiento consistía en autodefensa, armas y tortura, tanto darla como recibirla. El edificio tenía tres plantas: la planta baja, dedicada al combate cuerpo a cuerpo y al entrenamiento en armas; el primer piso, dedicado al entrenamiento en resistencia al dolor; y un sótano para los interrogatorios. Y aunque no solía permitirse la entrada a los menores de edad, pues solía haber enemigos del exterior allí encerrados, Dante sí que había bajado en numerosas ocasiones. Ventajas de ser de la familia Maroni.

Satisfecho por haber conseguido aquel progreso con Tristan, aunque apenas hubiese avanzado un centímetro, Dante salió del centro de entrenamiento y les hizo un gesto de cabeza a los dos guardias apostados en el exterior, cuya única misión era asegurarse de que no entrase nadie sin permiso. Ambos respondieron con cabeceos en señal de respeto.

Dante pasó por el césped bien cuidado y subió la colina en dirección a la mansión. Era toda una monstruosidad en lo alto del verdor de la cima, pero a Dante le encantaba. La había construido su tatarabuelo. Había sido comerciante de vidrios, un miembro muy respetado de la comunidad, y todo un solitario. Por eso había comprado aquella colina entera, un poco apartada de la ciudad, para que su esposa y su familia pudieran vivir bajo el mismo techo. Poco a poco, a medida que pasaban los años, se habían añadido más construcciones a la propiedad. Sin embargo, Dante adoraba aquella mansión, por toda la historia que tenía y el amor con el que había sido construida. Ojalá hubiese alguna manera de tirar por la ladera a la mitad del nido de víboras que la habitaba en la actualidad.

Mientras caminaba, los hombres que patrullaban el terreno le fueron haciendo señas respetuosas. Era de esperar. Dante era el hijo mayor de Lorenzo Maroni, «el Sabueso», y nieto de Antonio Maroni, «el Hombre de Hielo», que había sido fundador de la Organización Tenebrae, así como uno de los líderes principales de los bajos fondos. Dante era el heredero de su imperio. Se esperaba que continuase el legado que llevaba en la sangre. Y él no soportaba la idea, hostia.

Tenía más apego por su madre que por su padre. No comprendía cómo alguien como su madre había podido estar con alguien como su padre. No sabía cómo se habían conocido; ella jamás lo había mencionado. Dante lo recordaba todo sobre ella.

«Eres mi obra de arte más preciada, mi pequeño camorrista, mi Dante».

Así lo llamaba. Era su protector en el infierno en el que había intentado sobrevivir, capaz de enfrentarse a él y salir victorioso. Sí, sabía bien por qué su madre lo había llamado así. Era por el poeta que había atravesado los siete círculos del infierno y había conseguido salir. Suerte tendría Dante si llegaba a sobrevivir al primero.

Su madre había sido pintora. Tenía el cabello revuelto de rizos castaños, tristes ojos marrones y una amplia sonrisa amable. Siempre con manchas de pintura en la mejilla y un poema a flor de labios. Solía recitar poesía o tararear alguna canción mientras Dante jugaba con la arcilla que ella le compraba y su hermano pequeño hacía aquello a lo que se dedicaban los hermanos pequeños. Su madre había alimentado su lado artístico. A veces se acercaba para guiar sus pequeñas manos mientras Dante moldeaba la arcilla blanda.

Se había reservado una habitación para ella sola en la última planta de la mansión. Desde allí se veían las puestas de sol más hermosas, eso decía su madre. De niño, a Dante le encantaba pasar horas con ella mientras trabajaba en sus cuadros y él le hacía pequeñas esculturas de arcilla.

Aquella también era la habitación en la que Dante la había encontrado con las venas abiertas sobre un charco rojo y el lienzo caído de lado en el suelo, empapado de sangre. Su última obra maestra.

Dante apartó esos pensamientos y subió los breves escalones que daban a la parte trasera de la mansión. Caminó hasta el lateral, desde donde se veía el lago, y se quitó el pañuelo, que ahora tenía una mancha carmesí. El verdor se extendía hasta donde alcanzaba la vista, y apenas se veía erradicado por algún edificio esporádico. Dios, por más que desease librarse de la mitad de la gente que vivía allí, Dante adoraba aquella puta colina.

Movió los músculos faciales para comprobar la gravedad del golpe. Aquel pequeño cabroncete le había dado bien. Dolía, pero Dante sobreviviría.

Algo se estrelló contra él de lado, justo donde Tristan le había dado el codazo. Dante apretó los dientes y le dedicó una mirada a la chica que había chocado con él y que acababa de caer al suelo de culo.

—Mira por dónde vas, poquita cosa —le dijo en tono absorto.

La había llamado igual que a su hermano pequeño. Joder, necesitaba un cigarrillo. No era lo que se dice un fumador empedernido, pero de vez en cuando se echaba uno. Sacó un cigarrillo, accionó el encendedor de metal y dio una honda calada. El humo se arremolinó en sus pulmones y le concedió un descanso momentáneo del resto de sus sensaciones. Al menos hasta que oyó una tos femenina a su lado. Con una risa entre dientes, le echó un buen vistazo a la chica, que ya se había vuelto a poner en pie. Llevaba un sencillo vestido azul y el cabello recogido en una cola. Centraba en él unos grandes ojos verdes. Dante los había visto en alguna parte.

—¿Se te permite estar por esta zona? —preguntó, y dio otra breve calada.

La chica arrugó aquella naricilla tan mona.

—Me estoy escondiendo de mi amigo —le dijo, y bajó la vista al suelo—. Creo que debería irme. Adiós.

Sorprendido por aquel volantazo, Dante tiró el pitillo al suelo.

—Eh, eh, eh. Aguanta un momento, poquita cosa.

Ella dio media vuelta y la cola le golpeó contra el pecho. Sus ojos ardían con más fuego del que podía contener su pequeño cuerpo.

—¡Deja de llamarme así!

Dante, divertido, inclinó levemente la cabeza, como haría con una dama.

—Disculpadme, mi reina. —Eso le gustó a la chica—. ¿Cuántos años tienes? —preguntó, curioso, intentando ubicarla.

—¿Cuántos tienes tú? —replicó ella.

Dante sonrió.

—Dieciséis.

—Y yo once —anunció en tono orgulloso—. El mes pasado fue mi cumpleaños. Le dije a mi madre que te mandase un trozo de mi tarta.

Dante comprendió quién era: la hija de la criada principal. Tenían los mismos ojos verdes. No sabía el nombre de la criada, pero había empezado a llamarla Zia, «tía» en italiano, cuando esta empezó a darle galletas caseras. Aunque no hablaba mucho con ella, le encantaban aquellas galletas. Su madre tampoco había cocinado nunca, así que los postres de Zia se habían convertido en un bien muy preciado para Dante. Siempre se moría de ganas por probar uno. Además, era una mujer muy agradable. A Dante le gustaba.

La chica, su hija, estaba muy lejos de las habitaciones del servicio. Si su padre, o peor aún, su tío, la veían por ahí, se iba a buscar problemas.

—Deberías irte. —Señaló con la cabeza al lugar por el que había venido la chica. No quería que ni ella ni su madre se metiesen en un lío con nadie de la mansión.

La chica parpadeó una única vez. A continuación le ofreció una pequeña sonrisa casi tímida.

—Tienes unos ojos muy bonitos —le dijo.

Antes de que él pudiese responder, la chica dio media vuelta y echó a correr colina abajo, en dirección al ala del servicio.

«Tienes los ojos más bonitos del mundo, Dante. Ten cuidado con ellos».

Las palabras de su madre volvieron a él. Era la única persona, aparte de aquella chica, que le había dicho algo así. Los ojos marrones de su madre, hermosos pero tristes, llenaron los recuerdos de Dante. Se pasó la mano por el cabello, se agachó para recoger el cigarrillo, se lo llevó a los labios y lo encendió otra vez. Soltar el humo por la nariz rota dolía un cojón, pero él abrazó el dolor y contempló el lago y el cobertizo que había al lado.

Jamás habría imaginado que encontraría a una persona en el planeta Tierra que odiase a su padre más que él mismo… hasta que conoció a Tristan. Aunque apenas tenía catorce años, algún día aquel chico le pegaría un tiro al viejo, y Dante estaría encantado de darle la pistola con la que hacerlo. Solo tenía que ganar tiempo hasta que estuviese listo…, hasta que el mundo entero estuviese listo.

—Mañana tienes que ir a la ciudad.

Hablando del diablo. Dante le ignoró.

De pronto, su padre se plantó ante él y dijo con voz alterada:

—¿De dónde ha salido toda esta sangre? ¿Te ha pegado alguien?

Dante ni siquiera se dio la vuelta. La voz de su padre retumbó por todo el terreno al pronunciar la última palabra. Había dado comienzo el espectáculo de dejar claro quién mandaba allí. Su padre solía ladrar para recordarle a todo el mundo quién tenía la autoridad, en caso de que a alguien se le olvidase aquel hecho asfixiante, y todo el mundo volvía a su puesto un poco más amedrentado por Lorenzo Maroni.

Dante echó la ceniza a un lado, pero se mantuvo en silencio. Siguió fumando.

—No te atrevas a ignorarme, chico. ¿Te ha pegado alguien?

—No es nada —afirmó Dante.

Pero daba igual. Su padre no le oía. Lorenzo Maroni llamó a voz en grito a Al, su mano derecha, y ordenó a todo el mundo del complejo que se reuniesen en los terrenos.

Dante apretó los dientes. Intentó contemplar la bellísima puesta de sol mientras los minutos iban pasando y la gente se reunía, nerviosa, callada pero apestando a miedo. Así mandaba su padre: con temor. Y el único modo de cabrearlo era no reaccionar a ese miedo.

Dante acabó por tirar el cigarrillo al suelo y a aplastarlo con el zapato. Paseó la vista por la multitud. Vio a Zia, que abrazaba a su hija, la chiquilla de los ojos verdes que acababa de decirle que tenía unos ojos bonitos. No miraba a su padre, sino a él. Dante le guiñó el ojo, y ella se ruborizó y se apresuró a apartar la mirada. Él tuvo ganas de echarse a reír en medio de aquel embolado. Sus ojos sobrevolaron al grupo y vio a Tristan en el otro extremo de la multitud, algo apartado de los demás, con expresión vacía. Si creía que Dante se iba a chivar, se llevaría una sorpresa.

—¿Quién le ha pegado a mi hijo? —rugió su padre. Hizo una pausa teatral y paseó la vista por todos los allí reunidos. Como nadie respondía ni parecía adecuadamente asustado, su padre prosiguió—: ¿Quién ha golpeado a mi heredero? ¡A un Maroni! Decídmelo ahora mismo o seréis castigados. Decidme quién lo ha hecho. Atacar a un Maroni en este complejo es el mayor insulto que podéis hacerme.

Todos cruzaron miradas nerviosas y algunos cuchichearon a media voz. El sol se ponía lentamente.

—Estáis en mis terrenos e insultáis a mi sangre —siguió su padre—. O me lo decís ahora mismo o las consecuencias para todos serán severas.

Un movimiento en un lateral atrajo la mirada de todo el mundo. Dante contempló, sorprendido, que Tristan se apartaba de la multitud con los ojos fijos en el Sabueso.

—Tú —balbuceó su padre, y echó a andar hacia él—. ¿Has sido tú? Cabroncete desgraciado. Eres mío. Yo controlo todo lo que haces aquí. No puedes...

Con un reguero de adrenalina por todo el cuerpo, Dante vio que el chico, pocos centímetros más bajo que su padre, se detenía justo ante este, cara a cara. Tenía la expresión vacía. Murmuró las primeras palabras que se le habían oído en público:

—Como intentes ponerme una puta correa, te estrangularé con ella.

Si los ángeles hubieran podido cantar, en ese momento Dante habría oído todo un puñetero coro de criaturas celestiales.

Alguien en la multitud ahogó un grito, pero Dante mantuvo los ojos fijos en Tristan. No se había equivocado al confiar en lo que le decían las tripas con respecto al chico, que contempló con desdén a su padre durante un segundo. Acto seguido giró sobre sus talones y se alejó sin pronunciar más palabra. Atrás quedó un Lorenzo Maroni atónito, echando humo.

Ah, aquello iba a estar *bien*. Tristan acababa de sellar su destino. Dante esbozó una sonrisa. Ellos dos iban a ser amigos, aunque le costase la vida.

3

Amara
Trece años

Amara tenía un problema, y el nombre de este problema era Dante Maroni. Era así, ya era oficial.

Y se sentía absolutamente fatal. ¿Por qué? Pues porque, aunque Dante era vagamente consciente de su existencia, Amara no estaba para nada, pero para *nada*, en su punto de mira. Y ella, en cambio, tenía con él un encaprichamiento del tamaño de la Antártida, solo que más caliente. Muchísimo más caliente. Y eso que había intentado parar. De verdad. Sin embargo, cuando se trataba de Dante, su corazón era como una goma elástica. Cuanto más se alejaba mentalmente, con más fuerza quería volver al punto de partida.

Todo aquello estaba muy mal. Él ya había cumplido los dieciocho, un dato que sabía toda la ciudad, todo el país, todos los bajos fondos. Que llegase a la mayoría de edad era todo un tema para mucha gente; había quien quería apoyarlo y quien quería acabar con él. Dante ya tenía enemigos. ¿Y cómo podía ser que Amara supiese ya todo aquello? Pues porque prestaba atención. Resulta asombroso lo mucho que la gente tendía a hablar delante del servicio sin darse cuenta de que no se trataba de muebles en movimiento, sino de personas con oídos.

En realidad, Amara no era empleada de los Maroni, pero le gustaba echarle una mano a su madre después del colegio y los fines de semana. Solía pasar ese tiempo con Vin, aunque desde que este había empezado los entrenamientos, los horarios de los dos ya no eran compatibles. Sin embargo, aún se seguían viendo cada par de días para ponerse al tanto de lo que hacía cada uno. Hacía poco que Vin había dado un buen estirón, mientras que Amara apenas había crecido un par de centímetros. Ella lo miró, sentada con la espalda apoyada en un árbol y una novela abierta en el regazo. Clavaba los ojos en Vin, que entrenaba con un Dante ya algo mayor. Se encontraban para ello más o menos una vez cada dos semanas, porque según se comentaba, había dos chicos en los entrenamientos a los que se les daba increíblemente bien la lucha a cuchillo: Vin y Tristan, el chico nuevo a quien Amara había empezado a llamar por su nombre después del «incidente». Aún recordaba la conmoción que la había recorrido cuando Tristan había dejado al señor Maroni con un palmo de narices sin mostrar el menor miedo. Aquella noche, su madre le había dicho que aquel chico estaba buscando que lo matasen, y Amara estuvo de acuerdo.

Sin embargo, Dante entrenaba con Vin en lugar de con Tristan, primero, porque Vin era más jovial; y segundo, porque era menos probable que lo asesinase por un mero enfado. Les gustaba entrenar al aire libre, en un pequeño claro justo delante de la cabaña de Tristan frente al lago. Cada dos semanas, Amara venía con un libro y con su amigo, y se plantaba tranquilamente delante de un árbol a contemplar el espectáculo.

Si a Dante le parecía extraño, jamás hizo comentario alguno al respecto. De hecho, rara vez le había dicho una palabra desde aquella primera ocasión en que se chocó con él. Aunque, tampoco era que la ignorase. Simplemente, Amara estaba ahí. Algunos días le dedicaba un pequeño cabeceo, y a ella le aleteaba el corazón como un colibrí sobreexcitado. Otros días, Dante la miraba y sonreía, y a Amara se le llenaba el estómago de mariposas. Y había días, los que menos, en los que le soltaba algún «eh» en tono cordial. En esas ocasiones, Amara atesoraba su voz en la memoria y chillaba por dentro mientras se pensaba los nombres que les pondrían a sus hijos.

Uf, era un *caso perdido*.

Su madre no sabía lo que hacía cuando iba a ver entrenar a los chicos. Pensaba que Amara se limitaba a salir a leer al sol durante las vacaciones de verano. Y Amara jamás se lo explicaba. No era que su madre fuese a prohibirle ir, es que ella aún no estaba lista para compartir aquello con nadie. Fuera lo que fuese aquello, hacía tiempo que le había parecido un capricho y nada más. Además, estaba segura al noventa y nueve por ciento de que Dante ni siquiera se sabía su nombre.

El repiqueteo del metal contra el metal la sacó de su ensoñación. Se centró con todo su corazón adolescente en el hombre que era objeto de sus fantasías. Contempló su silueta alta, muy alta, moverse con agilidad mientras Vin, más bajo y joven, lo atacaba.

Dante Maroni era toda una obra de arte… una obra de arte de excelente factura, exquisita. Cada vez que Amara lo veía le daban ganas de hacer el gesto típico de un chef y besarse las puntas de los dedos. Sí, así de bien estaba. Aquel pelo oscuro y rebelde, quizá demasiado largo, que enmarcaba un rostro absolutamente sensacional… Uno que parecía más y más esculpido en piedra cuanto más crecía. Y aquella mandíbula que Amara recorría con los dedos en ensoñaciones diurnas. Pasando por esos ojos profundos color chocolate que le seguían pareciendo los más hermosos del mundo, o esos brazos en los que se flexionaban los músculos al moverse…

Sí, Amara era un caso perdido. Resultaba patético.

Enfadada consigo misma, miró el libro que había sacado de la biblioteca de la escuela.

«Apenas te vi, mi corazón fue volando a tu servicio…».

Bueno, tenía que buscarse algo de poesía que no fuese romántica, porque desde luego Shakespeare no estaba siendo de ayuda. Incapaz de centrarse, Amara volvió a alzar la vista. Los chicos estaban dando por concluida la sesión. Siempre acababan igual: Dante le daba a Vin alguna que otra indicación. Vin, su amigo regordete que en realidad ya de regordete no tenía nada, siempre escuchaba con seriedad. Amara estaba bastante segura de que Vin también estaba colgado de Dante, aunque como hombre. Pero ¿cómo no estarlo?

Aunque, con toda sinceridad, Amara ya no sabía si lo que sentía era un capricho. Se suponía que estos fallecían de muerte natural a los pocos meses. Al menos eso era lo que había oído comentar a las chicas del colegio. En realidad, no era amiga íntima de ninguna de ellas, ni de nadie en el colegio. Los niños de fuera trataban de forma muy rara a los del complejo. Y todos los demás hijos del complejo eran o bien mucho más jóvenes o mucho mayores que la propia Amara. Solo Vin y ella tenían una edad parecida. Por eso se habían juntado en cuanto aprendieron a andar.

Vin asintió a Dante y se acercó a ella. Llevaba el pelo oscuro mucho más corto. Se dejó caer a su lado y dio un sorbo de agua de la botella que Amara le había tendido. Ambos contemplaron a Dante, que subió los escalones hacia la cabaña de Tristan y entró sin llamar.

—Maldita sea. —Vin, a su lado, soltó un silbido. Por fin había aprendido a silbar en condiciones—. Pelotas no le faltan.

Uf. Amara no quería pensar en Dante ni en sus pelotas proverbiales. En aquel momento sentía por él un amor puro y aséptico.

—No me hacía falta tener esa imagen en la cabeza.

Puso una mueca de desagrado. El año pasado habían estudiado en el colegio los sistemas reproductivos masculinos y femeninos. La clase había sido bastante clínica, pero el taller aparte que le habían impartido a todo su curso el mes pasado, y que trataba sobre enfermedades sexuales, prevención y anticoncepción, había tenido mucha materia que digerir. Amara sabía que había que introducir X dentro de Y, pero prefería no imaginar nada más al respecto de momento.

Vin soltó una risita.

—Cuesta creerlo, en vista de cómo lo miras.

Ella se quedó de piedra.

—¿De qué hablas? —preguntó con tono estridente al tiempo que se le aceleraban los latidos. Ay, tenía que modular mejor la voz. Su profesor de música en el colegio no dejaba de decirle que tenía una voz excelente, pero completamente fuera de tono.

Vin se encogió de hombros.

—Lo miras como si fuese la mejor remesa de galletas de Zia y llevases un mes muerta de hambre. Como si acabaran de sacarlo del horno y estuvieses esperando a que se enfriase para comértelo.

Aquella vívida imagen le provocó un rugido en el estómago.

Bueno, la cosa iba mal. Iba francamente mal. Se suponía que nadie lo sabía. Amara tragó saliva.

—¿Crees que se ha dado cuenta?

—Es difícil no darse cuenta —señaló Vin, claramente divertido—. Vienes aquí cada vez que quedamos, y no es para leer tu libro.

Amara gimoteó.

—¿Vinnie?

—¿Hum?

—Mátame, por favor.

Su amigo soltó una risa entre dientes.

—No seas teatrera. No es tan grave. Además, no es más que una fase. Ya se te pasará.

Amara negó.

—No puedo evitarlo. Hazme caso, lo he intentado. Mis ojos son unos traidores.

Vin soltó una risa en forma de resoplido, alzó las rodillas y apoyó en ellas las manos.

—Está bien que te guste. Vamos, es hasta natural. Pero que no pase de ahí.

Amara se volvió hacia él, contempló su silueta mientras él miraba la cabaña, sintiendo el sol en la piel.

—¿Por qué? —preguntó en tono suave.

—Porque es Dante Maroni, Mara —replicó Vin en tono igualmente suave—. Ahora somos jóvenes y no lo parece, pero Dante va a ser el rey. Tendrá enemigos. Coño, ya los tiene. Será pura oscuridad, y a ti la oscuridad te da miedo, ¿recuerdas? Tú no perteneces a ese mundo. Te mereces algo mejor.

El nudo que tenía en la garganta era firme. Aunque Amara no se había hecho ilusiones, sabía que Vin tenía razón. Dante Maroni estaba destinado a mandar en los bajos fondos. Y ella era como un tipo de mueble que la gente como él acababa olvidando.

Soltó el aire por la boca y apoyó la cabeza en el hombro de Vin. Qué consuelo saber que su amigo la conocía y la amaba tanto como ella a él.

—¿Tú también serás pura oscuridad, Vinnie? —le dijo en tono quedo. Se preguntaba si el destino de Vin ya se lo estaba llevando. Si aquellos entrenamientos y la vida de su padre serían un ejemplo para él. Si no acabaría mal.

—No lo sé. —Suspiró—. Pero para ti nunca seré oscuro.

Amara esbozó una leve sonrisa.

—Sea como sea, siempre te querré.

—Sí, yo también. —Vin asintió—. Pero no te me vayas a poner sensiblera, ¿eh?

Con una risa, Amara le dio un leve golpe con el libro. Ambos vieron que Dante volvía a salir de la cabaña. Les hizo un gesto con la cabeza y ascendió hacia su castillo, un rey a punto de serlo. Amara se quedó ahí abajo, en el suelo.

4

Dante

Diecinueve años

Lo único bueno de llegar a la mayoría de edad era emanciparse de la casa principal y mudarse a su propia ala. Y aunque a su hermano, de quince años, aún no se le permitía, Dante no pensaba dejarlo atrás ni de coña.

No mucha gente fuera del complejo sabía de la existencia de Damien. El motivo era bien sencillo: era el hijo imperfecto de Lorenzo Maroni. De alguna manera se había liado el cordón umbilical en el cuello durante el parto, lo cual le había cortado el suministro de oxígeno durante unos pocos segundos vitales... demasiados segundos. Eso le había costado a Damien la capacidad de medir el mundo. Dante estaba seguro de que su hermano se encontraba en algún punto del espectro autista, sobre todo porque su mente era altamente funcional para su edad, aunque sus habilidades sociales dejaban que desear. Sin embargo, nunca había recibido un diagnóstico en condiciones, así que Dante no estaba seguro.

Maroni el Sabueso no podía aceptar que su hijo menor tuviese una enfermedad mental que requiriese ayuda. A pesar de contar con abundantes recursos para prestarle asistencia a Damien en todo momento, prefería hacer la vista gorda con su hijo menor. Aunque Damien era un chico estupendo, Dante sabía que tenía problemas para expresarse, así como ciertos comportamientos que no eran apropiados en el mundo, solo para él mismo. Dante sabía que Damien jamás, jamás, encontraría aceptación y amor en el mundo en el que vivía. Y se merecía ambas cosas.

Dante ni siquiera estaba seguro de a qué se debía su estado. Quizá era el trauma del parto, o bien el hecho de que Damien había estado presente en la habitación cuando Dante encontró a su madre en un charco de su propia sangre. Alguna de las dos. Parte de esa sangre había manchado al pequeño Damien de cinco años. Dante, de ocho años en aquel momento, había pisado el charco de sangre, había levantado en brazos a su hermano y había salido de la habitación. De algún modo supo que su madre estaba muerta con solo mirarla. Algunos días la odiaba muchísimo por abandonar a sus hijos como una cobarde.

Dante inspiró hondo. Le quemaban los dedos de las ganas de encenderse un cigarrillo, pero prefirió no hacerlo. Flexionó los dedos y contempló el edificio tras sus caras gafas de sol. Lo evaluó, con Roni, su novia de pelo rosa, colgada del brazo.

HOGAR PARA CHICOS NECESITADOS «LUCERO DEL ALBA»

Un pajarito le había hablado de aquel sitio. Uno de los soldados de la Organización tenía un sobrino al que habían diagnosticado autismo y se encontraba en un punto del espectro con poca funcionalidad. Le dijo que aquel lugar había ayudado mucho al chico. Aunque Dante ya era lo bastante mayor como para cuidar de su hermano, cosa que de hecho llevaba a cabo desde hacía bastante tiempo, quería que Damien tuviese toda la ayuda que necesitase y que se merecía. Y más importante aún: el complejo no era un buen sitio para la mente de ninguno de ellos. Dante ya había empezado a hacer escapadas y viajes de negocios a la ciudad, y no dejaba de pensar en Damien y su seguridad. Por más que le apretase el pecho de pesar, aquello era para bien.

—Este sitio da escalofríos —murmuró Roni, con los dedos delicados aferrados a su bíceps. No le faltaba razón. Aunque era una mansión bien cuidada de césped recortado, parecía sacada de una película de suspense. Quizá se debía a la bruma que surgía con la inminente llegada del invierno.

—Vamos. —Dante se sacudió de encima aquella sensación y abrió de un empujón la puerta de hierro forjado. El frío del metal le provocó un pequeño escalofrío en la columna.

Con la otra mano guio a la que era su novia desde hacía tres años al interior. Roni era diminuta, casi como un hada. Apenas le llegaba al cuello. Llevaba el pelo corto y de un tono rosa vívido, lleno de vida. Era una chica de fuera que no sabía nada de la familia de Dante y, por algún motivo, no le importaba. Quizá la rebelde que llevaba dentro fuese a la que emocionaba la mera idea de Dante. Desde luego, así era para él, y lo sabía.

Se había escabullido muchas noches para ir a verla y la había metido de tapadillo en el complejo. En cierta ocasión, uno de los hombres de su padre los había descubierto. Dante le había hecho una peineta y se había echado a reír para quitarle hierro al asunto. ¿Había sido un comportamiento inmaduro? Sí. ¿Le había importado? No mucho. Quien le importaba era Roni; sentía afecto por ella, y desde luego le encantaba follar con ella. Pero no estaba enamorado. Roni era un modo de rebelarse contra su padre, y eso ella también lo sabía, pues le había acompañado más de una y dos veces cuando salía a hurtadillas del complejo. Su relación era una rebelión mutua.

Recorrieron la pequeña senda que llevaba hasta la entrada principal. Miró en derredor con ojos aguzados y vio a algunos niños de diferentes edades en las ventanas. Todos los miraban, unos con curiosidad y otros con una leve hostilidad. Dante se preguntó qué aspecto tenía para ellos. Alto, mazado, vestido con una camisa cara de cuello vuelto y color negro, chaqueta de cuero y vaqueros, el pelo desordenado por el rostro y con un hada de cabellos rosados al lado. Esbozó una sonrisa ante la imagen mental. La puerta se abrió y una mujer mayor los saludó, pues ya los esperaba, y los llevó a ver las instalaciones.

Una de las mayores ventajas de tener su propia ala era la intimidad. Zia venía a la casa una vez por semana con varios empleados para dejar la compra y limpiarlo todo, casi siempre cuando él estaba entrenando o bien había ido a la ciudad a aprender cómo se llevaba el negocio. Aparte de eso, Dante vivía solo y le gustaba que fuera así.

Había dispuesto que el piso superior fuese su estudio de arte, tal y como había hecho su madre en la casa principal. La vista desde allí era un puto espectáculo. Se veía el lago, la cabaña de Tristan y las ondulantes colinas que se extendían hasta los bosques más allá. A aquella hora temprana, cuando el cielo adoptaba un tono llameante que se tragaba la negra noche, a Dante le encantaba subir a aquella habitación.

Dejó la humeante taza de café en la mesa de trabajo y miró las piezas que había hecho a lo largo de los últimos años. Las primeras eran de alfarería, y le habían servido de práctica mientras afinaba la técnica. Después había empezado a jugar con máscaras: rostros de personas que había visto y que, de alguna manera, le habían llamado la atención. Casi todas eran terribles, Dante quería destrozarlas, pero verlas le servía para mejorar. Y estaba resuelto a mejorar.

Se sentó en el banco y sacó la nueva caja de arcilla que había comprado en un almacén de suministros en la ciudad. Empezó a humedecerla mientras, de fondo, sonaba el audiolibro de *Harry Potter y el príncipe mestizo*. Le gustaba trabajar a las claras del día, escuchando a gente hablar y con la luz natural del sol llenando el estudio, vestido con nada más que los calzoncillos.

Y, joder, cómo le gustaba Harry Potter. Se había resistido a leerlo durante muchísimo tiempo, pero ahora estaba enganchado. Una de las cosas que más le gustaba de la saga era lo humana que era, incluso en un mundo mágico. Por ejemplo, la amistad entre Harry y Hermione. Le recordaba mucho a la relación que veía entre el joven Vin y la hija de Zia. Durante años, Dante la había visto acompañar a Vin siempre que entrenaban al aire libre. Aquella amistad le daba envidia.

Quería tener una amiga así. Aunque lo rodeaba mucha gente, Dante no tenía una persona que pudiese considerar suya. Su hermano, por más que lo amase a rabiar, no era su amigo. Y Roni tampoco. Y aunque llevaba años trabajándose su relación con

Tristan, este tampoco lo era. En el mejor de los casos, Tristan lo toleraba; y en el peor, era indiferente a su existencia. Aun así, después de haberle roto la nariz, la relación entre ambos se había suavizado un tanto. El apellido de Dante le impedía hacer amigos en el complejo. Los reyes, tal y como su padre le recordaba constantemente, no tenían amigos. Tenían enemigos.

Joder, sonaba como un puto moñas.

Negó con la cabeza y colocó un montón de arcilla húmeda ante sí. Empezó a amasarla con las manos, centrándose en la mezcla entre sus dedos. Aún estaba muy rígida. Lo más importante era darle forma cuando se ablandase lo suficiente como para moldearla.

Se oyeron golpecitos en la puerta de atrás. Dante se detuvo. No había mucha gente que fuese a venir a buscarlo tan temprano, a no ser que se tratase de una emergencia. Se apresuró a levantarse del banco, se lavó las manos y agarró un par de vaqueros antes de bajar.

Mientras descendía por las escaleras, se echó el pelo hacia atrás para apartárselo de la cara. Atravesó la espaciosa cocina y abrió la puerta trasera. Se quedó helado. La hija de Zia estaba ahí plantada, en medio del frío.

La chica sobrevoló con la vista la extensión desnuda del pecho de Dante, pasando por su vientre. Entonces se sonrojó y lo miró a los ojos. Dante reprimió un resoplido divertido ante su reacción. Sabía que estaba encaprichada de él, porque solía clavarle la mirada siempre que lo tenía cerca. Resultaba halagador y gracioso, nada más. Ella era demasiado joven y él ya tenía novia.

Aun así, le gustaba chincharla. A veces, cuando la descubría observándolo con tanta intensidad, le guiñaba el ojo para que ella se ruborizase y apartase la mirada. Otras veces, cuando la veía sentada con un libro, le preguntaba cuál era el título, porque sabía que le encantaba leer novelas románticas. Y ella volvía a sonrojarse. Y otras se limitaba a compartir una risa con Vin y a contemplarla. Entonces pensaba que, cuando creciese, sería toda una belleza. No le cabía duda. Bastaba ver aquellos ojos.

—Siento mucho molestarte —dijo ella con su dulce voz, algo aguda por culpa de los nervios. Dante sintió que se ablandaba por dentro, tuvo ganas de calmarla.

—No pasa nada —habló en un tono deliberadamente reconfortante, el mismo que siempre empleaba para calmar a Damien—. ¿Te encuentras bien?

Ella parpadeó y asintió.

—Ah, sí, sí, sí. Estoy bien. Mi madre me ha dicho que te dé esto antes de ir al colegio.

Dejó morir la voz y le tendió una bandeja envuelta en papel de aluminio. Dante la aceptó, con cuidado de no rozarle las manos, y levantó el envoltorio. Un aroma a galletas recién horneadas le inundó la nariz. Casi puso los ojos en blanco.

—Estas cosas suele traerlas ella misma —comentó Dante, mirando en derredor a ver si Zia también había venido.

—Eh... —La chica, nerviosa, se mordió el labio. El rubor se volvió más intenso—. Quería traértelas yo. Es que... Bueno..., es que es mi cumpleaños.

Dante sonrió.

—Pues feliz cumpleaños... eh... —Su sonrisa flaqueó. Se dio cuenta de que no sabía cómo se llamaba.

—Amara. —Ella esbozó una sonrisa tímida. La misma chica descarada que en su día le había preguntado cuántos años tenía estaba ahora escondida tras la muchacha en la que se estaba convirtiendo. Con los años se había tranquilizado.

—Bueno, pues feliz cumpleaños, Amara —le dijo en tono suave, y ella se volvió a ruborizar. Dios, estaba colada hasta las trancas por él, pero no pensaba avergonzarla por ello. En vida, su madre le había enseñado a no comportarse como un gilipollas con las mujeres.

Ella hizo un ligero cabeceo y se apresuró a bajar los escalones que daban al césped. Se dirigió a las dependencias del servicio, a unos cuantos centenares de metros de distancia. ¿Cuántos años tendría ahora? ¿Catorce? ¿Quince? Dante la siguió con la mirada. Ya era alta para su edad. Su cabello negro recogido en una cola de caballo oscilaba bajo el viento de la mañana.

Estaba a punto de cerrar la puerta cuando vio a Tristan, que se dirigía en silencio hacia el bosque. Vaya, vaya, vaya, ¿cómo resistirse a semejante invitación?

Aunque no debería dejar las herramientas y la arcilla en el sitio, Dante tampoco quería dejar pasar la oportunidad. Echó mano de la chaqueta de cuero que había dejado en la silla de la cocina la noche anterior y se puso los gruesos zapatos que había junto a la puerta. Cerró por fuera y echó a correr hacia los bosques, resuelto a descubrir en qué andaba metido su pequeño coleguita. Aunque de pequeño Tristan ya no tenía nada. Había cumplido los dieciséis y estaba echando bastante cuerpo gracias al duro entrenamiento.

Dante se preguntaba a veces si a él no le habría ido igual de estar en su lugar. Aunque llevaba años entrenando, aún no se había cobrado su primera víctima. Había visto a gente ejecutada, y él mismo había interrogado personalmente a muchos. Pero matar…, aún no lo había hecho. No se había cobrado ninguna vida.

Quizá algo así tenía un precio en el alma. Quizá Tristan era así por eso. Matar, y a una edad tan temprana, después de perder a su hermana. A veces Dante quería darle un abrazo al muy cabrón, pero estaba bastante seguro de que acabaría perdiendo una extremidad si lo intentaba.

Tras buscarlo durante unos minutos, Dante comprendió que lo había perdido. Lo más seguro era que Tristan se lo hubiese quitado de encima. Suspiró y decidió regresar y comer galletas. Le llevaría unas cuantas a Damien. Al menos a su hermano le gustaba su compañía.

—¿Te gustan las galletas? —le preguntó Dante a Damien. Ambos estaban sentados en la glorieta del jardín de atrás de la mansión, jugando al ajedrez. A Damien le encantaba jugar al ajedrez, y a Dante le encantaba jugar con él.

Damien golpeteaba el suelo con el pie. Movió el caballo y asintió.

—Estas galletas saben mejor que la última vez. Esta vez tienen menos contenido en azúcar.

Tap, tap, tap.

Tap, tap, tap.

Dante sonrió. Por supuesto que su hermano iba a notar los tecnicismos de una galleta.

—Zia es muy amable. Su hija me las trajo esta mañana —le informó—. Tiene unos ojos verdes muy bonitos, creo que te gustarían.

Damien alzó la vista hacia el cuello de Dante. No le gustaba mirar a los ojos.

—¿Sabías que los ojos verdes son los menos frecuentes del mundo? Los tiene menos del dos por ciento de la población mundial. ¿De qué tono son los de la chica?

Dante recordó los que había visto aquella mañana.

—Eh… diría que verde bosque, creo. Como el color de los árboles de las selvas tropicales.

Captó un movimiento por el rabillo del ojo. Tristan salió de la espesura. El chico se detuvo en seco y contempló a Dante y a Damien durante un largo minuto. Acto seguido puso rumbo a su cabaña.

—Es el único color de iris que puede cambiar de tono dependiendo del humor y de la luz —prosiguió Damien. Dante se centró en el ajedrez, movió una pieza y se comió un peón—. Se llama «efecto Rayleigh». ¿Le pasa eso a tu chica de ojos verdes?

—Se llama Amara —dijo Dante, solícito, pero su hermano acababa de empezar una nueva afición.

—La chica de los ojos verdes…

—Y no, no creo que sus ojos cambien de color.

—… tiene entonces un tono aún menos frecuente del espectro de ojos verdes. Si los suyos no cambian de color ni siguen el efecto Rayleigh, es aún menos común. Fascinante…

Dante sonrió, mientras Damien seguía parloteando sobre ojos verdes y jugando al ajedrez.

Algo iba mal. Dante había hecho todos los preparativos necesarios para que su hermano se mudase a la institución Lucero del Alba durante un año bajo la atención de psiquiatras que, esperaba, pudieran ayudarlo en la tarea de entenderse a sí mismo y darle las herramientas que necesitaba para abrirse camino en el mundo. Había pasado la última hora hablando de ello con Damien. Mucha gente subestimaba la inteligencia de su hermano, que en realidad era un chico muy aplicado. Comprendía que necesitaba más ayuda de la que tenía en el complejo, y aceptó aquel viaje fuera de allí siempre y cuando Dante prometiese ir a visitarlo con regularidad. Pero por supuesto que iba a ir a visitarlo. Amaba a aquel cabroncete.

Sin embargo, algo no iba bien. No sabía qué era, no conseguía identificarlo. Pero sentía un cierto peso en las tripas, un grito antiguo y carente de voz que sacudía sus instintos protectores.

¿Podría ser ansiedad por la separación, quizá? A fin de cuentas, era la primera vez que iba a estar lejos de su hermano.

«Tu corazón siempre sabrá tu verdad, Dante. Confía en él».

¿Se estaba engañando a sí mismo? Dios, todo aquello era un lío. No, lo mejor era que su hermano se apartase de aquel lugar e intentase tener una vida normal.

Llamada entrante.

«Papá».

Estupendo.

—¿Sí, padre? —Dante se dirigió a él como siempre, apenas capaz de reprimir la repugnancia que le daba aquel hombre.

—Ven al cobertizo.

La llamada se cortó. Apretando los dientes por la orden, Dante salió de la mansión, bajó la colina y se acercó a la cabaña que había en los bosques. En su día, había sido una caseta de cazador. Apenas medía un par de metros cuadrados y casi siempre estaba abandonada. Lo cierto era que casi nadie iba allí, así que a Dante le había servido de picadero a las mil maravillas a lo largo de los años. Frunció el ceño mientras se preguntaba por qué le habría ordenado su padre ir tan lejos. Empezó a respirar con regularidad y adoptó la máscara que solía llevar cerca del viejo. Por más que lo despreciase, Dante admitía que era un líder poderoso y que no había llegado a su puesto siendo un idiota. Su padre era muy astuto y olía la debilidad antes que nadie. Tener su misma sangre en las venas le provocaba tanto orgullo como vergüenza.

Vio a su padre justo delante del cobertizo, vestido con traje. En su barba empezaban a aparecer canas por aquí y por allá. Estaba fumando un puro. Eso no era buena señal.

—¿Me has llamado? —preguntó Dante al llegar hasta él.

Se dio cuenta de que ahora era más alto que él, si bien iba vestido de forma mucho más informal. A su padre no le gustaba su atuendo. No quería ver a Dante con pantalones rasgados ni chaquetas de cuero, con la pinta típica de cualquier malote. No, quería ver a su hijo vestido con traje y corbata, con aspecto genuino de hombre malo.

Maroni el Sabueso sonrió.

—Sí. Ha llegado la hora.

A Dante se le encogió el estómago, aunque mantuvo el rostro inalterado. Había llegado la hora de matar.

Sacó un cigarrillo, lo encendió y expulsó una nube de humo. La contempló ascender en volutas hacia el cielo nublado. A Dante solían encantarle los inviernos en Tenebrae. Hacía frío y humedad, caía la nieve. Esa época conseguía que Dante adorase aún más el verano. Hoy, sin embargo, no era un día así. Hoy, las nubes parecían plomizas, siniestras.

La sensación volvió a él multiplicada por diez.

—¿De quién se trata?

Lorenzo Maroni volvió a sonreír, una sonrisa que le erizó la nuca a Dante, y fue hasta la puerta del cobertizo. Dante tiró el cigarrillo a un lado y lo aplastó con la bota, para luego acercarse él mismo a la entrada, a ver quién había dentro.

Roni.

No.

«No, joder».

Estaba sentada en una silla, atada. Una cinta le cubría la boca y tenía los ojos rojos e hinchados de llorar. Al y Leo aguardaban tras ella. Con la tensión acumulándose en los hombros, Dante se volvió hacia su padre, la columna rígida y los puños apretados.

—¿Qué cojones es esto?

—Esto —dijo su padre con una floritura teatral—, es lo que te has buscado tú, hijo mío. ¿Pensabas que podías mezclarte con alguien de fuera, con una chica común y corriente, y que yo no haría nada?

No había pensado en lo que podría hacer su padre. Puede que Dante fuese indispensable, pero la chica no. Debería haberlo pensado, joder. Debería.

—Deja que se vaya —le dijo con voz firme—. No volveré a verla.

Lorenzo Maroni negó con la cabeza y, por fin, apagó el puro.

—Esto es una lección, hijo. Una lección que tienes que recordar. El amor no tiene cabida en nuestro mundo.

Dante apretó la mandíbula.

—Tú amabas a mamá —le recordó.

Su padre se echó a reír.

—No, claro que no. La quería y la tomé. Es lo que hacen los hombres como nosotros. Tú eres demasiado blando, y te he permitido serlo demasiado tiempo.

—¿Cómo que la tomaste? —Dante se quedó mirando a su padre mientras la sorpresa lo iba colmando, seguida de desagrado por lo que implicaba esa afirmación. Jamás había imaginado lo que insinuaba su padre.

—La tomé. Me la llevé. La vi y la saqué directamente de su coche. La traje aquí y me casé con ella —dijo su padre casi en tono orgulloso.

Dante, con ácido en el estómago, pensó en su madre; hermosa, cálida, pero siempre triste.

—¿La violaste?

—¿Y eso qué más dará?

Claro que la había violado.

La repulsión se apoderó de Dante. La bilis le subió por la garganta y tuvo que tragar saliva para contenerla. Apartó la vista de aquel hombre que lo había engendrado, quizá tras forzar a su madre. Le hormigueó toda la piel.

Roni gimoteó y atrajo la mirada de Dante hacia su pequeña silueta. No se merecía aquello. De verdad que no se lo merecía. Era una chica estupenda, lo más cercano que había tenido a una amiga de verdad. Su primera amante. Lo hacía reír. No se merecía aquellas cuerdas ni aquella cinta aislante. Se le encogió el corazón mientras procesaba todo lo que le habían dicho y todo lo que estaba viendo. Tenía que sacarla de allí de algún modo.

—Leo me ha dicho que has mejorado muchísimo con los cuchillos.

La voz de su padre cortó en dos la desesperación que lo abrumaba. Dante se centró en sus palabras. El corazón le retumbaba en el pecho mientras la frase que iba a pronunciar llegaba a él.

—Deja que se vaya, padre. —Miró hacia él; le ardían los ojos—. Te juro lealtad. Juro que obedeceré todas y cada una de tus órdenes. Juro que jamás volveré a verla. Pero, por favor, deja que se vaya. Te lo suplico.

—¡No supliques! —le chilló su padre, y lo agarró del brazo—. ¡Eres un Maroni! Los Maroni no suplican ni en el lecho de muerte. ¿Te enteras?

Dante asintió, permitió que su padre le sacudiese el brazo. El miedo lo asaltó al ver cómo se estaba desarrollando la situación. Su padre soltó todo el aire de los pulmones para calmarse y volvió a mirarlo.

—Esto es otra lección —siguió diciendo con voz casi tierna—. Cuando estés negociando, siempre has de llevar ventaja. Ahora mismo no tienes nada. Soy yo quien tiene el poder. Yo controlo lo que pueda pasarle a tu hermano. ¿Quieres que reciba la ayuda que necesita? Mata a la chica. Una vida por otra.

Dante soltó el aire despacio, mientras su mente se esforzaba a toda prisa por encontrar un modo, un hueco en su razonamiento, algo, lo que fuera.

Nada. Joder.

Tenía que haber algo. Roni volvió a gimotear. Dante fue a arrodillarse frente a ella, del mismo modo que había hecho incontábles veces. Vio las lágrimas que le mojaban el rostro, las palabras que había atrapadas entre ellas. Dejó caer la cabeza y la apoyó en su regazo. Se aferró a la silla con las manos.

—Si no la matas —dijo su padre en el mismo tono de voz firme—, se la daré a los hombres, que primero abusarán de ella y luego la matarán. Sufrirá. Tú, por otra parte, puedes ser más misericordioso, hijo mío.

No.

No.

No podía hacerlo. Todo esto era culpa suya. Jamás debería haberse mezclado con ella. Tantos años juntos, y todo había desembocado en ese punto.

—Tienes dos minutos para decidirte.

Dos minutos. Ciento veinte segundos. De pronto, Dante oyó los latidos de su corazón en la cabeza, la sangre que le palpitaba en las orejas, como una bomba de relojería que se acercaba a la detonación a cada segundo que pasaba.

Alzó la vista hacia los ojos azules, desorbitados y aterrorizados, de la jovencita que se había atrevido a quedarse a su lado a sabiendas de lo que estaba eligiendo. No podía dejarla sufrir a manos de los hombres de su padre. No podía dejarla morir así.

No podía hacer una mierda. Era un gilipollas inútil que pensó que podría jugar con fuego y salir indemne sin que este abrasase a su amante y a él mismo.

—¡Hijo de puta! —gritó de pura frustración e impotencia. Se levantó, agarró una silla vacía y la arrojó al otro extremo de la habitación.

Miró por encima del hombro a su padre, con el corazón al galope.

—No me obligues a hacer esto.

—Un minuto —fue la respuesta.

Dante se agarró el pelo a puñados, estremecido, aullando al techo de pura impotencia. No quería hacer lo único que sabía que tenía que hacer para ahorrarle a Roni más sufrimiento.

—Treinta segundos.

Una tensión creciente se adueñó de la estancia. Dante soltó un profundo suspiro y dejó que la calma se apoderase de él. Sin pronunciar palabra, se acercó a su padre y le sacó el puñal que llevaba en el bolsillo interior del abrigo. Le pareció que el arma pesaba como una roca pequeña en su mano.

—Padre, si liberas a esta bestia, que sepas que algún día te matará a ti también. Es tu última oportunidad de detener esta locura.

Su padre casi sonrió de orgullo. Tenía la puta cabeza bien *jodida*.

—Se acaba el tiempo, hijo.

Dante cerró los ojos durante un instante, tentado de rajar a su padre con el cuchillo. Pero eso no resolvería nada; Roni moriría igualmente y todos los bajos fondos se verían sacudidos por un nivel de caos para el que Dante no estaba aún preparado. Afianzó el cuchillo y volvió a arrodillarse frente a Roni. Le quitó de la boca la cinta aislante, húmeda de lágrimas.

—Tiene que haber otro modo, Dante. —A Roni le temblaba la voz al igual que el resto del cuerpo—. Por favor, no lo hagas.

Él la miró a los ojos, mientras los suyos propios le ardían. Tenía un nudo en la garganta.

—Perdóname, Roni. —Oyó su propia voz áspera de dolor.

Dicho lo cual, le clavó la hoja justo en el corazón.

El grito de Roni atravesó el aire. Le borboteó la garganta cuando la sangre empezó a brotar de la puñalada. Con manos temblorosas, Dante extrajo el arma y se la llevó a la chica al cuello... a ese mismo cuello que tantas veces había besado... y le seccionó la carótida para concederle la muerte más instantánea posible. No se merecía aquello. Todo era culpa suya.

Le mantuvo la mirada en todo momento y vio cómo se le escapaba lentamente la vida del cuerpo. El suyo cambió con cada segundo que pasó: se le fue endureciendo el corazón.

—Dan... —Roni tosió sangre una última vez y se quedó inmóvil. Todo había acabado en segundos.

Dante siguió mirando su rostro ausente y sintió que la sangre se extendía a su alrededor. Algo frío, muy frío, se instaló en su corazón. No había podido protegerla. Su primera amante, su primera víctima.

Alguien le dio unos palmetazos en la espalda. Su padre. Dante se miró las manos, manchadas de sangre, y sintió que hervía de rabia hacia aquel hombre. Inspiró hondo.

«Ahora no es el momento».

Algún día. Algún día se lo haría pagar por su madre, por su hermano, por Roni. Solo tenía que esperar. Tenía que esperar y cavar pacientemente la tumba de su padre. Lo que debía hacer era disimular, ir de tapadillo, a diferencia de lo que había hecho hasta ahora. En las sombras, Maroni el Sabueso no captaría su olor.

«Algún día».

—Entiérrala. —Oyó que su padre le ordenaba a Al.

No. Dante negó con la cabeza, el corazón lleno de pesadumbre y el cuerpo cubierto de sangre de Roni.

—Yo la enterraré.

Tras una pausa, su padre les hizo un ademán a los hombres para que limpiasen el cobertizo y se marchó. Dante se puso en pie y desanudó las ataduras con los brazos algo temblorosos. Luego la levantó. Su cuerpo le pareció pesado, más pesado que las otras veces que había cargado con ella.

Sin mirar a los hombres salió del cobertizo y se internó en lo profundo de los bosques. Su única compañía eran el silencio, el frío y el cuerpo de Roni. Sintió que la primera lágrima se le escapaba de los ojos y apretó la mandíbula. Parpadeó para aclararse la vista mientras se iba acercando al lago. No. No iba a llorar. Su padre tenía razón; aquello era una lección. Y lo que había aprendido era que nunca, jamás, debía mostrar ningún tipo de debilidad, nada que pudiera usarse contra él, al menos a plena vista. Por eso le había fallado a Roni.

Era listo, era agudo, era astuto. Y pensaba emplear todo eso a su favor. Iba a dejar que su padre pensase que lo tenía bien sujeto. Llevaría una máscara.

—Aquí puede ser.

Dante se dio la vuelta al oír la voz y vio a Tristan de pie en un pequeño claro, con una pala y un hatillo de ropas tras él. Había cavado un hoyo entre ambos. Dante miró al chaval, sorprendido, pero se mantuvo en silencio. Sin decir nada, Tristan agarró una sábana de algodón y la colocó sobre el suelo. Le indicó a Dante que depositase el cadáver de Roni sobre ella. Y eso hizo, casi operando en automático. Una vez más, tuvo que mirar por última vez el cuerpo inerte de una mujer a la que había querido. Tristan envolvió el cadáver y anudó los extremos de la sábana con nudos precisos. Dante apretó la mandíbula.

—Tu ropa también —dijo el chico en tono eficiente.

Dante comprendió que tenía razón. Llevaba la ropa cubierta de sangre. Tenía que deshacerse de ella. Se quitó la chaqueta de cuero y la sostuvo en las manos un segundo. Se dio cuenta de que, probablemente, jamás volvería a ponerse una prenda así. La tiró al hoyo. Se desprendió del resto de la ropa y se quedó desnudo en mitad del frío. Sintió que le calaba hasta los huesos. Hasta el corazón.

—Ve a lavarte.

Tristan hizo un gesto con el mentón hacia el lago. Por algún motivo, Dante le hizo caso. No le funcionaba bien la mente. El agua estaba gélida, pero el frío no penetró hasta su cerebro. Se enjuagó la piel y comprendió que algo cambiaba en su interior. Después de todo lo que había pasado en la última hora, Dante ya no era la misma persona. Aunque se estuviese refregando la piel para limpiar la sangre, esta ya se había colado por sus poros, se había mezclado en sus venas y había dejado una cicatriz palpitante en su corazón.

Una vez que se hubo limpiado tanto como pudo, Dante regresó a la tumba. Tristan casi había acabado de taparla. Aquella pequeña ayuda había sido inesperada. Considerada, incluso. Jamás se le habría ocurrido describir al chico con aquella palabra.

Se inclinó para recoger las ropas que había en un montoncito a su lado. Se trataba de un suéter, vaqueros y zapatos; eran suyos. Frunció el ceño y miró al chico de diecisiete años que cubría con dedicación el agujero en el suelo.

—¿Has entrado en mi casa? —preguntó con una ligera sorpresa.

Tristan se encogió de hombros. Una fina capa de sudor le cubría el rostro.

—No ha sido difícil.

Dante negó con la cabeza. Se vistió deprisa y fue a sentarse junto al lago. Contempló la mansión sobre la colina, que asomaba por encima de los árboles. Flexionó los dedos. Tristan se acercó y se sentó junto a él durante unos minutos tras arrojar la pala a un lado. Le tendió una botella de Jack Daniels de la reserva del propio Dante. Él casi soltó una risa entre dientes al verla, pero se contuvo.

—¿Ahora somos amigos?

—No.

—Y entonces ¿qué estamos haciendo? ¿Es algo tipo «tú cubres mis espaldas y yo cubro las tuyas»?

—Que te follen, gilipollas.

Justo lo esperable. Dio un trago a la botella y se la pasó a Tristan, aunque ninguno de los dos tenía edad para beber. No tenían edad para buena parte de las mierdas que hacían. De todos modos, ¿qué edad había que tener para matar a alguien?

—Esto no debería haber pasado —dijo Tristan tras un largo silencio.

—No —se mostró de acuerdo Dante—. No debería.

—¿Piensas hacer algo al respecto? —preguntó el chico. Era el mayor número de palabras que había pronunciado jamás en una conversación con él.

—Sí. —Dante asintió, con los ojos clavados en las luces de la mansión, que ya se encendían—. Pero no será hoy.

—Bien.

Las nubes se oscurecieron y el viento se volvió más frío a medida que la noche se acercaba. Pasaron los minutos.

—¿Cómo se puede dejar atrás algo así? —le preguntó Dante en tono quedo—. ¿Cómo se olvida?

—No se olvida.

Sí, la verdad era que Dante no creía que fuese a olvidarlo.

—Gracias —murmuró Dante tras dar otro trago de la botella—. Te lo agradezco mucho.

Como respuesta recibió un silencio que, por una vez, fue amigable.

Y así siguieron sentados aquella noche. Dos jóvenes asesinos, uno recién estrenado y el otro experimentado, bebiendo alcohol para ahogar el caos que hervía en el interior de ambos. Sabiendo que en sus vidas no había ningún hueco para el amor.

5

Amara

Quince años

Amara jamás le contó a nadie lo del cadáver. Aquel día se había adentrado en los bosques y había visto a los dos chicos enterrar a la muchacha. Era la misma de pelo rosa que se besaba con Dante hacía tantos años. Se llevó un buen susto y echó a correr hasta casa, donde se quedó en cama una semana entera, preocupada de que alguien viniese a por ella por haber presenciado aquello.

Nadie fue a por ella. Su madre pensó que tenía una regla especialmente mala y la dejó quedarse en casa. No asistió a la escuela y ni siquiera vio a Vin esos días con la misma excusa. Sin embargo, tras una semana entera de mucha ansiedad y de nada más, acabó por aceptar que nadie la había visto y, poco a poco, regresó a la vida.

En cambio, sus sentimientos hacia Dante se habían vuelto... contradictorios.

No sabía qué pensar de sí misma. Por un lado, no comprendía qué tipo de hombre, porque Dante ahora era un hombre, sería capaz de enterrar el cadáver de su amante. Por otro, aún le resultaba atractivo. Más y más atractivo a medida que pasaba el tiempo. Quizá era por haber crecido en el complejo, por haber sabido siempre que la gente que la rodeaba no era de moral inmaculada. Diablos, si hasta había visto a su mejor amigo entrenar hasta volverse mortífero. Había visto sus moratones y el modo en que le habían ido creciendo los músculos a lo largo del tiempo gracias al entrenamiento.

Y, de todos modos, ¿qué era la moral? Aquella noche la empujó a pensárselo bien. Ser buena persona no implicaba hacer cosas buenas siempre. A medida que iba creciendo, Amara se dio cuenta de que había una fina línea que separaba ambas ideas. Su héroe podía ser el villano en la historia de otra persona. Aunque odiaba la sangre, si algún día alguien amenazaba a su madre o a Vin, ¿acaso ella no le haría daño? ¿De verdad sería incapaz de cobrarse una vida? Las personas no se movían en términos absolutos. Por desgracia, las emociones tampoco.

Sabía que esos pensamientos no eran propios de una chica de quince años, pero lo que había visto había tenido un impacto en ella. Dejó de ir a las sesiones de entrenamiento al aire libre y empezó a evitar a Dante. No volvió a aparecer por su puerta, y si él se acercaba a Vin cuando ella estaba presente, se limitaba a disculparse y largarse. Sus sentimientos hacia él eran básicamente un embrollo de los gordos.

Dante se fijó en su comportamiento. En cierta ocasión, ella lo oyó arrinconar a Vin y preguntarle: «¿Me está ignorando Amara?», momento en que ella echó a correr en dirección contraria. Otro día, Amara se topó con él mientras jugaba al ajedrez con su hermano en la glorieta del jardín trasero, y huyó. No había sido lo que se dice un momento estelar, debía admitirlo. Dante había intentado arrinconarla unas pocas veces durante el último año, pero ella logró evitarlo en todo momento. Sabía que debería decirle que no era nada, aunque la verdad era que con Dante perdía los nervios. No porque la asustase ni nada parecido, pero en el último año se había vuelto algo más intenso, y Amara se preocupaba mucho.

—¿Mumu? —la llamó su madre desde la cocina.

Amara dejó el libro que estaba leyendo, colocó el marcapáginas hecho a mano por donde iba y salió del cuarto.

—¿Sí, mamá? —preguntó.

De pronto frenó en seco al ver al grande, al gigantesco Dante Maroni, en medio de su pequeña cocina. Jamás, en todo el tiempo que Amara había estado encaprichada de él, había venido a su apartamento.

Su corazón, aquel cabroncete traidor, empezó a palpitar fortísimo al respirar el mismo aire que Dante.

«No es momento de hacer esto».

—Dante quería hablar contigo —le informó su madre, con algo de curiosidad y temor en sus ojos verde oscuro.

Amara estuvo segura de que su propia mirada reflejaba la expresión de su madre. Dante no tenía motivo alguno para querer hablar con ella, así no. A menos que supiera que Amara estaba al tanto de lo del cadáver.

Se le encogió el corazón. «Dios».

Tragó saliva y señaló la puerta trasera con el mentón, pidiéndole en silencio que hablasen fuera. La puerta trasera de la casa del servicio daba directamente a la linde de los bosques. No había ninguna posibilidad de que alguien oyese su conversación ahí fuera. Cogió el chal de cachemira que Vin le había regalado por su cumpleaños hacía una semana y se lo echó por los hombros. Metió los pies embutidos en calcetines en las cálidas botas que había junto a la puerta y salió a la fría y brillante mañana. Dante la siguió y cerró la puerta tras de sí al salir.

Un viento frío la envolvió y trajo hasta ella un aroma a árboles, a tierra, a colonia. ¿A colonia? Amara inspiró ligeramente y comprobó que sí, lo era. Dante llevaba una colonia con aroma a madera y almizcle que le recordaba al fuego de una chimenea, a sábanas revueltas. Pues no, los pensamientos de Amara ya no eran tan puros.

«Baja un poco, chica».

—¿Mumu? —preguntó él en tono ligeramente divertido al tiempo que le daba alcance a zancadas con sus largas piernas.

Aunque Amara medía ahora metro setenta y cinco gracias a un estirón repentino, para su sorpresa seguía llegándole solo a la barbilla. Se abrazó a sí misma y se obligó a esbozar una pequeña sonrisa para aflojar la tensión que aumentaba en su cabeza.

—Sí, de niña solía llamar a mi madre «ma» y a mí misma «mu». Y se me quedó.

Dante asintió.

—Mi hermano hacía algo parecido.

—Ya no se le ve por aquí —comentó Amara, y se mordió la lengua. No debería haber dicho eso.

—No está aquí. Viene de vez en cuando de visita.

Ella no quiso ahondar más, porque no era asunto suyo. Se detuvo al borde del bosque y se volvió hacia él. Recorrió su silueta con la mirada. Después de aquella noche con el cadáver, excepto cuando entrenaba descamisado con Vin, Amara solo había visto a Dante con elegantes camisas abotonadas y pantalones de vestir. Un pesado reloj metálico envolvía su gruesa muñeca y llevaba una chaqueta a medida. Y la colonia, no había que olvidar la colonia. Amara se sintió muy mal vestida con aquel sencillo vestido de lana y el cabello despeinado. El pelo de Dante oscilaba bajo la suave brisa. La miró con esos ojos oscuros y enternecedores que tenía.

—¿Pasa algo? —preguntó con un tono de voz a juego con el chocolate caliente que eran sus ojos, y que le daban a Amara ganas de acurrucarse junto a un gato y un libro.

Luego, sus palabras llegaron a ella. Amara se obligó a mantenerle la mirada mientras se apretaba los codos con las manos bajo el chal.

—¿A qué se refiere?

Él enarcó una ceja oscura y se metió las manos en los bolsillos.

—Últimamente te comportas de forma muy rara.

Amara sintió que se le erizaba el vello. Frunció el ceño al tiempo que el corazón se le lanzaba al galope.

—No se ofenda, señor Maroni, pero no me conoce usted lo bastante bien para saber cómo me comporto.

Sus palabras tuvieron algún tipo de efecto en él. Amara no supo qué fue exactamente, pero algo chisporroteó entre los dos, algo eléctrico que le puso de punta el vello de la nuca y los brazos con muchísima intensidad. Le sostuvo la mirada.

Tras un largo momento de silencio, la otra ceja de Dante imitó a su compañera.

—Solo quería saber si estabas bien. Me da la sensación de que hace tiempo que me evitas a propósito por algún motivo. No sé por qué será, pero no me hace gracia.

De verdad que no debería haber dicho eso último. El pobre corazón de Amara empezó a bombear al doble de velocidad. Se centró en la primera parte de la frase. No podía decir «porque te vi enterrando el cadáver de una chica a la que te pillé besando hace mucho tiempo», ¿verdad? No.

—No debería fijarse usted en esas cosas, señor Maroni —señaló. Su tono de voz empezó a agudizarse una vez más antes de añadir—: Yo para usted soy irrelevante.

Dante ladeó la cabeza y la vio. Es decir, la *vio* en serio. La vio *de verdad*.

«Oh, oh».

—Qué raro que digas eso —musitó él en tono bajo tras un momento, sin apartar los ojos de ella—. Mi madre solía decirme a menudo que las personas son como piezas de ajedrez. No hay ninguna en el tablero que sea irrelevante.

Amara reprimió el pequeño temblor que sintió en la base de la columna vertebral.

—¿Y le parece que yo estoy en el tablero?

—Aún no lo sé —dijo él suavemente, mirándola con avidez.

Tras eso hubo un silencio. ¿Qué se respondía a algo así? Amara apartó la mirada y fijó la vista en las punteras gastadas de sus botas, delante de los zapatos resplandecientes que llevaba él. El barro que se acumulaba bajo esos zapatos caros expresaba con toda claridad lo acostumbrado que estaba Dante a llevarlos. Ella, en cambio, no. Amara era más bien de tiendas baratas, libros de segunda mano y muebles usados.

Aunque los Maroni pagaban bien, su madre y ella llevaban una vida modesta. Su madre solía poner los ahorros en una cuenta, para su futuro. Al ver a sus pies las diferencias entre las vidas de los dos, Amara se preguntó por qué Dante se molestaba siquiera en hablar con ella.

Carraspeó y alzó la vista hacia el hombre de quien había estado enamorada antes de conocer siquiera la palabra. Se tragó aquella buena dosis de realidad. Puede que Dante fuese lo bastante amable como para interesarse por cómo estaba, pero también era el hombre al que pertenecía toda aquella colina en la que se encontraban, el hombre que había enterrado a una chica con la que había tenido una relación. Él y ella existían en planos diferentes. A los tíos como Dante no les interesaban las chicas como ella. Les gustaban las hijas de sus socios mercantiles ricos, bellezones elegantes a las que podían estrechar entre sus brazos y a las que hacerles el amor sensualmente mientras sus familias se perdían en jueguecitos de poder. Amara tenía que superar aquello, fuera lo que fuese.

—¿Se le ofrece algo más, señor Maroni?

—Dante, y tutéame —la corrigió él en tono casi distraído—. En serio, ¿por qué me estás evitando?

Amara negó con la cabeza y suspiró.

—No estoy haciendo nada de eso.

—Embustera. —Sus ojos se oscurecieron y le clavó una mirada láser—. Las mentiras me molestan.

Amara se sintió sorprendida ante aquello, pero siguió en sus trece.

—No sé qué quieres que diga. Es muy amable por tu parte que preguntes cómo me encuentro, pero no es necesario. Que tengas un buen día.

Dicho lo cual, lo dejó allí plantado y se limitó a dirigirse a la puerta sin mirar atrás. Sus emociones eran un remolino en su pecho. Entró en la casa y cerró la puerta tras de sí. Se apoyó contra ella e inspiró larga y profundamente.

—¿Todo bien? —preguntó su madre, mirándola, junto a la masa que estaba preparando. Amara asintió y se quitó el chal de los hombros—. ¿Quieres hablar de ello? —preguntó con voz amable.

Amara rodeó la encimera y abrazó desde atrás a su madre, que era unos centímetros más alta que ella. Le apretó la nariz contra la piel y aspiró el limpio aroma a jabón de cítricos que usaba, la crema hidratante, el azúcar. Su madre olía a hogar. Amara sintió que algo se aflojaba en su interior al oler aquel aroma y se tranquilizó.

—No hay nada de lo que hablar, mamá.

—Claro que no. —Ella soltó una risa entre dientes y siguió amasando—. No es que te hayas quedado prendada de él ni nada.

Amara se apartó, incrédula.

—¿Te lo ha contado Vin?

Le salió la voz demasiado aguda para su gusto. «Controla el tono», la reprendió la voz de su profesor de música en la cabeza.

—No ha tenido que contarme nada. —Su madre se encogió de hombros y le lanzó una miradita—. Pásame la canela.

Amara sacó la especia de la estantería con gesto distraído y se la tendió en silencio.

—Entonces ¿cómo lo has sabido?

—Porque soy tu madre —afirmó ella, como si con esa explicación bastase. Y, en cierto modo, bastaba.

Su madre veía demasiado bien en todo lo que tenía que ver con ella.

—No es más que un capricho, mamá —dijo Amara en tono despreocupado—. Ya se me pasará.

De verdad que esperaba que así fuese.

Su madre prefirió no señalar el hecho de que no se le había pasado en cinco años, y Amara la quiso todavía un poco más por ello.

Unos pocos días después, Amara salió por la puerta trasera de la mansión con algunos suministros para el jardín y lo vio sentado en la glorieta, junto con su hermano, normalmente absorto, jugando al ajedrez, cómo no. Empezó a girar sobre sus talones cuando, de pronto, Dante la llamó.

—Amara, ven, te voy a presentar a mi hermano.

Ella suspiró. Aunque no tenía muchas ganas de compartir su espacio, marcharse habría sido bastante maleducado, e incluso grosero, sobre todo hacia aquel chico a quien no conocía. Esbozó una sonrisa y se dirigió a la glorieta. De inmediato captó las similitudes entre ambos chicos: tenían el mismo cabello oscuro, la misma complexión alta, la misma línea de la mandíbula. Desde luego eran familia.

También se fijó en que el hermano de Dante se encorvaba ligeramente y mantenía la mirada supercentrada en el tablero de ajedrez.

—Este es Damien —dijo Dante con una voz que despertó mariposas en el estómago de Amara—. Damien, te presento a Amara.

—Ojos Verdes —dijo Damien en una voz casi carente de tono.

Dante se rio entre dientes y se volvió para apoyarse con aire despreocupado en la columna de mármol de la glorieta.

—Sí, Ojos Verdes.

—Hola, Ojos Verdes —dijo Damien con la misma voz sin tono y movió una pieza—. ¿De verdad tiene los ojos del color de los bosques?

—¿Qué tal si lo compruebas por ti mismo? —le retó Dante y miró el tablero.

Damien alzó la vista hacia ella. Sus ojos oscuros revolotearon sobre los de ella durante dos segundos, tras los que volvió a mirar al tablero al tiempo que golpeteaba con el pie sobre el suelo en tandas de tres golpecitos.

Dante lo miró, sorprendido, y luego a ella.

—Te acaba de mirar a los ojos.

Amara se sintió algo incómoda, pero divertida. Antes de que pudiese decir nada, el jardinero la llamó. Se despidió y regresó a la carrera, feliz de poder escapar de su compañía.

Fue culpa de aquel ruido.

Había una fiesta en la mansión. Quién sabía qué celebraban, pero era un evento de gala de ultra lujo. Dado que era en fin de semana, Amara se había ofrecido a ayudar a su madre a organizarlo todo. Organizar fiestas era lo peor. Su madre acababa cansadísima después, y aquellos idiotas de los Maroni no habían tenido la brillante idea de contratar a alguien que se dividiese el trabajo con ella. Y desde luego no era que no pudieran permitírselo.

Amara recorría el pasillo de la mansión cargando con un buen montón de sábanas limpias, blancas, recién lavadas. Fue entonces cuando oyó aquel ruido.

Teniendo en cuenta lo que había pasado la última vez que vio algo que no debería haber visto, no tuvo muchas ganas de investigar. No tenía sentido buscarse problemas que no eran suyos, y la mansión ya era bastante escalofriante de por sí cuando estaba vacía. Resuelta a ignorar aquel ruido, Amara fue a seguir su camino, pero el sonido volvió a oírse. Frenó en seco. Venía de una de las puertas cerradas del pasillo.

Miró a un lado y a otro, a ver si venía alguien. Se encontraba en la tercera planta y todo estaba desierto. Inspiró hondo y dejó la colada en una mesa que había junto a la pared tras apartar un poco un jarrón de cristal que descansaba sobre ella. ¿Quién demonios dejaba un jarrón de cristal en un pasillo abandonado del tercer piso? Aquellos ricos estaban locos.

Se oyeron unas voces susurrantes tras la puerta. Amara avanzó de puntillas y se inclinó para asomarse por el agujero de la cerradura.

El señor Maroni, el padre, se cernía sobre un hombre sentado, a quien apuntaba con una pistola a la sien.

—¿Les darás el mensaje a tus amos o prefieres que lo mande escrito junto a tu cadáver? —preguntó en tono quedo.

El hombre sentado gimoteó. Ese era el sonido que había oído Amara, sus gimoteos. Sintió en la garganta los latidos de su corazón. Volvió a lanzar una mirada rápida por el pasillo para asegurarse de que estaba vacío, y luego siguió observando lo que sucedía ahí dentro. Apareció el hermano del señor Maroni, ¿o quizá era el primo? Estaba de espaldas a ella.

—Creo que sería mejor que hablásemos personalmente con ellos, Lorenzo —dijo con una voz bronca que le provocó a Amara un escalofrío por la columna vertebral—. Al Sindicato no le importará que este mierda desaparezca, sobre todo si reciben la entrega a tiempo.

—Quiero participar en la operación, Leo —dijo Lorenzo Maroni—. Han pasado años desde la última vez que nos frenaron. X dice que podemos intentarlo otra vez, y yo quiero que sea un mensaje potente. ¿Va a entregar el mensaje vivo o muerto?

—Creo que deberías hablar con X —sugirió Leo.

El hombre de la silla exclamó:

—Sabéis que el Sindicato no hace así las cosas. Después de lo que sucedió con vuestro primer envío, no os lo permitirán. La primera vez la cagasteis y ahora se dice que tu hijo...

—... queda fuera de discusión —dijo Lorenzo Maroni en tono definitivo—. Dante no se enterará de esto.

«¿Enterarse de qué?».

Su primo volvió a hablar:

—El envío saldrá en tres días del viejo almacén, con o sin este tipo. No lo necesitamos.

Hubo un silencio en la habitación. Amara casi no se atrevía a respirar; se agarraba al marco de la puerta para no perder el equilibrio. Debería irse. De verdad que debería irse. Pero sus pies siguieron pegados al sitio y siguió mirando con un solo ojo al interior de la habitación.

—Enviémoslo entonces con el mensaje. —Lorenzo Maroni asintió y, de repente, apuntó con la pistola al hombro del tipo y apretó el gatillo.

El estruendo reverberó por la habitación y sobresaltó a Amara. Se le escapó un gemido antes de poder evitarlo. Se llevó una mano a la boca y retrocedió a trompicones desde la puerta, tras lo que se apresuró a recoger la colada y echó a correr por el pasillo. Le martilleaba el corazón en el pecho. Oyó la puerta abrirse a su espalda y bajó las escaleras a toda velocidad, tan rápido como le permitían los pies. Descendió un piso. Otro. Llegó a la planta baja y corrió a la cocina, una zona atestada de personal de servicio que preparaba la fiesta. Le puso la colada en las manos a un sirviente sorprendido y corrió por la galería hasta la puerta trasera.

Y allí chocó con un muro de ladrillos.

Temblorosa, Amara alzó la vista y se encontró con Dante Maroni, que la sujetaba de los brazos y la sostenía, con cara de preocupación.

—Eh, eh, eh, ¿te encuentras bien?

Amara lo miró con ojos desorbitados y asintió. El señor Maroni había dicho que Dante no se iba a enterar de lo que pasaba. Amara no sabía qué era, pero no podía decírselo. ¿De qué serviría? Lo que había presenciado en esa habitación no era nada nuevo en aquel mundo. Era ella a quien le estaba costando digerirlo.

—Sí, eh... —Intentó encontrar las palabras, jadeando—. Creo que me he dejado el horno encendido en casa. T-tengo que ir a comprobarlo.

Empezó a apartarse, pero Dante la sujetó con un poco más de fuerza. No lo bastante para hacerle daño, pero sí para dejarla quieta en el sitio.

—Mírame —le dijo en un tono que ella jamás le había oído emplear. Uno que le ordenaba que escuchase. Sin darse cuenta, lo miró a aquellos ojos marrones que la estudiaban—. ¿Me quieres decir qué *cojones* te pasa? —exigió, con la vista clavada en ella, alerta.

Amara enderezó la columna, consciente de que tenía que apartarlo. Nadie podía enterarse de que había visto algo, por su seguridad y la de su madre.

—No es asunto tuyo. ¿Me puedes soltar los brazos?

Dante siguió sujetándola por los bíceps, los rodeaba casi por completo. Su contacto resultaba abrasador a través de la tela del top. Mientras se miraban el uno a la otra, la tensión de antes empezó a crecer entre los dos, pero era una tensión nueva que no había estado presente en ninguna de sus interacciones previas. Dante flexionó los dedos una única vez, con la mandíbula visiblemente apretada, y luego la soltó. Amara tragó saliva y salió de la mansión a mil por hora.

Con el corazón aún palpitando, echó una mirada por encima del hombro y lo vio de pie en el mismo sitio, contemplando cómo se marchaba. Quiso contárselo todo, pero probablemente no había sido nada en comparación con las cosas que él veía cada día. Además, ni siquiera lo conocía. Había crecido colada por él, pero en realidad no sabía quién era. Era mejor que no le contase nunca nada a nadie.

Amara tragó saliva para deglutir el secreto y lo relegó a los rincones traseros de su mente. Siguió caminando hacia su casa.

—¡Joder, estás guapísimo! —exclamó Amara al ver a Vin, que acababa de salir de la tienda.

Tenía un aspecto arrebatador. Llevaba una camisa lisa de color negro metida por dentro de unos pantalones de vestir del mismo color y un sencillo cinturón alrededor de la estrecha cintura. Con dieciséis años, ya era todo un rompecorazones.

Habían venido a la ciudad porque Vin necesitaba algo más formal para la fiesta, y dado que ya sabía conducir, le había pedido prestado el coche a su padre y los dos se habían ido de compras. La excursión le venía bien a Amara para aclararse la cabeza. Además, comprarse un vestido bonito también ayudaba. Era un precioso traje verde oscuro con un poco de escote y mangas largas. El color resaltaba sus ojos y el dobladillo le llegaba a las rodillas. Amara se había enamorado nada más verlo.

Ambos decidieron arreglarse en la misma tienda e ir luego directamente a la fiesta. Vin tenía turno de patrulla con el resto del equipo de seguridad, lo cual era todo un honor, porque a los chicos de su edad no se les solía permitir participar en ellas. Y Amara había decidido ayudar a su madre, así que, aunque iría a la fiesta, en realidad estaría trabajando.

—Sí, sí, sí.

Su amigo se tironeó del cuello de la camisa, señal de que se estaba poniendo incómodo. Amara sonrió. Atravesó el garaje hacia el coche y se recogió el pelo en una coleta para que no la molestase.

—¿Crees que debería llevar pintalabios esta noche? —le preguntó a Vin, que emitió un quejido de hastío ante la pregunta.

—Tienes que buscarte a alguna amiga con la que hablar de esas mierdas, Mara —le dijo al tiempo que sacaba las llaves del coche del bolsillo.

Ella enganchó su brazo al de él.

—Pero es que te tengo a ti. ¿Crees que estaré guapa con pintalabios? —lo chinchó. Él le dedicó una mirada graciosa.

—Te olvidas de que te he visto más de una y más de dos veces con los mocos cayéndote por la nariz. —Puso los ojos en blanco—. Y rechupeteando la pared…

—¡Eh, que eso solo pasó una vez y tenía tres años!

—… y de todos modos estarás guapa —acabó él por ella—. Ponte el puñetero pintalabios si quieres.

Amara se rio y le dio un codazo en las costillas.

—Eres un bicho. ¿Qué tal han ido los entrenamientos hoy? La noche empezó a refrescar. Los dos se acercaron al coche.

—Bien —respondió Vin, y se metió las manos en los bolsillos—. Hoy Dante me ha preguntado por ti.

Amara casi se cayó de bruces, pero siguió agarrada al brazo de Vin. Intentó fingir indiferencia y preguntó en tono despreocupado:

—Ah, ¿sí? ¿Y qué te ha preguntado?

—Si tú y yo estábamos juntos. —La voz de Vin tenía el mismo tono de asco que él mismo debía de sentir. Amara entendía que la gente supusiese que salían juntos, dado que los dos estaban prácticamente unidos como siameses, pero ninguno sentía ese tipo de atracción por el otro. Puaj—. Creo que le gustas.

—¿Y le has dicho que no estamos juntos? —preguntó Amara, al tiempo que se detenían junto al sedán oscuro en el que habían venido, ignorando la última frase.

—Le he preguntado por qué quería saberlo —le dijo Vin, que rodeó el coche hasta el asiento del conductor con la bolsa que tenía la otra ropa—. O sea, eres mi mejor amiga y los dos sabemos lo que hay. Pero creo que a Dante le preocupa que ya no le hagas caso. Si dejar que piense que estás conmigo sirve para protegerte, que piense lo que quiera.

Por eso Amara adoraba a aquel tío. Era su héroe. Le dedicó una sonrisa por encima del techo del coche.

—Eres un amor, Vinnie.

—Joder, ¿quieres hacer el favor de no llamarme así en público? —Se apresuró a mirar en derredor, lo cual le arrancó una risa a Amara.

Una risa que se cortó antes incluso de salir. Antes de poder siquiera decir algo, una mano le tapó la boca y la apartó del coche de un violento tirón. Una camioneta dio un frenazo en el aparcamiento. Al mismo tiempo, un tipo se acercó a Vin. Ambos empezaron a forcejear, pero el hombre mayor lo redujo y también le cubrió la boca con la mano. Lo aplastó contra el duro cemento. Amara lo vio todo, horrorizada.

—Nos llevamos a la chica.

Amara gritó bajo la mano de su captor. Un olor penetrante a tabaco inundó las fosas nasales mientras forcejeaba con él. Pisó la puntera del zapato del hombre con el tacón de sus manoletinas, con fuerza suficiente como para arrancarle un gruñido, pero no para que la soltase. El hombre empezó a arrastrarla hacia la camioneta que los esperaba. Ella pataleó, y una de las manoletinas se le cayó en medio de la refriega.

El hombre que se cernía sobre Vin le dio un codazo en la cabeza. Vin quedó inconsciente en el suelo. Amara empezó a luchar con todas sus fuerzas contra los brazos de su captor. El corazón le palpitaba con un furioso galope en el pecho.

—La puta esta no deja de moverse —se quejó el hombre.

Y tanto que no pensaba dejar de moverse, joder. De algún modo, se las arregló para atrapar algo de la carne de la mano del tipo entre los dientes. Mordió con todas sus fuerzas. El hombre chilló y apartó la mano lo suficiente como para que Amara pudiese gritar:

—¡Ayuda!

Le metieron en la boca un pañuelo que la asfixió y amortiguó los sonidos que intentaba emitir.

—Métela en la camioneta —dijo uno de los hombres.

Amara se debatió con más brío aún. Le empezaban a arder los pulmones del esfuerzo. Miró con ojos desorbitados al hombre enmascarado frente a ella, que en ese momento gruñó y se volvió. Vin había aparecido detrás del tipo. Se abalanzó sobre él con el cuchillo que siempre llevaba consigo. Los ojos de Amara los siguieron, febriles. Vin pasó del ataque a la defensa. Claramente, el otro tipo no solo era más grande, sino que tenía más experiencia que su amigo. Sujetó la mano del cuchillo de Vin y le dobló la muñeca con un chasquido. El amigo de Amara gruñó de dolor. Ella se revolvió desesperada contra el hombre que la sujetaba, intentando alcanzarlo. Vio horrorizada que el otro tipo agarraba el cuchillo y le abría un tajo en la cara a Vin, que soltó un aullido de dolor tan alto que el hombre masculló una maldición y dejó caer el arma al suelo.

—Tenemos que darnos prisa —le dijo al tipo que sujetaba a Amara.

Ambos empezaron a arrastrarla hacia el vehículo. Antes de que la metieran en el maletero, Amara vio que alguien corría hacia Vin. Luego todo se volvió oscuro.

6

Amara
Quince años

Amara parpadeó y abrió los ojos, desorientada. Recuperó el conocimiento en una estancia desconocida. Parecía el interior de una celda, pero más limpio, casi aséptico. Las paredes tenían un tono de blanco que Amara no había visto antes en ninguna pared. La puerta frente a ella era de madera, pesada y marrón. A su derecha había otra más pequeña. Estaba oscuro, aunque no era una oscuridad total, pues por debajo de la rendija se colaba suficiente luz como para ver un poco. Sin embargo, también estaba lo bastante oscuro como para que se sintiese inquieta.

Fue a alzar el brazo para restregarse los ojos, pero se detuvo al sentir el pesado metal que tenía en las muñecas. Algo más alerta, se miró las manos y vio grilletes, grilletes de verdad, pegados a las cadenas y enganchados a la pared tras ella. El corazón empezó a latirle con más rapidez. Los recuerdos volvieron en tromba a ella. Paseó la vista por la habitación, intentando encontrar un arma, una llave, algo que la ayudase a escapar. No había nada. No había ventanas en la habitación, ni ningún mueble excepto una mesa vacía contra la pared frente a ella. Estaba sentada en el suelo. Aunque sentía como si tuviese la boca llena de algodón, en realidad no llevaba mordaza alguna.

Tragó saliva, con la garganta seca. Pensó si debería hacer algún ruido. No sabía nada acerca de sus atacantes. No sabía quiénes eran ni por qué habían ido a por ella. ¿Podría ser un equívoco? ¿Quizá la habían confundido con otra persona? Era la hija de la criada, no era importante en absoluto. Aquello no tenía sentido.

Acababa de formular aquel pensamiento en la cabeza cuando la puerta se abrió. La luz inundó la estancia y la cegó por un momento. Amara parpadeó algunas veces para que los ojos se le acostumbrasen. El hombre que le había rajado la cara a Vin entró en la habitación con una botella de agua. En las sombras, Amara apenas lo veía con claridad, aunque él la veía perfectamente porque la luz caía sobre ella. Lo único que alcanzó a ver fue que el tipo era de complexión ancha y es posible que llevara barba.

—Buenos días, zorra. —El hombre se sentó de un salto en la mesa frente a ella. La madera crujió bajo su peso—. ¿Has dormido bien?

Amara tragó saliva, pero no dijo nada. Dios, esperaba que no le hicieran daño. No podía aguantar el dolor. Jamás había sido capaz. «Que sea un malentendido, por favor». El hombre tiró la pequeña botella a su lado. El plástico se estrelló contra la pared y luego rodó hacia ella. ¿Contenía algún narcótico?

—No te vamos a drogar —aclaró el hombre, que evidentemente había leído sus pensamientos—. Vamos a charlar un poco, nada más.

Amara no le creyó. Había algo en su tono de voz, algo demasiado despreocupado en el modo en que había pronunciado aquella frase. Algo que despertó su cautela. Bajó la vista hacia la botella y sintió la tentación de agarrarla, pero se contuvo. Tenía sed, pero prefería seguir consciente. Tras ver que ella no pensaba echar mano del agua, el hombre preguntó:

—¿Sabes para quién trabajamos?

No tenía la menor idea. Negó con la cabeza, no muy segura de si decir que no era lo más sensato.

—Bien, muy bien. —El hombre asintió con fuerza, y ella inspiró de alivio. De acuerdo, la ignorancia era buena—. ¿Sabes por qué estás aquí?

Ella volvió a negar con la cabeza y se tironeó del dobladillo del vestido en medio de un ataque de nervios. La sangre le subió a las orejas. El hombre se inclinó hacia adelante y apoyó los codos en las rodillas. Seguía estando demasiado sumido en sombras; Amara no veía bien sus facciones.

—Estás aquí para darnos respuestas. Si lo haces, nadie saldrá herido y te dejaremos marchar. ¿Entendido?

Un estremecimiento surgió en la base de su columna vertebral. Sintió que se le encogía el estómago, pesado. Comprendió que no pensaban dejarla ir. Aun así, asintió.

—¿Conoces a Lorenzo Maroni? —preguntó el hombre, al tiempo que sacaba un cigarrillo y se lo ponía en la boca. Encendió una cerilla, que iluminó momentáneamente sus facciones, y dio una honda calada. Amara inhaló el humo; no olía como el de los cigarrillos normales. Era dulce, casi empalagoso.

—He... oído hablar de él —tartamudeó. Su cuerpo se llenó de adrenalina y el corazón se le disparó. Dios, ¿por qué la habían traído allí? Nada tenía sentido. No sabía qué quería aquel hombre de ella.

—¿Nunca lo has visto?

—De pasada —dijo Amara con tono agudo mientras los nervios se cebaban con ella. Bajo la tremenda tensión que sentía en la cabeza, el hábito de aflautar la voz se apoderó de ella.

El hombre asintió, sacó un teléfono y le enseñó la foto de otro tipo.

—¿Lo ves?

Amara entrecerró ligeramente los ojos y miró la foto. Mostraba a un hombre calvo con gafas. Le pareció familiar, pero no lo reconoció. Podría ser que lo hubiese visto alguna vez en el complejo.

—¿Te suena?

Amara negó con la cabeza.

—Creo que te has equivocado de persona —dijo en tono esperanzado, intentando razonar con él—. Por favor, déjame marchar. No sé nada.

Él se rio, y a ella se le heló la sangre.

—No, no me he equivocado en absoluto —le aseguró él, con un tono de voz que disparó todas sus alarmas—. Háblame de Dante Maroni.

Amara sintió que se le paraba el corazón un segundo, para a continuación seguir atronando a mil por hora.

—Es el hijo de Lorenzo Maroni.

—Sí. Un hijo de puta malnacido, ya lo creo —resopló el hombre—. ¿Ha hablado alguna vez de asuntos serios contigo?

Ella negó con la cabeza.

—Apenas conozco a Dante.

—No es eso lo que me ha contado un pajarito —canturreó el hombre—. De hecho, lo que he oído es que los dos os conocéis íntimamente, no sé si me entiendes.

Un estremecimiento muy potente la sacudió.

—No —negó con todo énfasis—. No lo conozco. Yo no sé nada. Por favor, deja que me marche.

El hombre se echó a reír.

—Qué mona eres.

No. *No*. A Amara le hormigueó la piel. Se aseguró de que el vestido aún le cubría por debajo de las rodillas y se encogió sobre sí misma para hacerse lo más pequeña posible.

—Está bien, no piensas hablar sobre Dante Maroni. —El hombre se echó hacia atrás y enderezó la columna. La madera crujió bajo su pecho—. ¿Sabes algo del Sindicato?

La mente de Amara volvió de un destello a aquella estancia de la mansión de los Maroni. El primo de Lorenzo Maroni lo había mencionado. Negó con la cabeza.

El hombre asintió.

—¿Sabes algo de un envío?

«El envío saldrá en tres días».

Amara negó.

—Vaya zorrita testaruda estás hecha. —Se rio el hombre—. Pero te voy a romper.

Amara tembló, aunque no supo si era por el frío o por el miedo que ya invadía todo su cuerpo.

—Vas a matarme, ¿verdad? —preguntó. Se le quebró la voz al tiempo que se le llenaban los ojos de lágrimas.

Él bajó de un salto de la mesa.

—Lo siento, cariño. Mis chicos y yo no dejamos testigos.

Dicho lo cual, salió, aunque dejó la puerta abierta esta vez. Al poco volvió con una bolsa que depositó en la mesa. Sacó una llave de buen tamaño del bolsillo y se acercó a ella.

Amara se apretó contra la pared para alejarse de él.

—No —suplicó, con la desesperación pintada en la voz—. Por favor, déjame marchar. No se lo contaré a nadie.

El hombre soltó una risa entre dientes, como si Amara lo divirtiese. Le quitó las esposas y el aroma a tabaco, aceite de motor y humo dulzón invadió su espacio personal.

—Descansa. Enseguida vuelvo.

En cuanto el hombre se hubo marchado, Amara miró qué había tras la otra puerta, en busca de un arma. Sin embargo, no había nada más que un baño con un retrete, un lavabo y jabón líquido. Y en la habitación solo había la mesa y las cadenas sujetas a la pared, cosa que Amara tampoco podía usar. Derrotada, asustada, Amara se limitó a acercarse a un rincón, hacerse un ovillo y rezar para que alguien, quien fuera, viniese a rescatarla. No sabía cuánto llevaba allí, ni qué hora era. Al cabo, el hombre regresó junto con sus dos compañeros. Las siluetas de los tres bloqueaban la luz de la puerta. El corazón se le subió a Amara a la garganta.

—No sé nada —suplicó de nuevo, con la voz rota—. Por favor. Si queréis dinero, os puedo conseguir un poco. Por favor, dejadme marchar.

No le hicieron ni caso. Uno de ellos trajo a rastras una silla a la habitación. El segundo se acercó a ella, la levantó de malas maneras agarrada de un brazo y la arrojó a la silla. Amara los miró, frenética, y sus ojos se detuvieron en el primer hombre, que estaba dejando en la mesa un rollo de cuerda, un cuchillo y un contenedor. Luego se puso unos guantes. La respiración de Amara se aceleró. «No».

—¡No sé *nada*! —La voz se le quebró del todo con esa última palabra y le dio igual. El miedo eclipsaba todo lo demás.

—Aun así vamos a charlar un poco, chica —le informó el tipo. A ella se le encogieron las entrañas.

El hombre agarró un extremo de la cuerda y lo mojó en el contenedor. Amara oyó un siseo y todo su cuerpo empezó a temblar.

—Supongo que no querrás que te ponga esta cuerda empapada en ácido en esas muñecas tan bonitas que tienes, ¿verdad? —le dijo.

Ella negó frenéticamente con la cabeza. Las lágrimas corrían por sus mejillas.

—Muy bien. Pues háblame del complejo. ¿Se puede entrar desde los bosques?

—No lo sé —dijo Amara, aunque sabía que sí—. A los niños no se les... no se les permite... ir a los bosques.

Los nervios la hacían tartamudear. Había encontrado la entrada en uno de sus paseos, y aunque había una valla, sabía que estaba allí. Pero no pensaba decírselo. Se trataba de su hogar.

El hombre asintió.

—Mira, esa pregunta ha sido una prueba, y la has pasado. Muy bien. A ver... ¿Hay alguna entrada subterránea?

Amara negó con la cabeza, con los ojos fijos en la cuerda.

—Lo siento, pero no sé nada.

El hombre se acercó a ella, acompañado del aroma acre del ácido. Amara apretó los dientes para que no le temblase la mandíbula.

—¿Y no sabes nada del Sindicato?

Ella negó.

—¿Tiene Maroni alguna debilidad fuera del complejo, que tú sepas? —¿Por qué le hacían esas preguntas absurdas?—. ¿Tiene Dante Maroni a alguien fuera del complejo? —El hombre se inclinó hacia ella—. ¿Alguien a quien podamos utilizar contra él?

«Su hermano». Amara negó con la cabeza, en silencio, temblando de la cabeza a los pies. Un pánico muy real se adueñó de ella cuando el hombre acercó la cuerda y sonrió.

—Esto va a ser divertido.

Entonces empezaron los gritos.

Se habían equivocado de chica. Aquello no tenía sentido. Amara no era nadie. El paso del tiempo se emborronó. Los latidos de su corazón se emborronaron. Las preguntas se emborronaron. ¿Era de día? ¿De noche? Todo se emborronó. Todo menos las quemaduras.

Las manos. La espalda. Los pies. Todo le ardía. Y Amara gritó.

—¿Qué sabes del Sindicato?

«Céntrate».

—¿Tiene Dante Maroni a alguien que podamos utilizar contra él?

«Respira».

—¿Has oído hablar de algún envío?

«Vive».

—¿A qué hora interrumpen los guardias las patrullas nocturnas para descansar?

«Sobrevive».

—¿Deberíamos decirle a Maroni que su novia está aquí?

«Grita».

«Céntrate. Respira. Vive. Sobrevive. Grita».

«Respira. Vive. Sobrevive. Grita».

«Vive. Sobrevive. Grita».

«Sobrevive. Grita».

«Grita».

Estaba sola.

De alguna manera, de algún modo, su cerebro se las arregló para enviarle aquel mensaje entre la bruma del dolor. Estaba sentada en la silla, con las muñecas libres pero inmóviles. Todo su cuerpo se estremecía como una hoja. La piel le ardía.

Estaba sola.

Y la puerta estaba abierta.

Parpadeó, apenas capaz de ver más allá de las lágrimas que le anegaban los ojos. Le dolía todo. Todo era dolor. Pero tenía que sobrevivir. Apenas había vivido su vida. Tenía que atender a clases de canto en verano, acabar el colegio, leer libros, ir de visita a sitios, besar a algún chico, tener bebés. Su madre no podía perderla. Vin no podía sufrir su pérdida.

Estaba viva. Eso era lo que importaba. No la habían roto aún. Se agarró a los lados de la silla con brazos temblorosos y, de alguna manera, encontró suficiente fuerza en su interior para levantarse. Le llamearon las heridas de las muñecas, se mordió el labio con fuerza para ahogar cualquier sonido. No podía permitir que la descubriesen.

Se levantó, tenía las piernas inestables. Las plantas de los pies le dolían a cada paso que daba. Dejaba huellas sanguinolentas en el suelo, la circulación le escocía en la piel. Sus ojos volaron hasta la puerta abierta. Pensaban que la habían asustado o dejado lo bastante débil como para no intentar nada. Qué equivocados estaban. El miedo era pariente de la desesperación. Y ella estaba *desesperada* por escapar de aquel infierno.

Con pasos suaves, las mejillas cubiertas de lágrimas y el pelo pegado a la cara, reprimiendo cualquier gemido, Amara se dirigió con cautela a la puerta abierta. Salió a algún tipo de corredor. Miró a la izquierda y luego a la derecha, y optó por esta última. Descendió unos escalones; bajar cada uno de ellos era como caer a un pozo de fuego. De algún modo, consiguió bajar sin perder la respiración. Su necesidad de escapar superaba todo lo demás. Llegó a una especie de despacho vacío con una puerta en la que se leía la palabra SALIDA. En alguna parte oyó a sus secuestradores, que estaban viendo un partido.

Su única meta era escapar.

Al ver la puerta sintió que una oleada de adrenalina le recorría el cuerpo y la llenaba de energía. Y, peor aún, de esperanza. Cojeó hacia ella, jadeando, y salió a algún tipo de garaje con puertas cerradas. Cerradas, pero no con llave.

Desesperada por escapar de allí, fue en línea recta hacia ellas, y de pronto la agarraron de un tirón por el pelo. Sintió un estallido de dolor en el cuero cabelludo y se le escapó un grito entre los labios. El primero de los secuestradores la arrastró hasta la camioneta del garaje y la arrojó contra el capó.

—¿Aún tienes ganas de pelea, zorra? —le escupió junto a la oreja, y se apretó contra ella por la espalda.

La bilis le subió a Amara a la garganta y toda la piel le hormigueó de repulsión. Los compañeros del tipo salieron al garaje.

—Por favor, no —suplicó—. Por favor.

Ellos se echaron a reír.

—Valiente puta.

El hombre la sujetó. Lo primero que hizo fue arrancarle la ropa. Y ella gritó, grito...

... y gritó...

... hasta que ya no pudo gritar más.

Había una araña pequeña en el suelo. Era bonita. Amara yacía de lado en el suelo del garaje. Contemplaba a la araña, que intentó subir por la pared pero cayó. Recordó una historia que solía contarle su madre; iba sobre un rey en una cueva tras una batalla que veía cómo una araña trepaba y caía un centenar de veces. ¿O quizá era una reina? ¿Eran cien veces o cincuenta? Aquella araña solo lo había intentado dos veces antes de pasar a otra cosa. Quizá los cuentos se equivocaban.

«Witzi, witzi araña subió a su telaraña», tarareó en su cabeza.

Dios, qué cansada estaba. Ya ni siquiera le dolía. Solo quería dormir. Todo su cuerpo quería dormir. Ya tenía los brazos dormidos. Intentó moverlos y lo único que consiguió fue crispar los dedos. ¿Cómo era posible que siguiera despierta? No tenía nada por lo que seguir despierta.

La araña regresó.

«Witzi, witzi araña», siguió tarareando. Con ojos hinchados contempló a la araña, que optó por otra ruta y empezó a trepar otra vez. Casi sonrió. Quería que llegase a lo alto.

—¡Me cago en la puta, joder!

El sonido llegó de algún lugar a su espalda, pero Amara no se molestó en centrarse en él. Unas manos le tocaron los brazos y la giraron despacio hasta quedar bocarriba. El fuego volvió a recorrerle la piel. Algo la cubrió. Olía bien.

Amara parpadeó y vio unos ojos azules, azulísimos, que la miraban. Los reconoció, los había visto en alguna parte. Le recordaron a cielos claros y nubes bonitas. Quiso flotar entre ellas.

—Te voy a levantar en brazos, ¿de acuerdo? —dijo el chico en tono quedo. Su voz le devolvió la consciencia. Tenía una voz bonita. Amara quiso envolverse en ella y no apartarse jamás.

La reconoció en medio de la niebla de su mente. El chico nuevo. Tristan. ¿Qué hacía allí? ¿O acaso era una alucinación? ¿Se había roto de verdad su mente? Amara abrió la boca para responderle, pero algo le quemaba en la garganta. No salió ningún sonido. El pánico despejó un poco más la niebla.

—No te preocupes, ahora estás a salvo —la tranquilizó él—. Nadie te volverá a poner una mano encima, te lo prometo.

Por algún motivo, Amara le creyó, aunque el chico debería haber hecho esa promesa antes.

—Por favor —consiguió susurrar de algún modo. Él se inclinó para oírla mejor—. No... se lo... cuentes... a nadie —consiguió pronunciar a pesar del dolor en la garganta. Necesitaba el té caliente de hierbas de su madre.

El chico se limitó a mirarla un instante con algo poderoso en la mirada. Acto seguido la alzó en brazos, con cuidado de no tocar las heridas de la espalda, y la colocó sobre una mesa. La dejó con delicadeza y le ciñó aún más la chaqueta que la cubría. Su propia chaqueta.

—¿Estás bien? —preguntó con una voz tan tierna que a ella le temblaron los labios. Amara negó con la cabeza. Creía que no volvería a estar bien jamás—. Aguanta, ¿vale? —añadió en tono suave.

«Para qué», quiso preguntarle Amara, pero no consiguió que su garganta cooperase. Té. Necesitaba té.

—Dante, la he encontrado —oyó que decía el chico. De pronto sintió que se alejaba. Le pesaban los párpados cada vez más.

Oyó más voces, pero sus ojos no se abrían.

Y, por alguna razón, creyó en la promesa de Tristan y sintió que se encontraba a salvo, así que se dejó arrastrar hasta un bendito olvido.

7

Amara
Quince años

No podía moverse.

Amara abrió los ojos con un parpadeo y vio una habitación desconocida. Experimentó una fuerte sensación de *déjà-vu* y el pulso se le aceleró de puro pánico. Un repentino pitido a su lado llamó su atención y vio algún tipo de monitor con cables, como los de las películas.

Un hospital. Estaba en el hospital. Los recuerdos llegaron hasta ella e inspiró hondo para volver a dejarlos en lo más hondo de su mente.

«Ahora no. Ahora no. Ahora no».

—¿Mumu?

Al oír la voz, su mirada voló hacia su madre, que estaba en la puerta, con los ojos húmedos e hinchados. Amara sintió que un sonido le escapaba del pecho. Su madre corrió hacia ella, con cuidado de no estorbar a los varios tubos que tenía conectados al cuerpo, la apretó contra sí y le acarició los cabellos, como siempre hacía.

Amara se rompió. Empezó a llorar a gritos. Su cuerpo recordó el dolor y su mente recordó el momento en que se hizo trizas. Sollozó mientras su madre no dejaba de abrazarla. Le plantó suaves besos en la cabeza y murmuró palabras dulces que no tenían el menor sentido. Ni falta que hacía. Su madre estaba junto a ella, Amara se sentía segura, se sentía amada. No importaba nada más. Sintió que su madre lloraba con ella. Fue eso lo que la llevó a apartarse y mirarla. Sus ojos verdes resplandecían de dolor por su hija, tenía la boca apretada hasta formar una suave línea. Parecía agotada, con el corazón roto. Y la amaba con locura.

Amara inspiró hondo. Su madre le enjugó las lágrimas con la mano.

—Saldremos de esta, Mumu —le dijo en tono tierno.

Ella abrió la boca para hablar, pero se oyó un carraspeo desde la puerta. Una mujer de la edad de su madre, claramente una doctora, entró en la habitación.

—Me alegro de verte despierta, Amara. —La doctora le dedicó una sonrisa amable—. ¿Cómo te sientes?

Amara empezó a hablar, pero la doctora negó con la cabeza.

—No, no hables aún. Asiente o niega con la cabeza, ¿de acuerdo?

Sintió que su madre le apretaba la mano. Confundida, asintió.

—¿Sabes en qué día estamos? —preguntó la doctora. Ella negó con la cabeza—. Es 6 de enero.

A Amara empezó a darle vueltas la cabeza. Su último recuerdo antes de que la raptasen había sido en diciembre. ¿Cómo había pasado tanto tiempo? La confusión que sentía debió de quedar patente en su cara, porque la doctora volvió a hablar:

—Estuviste secuestrada más de tres días. Y llevas aquí dos semanas. Te hemos inducido un coma. —La conmoción recorrió todo su sistema—. Todo tu cuerpo había sufrido traumas severos y necesitaba empezar el proceso de curación —prosiguió la doctora—. Pensamos que, dadas las circunstancias, sería mejor que tanto tu mente como tu cuerpo descansasen un poco.

Amara apretó los dientes y procesó todo lo que le estaba contando.

—Tu madre ha dicho que tienes un umbral del dolor muy bajo.

Ella asintió. Jamás había comprendido hasta qué punto lo era hasta que aquellos monstruos la habían atrapado. La doctora continuó, con compasión en la mirada:

—Quizá por eso has sufrido una reacción tan severa a algunas de las heridas. Siento todo lo que has pasado, Amara. Pero tengo que contarte algo más. ¿Te importa si sigo?

A Amara le gustó que la doctora le hubiese pedido permiso, que le ofreciese la alternativa. Miró a su madre, sentada junto a ella, fuerte, y asintió.

—Tienes quemaduras por ácido y cortes en la espalda, los costados y los pies. Es más que probable que dejen cicatrices —siguió la doctora—. Las peores te quedarán en las muñecas. La buena noticia es que se están curando bien. Podrás tener cirugía estética en algún momento para minimizar el impacto, si lo deseas.

Amara se miró las muñecas y los pies, todo ello envuelto en gasa blanca. Debía de ir hasta arriba de analgésicos, porque apenas sentía una punzada.

—¿Amara? —La doctora volvió a llamar su atención, con ojos aún más compasivos—. No vas a poder hablar en al menos un mes. Los gritos te ocasionaron un daño severo en las cuerdas vocales; hemos tenido que intervenirlas quirúrgicamente. Rara vez hay que recurrir a algo así, pero me parece que ha sido por ese umbral del dolor tan bajo del que hablábamos.

Amara tragó saliva y el pánico la inundó de nuevo. Apretó la mano de su madre.

—No te preocupes, cariño —la consoló, sentada a su lado. Su tono indicaba que ya estaba al tanto de todo aquello.

Ella abrió la boca y la volvió a cerrar.

—Podrás volver a hablar una vez que se haya curado del todo, no te preocupes —la tranquilizó la doctora—, aunque es más que probable que tu tono de voz se vea limitado.

Amara inspiró hondo para digerir todo aquello.

La doctora continuó:

—También te hemos hecho análisis a raíz de la agresión sexual que sufriste. Se ha puesto una denuncia, como se hace normalmente en casos como este. La policía querrá hablar contigo una vez que estés lista. Pero no lo sabe nadie, aparte de tu madre. ¿Quieres que informe a alguien más?

No. No, por supuesto que no quería que nadie más lo supiese. La vergüenza se enroscó en su interior como una serpiente. Negó con vigor. La doctora esbozó una leve sonrisa, comprensiva.

—De acuerdo. Pero te recomiendo que hables de ello con un terapeuta. Tu cuerpo se curará, pero tu mente también necesita curarse. Has pasado una experiencia muy traumática, y la terapia puede ayudarte de verdad. Le dejaré a tu madre el contacto de una especialista en este tipo de casos. ¿Te lo pensarás?

Amara no estaba segura, pero asintió igualmente. La doctora esbozó una leve sonrisa y le dijo que descansase. A continuación la dejó con su madre.

Amara se preguntó si su madre le habría contado algo de todo aquello a su padre. Ella le apartó el cabello de la cara en un gesto que Amara se sabía de memoria.

—Ha venido gente a verte. Vin estaba fuera —le dijo su madre en tono quedo—. ¿Quieres que le diga algo?

Vin ya estaría cargando con la culpa de lo ocurrido. No hacía falta que supiera que además la habían violado. Amara negó con la cabeza. Su madre sonrió.

—Cuando vuelva le diré que entre, pero luego a descansar, ¿vale? —Amara asintió—. No permitas nunca que se te endurezca el corazón, cariño mío —le dijo su madre. Amara sintió que los ojos le ardían. Por fin comprendió qué significaba la expresión.

La puerta se abrió unos minutos después. Amara giró la cabeza, esperando ver a su amigo, pero en cambio se encontró con un chico sombrío y mortal de ojos azules plantado en la puerta. Era quien la había salvado. Tristan.

Tragó saliva. Él entró en la habitación y cerró la puerta tras de sí. Se acercó a la pared de enfrente, quizá para no agobiarla. Debería haber sabido que, después de lo que había hecho por ella, Amara confiaba en él por completo. Iba vestido con una sencilla camisa negra y unos vaqueros. Se apoyó en la pared y metió las manos en los bolsillos. La contempló con sobriedad. Amara quiso darle las gracias… por ir a por ella, por encontrarla, por cubrirla con su chaqueta, por ponerla a salvo. Quiso decirle muchas cosas, pero no pudo, así que se limitó a esbozar una pequeña sonrisa.

Él observó aquel gesto un instante antes de hablar, con el mismo tono pausado y amable que había tenido cuando la encontró:

—¿Te han contado los médicos lo que pasó?

Era el mayor número de palabras que Amara le había oído pronunciar. Asintió.

—¿Y tu madre lo sabe todo? —Ella volvió a asentir—. ¿Te están tratando bien?

Se refería al hospital. Casi resultaba mono que lo preguntase. Amara asintió sin palabras.

—Bien. —Se apartó de la pared y se dirigió a la puerta.

Amara debió de hacer algún tipo de ruido, porque Tristan se detuvo, con la mano en el pomo, y la miró. Amara no quería que nadie aparte de su madre lo supiese todo, pero Tristan lo sabía, y ella le suplicó en silencio que le asegurase que quedaría entre los dos.

—No se lo contaré a nadie —le dijo en tono suave, y luego salió.

Amara confiaba en él. Si decía que lo mantendría en secreto, se lo llevaría a la tumba.

Vin entró en el cuarto después de que Tristan se hubiese marchado con una venda en la mejilla, donde le habían hecho el corte. Amara intentó sonreír para él. Por primera vez vio romperse a su amigo, que se derrumbó a sus pies y le dijo una y otra vez entre hipidos:

—Lo siento.

Amara quiso decirle que no era culpa tuya, que no tenía nada de lo que disculparse, pero se conformó con apretarle la mano hasta que se calmó. Vin le dijo que se aseguraría de que se iba a curar, aunque fuese lo último que hiciese.

Amara casi sonrió al oír eso.

Y ahora, sola en la habitación después de que acabase la hora de las visitas, contempló el techo e intentó evitar que los recuerdos penetrasen en su mente. Resultaba difícil. Dificilísimo. Se sentía repugnante, como si su piel ya no le perteneciese. Como si la culpa, el dolor y la vergüenza que sentía por algo que no era culpa suya no fuesen ya a abandonarla nunca. Era difícil ignorar esos recuerdos, pero lo intentó. Quizá la doctora tenía razón. Quizá hablar con un terapeuta la ayudase a mantener a raya a los demonios.

La puerta de la habitación se abrió, pero Amara siguió mirando al techo, a la espera de que la medicación la arrullase de nuevo hasta dormirse. Probablemente no era más que la enfermera, que venía cada dos horas a comprobar sus constantes vitales. Tras un largo minuto, al ver que no se oía nada, Amara giró la cabeza a un lado.

Y sintió que se le paraba el corazón.

Dante Maroni se encontraba en la silla de la habitación. Tenía un aspecto devastado por completo. La corbata torcida, la camisa aplastada, el pelo despeinado y los ojos enloquecidos. Amara se quedó sin respiración. Jamás lo había visto con semejantes pintas. El corazón empezó a tronarle, y el monitor soltó un pitido al mismo ritmo, chivándose vergonzosamente del modo en que su presencia la afectaba. No quería que Dante la viese así, tumbada en una cama de hospital, herida, rota, sin ser ella misma. Ni siquiera sabía quién era «ella misma»; ya no. Tal vez era una bendición que no pudiese hablar en aquel momento. No habría sabido qué decir. Sus recuerdos de Dante de los últimos años se entrelazaron con los recuerdos de las preguntas que le habían hecho sobre él. Preguntas formuladas una y otra vez. Preguntas que se había negado a responder.

Dante besando a la chica del pelo rosa.

«¿Tiene Dante Maroni a alguien que podamos utilizar contra él?».

Dante enterrando su cadáver.

«¿Deberíamos decirle a Maroni que su novia está aquí?».

Dante descamisado, a primera hora de la mañana, en su puerta.

«¿Ha hablado alguna vez de asuntos serios contigo?».

Dante sujetándola por los brazos, preguntándole qué le sucedía.

«¿Tiene Maroni alguna debilidad?».

Recuerdos que se enlazaban, se alteraban y cambiaban uno tras otro. Amara se centró en la mirada de Dante e intentó afianzar la cabeza en la habitación para no perderse en sus propios pensamientos.

La tormenta en los ojos de Dante se focalizó sobre ella. Sobre ella misma, no sobre las vendas ni el cuello, sino en los ojos. Amara no supo qué era lo que intentaba encontrar en su interior, qué era lo que veía en aquel momento. Quizá su propia tormenta interior. Estaba a un latido de dispersarse en pleno aire, de deshacerse en trozos que quedarían para siempre perdidos al viento.

—Están todos muertos.

Su voz la trajo de nuevo al presente. Las palabras penetraron el espacio entre ambos. «Están todos muertos». Están. Todos. Muertos. Muertos. Amara no sabía cómo lo había conseguido. No sabía cuándo lo había hecho. Y le dio igual. *Habían pagado*. Se le nubló la vista. Algo descarnado y visceral quedó atrapado en su pecho.

Habían *pagado* por lo que hicieron.

Se le alteró la respiración aún más. Le temblaron los labios con un grito que tenía en la garganta herida. Quiso aullar de agonía, de venganza; un grito tan alto que lo oyese todo el planeta. Habían *pagado* por lo que hicieron. Empezaron a temblarle las manos. Él lo vio y se puso en pie al instante. Llegó hasta ella de tres zancadas. Se encorvó y tomó su mano pequeña y envuelta en gasa con la suya, mucho más grande. La miró a los ojos con una intensidad que Amara no había sentido en toda su vida. Dante le miró las manos, recorrió las vendas, y luego le miró los pies con la misma expresión. A continuación, esos ojos oscuros, oscurísimos, volvieron a centrarse en su cara.

—No te vas a limitar a pasar por la vida, Amara —murmuró en tono áspero. Cada palabra era un juramento cimentado en el corazón—. Tu vida será un puto baile. Y pienso cargarme a *cualquiera* que intente romperte el ritmo. Te lo prometo.

Amara sintió que una lágrima se le escapaba por la comisura del ojo. Las palabras de Dante le calaron en el corazón, la envolvieron en una crisálida fiera, cálida y protectora. Amara no sabía por qué había venido ni por qué había sentido la necesidad de vengarla. Tampoco sabía por qué le importaba tanto como para hacer esa promesa ni qué lo había impulsado a hacerla, pero en aquel momento no eran más que una chica y un chico. De algún modo, los trozos rotos de cada uno encajaban entre sí.

PARTE 2

RÁFAGA

Y así te espero como casa sola
y volverás a verme y habitarme.
De otro modo me duelen las ventanas.

PABLO NERUDA,
Cien sonetos de amor

8

Dante

Veinte años

Todo había empezado cuando ella comenzó a ignorarle.

De alguna manera, la chica siempre había estado allí, en los márgenes. Cada semana, durante sus entrenamientos con Vin; cada vez que Zia hablaba de su hija; cada vez que Amara se apresuraba a apartar la vista cuando él la miraba. Siempre había estado ahí, y Dante jamás se había fijado en su presencia, igual que un hombre jamás echa en falta la luz del sol hasta que se queda ciego. No se había fijado en ella hasta que se apartó de él. De pronto era consciente de su ausencia junto al árbol, se fijaba en cómo cambiaba de rumbo si lo veía venir, en cómo se desviaba para no tener que cruzarse con él. Al principio había pensado que la chica estaba colada por él e intentaba sacudírselo de encima. Sin embargo, había continuado así durante más de un año antes de que Dante se diese cuenta de que quizá era algo más.

Había ido a visitar a Damien y se lo había contado, solo para poder preguntarse en voz alta qué demonios estaba pasando. Y él, aquel hermano que jamás había mirado a nadie a los ojos excepto a aquella chica, había dicho:

—A lo mejor es que ya no le gustas.

Ahora que la contemplaba dormir, con aquel cuerpo joven que había sido testigo de pesadillas que jamás debería haber experimentado pero que de algún modo había sobrevivido, Dante supo que era una pieza de su tablero. Aún no sabía cómo había sucedido ni qué papel desempeñaba, pero ya había aprendido a confiar en la voz en su interior, después de todo lo que sucedió con Roni. Su muerte le había enseñado a no volver a rebelarse jamás con alguien de fuera. Y esa misma voz le decía que aquella chica dormida era importante. La voz se había convertido en un susurro insistente hacía un año. Ahora era todo un rugido.

Aquella chica era importante, y Dante no pensaba ignorarlo.

Acababan de traerla a casa desde el hospital, y como se había quedado dormida de camino, Dante la había llevado en brazos hasta su habitación y la había depositado bajo las mantas. Sabía que por fuera parecía más dócil desde la muerte de Roni, el príncipe perfecto de un reino imperfecto, aunque por dentro ardía de rebeldía. Lo que pasaba era que había aprendido a disimular mejor.

El secuestro de Amara lo había sacudido. Aquella noche, en la fiesta, había comprendido que algo no marchaba bien con ella. La había dejado irse, aunque su impulso había sido insistir hasta que se lo contase todo. Él la había dejado irse y Amara había sido secuestrada, habían abusado de ella. Ahora Dante llevaba parte de la culpa consigo. Llevaban tres días buscándola cuando Tristan lo llamó y le dijo que la había encontrado a pocos kilómetros de la ciudad.

Dante jamás olvidaría el momento en que había entrado a la carrera en aquel garaje. El peso plomizo que sintió en el estómago al verla, cubierta de moratones, quemaduras y sangre, envuelta en la chaqueta de Tristan, derrumbada sobre la mesa. La rabia que había sentido, y que aún sentía, había sido un agujero negro dentro de su cuerpo que lo succionaba todo, que se expandía hasta ser lo único que le fluía por las venas.

Le había preguntado a Tristan qué había sucedido, pero el chico se había limitado a decir que había que llevarla enseguida al hospital. Dante la había alzado con cuidado en brazos, y ella había abierto apenas un segundo aquellos preciosos ojos verdes, vidriosos de dolor. Lo había reconocido, pero luego se había derrumbado contra su pecho con una confianza que lo había desbaratado por completo.

Sí, aquella chica era la hostia de importante para él.

Dante le apartó el pelo de la cara y la dejó dormir. Salió de la habitación y fue hasta el acogedor salón de la casa. La sirvienta, Zia, se encontraba junto a la ventana, contemplando el exterior. Dante se acercó a ella y recorrió con la mirada el paisaje y la mansión bajo el crepúsculo.

—¿Quién ha sido? —preguntó ella tras un largo rato, ahora que ya estaban a solas, lejos de oídos fisgones.

Dante volvió a pensar en el interrogatorio al que había sometido al secuestrador mientras Tristan se encargaba con toda violencia de sus secuaces. Había tardado horas en romperlo, pero lo había conseguido, guiado por la rabia y la venganza ciegas que le inspiraba aquella chica con ojos de bosque que tan importante era para él. Lo único que consiguió fue un nombre: Gilbert. Luego, el hombre murió. Tristan y Dante acordaron mantenerlo en secreto. Hasta que supieran la verdad, pensaban decirle a todo el mundo que había sido alguna familia rival que había intentado sonsacarle algo a Amara a ver si había suerte. Aunque no le gustaba un pelo, porque Amara se merecía la verdad.

—Fue una banda rival. Amara se encontraba en el momento y lugar equivocados, nada más —mintió Dante.

Zia inspiró hondo.

—¿Deberíamos marcharnos de aquí? Parte de mí quiere alejarla de este lugar —le preguntó.

Dante negó con la cabeza.

—Es demasiado tarde. Lleváis demasiado tiempo viviendo aquí. Es más seguro para las dos que os quedéis en el complejo.

Ella lo aceptó; ya debía de haberlo pensado.

—El chico de la cabaña, el que salvó a mi pequeña —dijo—. ¿Crees que le gustaría que me ocupase de mantener limpia su casa?

Dante sintió que una sonrisa le asomaba a los labios al imaginar a Tristan cuando aquella sirvienta tan maternal apareciese en su puerta.

—Sí, creo que le gustaría.

Ella asintió y se volvió hacia él con aquellos extraños y hermosos ojos verdes que su hija había heredado.

—Gracias, Dante. No hacía falta que hicieras nada de todo esto por nosotras. Te estoy muy agradecida.

Dante le puso una mano en el hombro y le dio un pequeño apretón.

—Nos va a necesitar a todos.

La madre de Amara negó con la cabeza.

—Le vendrá bien que estemos, pero lo único que necesita es su corazón. Amara siempre ha sido una niña fuerte, y al mismo tiempo muy buena, de un modo casi impropio en una persona. Yo pensaba que la fuerza había que irla construyendo, pero ella me ha enseñado que me equivocaba. Es fuerte como el agua… No lo parece, porque es adaptable, pero es capaz de calar hasta en las grietas más pequeñas y romper hasta las rocas más grandes con el tiempo. Estará bien.

Dante no dijo nada, porque en realidad no la conocía. Sin embargo, sí que quiso conocer más a aquella chica de fuerza interminable. Sabía que era amable, sabía que tenía una gran sonrisa, sabía que tenía unos ojos únicos y bonitos que el artista que llevaba dentro admiraba. Y sabía que, probablemente, no era consciente de su propia fuerza. Dante había visto hombres fuertes romperse, con la mente hecha pedazos. A veces había sido él mismo quien los había roto. Sin embargo, los tres días que Amara había pasado con sus captores y la tortura a la que la habían sometido no la habían roto. La habían derrotado, sí, pero seguía allí, viva y visceral, vibrante, con una fuerza que tal vez ni sabía que emanaba.

—Fue ella quien me dijo que te hiciese galletas hace tantos años, ¿sabes? —La madre de Amara sonrió—. Le hablé de la muerte de tu madre, y eso fue lo que me dijo: que te llevase dulces. A mí no se me había ocurrido. Tú también eras apenas un chiquillo. Y, de alguna manera, Amara lo vio. Su corazón siempre me ha parecido asombroso.

Dante recordaba la primera vez que Zia había venido a traerle galletas. Había sido una sorpresa, pero él se había mostrado algo suspicaz. Sin embargo, para cuando se comió la última, ya se sentía mejor de lo que se había sentido en años. Y todo gracias a Amara. A aquella chica rota y durmiente.

Sí, vaya si era importante para él. Quizá siempre lo había sido y Dante no lo había visto. Empezaba a darse cuenta ahora.

«El destino siempre está tejiendo sus hilos, Dante. Lo que pasa es que no lo podemos ver con los ojos».

Recordó las palabras de su madre. Las había pronunciado con una sonrisa, contemplando la puesta de sol. Dante no sabía si existía el destino fuera de los libros. Pero, estando allí, sintió que sus ojos se abrían y que unos finos hilos se alargaban desde él y salían del salón para engancharlo a la chica dormida de la habitación.

Dante, sentado delante de su padre en el estudio, mantenía la cara libre de toda expresión, excepto una pequeña sonrisa de lado. Aunque dejaba que Lorenzo Maroni pensase que lo tenía bien sujeto y se comportaba como el buen hijo que era, aquella sonrisilla era la peineta que le hacía a la cara a su amo y señor.

—Van a trasladar a tu hermano. Ha habido un incendio y tienen que mudarse a otro sitio —dijo el cabrón, evaluando la reacción de Dante. Si pensaba que no estaba al tanto de todo lo que le sucedía a su hermano, es que era más idiota de lo que había pensado en un primer momento.

—¿Adónde? —preguntó él, echándose hacia atrás en la silla.

Por más que odiase a su padre, tenía que admitir que este tenía clase. Cuanto más crecía Dante, más comprendía que le gustaba tenerla. Aquel estudio era un ejemplo perfecto de ello. Muebles de madera pulida a juego con los paneles de madera tras la silla, una estantería en el extremo opuesto llena de libros que dudaba que su padre hubiese leído jamás, ventanas a la izquierda con cortinas estampadas que, de alguna manera, iban a juego con los tonos piedra y madera del lugar. Y un enorme escritorio que dominaba su rincón de la estancia. La guinda del pastel eran las pequeñas lámparas de araña que colgaban del techo.

«Un hijo de la gran puta con clase».

Dante odiaba haber heredado aquello de él, al menos a un nivel superior. En lo más profundo, sabía que quien le había enseñado a tener clase era su madre.

—A otra ubicación —le dijo Maroni el Sabueso; se guardó aquel dato para su beneficio.

La información, como bien le había enseñado su padre, era la clave. Dante esbozó su media sonrisa; ya iba un paso por delante del viejo. Aquel gesto molestaba al Sabueso, que prefirió ignorarla.

—¿La chica será un problema?

Dante sintió que los hombros se le tensaban al oír aquellas palabras. No pensaba poner a Amara en el punto de mira de su padre. Ya tenía suficiente mierda con la que lidiar para toda una vida.

—No creo —le informó en tono despreocupado.

A lo largo de los años había aprendido que lidiar con él era bastante sencillo: había que apaciguarlo, acariciarle el ego y dejar que siguiese satisfecho en su trono. Así pasaba por alto todo lo que tenía ante las narices, mientras la rebelión directa se iba cociendo.

—¿Quién la secuestró?

—Aún lo estamos investigando.

Su padre asintió.

—Sobórnala a ella y a la madre para que mantengan la boquita cerrada. No queremos que nuestros enemigos de ahí fuera piensen que pueden secuestrar a quien les dé la gana del complejo. Y tenle un ojo echado.

Sí, pensaban mantenerlo todo en secreto. Sorprendentemente, pocas personas de los bajos fondos se habían enterado del secuestro, al menos que Dante supiera. Aunque quizá no resultaba tan sorprendente. El apellido de Amara no era de gran importancia. Dante frunció el ceño con levedad; él mismo no estaba seguro de recordarlo. Asintió y se apresuró a levantarse del asiento. Se alisó la chaqueta.

—Ah, y se va a incorporar una mujer a nuestras filas —le informó su padre. Agarró el teléfono y le enseñó la foto de una hermosa chica de pelo negro—. Su padre fue soldado de la Organización. De un tiempo a esta parte está dando mucho que hablar. Se llama Nerea. Échale un ojo también a ella.

Dante entrecerró los ojos, con un hormigueo en los sentidos. Aquello era muy pero que muy raro. No podía ser que su padre la incorporase a la Organización solo porque «estaba dando que hablar». Su padre no creía en absoluto en la igualdad de oportunidades. Para él, todas las mujeres eran rameras. Aquello no casaba en absoluto con su personalidad, ni aunque ella se estuviese acostando con él. No tenía sentido que hubiese saltado de la cama de su padre a la Organización.

Aun así, lo que hizo Dante fue asentir y salir de la estancia. Una vez en el pasillo, sacó el teléfono. Marcó el número del único socio que tenía, se llevó el teléfono a la oreja y salió de la mansión.

—¿Dónde estás? —preguntó en cuanto respondió a la llamada.

—Fuera. —Fue la escueta respuesta de Tristan.

Dante puso los ojos en blanco.

—Venga ya, desembucha.

Hubo un silencio durante un segundo, tras el que Tristan dijo:

—En el Lincoln. Habitación 205.

¿En el hotel? ¿Para qué demonios había metido Tristan sus puñeteras narices en un hotel de lujo de la ciudad?

—En veinte minutos estoy allí.

Dante colgó y se dirigió al Range Rover negro que había comprado el mismo año en que se hizo el tatuaje de la Organización en el bíceps. Subió de un salto y condujo por el largo y sinuoso camino de entrada a la mansión. Descendió por la colina y llegó a las puertas del complejo, donde había cuatro guardias apostados. Saludó a cada uno de ellos con un cabeceo y salió echando leches de la propiedad, a una velocidad inapropiada. Se dirigió hacia la ciudad, donde estaba el hotel. El paisaje nunca dejaba de asombrarlo: colinas verdes y ondulantes, cielos infinitos, un río serpenteante y una enorme ciudad de fondo. Cómo adoraba aquel puto sitio.

Estacionó en el aparcamiento del hotel en un tiempo récord. Salió y subió en el amplio ascensor hasta el segundo piso. El hotel, lujoso y fino hasta para los gustos más exigentes, no era el tipo de lugar al que solía ir su amigo. Dante recorrió el pasillo hasta la habitación. Se cruzó con una mujer que le lanzó una mirada apreciativa, con una evidente invitación en los ojos. Él se limitó a sonreírle y a seguir su camino.

Tristan abrió la puerta antes de que Dante pudiese llamar. Entró en una habitación individual. Un portátil descansaba sobre la cama.

—Yo también me alegro de verte, amigo. —Dante cerró la puerta tras de sí, con los ojos en el portátil, en el que se veía la transmisión de vídeo de la cámara de un restaurante—. ¿Es el restaurante del hotel? —preguntó al tiempo que tomaba asiento en una silla.

Tristan se sentó en la cama. Vaciló un segundo y luego asintió una sola vez. «Interesante». Dante se centró en la pantalla. La cámara grababa una mesa en concreto, a la que había sentados tres hombres y una muchacha.

Gabriel Vitalio estaba en la ciudad.

La chica, que llevaba gafas, miraba por la ventana. Era Morana Vitalio. Joder.

—¿Esto qué es, una puta broma?

Sus ojos volaron hacia Tristan. La sorpresa lo embargó al ver la prueba del pasado de su amigo justo ante su puta cara. Sabía el pasado sangriento que compartía Tristan con los Vitalio, pero de ninguna manera se le había ocurrido que pudiese estar vigilando a la chica. Sin embargo, teniendo en cuenta su intensa personalidad, quizá sí que debería habérsele ocurrido.

Tristan no pronunció palabra alguna. Se limitó a seguir contemplándola, no debía de tener más de trece o catorce años. Ella se subió las gafas y le lanzó una mirada de reojo a su padre para luego volver a mirar por la ventana, mortalmente aburrida. Uno de los hombres le lanzó una breve ojeada de arriba abajo, y a Dante se le puso la piel de gallina. Tristan apretó el puño.

—No permitas que lo mate —murmuró, y de pronto, Dante comprendió por qué estaba allí. Había ido para contenerlo. Al ver a aquel asqueroso, a Dante no le habría importado una mierda matarlo.

Una hora más tarde, el almuerzo acabó y todo el grupo de los Vitalio se puso en pie para marcharse. Tristan cerró el portátil y lo metió en una mochila. El cuerpo entero le vibraba de la tensión.

—Vámonos —dijo Dante.

Abrió la marcha y ambos salieron de la habitación. Recorrieron el pasillo, bajaron por el ascensor y salieron por el lateral, donde el restaurante daba a un callejón. Enseguida ubicaron al tipo que había estado mirando demasiado tiempo a la joven Morana Vitalio. Tanto Tristan como Dante lo siguieron. El hombre sacó un cigarrillo y se puso a fumar.

Dante se quedó algo rezagado para que Tristan tomase la iniciativa y se sacase de dentro cualquier frustración que sintiese. Se acercó por la espalda al hombre y lo sujetó con una llave que le inmovilizó la cabeza. Dante vio cómo forcejeaban. Se moría de ganas de echarse él mismo un pitillo. Entonces sintió que lo observaban. Se volvió y vio a un tipo cojo a la entrada del callejón, contemplando toda la escena.

Dante esperó un segundo, pensando que seguiría de largo, pero no fue así. Se quedó en el sitio y continuó mirando. Era muy raro. Dante prefirió dejar que Tristan se encargase del asqueroso, mientras que él clavaba los ojos en el hombre barbudo al otro lado del callejón, observando cómo los contemplaba él a su vez. ¿Sería uno de los tíos de Gabriel? Se dirigió hacia él. El tipo empezó a alejarse cojeando, apoyado con pesadez en un bastón.

—Espera —lo llamó Dante, ya en la calle principal, aunque a aquella hora de la noche estaba prácticamente desierta—. ¿Quién eres? ¿Qué haces espiándonos?

El hombre se detuvo y se volvió para mirarlo tras las gafas. Se llevó una mano al bolsillo y sacó un trozo de papel.

—No le supongo ninguna amenaza, señor Maroni, pero algún día tendrá usted preguntas —le dijo en tono quedo—. Cuando ese día llegue, llámeme.

Dante aceptó el papel, suspicaz.

—Y cuide del chico. Es importante.

Dicho lo cual, el hombre volvió a alejarse cojeando. Dante vio cómo se marchaba, la hostia de inquieto. Aun así, se quedó con el papelito. Y luego intervino antes de que Tristan matase a aquel gilipollas.

—¿Te gustan las rosas?

Dante llevó a Amara a cuestas por los bosques hasta el pequeño claro junto al lago donde ella solía sentarse junto con un libro. Era un día precioso, y aunque aún no se le permitía caminar para no poner presión en los pies, Dante sabía que le gustaba salir de la casa.

Ella negó con la cabeza con una leve sonrisa a flor de labios. Dante soltó una risa entre dientes y la depositó con suavidad contra el árbol. Luego se sentó a su lado.

—Pero ¿a qué mujer no le gustan las rosas? —resopló, fingiendo estar escandalizado.

Ella se encogió de hombros y cerró los ojos, disfrutando de los rayos de sol. Dante la miró e intentó asimilar todo lo que había pasado en las últimas semanas. Mayormente se había dedicado a trabajar y a intentar procesar todo lo que aquella chica estaba provocando en su interior.

Donde antes había habido un hombre incapaz de apreciar la luz del sol aunque esta lo dejase ciego, ahora había un ciego que disfrutaba la bendición de tener vista, un ciego que disfrutaba de toda la gloria de la luz del astro rey. Amara no era la luz del sol en el cielo claro; era un sol escondido tras nubes negras, amortiguado pero aun así lo bastante potente como para iluminar el mundo. La hermosa Amara, que había empezado a curarse, aunque todavía no podía hablar ni caminar. Ya recuperaría todo eso con el tiempo. Dante tenía que admitir que lo que de verdad lo asustaba era su mente.

Venía a visitarla puntualmente al menos una vez al día, todos los días, para ver cómo estaba. En un primer momento, Amara no había respondido a nada. Estaba perdida dentro de sus propios pensamientos. Sin embargo, poco a poco empezó a esbozar pequeñas sonrisas para él, aunque sus ojos estaban a kilómetros de distancia. Dante veía que Amara luchaba contra aquella distancia, contra aquel lugar en el que se hallaba su cabeza. A veces se quedaba colgada a mitad de frase, para luego estremecerse y regresar. En otras ocasiones empezaba a respirar de manera entrecortada y Dante tenía que llamarla para traerla de nuevo al presente.

La doctora le había dicho que lo más seguro era que necesitase terapia para llegar a digerir lo que le había pasado. Dante empezaba a admitir que estaba en lo cierto. Sin embargo, hasta que pudiera hablar, él se había jurado estar ahí para ella. Por algún motivo se sentía responsable de ella. Quizá era el terror que había sentido cuando Vin lo llamó. Quizá era el pánico que lo había inundado cuando entró a la carrera en el garaje y vio su cuerpo roto. Quizá era el alivio que le había embargado al ver que seguía viva cuando la tomó en sus brazos y la llevó al hospital. No sabía qué era, ni por qué le estaba sucediendo, pero empezaba a hacer las paces con la idea de no tener todas las respuestas. Había cosas que sucedían sin motivo. A veces era porque sí, y nada más.

Había empezado a leer sobre traumas y supervivientes de torturas para entender mejor la mente de Amara, para poder ayudarla del modo que ella necesitaba para curarse. Daba gracias de que no la hubiesen violado en el sentido estricto de la palabra. Cuando la doctora le había hablado de las heridas que había sufrido, Dante recordaba haber contenido la respiración y casi haberse desmayado de alivio. Amara era un ser pequeño pero muy fuerte.

—Pero ¿te gustan siquiera las flores? —le preguntó, retomando la conversación. Alzó la cara al cielo para que el sol se la calentase.

Vio por el rabillo del ojo que ella se encogía de hombros y alzaba dos dedos delgaduchos. Dos flores.

—A ver que lo adivine… —Contempló su vestido púrpura, la bufanda y las botas, e intentó imaginar cuáles le gustaban—. ¿Las orquídeas?

Ella esbozó una leve sonrisa. Aquella chica tan frustrante estaba siendo críptica deliberadamente. Dante se había acostumbrado a descifrar sus respuestas y su significado en aquellas conversaciones que tenía con ella.

Puso los ojos en blanco y le miró las manos. Hacía días que le habían quitado las vendas para que se airearan las heridas. Bajo la brillante luz del sol vio las horrendas cicatrices que tenía en las muñecas. Una rabia negra lo inundó al verlas. En su interior se agudizó la necesidad de resucitar a esos hijos de perra para volver a matarlos.

Hizo el ademán de tocarle la mano, pero se detuvo. Una cosa era llevarla en brazos, momento en que tenía que sujetarla. Pero tocarle la piel así, directamente, donde cualquiera pudiera verlos, era algo que Amara no necesitaba. Dante inspiró hondo, cerró el puño y lo apartó. Alzó la cabeza al cielo y siguió hablando como si nada hubiese pasado.

—¿Las flores silvestres?

Otra pequeña sonrisa, aunque a sus ojos asomaba una pesadilla.

Pasaron los días.

Dante la visitaba cada día para ver cómo estaba. O eso era lo que se decía a sí mismo. La sacaba en brazos al sol cuando hacía bueno. Cuando no, se quedaba en casa y veía películas con ella. Se reservaba como mínimo dos horas cada día para ella, aunque Amara no le hablaba. Lo que sí hacía era comunicarse. Se comunicaba con los ojos, con sus suaves sonrisas, con las manos. Algunos días se quedaba absorta y le costaba. Otros días le prestaba toda su atención. Dante iba a verla todos los días y, tras algún tiempo, se dio cuenta de que ella también quería que fuera.

Pasaron las semanas.

Dante la veía cada día, pero entonces hizo una pausa. Fue a ver a su hermano cuatro días. Después, Tristan y él dedicaron los siguientes tres a seguir la pista de la agresión. Una semana después volvió con ella. Amara le clavó una mirada enojada, le tiró una almohada, lloró un poco. Él se sentó junto a ella y la dejó golpearlo en el pecho. Era la primera vez que ella lo tocaba voluntariamente antes de que se refugiara entre las mantas.

Era un avance.

Pasaron los meses.

La búsqueda de Gilbert no estaba dando frutos, pero él no tiraba la toalla. Por desgracia había muchísimos Gilbert, y sin apellido, no tenían ni por dónde empezar. Además, a medida que iba aprendiendo más sobre los negocios de la familia, tuvo que ir dejando aparcada la búsqueda.

Amara empezó a recibir clases en casa. Empezó a ir a terapia. Empezó a curarse. Quedaba con Vin, a veces también con Tristan. Leía libros románticos. A cada día que pasaba, Dante la conocía un poco mejor. A cada día que pasaba, ella veía un poco más de él. A cada día que pasaba, sus cicatrices se solidificaban un poco más en su piel. Pero no le hablaba.

Su madre le dijo que había empezado a susurrar algunas frases. Vin le dijo que había empezado a susurrar algunas preguntas. Hasta el puto Tristan le dijo que había empezado a susurrarle algunas palabras.

Pero a Dante, nada.

Y, joder, cómo le *molestaba* eso.

Pasaron los años.

Amara se convirtió en su persona favorita. Solía acabar el día dejándose caer por su casa para pasar unas pocas horas con ella. Él hablaba y Amara lo escuchaba. Se comunicaba con él si tenía preguntas. Lo obligaba a ver películas y lo aguantaba cuando él no tenía ganas y solo quería que pasaran tiempo juntos. A veces, Dante la veía encogerse de buenas a primeras, y se preguntaba si la tortura no habría incluido otro tipo de violación más literal. Sin embargo, los médicos no habían dicho nada, y ella tampoco. Dante no sabía si debía suponer que sí, solo por la mierda que tenía en la cabeza.

Su padre nunca le preguntaba por ella, aunque Dante le iba informando de su estado y le decía que la tenía vigilada. Sabía que estaba cometiendo una imprudencia. Sabía que se estaba rebelando de nuevo. Pero ya era un hombre adulto, no un chico, y podía mantenerla a salvo.

Vin no se anduvo con segundas y le preguntó a las claras qué intenciones tenía con ella. Dante le exigió que le confirmase que no era más que su mejor amigo. Vin se lo confirmó. Qué alivio.

La relación entre ambos creció a base de sol y agua, a base de cuidados y afecto. Empezaron a sentirse cada vez más como imanes y menos como piezas de un puzle. Encontraban el modo de estar el uno con la otra, cerca, pero nunca lo suficiente. La tensión entre ambos crecía y crecía y seguía creciendo.

Amara se convirtió en su persona favorita. Era suya.

9

Amara
Diecisiete años

«¿Puede ser que tenga novia?». Amara no sabía por qué le molestaba tanto, pero así era. Lo vio llevando a aquella hermosa mujer a la pista de baile y se dio cuenta de lo segura que se había sentido durante el tiempo que Dante había pasado con ella.

Durante el último año, Dante se había convertido en algo parecido al sol. Esperaba todos los días para sentir su calidez, aunque fuera durante unos minutos, antes de que regresaran las nubes. Sin embargo, mientras hubiese sol, las nubes eran tolerables.

Ya no sabía qué era lo que sentía por él. Todo su interior estaba enmarañado por el modo en que Dante se había introducido en su vida. Lo que sí sabía era que se había vuelto importante para ella. Muy importante. Y verlo bailar pegado con otra mujer hermosa… dolía un poco, la verdad.

Vale, dolía *mucho*.

Pero tenía sentido. Dante era mayor, más maduro, y necesitaba a alguien que estuviese a su altura. Ese alguien no era una chica de diecisiete años, traumatizada, en terapia, que jamás le decía ni una palabra. Amara había empezado a hablar con algunas personas, pero con él, no. No es que no quisiera. Sí que quería. Pero, Dios, *odiaba* su nueva voz. Y de verdad, de verdad de la buena, que no quería que Dante también la odiase.

Inspiró hondo, recorrió al borde de la pista de baile de la mansión y se dirigió a la cocina, donde estaba su madre. El señor Maroni cumplía cincuenta años y se celebraba una gran fiesta. Amara no estaba invitada, pero necesitaba algo que la sacase de la rutina. El complejo había empezado a asfixiarla hasta el punto de que casi tenía ganas de ir a la ciudad a sus sesiones de terapia. Sí, iba desde hacía un año. Y daba clases en casa con los mismos profesores que enseñaban a Tristan.

Sin embargo, sinceramente, ya todo le daba igual. No se reconocía a sí misma. Todo lo que en su día le importaba ahora le parecía ridículo. Sabía que sus seres queridos se preocupaban por ella, y tras unas pocas semanas comprendió que no podía hacerlos sufrir como ella sufría por dentro. Así pues, se escudó tras una sonrisa y oyó cómo hablaban, cómo seguían adelante con sus vidas. Fingía que en su interior no había arraigado algo muy feo y muy malo. Algo que no sabía cómo sacarse de dentro. No quería hablar con la gente, no le gustaba el sonido de su propia voz, ni el aspecto de su piel. Cada vez que se ponía los zapatos sentía las cicatrices bajo los pies. Notaba una leve punzada cada vez que la tela de cualquier prenda que se ponía la rozaba. Y lo que era peor: veía la piel fea y veteada de sus muñecas, las líneas verticales en su vientre, el corte quirúrgico en el cuello. Llevaba la tortura escrita en el cuerpo; le manchaba la mente. Y odiaba a la persona que era en aquel momento: perdida, a la deriva, inútil.

Las manoletinas que llevaba al abrirse paso entre la multitud le recordaron que, probablemente, jamás volvería a llevar tacones. Su sentido del equilibrio había quedado algo perjudicado desde el incidente. No había motivo físico alguno para ello, tal y como la doctora le había recordado en tono amable. Era psicológico. Buena parte de lo que le sucedía era psicológico.

Dios, había días en los que odiaba a su cerebro por no protegerla, por no borrarle la memoria entera, por no hacer borrón y cuenta nueva. Eso habría sido preferible. Algunos días, la rabia que sentía hacia sí misma le daba ganas de hacer algo drástico. Había días en los que el cuchillo de la encimera de la cocina le parecía atractivo. Había días en que solo quería acabar con todo, y lo único que se lo impedía era el dolor que le causaría a sus seres queridos. Se daba dos duchas calientes para limpiarse la piel, pero la mugre seguía enterrada en su interior sin importar lo fuerte que se restregase.

—Mamá —llamó. Su nueva voz era apenas más audible que un susurro enérgico.

Sintió que los ojos del resto del servicio se posaban sobre ella. Ignoró las miradas incómodas que le dedicaron. Las miradas, los susurros, los cuchicheos… todo eso era nuevo en su vida. Se había convertido en una paria. Y se tenía que aguantar, joder.

Su madre, que estaba hablando con dos camareros, alzó la vista con una sonrisa en la cara. En aquel momento, Amara habría jurado que su madre era una superheroína. La salvaba todos y cada uno de los días sin siquiera saberlo. Le bastaba con dedicarle la misma sonrisa que le mostraba antes, con amarla del mismo modo que antes. Cuando todo a su alrededor había cambiado, su madre había sido una constante en medio del proceso.

—Me voy a casa —le dijo. Sintió dolor en la garganta al hablar. La doctora le había dicho que se le pasaría con el tiempo, a medida que las cuerdas vocales se curasen del todo. Sin embargo, esa sería su nueva voz.

Al menos no tenía que volver a escuchar sus propios gritos.

—Te acompaño.

Una voz femenina a su lado la hizo alzar la vista para contemplar a otro aspecto nuevo de su vida: Nerea, su hermanastra. Había aparecido un buen día de la nada, con un carácter de mierda con todo el mundo excepto con Amara, que no sabía muy bien cómo encajarla en su vida. Bastante tenía de lo que ocuparse sin añadir a una hermanastra de la que nunca había oído hablar. Además, quería estar sola. Le dedicó a Nerea una pequeña sonrisa y negó con la cabeza.

—No te preocupes, disfruta de la fiesta.

Dios, su *voz*.

—¿Segura? —preguntó Nerea con aire preocupado—. Me encantaría dedicar algo más de tiempo a estar contigo.

—Y a mí —le aseguró Amara—, pero mejor en otro momento.

Nerea asintió. Amara dejó al servicio con sus quehaceres en la fiesta y a su hermanastra allí plantada, y salió por la puerta trasera hacia los jardines. Se ajustó la bufanda, aunque no hacía frío, y alzó la vista al cielo claro en el que titilaban las estrellas. Se dirigió al lago.

Había gente reunida fuera. El viento arrastraba el sonido de la fiesta. Mantuvo la cabeza gacha y fue colina abajo. Eso también había cambiado en el último año. Aunque seguía apareciendo en sociedad, ya no le gustaba estar rodeada de gente. Siempre le clavaban la vista, pero no porque hubiese crecido y estuviese más guapa. No se sentía así. Se sentía fea y podrida por dentro. Donde los demás veían a una chica alta de diecisiete años con una desordenada melena negra que le enmarcaba un rostro de facciones bonitas y unos ojos color verde oscuro, Amara veía a una chica que no sabía quién era dentro de su propia piel.

¿Quién era?

Se detuvo junto al lago y alzó la vista al cielo con la esperanza de recibir una respuesta que, en realidad, sabía que no iba a llegar.

Alguien se detuvo a su lado. Amara giró la cara y se sorprendió levemente de ver a Tristan allí de pie, contemplando las estrellas como ella. Eso también era nuevo. Por algún motivo, desde lo sucedido, estaba más presente en su vida. Nunca le hablaba, o no mucho, pero siempre se mantenía en la periferia, a la espera, para que ella supiese que estaba ahí.

Y jamás le clavaba la vista.

Amara lo miró y se preguntó cómo lo conseguía. A lo largo de los años, el personal de servicio le había hablado de sus gritos. Sabía que él también llevaba cicatrices, y se preguntó cómo podía vivir así, con esos recuerdos en la cabeza.

—¿Cómo lo haces? —formuló la pregunta. El sonido ni siquiera le salió en condiciones. No lo soportaba—. ¿Cómo se puede olvidar?

Él guardó silencio durante un latido, con los ojos fijos en las estrellas.

—No se puede.

Amara tragó saliva y volvió a mirar el cielo.

—Tienes que encontrar algo por lo que vivir. O a alguien —dijo en tono callado a su lado, la misma voz amable que siempre empleaba con ella—. Alguien o algo que te dé ganas de apartar toda la mierda que el mundo te va a tirar encima.

Amara se detuvo durante un latido y reflexionó sobre sus palabras.

—¿Tú tienes a alguien por quién vivir?

—Sí.

Dicho lo cual, Tristan giró sobre sus talones y la dejó sola, para que se pensara aquel consejo. Tenía razón. Eso era lo que le faltaba: algo por lo que vivir, algo que fuera de ella y de nadie más.

Inspiró una bocanada de aire fresco y gélido de la noche, desechó aquellos pensamientos taciturnos y se dirigió a las habitaciones del servicio, que en su mayor parte se hallaban vacías, ya que todo el mundo estaba en la fiesta.

Se detuvo ante la casa oscura de Dante.

Aunque se había convertido en una constante en su vida, en realidad Amara jamás había entrado allí. Lo más cerca que estuvo de hacerlo fue hacía años, cuando le trajo galletas a primera hora de la mañana y él le abrió la puerta, gloriosamente descamisado. Dios, qué colada estaba por él por aquel entonces.

En verdad seguía colada con él, pero además estaba traumatizada.

Con curiosidad, Amara miró alrededor. No había nadie cerca. Subió los escalones que daban a su puerta. Alargó la mano hacia el pomo y, por primera vez en mucho tiempo, sintió que un escalofrío de emoción le recorría la columna. Miró una vez más alrededor para asegurarse de que nadie la veía, giró el pomo y se metió a hurtadillas en la casa. Cerró con cuidado tras de sí.

Probablemente no debería estar invadiendo así su intimidad, pero la curiosidad superó al sentido común. Solo había una luz encendida en el área de la cocina. Amara echó un vistazo por el espacio entero. La cocina era más o menos del mismo tamaño que su salón. Había paneles de madera y encimeras de mármol, así como una isla de algún tipo de piedra y cuatro taburetes en un lateral. También había una mesa de comedor para cuatro personas en un lado, junto a la puerta trasera. Todo el lugar estaba limpio, pero se notaba habitado, acogedor.

Cada vez más curiosa, se internó más en la casa, guiada por la única luz, hasta detenerse en las escaleras. Hizo una pausa y se dijo que todo el mundo estaba en la fiesta, así que subió en silencio, explorando con la vista el camino. Había dos habitaciones en la primera planta, ambas con las puertas cerradas. Consciente de que una de las dos era el dormitorio de Dante, Amara no se acercó, porque no quería invadir su intimidad hasta ese extremo.

Unos escalones ascendían aún más, hasta un espacio abierto que Amara no conseguía ver desde abajo. Subió y esperó a que se le adaptasen los ojos a la oscuridad cuanto más avanzaba. Allí olía distinto, a tierra húmeda y cera. Lo cierto es que era bastante agradable. Pasó las manos por la pared hasta dar con un interruptor. Encendió la luz y se volvió hacia la estancia.

Y se quedó helada.

El lugar estaba repleto de esculturas. Docenas de ellas. Tenía los ojos desorbitados ante la sorpresa. Recorrió la habitación con la mirada. Había un banco de trabajo con herramientas, una ventana y esculturas por todas partes. Muchísimas; algunas terminadas, otras a medio terminar, otras cubiertas con plástico. Había de todo, desde pequeños jarrones a bustos, pasando por estatuas de cuerpo entero; todo con diferentes grados de acabado.

Aturdida, Amara se acercó a uno de los bustos, era una mujer con el rostro a medio terminar. Contempló la áspera textura de la piel, que aún tenía que ser pulida. Alzó la mano para tocarla, para comprobar qué tacto tenía, cuando de pronto se dio cuenta de que no estaba sola.

Dio media vuelta y su mirada voló hacia la entrada. Allí estaba Dante Maroni, apoyado con aire despreocupado contra el marco de la puerta, con las manos en los bolsillos, aún vestido con el increíble esmoquin que se había puesto para la fiesta, con el pelo apartado de la cara y una expresión de alivio que distendía su mandíbula y pómulos. Tenía fijos en ella esos ojos oscuros.

Amara tragó saliva. El corazón empezó a golpearle en el pecho y se sonrojó por entero. Casi abrió la boca para hablar, pero se mordió la lengua, recordándose que no podía dejar que oyese su voz. Con la vista fija en el suelo, fue a toda prisa hacia la salida, con la esperanza de poder marcharse sin más. Esperaba que Dante se apartase para dejarla pasar, como había hecho en incontables ocasiones.

Pero no fue así. Dante se quedó justo donde estaba y ella tuvo que detenerse para no chocar contra él. Amara sintió que se le subía la sangre al rostro. Se le alteró la respiración, su pecho empezó a ascender y descender.

—Mírame. —Fue la suave orden que llegó desde lo alto.

Amara cerró los ojos un segundo para luego obedecer. Dante la observaba con aquella intensidad que había sido cada vez más difícil de ignorar a medida que habían ido pasando las semanas. Ahora la miraba así más a menudo, como un alma condenada a la que se le ofrecía la salvación, como un hombre ciego que ve el sol. Aquella expresión siempre llameaba en sus ojos, pero luego Dante la reprimía. Solía ser encantador y jovial con todas las personas con las que Amara lo veía interactuar. Con ella, sin embargo, tenía una intensidad que nunca le había visto mostrar con nadie más. Solo con ella. Y cada vez que sentía su mirada, sabía qué expresión encontraría al verlo.

—¿Tienes miedo? —preguntó él con voz áspera. Sus palabras la acariciaron en medio de la silenciosa habitación.

No, no tenía miedo. Lo que tenía era hambre, hambre de algo que no debería suceder. Amara negó con la cabeza. Él se enderezó y se le acercó un paso. Estaba lo bastante cerca como para que Amara se sintiese muy pequeña en su presencia. Eso le encantaba de él; no conocía a ningún otro hombre con quien se sintiese tan diminuta, tan protegida.

Lo vio alzar la mano lentamente, lo bastante despacio como para que ella pudiese detenerlo si así lo quería. Dante enganchó un dedo en su bufanda y se la aflojó de un leve tirón. La piel del cuello de Amara quedó al aire. Sus pechos ascendieron y volvieron a descender.

Con el corazón desbocado, Amara agarró sendos puñados de la tela de su vestido a los costados para que sus manos no hicieran nada que no debían. Lo contempló; los ojos oscuros de Dante no se apartaban de los suyos. Dejó la cicatriz, esa cicatriz que ella siempre escondía de todo el mundo, expuesta bajo la luz de la habitación. Su mirada no bajó hacia ella, sin embargo; los ojos de ambos estaban entrelazados. Dante le tocó la piel con el dedo. Fue un roce suave, apenas perceptible, que la abrasó, desde la punta del dedo de Dante a su piel, que ardía y al mismo tiempo no ardía, de un modo doloroso. No, era excesivo, como si el fuego más cálido posible bañase su alma fría, le prendiese los huesos y la calentase de dentro afuera.

Sus ojos oscuros, que seguían siendo los más hermosos que había visto, se centraron en los de ella. Dante volvió a acariciarle deliberadamente la cicatriz, casi como si se aprendiese su textura. Un pequeño escalofrío le recorrió la columna y le puso la piel de gallina en los brazos. Por primera vez sintió los pechos pesados gracias a un deseo salvaje. Era una sensación embriagadora, y le entraron ganas de cerrar los ojos y disfrutar de las sensaciones de su cuerpo, aquel que solía odiar tanto.

—Di algo.

Amara entreabrió los labios al oír la suave orden. Dante seguía acariciándole la cicatriz con los dedos. Ella lo miró y comprendió por primera vez hasta qué punto le había afectado su silencio. Tragó saliva una vez, y Dante sintió con los dedos cómo su garganta subía y volvía a bajar. Su mirada se oscureció.

Hubo algo en aquel momento; una vulnerabilidad que ella no había experimentado jamás, pero que no le importaba sentir con él, intercalada con la tensión que se había ido acumulando entre los dos, condensándose a lo largo de los años. Él la había visto en su peor momento. Seguía viéndola en su peor momento, de hecho, y aun así, la miraba como si fuese algo precioso.

La palabra salió de sus labios antes de que Amara se diera cuenta, con aquella voz nueva y áspera, no más alta que un susurro… Una palabra que él sintió con las manos antes de que ocupase el espacio entre los dos:

—Bésame.

Silencio. Un silencio pesado que solo interrumpían sus respiraciones.

Algo llameó en los ojos de Dante. Amara apartó la mirada, que descendió hasta su boca para recorrer sus labios, su mandíbula. Se tensó tanto que apretó hasta los dedos de los pies. Cerró los ojos, incapaz de creer que había sido capaz de decirle aquello de viva voz al chico del que había estado medio enamorada la mayor parte de su vida, al joven que se había convertido en algo tan importante para ella que ni siquiera sabía cómo nombrarlo. Sintió que el aire entre ambos cambiaba. El aroma a madera de aquella colonia típica que Amara tanto adoraba flotó en el espacio entre los dos. El aliento de Dante le acarició la cara…, cálido, con un deje a whisky. La respiración de Amara salió temblorosa como respuesta. Él deslizó la mano hasta su nuca para sujetarla y le alzó la cara. El corazón de Amara retumbaba, a la espera del beso, consciente de que lo atesoraría en su interior por toda la eternidad.

Debería haber sabido que no podía esperar un primer beso normal por parte de Dante Maroni. Sus labios llegaron hasta ella y aterrizaron suavemente en la piel de su cuello, justo sobre la cicatriz. Se la besó una vez, dos, y Amara sintió que le temblaban los labios. La importancia de lo que estaba haciendo no se le escapaba.

—No deberíamos hacer esto —le susurró Dante.

—No, no deberíamos —fue el susurro de respuesta de Amara.

Él volvió a besar toda la longitud horizontal de la cicatriz e inspiró justo en el contorno de su cuello. Luego dio un paso atrás. Amara parpadeó y abrió los ojos, con el pulso al galope. Los ojos oscuros de Dante llameaban al mirarla. Todo acabó en segundos que pareció que duraban varias vidas.

—Te besaré y me grabaré en tu corazón, Amara —le dijo él en tono quedo—. Pero asegúrate de estar lista para que lo haga.

Le dio la espalda y Amara salió de allí con las piernas temblorosas. Le hormigueaba el cuello ante el recuerdo de los labios del chico. Bajó las escaleras, salió de la casa y cruzó el césped, sin dejar de visualizar una y otra vez lo que había pasado. Cuando entró en el apartamento, una pequeña risa le borboteó en la garganta al recordar la primera vez que había visto a Dante besar a una chica, hacía años. En aquel momento, Amara se había dicho a sí misma que él sería el primer chico que la besaría. Así había sido, en cierto modo.

Y aunque sus labios aún ansiaban los de Dante, la fealdad que sentía por dentro ya no le pareció tan fea.

—Si Dante tuviese novia, ¿cómo te sentirías al respecto? —le preguntó su terapeuta, la doctora Das, una mujer preciosa de treinta y muchos años, al tiempo que la miraba con ojos solemnes tras unas gafas redondeadas.

¿Cómo se sentiría al respecto?

—Me enfadaría —le dijo Amara con su nueva voz.

Recorrió con la vista la estancia que se había convertido en una suerte de santuario para ella a lo largo del último año. La doctora Das veía a sus clientes, pues no le gustaba llamarlos pacientes, en el estudio de su casa de piedra rojiza en el sur de Tenebrae.

La habitación no se parecía a lo que habría esperado Amara de la consulta de una terapeuta. Las paredes eran blancas, las ventanas estaban cubiertas con cortinas de vivos tonos verdes y amarillos que dejaban pasar mucha luz natural. Había un enorme tapiz con un mandala marrón y negro que ocupaba toda la pared opuesta a la puerta. La pared de al lado tenía estanterías repletas de libros. No había escritorio, sino un cómodo sofá y una butaca frente a la que descansaba una mesita. No parecía pertenecer a una psicóloga famosa, sino a una profesora de yoga más bien bohemia.

—¿Y por qué te enfadarías? —preguntó la doctora Das con aquel tono de voz neutral que a Amara le parecía tan tranquilizador.

«Porque es mío». Amara no formuló en voz alta el pensamiento, sino que se limitó a contemplar un punto de la pared.

—De acuerdo. —La doctora Das cambió de tema al comprender que Amara no iba a soltar prenda—. ¿Sigues sintiendo brotes de depresión? No querer salir de la cama, ideas suicidas…

—Muy de vez en cuando —admitió Amara. Probablemente se habría sentido así más a menudo de no haber tenido gente cerca que la apoyase todo el tiempo. No sabía cómo se las arreglaban los que no tenían a nadie que los creyese o los apoyase. La mera idea de decir la verdad y que los demás la rechazasen le hacía sentir un nudo en el estómago.

—¿Ataques de pánico? ¿Ansiedad? —Sí, de esos tenía bastantes. Asintió—. ¿Y qué los provoca?

Amara hizo una pausa y pensó en todas las veces que, en el último año, había sentido el inicio de un ataque inminente.

—No sé —dijo con voz áspera. Carraspeó y volvió a hablar con suavidad. Cómo le habría gustado poder cambiar su voz por arte de magia—. A veces huelo a tabaco en alguna parte y todo vuelve a mí. Me quedo petrificada, y da igual lo mucho que intente regresar al presente, no lo consigo hasta que se me pasa. Es agotador. A veces me sucede que pienso en el futuro y no sé nada de nada. La incertidumbre me asusta. A veces me pasa al pensar que deseo a Dante, pero sé que, probablemente, nunca lo tendré.

Con la garganta seca, se inclinó hacia delante y cogió el vaso de agua, que apuró de un trago.

—¿Y por qué no lo tendrás nunca?

Amara se encogió de hombros.

—Pertenecemos a mundos diferentes. Las chicas como yo no tienen finales felices con los chicos como él.

—Y, sin embargo, anoche le pediste que te besase —señaló la doctora Das—. Le hablaste por primera vez desde el secuestro. Iniciaste cierto tipo de intimidad física, o más bien le diste permiso para iniciarla a él. Y ahora eres capaz de identificar algunas de las situaciones que te activan la ansiedad. Es un avance tremendo, Amara.

Ella contempló a la mujer y se dio cuenta de que estaba en lo cierto. Era un avance. No estaba atrapada en el mismo agujero en el que se había encontrado cuando empezó la terapia.

—¿Y cómo te sientes después de anoche?

Ella se miró el vestido estampado y le dio un par de tirones a la tela.

—Bien. Quiero… Quiero más.

—¿Con algún chico? —preguntó la mujer, mirándola por encima de las gafas.

—Con él —aclaró Amara.

—¿Específicamente con él?

Ella se encogió de hombros con aire de indefensión.

—Siempre ha sido con él.

—¿Podría ser que lo conoces desde niña y que asocias de forma natural toda atracción romántica o sexual con él?

Amara empezó a negar antes incluso de que la mujer acabase de hablar.

—De ser así, tendría estos sentimientos por Vin. Él ha sido más constante en mi vida, y durante más tiempo. Y lo quiero mucho, pero de forma platónica.

—¿Y qué me dices de tus fantasías sexuales? —preguntó la doctora Das, que volvió al tema que habían estado trabajando durante las últimas semanas.

—Fantaseo con él. Con Dante, digo —admitió Amara, y bajó la vista hacia la mesa—. A veces carga conmigo en brazos para sentarnos al sol e imagino cómo sería que me levantase para hacer algo más sucio. Otras veces, cuando habla, le miro los labios e imagino qué sentiría si me recorriese la piel con ellos. O bien lo miro y me imagino qué haría si lo besase. Ya le pedí que lo hiciera y se negó, así que no sé… —Dejó morir la frase.

—Pero no te rechazó —señaló la doctora Das.

Amara negó y dio otro sorbito de agua. No, no la había rechazado.

—Creo que quiere ir despacio conmigo.

—Muy considerado por su parte —observó la mujer—. Pero no parece que te haga mucha gracia.

—A ver. —Amara se mordió el labio—. Creo que es muy atento, porque no sé cómo reaccionaría yo en una situación así. Pero también quiero que lo haga ya, ¿sabe? Me pone muy nerviosa. ¿Podemos dejar el tema?

La doctora Das asintió y se recolocó un rizo rebelde. Anotó algo en su diario.

—De acuerdo. ¿Qué me dices de Nerea? ¿Cómo lo llevas con ella?

Amara pensó en ella y se mordió el labio.

—Sinceramente, no pienso en ella. Me causa sentimientos encontrados.

—¿Por qué? —preguntó la doctora Das.

Amara se echó hacia atrás en aquel sofá tan cómodo y miró al techo, que tenía agradables patrones abstractos.

—Mi padre jamás ha estado presente en mi vida. Solo somos mamá y yo, y jamás he sentido que faltase algo. Pero saber que tenía otra hija a la que sí crio y que nunca lo supimos… es demasiado extraño. No es que esté celosa ni nada. Lo cierto es que es muy buena conmigo. Es solo que es raro. Siempre quise una hermana, pero no sé si estoy proyectando ese deseo para ver afecto en ella o si de verdad es afectuosa conmigo. No quiero dañar cualquier relación potencial que podamos tener, pero tampoco quiero confiar en ella tan fácilmente.

—Me parece justo —dijo la doctora Das—. Parece que quieres que se gane tu confianza.

—Sí —concordó Amara.

La terapeuta se puso en pie, lo que indicaba que se había acabado el tiempo.

—Quiero que pienses dos cosas esta semana, Amara.

Ella asintió. Le gustaban las directrices que le daba la doctora Das. Aunque sabía que mucha gente de su mundo no creía en la terapia, también era consciente de que el tiempo que pasaba con la terapeuta era una de las razones principales por las que seguía entera.

—Tienes diecisiete años, así que quiero que pienses en dos cosas en las que cualquier adolescente de tu edad suele pensar —le dijo Das mientras se dirigían a la puerta principal—. En primer lugar, piensa específicamente no en lo que querrías hacer con tu vida, sino en lo que te ves capaz de hacer ahora mismo. ¿Hay algo que te apasiona, algo que estás convencida de que podrías hacer? Dale una vuelta.

Amara asintió. Con eso podía trabajar. Quería conocerse a sí misma y descubrir a aquella chica nueva en la que se había convertido, fuera quien fuese.

—¿Y en segundo lugar? —preguntó, abriendo la puerta de la

casa. Sabía que Vin la estaría esperando en el coche para llevarla de regreso. Aún no se sentía cómoda al volante.

—En segundo lugar, también quiero que pienses en el joven que te está esperando.

Amara frunció el ceño y giró el cuello para ver a quién se refería la doctora. Era Dante. La esperaba allí, vestido con traje, apoyado en el lateral de su Range Rover y con gafas de sol.

La esperaba a *ella*.

—Quiero que reflexiones sobre lo que sientes por él en concreto.

Amara lo vio allí plantado, en pleno día. El chico que había sido su sueño, el hombre que se había convertido en su realidad, el que la había sacado a luz todos los días cuando ella no podía mover el cuerpo, el que la había hecho sonreír en medio de su pesadilla una y otra vez, el que le había besado la cicatriz y la había mirado como si fuera un tesoro.

Amara lo miró allí, esperándola, y lo supo.

Estaba enamorada de Dante Maroni.

—Estás más callada de lo normal —señaló Dante mientras conducía de regreso a casa—. ¿Ha ido bien la sesión?

Amara lo miró de reojo. Dante conducía del mismo modo que hacía todo lo demás: con seguridad en sí mismo, con facilidad, como si hubiese nacido para ello. Ella había estado en el asiento del copiloto de su coche un grandioso total de dos veces, y ya le encantaba que Dante le hiciese de chófer.

—Sí —respondió, mirando su perfil.

Dios, era un ejemplar de hombre asombroso: nariz recta, pómulos altos, mandíbula marcada, labios gruesos y proporcionados, esa vena que bajaba por el lado del cuello hasta la camisa, esos ojos oscuros e insondables que tan bonitos le habían parecido de niña. Amara sentía una atracción intensa y demencial hacia su físico, pero sabía que lo habría amado aunque estuviese desfigurado y fuese feo. Lo que la ablandaba del todo era la persona que Dante era por dentro, la persona que era a su lado.

—Hemos hablado de cómo enfocar lo del sexo —dijo, en parte como respuesta.

Él le lanzó una mirada de reojo y apretó la mandíbula.

—No sabía que te estuvieses acostando con nadie —dijo en tono despreocupado. *Demasiado* despreocupado—. ¿Lo conozco?

Capaz sería de romperle los huesos a ese tipo que se estaba imaginando. Dios, qué fácil era sacarlo de quicio. Aunque Dante jamás había hecho ninguna maniobra de acercamiento hacia Amara, se comportaba con ella de forma posesiva, aunque de un modo raro. Había empezado como un afán de protección después del secuestro y, en algún momento, se había convertido en posesividad. No le importaba que su mejor amigo fuese un tío que estaba muy bueno. De hecho, le encantaba su amistad con Vin y el vínculo creciente que empezaba a tener con Tristan. Pero cuando estaban solos, la contemplaba con unos ojos oscuros y ardientes que la marcaban por completo con solo mirarla. Cuando estaban con otra gente, se las arreglaba para relajar un poco esa intensidad y la escondía bajo un encanto que para él era como una segunda piel. Pero Amara lo sabía: Dante ya había marcado su corazón profundamente.

Puso los ojos en blanco.

—No me estoy acostando con nadie. Pero puede que pase tarde o temprano.

Él apretó las manos sobre el volante. Aquella vena del lateral del cuello se le marcó.

—¿Tienes algún candidato? —preguntó en tono algo brusco.

Amara se miró las manos, las cicatrices de las muñecas que solía esconder con brazaletes.

—Sí. Tú.

Esa última palabra atravesó la tensión del interior del coche como una bala, pero solo consiguió aumentarla más y más, hasta que sintió que la sangre se le agolpaba en la cara y era incapaz de mirar a Dante. De repente, él viró el coche hacia el arcén con brusquedad. Amara alzó la mirada y tuvo que agarrarse al cierre de la puerta para no caer de lado. Recorrió con la vista el camino de tierra en el que habían parado.

—¿Qué...?

Antes de que pudiese formular la pregunta, Dante la había sacado del asiento de un tirón y se la había sentado encima a horcajadas. Le hundió las manos en los cabellos y estrelló la boca contra la de ella.

Estrelló la boca contra la de ella, sí, y la tensión que había aumentado entre los dos a lo largo de los años se rompió con una fuerza que expandió sentidos. Amara se estremeció ante lo repentino de todo. Lo sintió, de verdad lo sintió debajo de sí. Dante le agarró la nuca con una mano y le deslizó la otra por la parte baja de la espalda para apretarla contra sí. Ella le agarró el cabello y se lo acercó aún más, aplastando los pechos contra él. Le ardía la entrepierna con el placer y la liberación que le habían provocado aquel beso. Y se los merecía. No debería avergonzarse por desearlo. Aunque lo sabía de forma racional, luchó contra la vergüenza que se cernió sobre ella, llamándola, que le dijo que, después de lo que había pasado su cuerpo, cualquier tipo de placer estaba mal, que desear que un hombre la penetrase estaba mal.

Pero no, no estaba mal. Desear a aquel hombre no estaba mal. Querer sexo y sentir placer no estaba mal.

Dante jadeó contra su boca. Le lamió la comisura de los labios, se los abrió, le introdujo la lengua para acariciar la suya. Amara lo sintió entre las piernas, justo donde el paquete de Dante se apretaba contra ella. Él inclinó la cabeza a un lado, con la mano en el cabello, y la besó más profundamente.

Amara lo saboreó con el corazón al galope. Él se retiró para recuperar el aliento. Sus ojos eran manantiales de oscuridad que la hicieron sentirse segura. Tenía los labios mojados, y era por su beso.

—Eres el latido de mi corazón, Amara —le susurró él junto a la boca. Apretó la frente contra la de ella, y algo que se había marchitado dentro de ella se desplegó de repente, se abrió, reavivado, y floreció con la emoción que veía en sus ojos.

Era el latido de su corazón, y él era el del suyo. Ambos latían juntos. Quizá eran los dos el mismo. Quizá tenían el mismo corazón.

10

Amara

Dieciocho años

Besar a Dante se había convertido en la afición favorita de Amara. No era aburrido en absoluto, como había pensado su yo de diez años. No. Besarlo era subir al cielo. Besarlo era un pecado. Y también era todo lo que había entre esos dos extremos. Amara estaba enganchada.

Algunos días iban a pasear por los bosques y él la aplastaba contra un árbol para acercar sus labios a los de ella. Otros días la recogía de los compromisos que tuviera y la llevaba al mismo camino de tierra que antaño, donde pasaban horas devorándose. Y otros, Amara se colaba en su casa y sentía que la boca de Dante bailaba con la suya a un ritmo perfecto. Se besaban mucho, pero Dante jamás se propasó, ni una sola vez. Mantenía las manos siempre por encima de la cintura de Amara, los labios por encima de su cuello y, aunque ella notaba cómo se le ponía dura cada vez, ni en una sola ocasión se sintió en peligro con él.

Hacían muchas otras cosas aparte de besarse. Algunas mañanas, Amara se levantaba al romper el alba y subía a su estudio para verlo trabajar en sus esculturas mientras escuchaban audiolibros. No es que fueran su rollo, pero disfrutaba del tiempo que pasaba escuchándolos con él. Aunque a Dante le gustaban de muchos géneros, ella prefería los románticos. En cierta ocasión, él puso una novela romántica, y las partes más picantes los dejaron a ambos bastante acalorados y alterados. Fue como escuchar historias eróticas, pero con clase.

Los domingos, Dante había empezado a enseñarle a bailar para ayudarla a recuperar el sentido del equilibrio. La traía a su estudio y pasaba dos horas poniendo música y guiándola por toda la habitación. La sujetaba cuando le temblaban las rodillas y la agarraba si se caía, hasta el punto de que ella cerraba literalmente los ojos y confiaba a ciegas en él, en que siempre la mantendría a salvo. Su autoestima mejoró, aunque aún se encontraba en terreno inestable.

—No sé por qué pasas tiempo conmigo, Dante —le dijo cierto día—. Soy una cría, estoy rota, no soy nadie. Tengo cicatrices, la voz quebrada y la cabeza tocada. En cambio, tú eres el heredero de la Organización y tienes muchísima gente a tu alrededor. A veces siento que abrirás los ojos y verás que puedes elegir algo mejor, y yo me quedaré sola.

Como respuesta, Dante la había atraído hacia sí de un tirón y le había dado un beso profundo, tras el que le aseguró que ella era todo lo que deseaba.

La situación mejoraba en general. Vin se estaba recuperando, y entró a formar parte de las filas de soldados de la Organización. La madre de Amara tenía menos carga de trabajo, porque los Maroni contrataron por fin a otra sirvienta como refuerzo. Nerea empezaba a afianzar su relación con ella, con aquella actitud despreocupada y golfa y las sonrisas que le dedicaba. Lo cierto era que empezaba a gustarle de verdad a Amara, que la respetaba por ser una mujer sola en una Organización compuesta por hombres. El día anterior, su hermanastra había venido a verla y le había regalado unas botas preciosas.

—¿Y esto por qué? —le había preguntado tras aceptar el regalo con una sonrisa.

Nerea se encogió de hombros, sonriendo levemente a su vez.

—Nunca he tenido una hermana, así que déjame que te malcríe, ¿vale?

Sí, su relación había mejorado, vaya que sí. Las únicas personas a las que Amara evitaba tanto como podía eran el señor Maroni y su primo, Leo. Y justo por eso sintió un puñetazo en el pecho cuando llegó una mensajera y le dijo que tenía que personarse en el despacho del señor Maroni. Era su cumpleaños y le ordenaba que fuese a la mansión.

Amara tragó saliva. La mensajera, que era criada en la casa principal, se fue en cuanto le hubo dado el mensaje. Amara dudaba que el señor Maroni quisiese desearle un feliz decimoctavo cumpleaños ni darle la bienvenida a la edad adulta. Durante todo el tiempo que había vivido en el complejo, jamás había venido nadie de la mansión para convocar a otra persona del servicio. Algo así no había sucedido nunca.

Con las manos pegajosas de sudor, Amara sintió el inicio de un ataque de ansiedad. Se le abrió un hueco en el estómago. Empezó a respirar despacio y a contar hacia atrás mentalmente, tal y como le había dicho la doctora Das. Se alisó el vestido, se puso la bufanda al cuello y las botas, y siguió a la criada colina arriba.

—¿Ha dicho por qué quería verme? —le preguntó, incapaz de contener los nervios.

La criada la miró por encima del hombro y siguió caminando.

—No, solo me ha dicho que fuese a por ti.

—¿Se refería concretamente a mí? —preguntó Amara. De haber tenido su voz normal, la pregunta le habría salido en un tono agudísimo.

—Sí. —La criada la dejó en la entrada—. Está en su despacho.

Amara conocía la habitación, porque había estado muchas veces en la mansión para ayudar a su madre. Inspiró hondo y entró en el edificio. Giró a la derecha en el enorme recibidor. A cada paso que la acercaba más al despacho, se le encogía más y más el estómago. Se detuvo ante la puerta de madera de aspecto imponente y reunió el coraje necesario para llamar a la puerta.

—Adelante. —Oyó una voz pesada después de llamar dos veces.

Abrió y contempló a aquel hombre amedrentador, sentado tras un enorme escritorio. Era una versión más vieja de Dante. Sus ojos oscuros se posaron sobre ella. Esbozó una breve sonrisa que a Amara no le gustó lo más mínimo.

—Ah, Amara —dijo, como si la conociese de toda la vida—. Siéntate. Y cierra la puerta, por favor.

Con una mano sudorosa, Amara cerró y tomó asiento en silencio en la silla ante el escritorio. El señor Maroni se pasó una mano gruesa por la densa barba canosa. Al mirarlo con más atención, Amara comprendió de dónde sacaba Dante parte de sus facciones. Su madre también debía de haber sido una belleza.

—¿Cómo estás? —preguntó el señor Maroni en tono agradable. Demasiado agradable.

—Estoy bien, señor Maroni. —Amara habló en el tono más uniforme posible. Se pellizcó el interior de la muñeca para mantener los nervios a raya.

—Muy bien. —Asintió él—. Tu madre me ha dicho que este mes te vas a graduar en el instituto.

Ella asintió, pero no dijo nada.

—¿Has pensado qué te gustaría estudiar? —preguntó él al tiempo que apoyaba los codos en el escritorio, la viva estampa de la honestidad. Dios, qué bueno era.

—Psicología —le informó Amara. Por suerte, mantenía la voz uniforme.

—¿Alguna especialización?

Amara vaciló durante un segundo, y luego respondió:

—Terapias cognitivo-conductuales. Quiero especializarme en traumas.

—Ah. —Él sonrió, dientes resplandecientes que aparecieron en medio de la barba—. Vas a convertir tu experiencia en algo positivo. Muy inspirador viniendo de una chica de tu edad. Lo cierto es que te he mandado llamar porque me siento responsable de lo que te sucedió hace años. Vives en mi propiedad, y lo que pasó estuvo muy mal.

Dios, casi la había convencido de que no estaba soltando gilipolleces. Amara se lo quedó mirando, a la espera de que continuase. Su silencio solía incomodar a la gente, pero Lorenzo Maroni se limitó a medirla con aquellos ojos afilados. Se puso en pie y se acercó al mueble bar del rincón de la estancia.

—La Universidad de Puerto Sombrío tiene un Departamento de Psicología excelente. También tienen un programa exprés por el que los estudiantes pueden cursar todos los créditos y sacarse el diploma en dos años en lugar de cuatro. Es mucho trabajo, pero factible —dijo, y se sirvió un poco de whisky de un decantador de cristal. Luego se volvió hacia ella—. Tengo una oferta para ti, Amara. Asumiré los costes de tu formación en una de las mejores universidades del país. A cambio, lo que tú harás será quedarte allí después de graduarte y cortarás toda comunicación con mi hijo.

Amara parpadeó y miró al hombre. El corazón empezó a retumbarle, no por la oferta, sino por el hecho de que Lorenzo Maroni quisiese que saliese de la vida de Dante. Tragó saliva al tiempo que el miedo se filtraba en su sistema. Se puso en pie, despacio, con la respiración alterada.

—Con todo el respeto, señor Maroni —dijo lentamente, con voz áspera—, la respuesta es no.

Dio media vuelta para marcharse, pero la voz de Maroni la detuvo en seco.

—Si no lo haces, tu madre morirá, Amara. —Ella volvió a girarse y lo miró, conmocionada. Él, en cambio, la contemplaba tan tranquilo—. Es por tu propio bien, niña. Puede que mi hijo esté encaprichado de ti, pero ¿qué sucederá dentro de un mes, de un año o un par de ellos como mucho? Se le pasará. Te follará y todo habrá acabado. Algún día se casará con alguien propio de su estatus y heredará la Organización. —Su voz era casi dulce, aunque cada palabra impactó en el pecho de Amara como una bala—. Te doy la oportunidad de elegir tu futuro, de construir tu propia vida. Borrón y cuenta nueva.

—Y si no elijo lo que usted quiere —Amara soltó una risa incrédula en forma de resoplido—, matará a mi madre.

—Sí —afirmó él sin remordimiento—. Piénsatelo durante el fin de semana. Te reservaré billetes para la noche de tu graduación. Tendrás un apartamento, un coche; todo lo que necesitas te estará esperando allí. Excepto tu madre, que se quedará aquí como garantía.

Amara sintió que le ardían los ojos.

—Ah, y ni se te ocurra decírselo a mi hijo —prosiguió el señor Maroni, y dio un sorbito a su bebida. Su rostro era la viva imagen de la amabilidad—. ¿Conoces a su hermano? Está en un sanatorio mental. Dante lo adora. Si le cuentas algo de esto a Dante, su hermano desaparecerá y será culpa tuya, querida.

Cuando la raptaron, Amara había pensado que había visto lo peor de la humanidad. Al mirar a Lorenzo Maroni, se dio cuenta de que no. El mal verdadero era como la contaminación en el aire; se inhalaba sin pensar, se filtraba a los pulmones, era una podredumbre que se comía el interior. Invisible. Insidioso. Sádico. Así era Lorenzo Maroni: mal verdadero.

Amara se pegó la lengua al paladar para contener las lágrimas. Salió de la habitación y fue hasta la puerta de la mansión, a la claridad del día. Toda su vida había cambiado en el transcurso de unos minutos.

Amara agarró las manos de su madre desde el otro lado de la isla de la cocina y la miró. Los ojos de su madre reflejaban el mismo dolor y la misma rabia que ella sentía en los huesos.

—Podemos marcharnos, Mumu. —Le apretó las manos—. Empezar de cero en alguna parte. Tenemos suficientes ahorros.

Amara negó con la cabeza y le enjugó una lágrima de la mejilla.

—Han amenazado con matarte, mamá. Da igual donde vayamos.

Una lágrima resbaló por la cara avejentada de su madre.

—Le quieres.

Amara sintió que los ojos también se le llenaban de lágrimas.

—Sí —susurró en tono suave, un secreto que solo compartían ellas dos.

—Siempre le has querido —afirmó su madre.

—Como ahora, no. —Amara contempló las manos unidas de ambas. Las suyas eran más suaves, jóvenes; mientras que las de su madre eran más ásperas y arrugadas—. Siempre ha tenido un trozo de mi corazón, pero ya no soy ninguna niña. Mi corazón es distinto. Este corazón nuevo no solo le quiere, mamá. Late por él. —Las lágrimas empezaron a caerle por la cara—. Entró en mi corazón para ayudarme a reconstruirlo, día tras día. Y ya no se ha marchado.

Su madre rodeó la encimera y fue hasta ella. La rodeó con los brazos y la envolvió con esa sensación de seguridad que siempre la acompañaba. Empezó a darle besos en la cabeza. Amara se rompió; sabía que no tenía alternativa. La vida de su madre y la del hermano de Dante eran demasiado valiosas. No podía ser egoísta.

—Tienes que decírselo, Mumu —le dijo su madre, pegada a sus cabellos.

Amara se apartó.

—No puedo poner en riesgo la vida de su hermano.

Ella le acunó el rostro con las manos y le dedicó una mirada firme.

—Dante no es ningún niño, Amara —dijo, pronunciando su nombre de verdad, lo cual implicaba que hablaba muy en serio—. Lleva mucho tiempo jugando a este juego. Conoce a su padre mejor que tú. Dile la verdad, cuéntaselo todo y que él se encargue.

Amara se mordió el labio. Resultaba muy tentador.

—Pero su hermano...

—Confía en él —la interrumpió su madre—. Ha estado ahí para ti desde hace años. Ese chico te quiere. No le niegues la oportunidad de manejar la situación.

Quizá su madre tenía razón. Quizá Dante podría hacer algo al respecto. Amara asintió con un hipido y decidió hablar pronto con él.

Vin vino a verla poco después de la puesta de sol. Ahora tenía un cuerpo alto y fuerte, en nada parecido al niño rechoncho que fue. Traía un paquete entre las manos.

—¿Has estado llorando? —preguntó. Sus ojos la conocían demasiado bien.

—No, las arrugas de la cara son de la vejez. —Amara puso los ojos en blanco y le quitó el paquete de las manos—. ¿Esto qué es?

Vin sonrió y negó con la cabeza.

—Tú vístete. Tengo órdenes de salir contigo en treinta minutos.

Amara frunció el ceño al oír eso. Se llevó el paquete a su habitación y lo abrió. Era un vestido hermosísimo. Se desvistió y se lo puso. Luego miró su reflejo en el espejo de cuerpo entero. Era de color bosque, resplandecía en tonos verdes si se giraba hacia un lado y metálicos si se giraba hacia el otro. Era de cuello alto y mangas largas que le llegaban a las muñecas. Le caía hasta los tobillos y tenía un corte en la parte derecha que subía hasta la mitad del muslo.

Amara inspiró hondo, se recogió el pelo en una coleta que resaltase la forma de su cuello sin mostrar mucha piel y se puso pintalabios rojo. Con el vestido no se le veía ni una sola cicatriz. Así parecía una mujer que hubiera ganado la lotería genética: pechos voluminosos y un buen culo, todo ello equilibrado gracias a su altura. Parecía hermosa. Y, aunque fuera por una noche, podía fingir que así era.

Se puso unas manoletinas que en realidad no casaban mucho con el atuendo. Salió de la habitación. Su madre y Vin alzaron la mirada hacia ella. Vin sonrió y soltó un silbido que reafirmó la temblorosa confianza de Amara. Su madre intentó sonreír, pero aún se veía el dolor en sus ojos tras lo que le había contado.

No. Aquella noche iba a *fingir*. Le dio a su madre un beso en la mejilla, sonrió y fue con Vin hasta el coche que la esperaba.

—Gracias por el vestido —le dijo mientras se acercaban al vehículo.

Vin soltó una risa entre dientes.

—No te lo he regalado yo.

Amara frunció el ceño.

—Ah, ¿no?

Él volvió a reírse y entró en el coche. Amara se puso el cinturón mientras salían del complejo y ponían rumbo a la ciudad.

—¿Adónde vamos?

—Es una sorpresa.

Amara aceptó que Vin no iba a contarle nada más y se permitió disfrutar del viaje. Contempló las luces de la ciudad, titilantes, cada vez más cercanas. La posibilidad de tener que marcharse de aquel lugar, de perder la ciudad que había llegado a amar, la impulsó a disfrutar aún más del paisaje.

«Esta noche, no».

Vin condujo hasta una calle desierta y se dirigió a un bloque de edificios vacío cerca de la casa de la doctora Das. Detuvo el coche justo frente a la entrada.

—Te está esperando.

Amara miró a su amigo y el corazón empezó a retumbarle cuando comprendió. Dante.

—¿Te ha pedido que me traigas hasta aquí? —preguntó con voz baja, algo rasposa.

Él asintió.

—Por tu propia seguridad. Sube al último piso. Feliz cumpleaños, Mara.

Amara se inclinó por encima de la guantera para darle un gran abrazo. Le apretaba el pecho.

—Te quiero, Vinnie.

Él le palmeó la espalda.

—Y yo a ti, Mara. Pero como le cuentes a alguien que soy un sentimental, tú y yo vamos a tener un problema.

Ella ahogó una risotada y bajó del coche de un salto. Inspiró hondo y entró en el edificio a oscuras. Vio un ascensor a la derecha y subió hasta el último piso con un nudo en el estómago. Ni siquiera se oía música. Amara soltó el aire de los pulmones.

—Relájate —se dijo suavemente—. No es más que Dante.

Tras unos instantes, el ascensor soltó un tintineo y la puerta se abrió. Al otro lado había un espacio enorme, abierto y tenuemente iluminado. Amara entró y contempló la enorme habitación. Había hermosas esculturas dispuestas por la estancia. Vio diferentes variaciones; de figuras mitológicas a otras obras que no había visto nunca.

Recorrió el interior de la habitación con la mirada. Entonces notó que él estaba a su espalda. Se quedó petrificada. Aquel instinto recién encontrado la inundó de pánico al captar una presencia tras de sí. Los recuerdos traumáticos se cernían sobre ella en los bordes de su mente, a la espera de que se abriesen las puertas. Sin embargo, Amara los mantuvo a raya. Expulsó el aire y ordenó a su mente que se sintiese segura. Estaba detrás de ella. Era él, y nadie más. Su Dante, que jamás le haría daño. Amara confiaba en él.

Sin embargo, no conseguía librarse de aquella sensación de estar siendo invadida. Él no lo sabía; de lo contrario, jamás se acercaría tanto. Y ella no podía decírselo, porque no deseaba acabar consumida por la vergüenza, aunque la lógica dejaba claro que no era culpa de él. Por desgracia, las emociones no dejaban espacio para la lógica. Tragó saliva y se limitó a apartarse con aire aparentemente despreocupado. Se acercó a una de las obras de arte, un cuenco gris con vetas de oro que lo atravesaban hermosamente.

—Es el antiguo arte del *kintsugi.* —Su voz, aquella voz cálida, ronca y masculina, voz de chocolate y sábanas revueltas, llegó hasta ella desde el lateral—. Es el arte de recomponer piezas de alfarería rotas. Se reparan con oro y se vuelven mucho más fuertes. Se convierten en piezas mucho más asombrosas de lo que eran antes.

Amara contempló el cuenco y vio lo esplendoroso que era. Lo que había tomado por vetas de oro eran en realidad las grietas por las que se había roto el cuenco. El oro las resaltaba en lugar de esconderlas.

—¿Dónde estamos? ¿Qué es este sitio? —le preguntó en tono suave. Aún no estaba del todo cómoda al emplear la voz con él, pero a lo largo de los últimos meses había empezado a hablarle.

—Es una galería de arte. Algún día pienso comprarla —respondió él en un tono idéntico al suyo. Amara notaba su cálida presencia justo al costado. No percibir a nadie por la espalda la relajó un poco más.

—¿Y por qué estamos aquí? —Pasó los ojos del cuenco a Dante y se sorprendió al verlo vestido con esmoquin. Llevaba una caja de tamaño medio entre las manos.

Él la miró. Aquello hizo que el corazón de Amara empezase a retumbar por un motivo bien distinto. La luz del exterior le caía sobre un lado de la cara. Ella se moría de ganas de recorrerle la línea de la mandíbula, de sentir si era suave o bien áspera contra su piel.

Para su enorme sorpresa, Dante hincó una rodilla ante ella. «¿Qué demonios está haciendo?».

Amara se mordió el labio. Él abrió la caja, con los ojos clavados en los de ella, y le enseñó un par de zapatos de tacón de aguja muy bonitos. Eran preciosos, con una cinta a la altura del tobillo que pasaba por el empeine. Los finos tacones medían unos buenos ocho centímetros. Ella tragó saliva.

—Son muy bonitos, pero… no puedo llevarlos —dijo en tono explicativo.

—Confía en mí. —Sus ojos permanecieron sobre los de ella, fieros pero también suaves de alguna manera.

Amara se pasó las manos por el vestido y asintió. Él le quitó los zapatos, dejó la caja a un lado y le sostuvo el tobillo derecho. Amara sintió una corriente que subía desde el mismo centro de su ser y le hormigueaba por el cuerpo de un modo que solo había sentido con él. Dante le colocó el pie sobre su rodilla. La raja del vestido quedó abierta y dejó al aire la pierna de Amara entera. Dante le recorrió la piel desnuda con los ojos hasta acabar cruzándose con los suyos. El calor que había en ellos la dejó sin aliento.

—Pídeme que te bese —le dijo Dante, con voz áspera, al tiempo que le masajeaba la piel con una fricción deliciosa.

La reacción de Amara fue apretar los dedos de los pies sobre el muslo de Dante. Tenía la garganta seca. Dios, lo quería tanto. En aquel momento deseaba que la colmase, que la tocase, que la devorase. Todas las fantasías que había tenido con él en secreto acudieron a su mente consciente. No sabía dónde la besaría si se lo pedía, arrodillado como estaba, pero quería que lo hiciese. Lo deseaba a él.

—Bésame —susurró en medio del espacio que los separaba, con el corazón a mil.

Los dedos de Dante se tensaron levemente sobre el tobillo. Apartó la mirada de la de ella y recorrió el contorno de la pierna. Se detuvo en una cicatriz solitaria y pequeña en medio del muslo, la marca de un tajo de cuchillo. Se inclinó y depositó los labios sobre ella. Amara echó la cabeza hacia atrás y dejó escapar el aliento de golpe. Toda la sangre de su cuerpo acudió al lugar donde Dante había apoyado la boca. Le apretó el hombro y sintió que su lengua lamía despacio la pequeña cicatriz. Se le aceleró el corazón y se le humedeció muchísimo la entrepierna. Empezaron a picarle los ojos al comprender lo que le estaba pasando.

Él se retiró y le apretó el tobillo para que lo mirase. Sus ojos eran tan ardientes, tan hambrientos, que le provocaron a Amara una erupción en las entrañas. Dante tenía la cara tan cerca, tan cerquísima de su centro que ella comprendió que podría oler su excitación.

—Pídeme que te bese —murmuró él de nuevo. La nuez le subió y volvió a bajar al tragar saliva. Tenía la mandíbula apretada.

Amara sabía lo que le estaba pidiendo. Sabía exactamente adónde iría su boca si se lo volvía a pedir. Debería detener aquella locura, pero no podía. Su cuerpo, aunque seguía perteneciéndole, obedecía las órdenes de Dante. Tragó saliva y sintió los pechos pesados y los pezones erectos, aunque los ojos del chico no se desviaron hacia ellos. Amara le pasó las manos por los anchos hombros, sintió en las palmas los músculos cubiertos por la chaqueta. Le hundió los dedos en el cabello por primera vez, emocionada por poder tocarlo de esa manera.

—Bésame, Dante.

Con ojos llameantes, él le puso la mano en la parte baja de la espalda para sujetarla. Le subió el tobillo hasta colocarse su rodilla por encima del hombro. Amara apoyó la espalda en la pared. El corazón le retumbaba. Él le separó las piernas lo bastante como para abrir del todo la raja del vestido. Se adelantó y le plantó un suave beso en la cara interior del muslo, justo donde este perdía su nombre. Durante un segundo, Amara sintió que el temor le corría por la piel. Le empezaron a sudar las manos en lo que identificó como las primeras señales de un ataque de ansiedad.

No.

«Ahora no. Por favor, ahora no».

Sintió presión en el pecho y el corazón se le aceleró aún más, pero por una razón bien distinta. Había empezado a respirar con más rapidez y a ver negro. Se le estaban llenando los pulmones de brea, de un peso que no la dejaba respirar.

La voz de la doctora Das irrumpió en su cabeza.

«El sexo es natural, Amara. Tu primera experiencia fue traumática, así que está claro que eso te ha supuesto un impacto. Puedes disfrutar de él, pero tienes que comunicarte con tu compañero. Dile lo que funciona y lo que no funciona».

Pero ¿y si Dante no quería volver a intentarlo? Cerró los ojos y luego parpadeó varias veces.

—No. —Ni siquiera se percató de haber pronunciado aquella palabra. La negrura se adueñó de su vista.

Él se detuvo de inmediato y alzó la vista hacia ella. Contempló su rostro, y lo que vio en él debió de afectarlo de alguna manera, porque su mirada se suavizó. Le depositó un suave beso en el lateral de la rodilla y le bajó la pierna. Sus dedos le acariciaron los empeines y luego las plantas de los pies, recorrieron las cicatrices que tenía en ellos. Acto seguido le puso el zapato de tacón y volvió a dejárselo en el suelo. Con el equilibrio trastocado por más de un motivo, Amara se sujetó a los hombros de Dante para no caerse. Él repitió el mismo proceso con el otro pie y luego dejó las manoletinas en la caja.

Amara se quedó plantada junto a la pared. Le temblaban levemente las rodillas a causa de la altura de los zapatos. Se enderezó. Maldita sea, incluso con tacones, Dante era más alto que ella. Pensarlo le provocó un hormigueo en sus partes íntimas. No comprendía qué era lo que había sucedido. Deseaba muchísimo a aquel hombre. Quería hacer todo tipo de cosas con él, quería que él se las hiciese a ella. Aquel pánico no tenía sentido. Pero, por otro lado, el pánico rara vez lo tenía.

—Lo siento —susurró Amara, y notó que se le encogía el estómago.

No soportaba pensar que, por haberse negado, ya no iba a poder disfrutar de algo así con él. Sin embargo, no debería haber subestimado al hombre en que se había convertido Dante Maroni.

—No hace falta que te disculpes, Amara. —Entrelazó los dedos con los de ella y la llevó al centro de la habitación. Ella lo siguió con pasos inseguros por culpa de los tacones, pero él la ayudó a mantenerse firme. Toqueteó algo en el teléfono para luego guardárselo en el bolsillo—. Esto no va de disculpas.

Los primeros compases de una canción resonaron por la estancia. Dante se la acercó y la apretó contra sí, con una mano en la suya y otra en la parte baja de la espalda. La sostuvo de un modo familiar y ambos empezaron a bailar.

—¿Y de qué va entonces? —le preguntó ella contra su hombro y tragó saliva.

—Va de que me pares los pies cada vez que te haga falta. Y entonces yo me detengo. Va de que si me dices que siga, entonces yo sigo. Así de sencillo.

—¿Y si te paro los pies todo el tiempo? —formuló el único miedo que tenía.

—Pues me detengo. Sin preguntar.

Amara le apretó la nariz contra el hombro e inspiró aquel aroma a leña y fuego tan suyo y que tanto amaba. Se sintió embriagada, hermosa, querida. Dante empezó a mecerse junto a ella, primero con suavidad. Ella se agarró con más fuerza a su hombro para mantener el equilibrio.

—Suéltalo, Amara —le susurró aquellas palabras al lóbulo de la oreja, con los labios muy cerca, tanto que su boca casi le acariciaba la piel. Un escalofrío le recorrió la columna—. Deja atrás todo lo que tienes en la cabeza —siguió diciendo mientras la guiaba adelante y atrás—. Tú solo siente. La música. Este momento. A mí.

Amara sintió que se le cerraban los ojos y que el corazón se le desbocaba.

—¿Y si me hago daño? —susurró, pegada a su chaqueta.

Él se retiró para que Amara lo viese bien. La miró con ojos solemnes, suaves y sinceros. Acercó el rostro y le depositó un suave beso en la boca.

—Entonces te besaré las cicatrices.

Y así, Dante se hizo con el poco corazón que Amara se había estado reservado para sí.

Aquella noche bailaron. Aquella noche hablaron.

Él le contó que quería comprar la galería algún día en honor a su madre. Ella le habló de su sueño de ayudar a otra gente a curarse. Él le habló de la chica de pelo rosa que había tenido que matar. Ella le dijo que le había visto enterrar el cuerpo. Él le habló de su hermano, de lo mucho que le gustaba construir cosas. Ella le habló de Nerea y de cómo la iba aceptando poco a poco. Él no volvió a besarla por debajo del cuello. Ella no se lo pidió. La noche fue perfecta.

Y luego llegó la mañana.

Amara esperaba en los bosques, fuera del cobertizo donde lo había visto hacía nueve años. Iba a contarle lo de la oferta de su padre para que él se encargase de ello, tal y como había dicho su madre. Dante se apartó del camino. Iba vestido con pantalones perfectamente planchados y una camisa negra que llevaba arremangada. Clavaba la vista en el cobertizo tras ella. Algo oscuro sobrevoló aquellos ojos cuando la miró. Tenía el rostro más estoico que de costumbre.

—¿Qué ha pasado? —preguntó él.

La esperanza en el interior de Amara flaqueó un poco, pero ella se encargó de contenerla.

—Tu padre me hizo una oferta ayer.

Dante frunció el ceño y le hizo un gesto para que continuase. Amara le contó la charla que habían tenido, la oferta, la amenaza. Todo. A cada palabra, algo oscuro iba cubriendo el rostro de

Dante. A cada palabra, la vena del lateral del cuello le palpitaba. A cada palabra, sus hermosos ojos oscuros se cerraban más y más. Se metió las manos en los bolsillos, con la mirada clavada en el cobertizo tras ella. Una vez que Amara hubo acabado, él se quedó en silencio.

De pronto Amara lo comprendió. Aquel era el lugar donde había tenido que matar a Roni. Mierda. Un viento fuerte sopló entre los árboles, le enredó el pelo y le heló los brazos. Las nubes en las alturas cubrieron todo alrededor con una capa sombría. Amara se tironeó de la bufanda por mero tic nervioso. Luego se detuvo, pero el silencio la inquietó. Dante apretó la mandíbula y, al fin, la atravesó con una mirada que jamás le había visto. Y supo lo que iba a pasar. Iba a romperle el corazón. Después de todas las promesas, de todo lo que había pasado, sería él quien lo hiciera.

—Es una buena oferta —se limitó a decir. Amara sintió que se le astillaba el corazón. Inspiró hondo y miró al suelo con las manos apretadas, convertidas en puños—. Aunque pudiera poner en peligro a mi hermano, cosa que no puedo hacer, mi padre tiene razón —le dijo. Cada palabra le arrancaba un trozo de sí misma por dentro—. Soy joven. Algún día tendré que ocupar mi puesto y casarme con alguien más adecuado a mi estatus. No es un futuro para ti. Puedes tener una vida mejor lejos de este lugar, Amara.

¿Cuántas veces podía romperse una persona hasta dejar de recomponerse? El dolor de corazón de Amara le envolvió el cuerpo entero. Dante no le estaba diciendo nada que no supiera ya por sí misma. Pero, Dios, cómo dolía. Y aunque Amara estaba acostumbrada al dolor, aquel era totalmente distinto. Un dolor que le daba ganas de caer de rodillas y aullar ante lo injusto que era todo. Un dolor que le daba ganas de abofetearlo por haberse atrevido a darle esperanzas.

Siguió allí plantada, con las manos apretadas a los costados y los ojos pegados al suelo, a la fina capa de nieve y a las plantas que se ahogaban por debajo.

—Lo siento. Me parece que hemos perdido el norte —prosiguió él con voz dura, pero Amara no alzó la vista. No *podía*. En aquel momento, no—. No somos una historia de amor. Somos una tragedia en marcha. No vamos a tener un final feliz. Siento que te aguarda un futuro mejor y que deberías aceptarlo.

Cada palabra le clavaba otro clavo, pero no en su ataúd, sino en la piel. La dejaba en carne viva, abierta, sangrante. La oscuridad se deshilachó por los bordes de su vista. Le dolía la mandíbula de tanto apretarla. Cerró los ojos y se apretó la lengua contra el paladar, deseando que funcionase aquel truquito.

«Que no te vea romperte. Que no lo vea. No te rompas».

Debería haberlo sabido. Debería haber sabido que era demasiado bueno para ser verdad. ¿No se había dicho a sí misma que las chicas como ella no acababan con chicos como él? Jamás debería haberse permitido creer en la locura que se le había pegado al alma.

—Deberías marcharte —le dijo él.

Sí, se iba a marchar. Se marcharía y no volvería a verlo jamás. Aún con la cabeza gacha, Amara se apartó del claro sin pronunciar una sola palabra más. Se preguntó si llegaría un punto en que acabase el dolor. Comprendió que no había gran diferencia entre el amor verdadero y el mal verdadero. Ambos se cebaban con los vulnerables, los agarraban de la garganta y dejaban tras de sí un imperio de escombros.

11

Dante

Veintitrés años

Dante ya había ido antes a trabajar a Puerto Sombrío. Tenía que volver dentro de dos días, y aquella era la primera vez que Tristan quería acompañarlo. Se había ofrecido porque quería echarle un ojo a algunas propiedades en la ciudad, aunque Dante sabía que lo que quería hacer en realidad era espiar a la joven Vitalio. A lo largo de los años había visto cómo aumentaba más y más la obsesión de Tristan. Una que habría resultado enfermiza de no haber sido lo único que lo mantenía con vida.

La propia obsesión de Dante, aunque no era tan demencial como la de su amigo, ardía con la misma intensidad, pero había una diferencia. Morana Vitalio ni siquiera sabía que Tristan existía, mientras que la chica de Dante llevaba en la vida de este desde que tenía memoria. Mientras que la obsesión de Tristan había sido una tormenta invisible, la de Dante era más como el viento: siempre presente, alimentando su vida, pero invisible. Podía pasar de una brisa cómoda al grave soplido de una ráfaga implacable que alimentaba las llamas.

Su obsesión nacía de una emoción de la que no se había creído capaz. No sabía cuándo había empezado. Quizá fue en el mismo segundo en que Amara chocó con él y empezó a exigir desvergonzadamente su atención. O quizá fue cuando Dante cargó con su cuerpo roto en brazos después de buscarla durante días. O quizá fue cuando Amara lo miró con un dolor demencial antes de sumirse en un sueño aliviado. O cuando Dante vio que intentaba andar con aquellos pies heridos para luego caerse y volver a ponerse en pie.

Dante no sabía cuándo se había enamorado de Amara. Había pasado, nada más.

Y justo por eso estaba sentado en el restaurante que tenía la Organización en su ciudad, contemplando al hombre del bigote que se sentaba frente a él. Ese al que por fin había localizado tras cuatro años de búsqueda. Aquel que engullía la comida con ojos inquietos. Hacía bien en estar nervioso.

—Fue hace años, tío —dijo el muy gilipollas, con ojos furtivos—. Nos dieron la orden de raptar a la chica. No recuerdo nada más.

En el secuestro de Amara había un detalle que obsesionaba a Dante: no tenía ninguna lógica. De haber sido uno normal, en el que hubieran pedido rescate, Dante lo habría entendido. Pero por el nivel de tortura que Amara había soportado y por lo que le habían dicho sus captores antes de que él los matase, Dante sabía que la habían elegido como objetivo específico. Y eso no tenía sentido. Si alguien quería descubrir secretos de la Organización, la mejor opción habría sido Vin, y no aquella muchacha que no formaba parte de sus filas. Además, sus secuestradores eran el tipo de profesionales capaces de tragarse una cápsula de cianuro que llevaban en los dientes antes de dar ninguna información.

Dante sostuvo la cuchara con la mano derecha y apoyó en ella el tenedor para liar los espaguetis. Luego se lo llevó a la boca y masticó despacio para que los dos disfrutasen de la cena y que el gilipollas que tenía sentado ante sí sudase un poco. Estaban sentados en un rincón alejado de la parte principal del restaurante, cosa que a Dante le gustaba. Sería más sencillo limpiarlo todo. Por otro lado, nadie se atrevería a acercarse a ellos, y menos teniendo en cuenta que la pistola de Dante estaba apoyada en la mesa.

Se tragó los espaguetis y echó mano a propósito de la copa de vino de un vivo tono rojo. La giró entre los dedos con los ojos clavados en Gilbert, el hombre al que por fin había encontrado. ¿Qué puto nombre de gilipollas de mierda era Gilbert?

—Le juro que no sé nada, señor Maroni —juró efusivamente el tipo, y Dante negó con la cabeza.

—Verás, Gilbert. —Le dio un sorbo al vino. «Ah, qué bueno»—. No me gusta que la gente me mienta a la cara. Sé que fuiste tú quien les encargó el golpe a esos chicos, así que te voy a dar otra oportunidad. ¿Quién os dijo que raptarais a la chica?

Gilbert deglutió la bebida y se limpió la boca con la mano.

—De verdad que no lo sé.

Dante apretó los labios y señaló la bebida del tipo.

—Ese whisky que tanto te ha gustado… está envenenado.

—¡¿Qué?!

Con mucha calma, Dante enrolló más espaguetis en el tenedor y siguió hablando:

—Se trata de una mezcla de venenos extremadamente escasa. Es muy difícil de comprar. De hecho, tuve que contratar a un ladrón muy hábil para que me la consiguiese. Lo uso solo para ocasiones especiales, como esta. Pero todo eso da igual. Bastan tres gotas. Diría que te quedan cinco minutos, diez como máximo.

—¿Cómo que cinco minutos? —Al tipo empezó a entrarle el pánico. Le sudaba el rostro.

—A menos, claro, que te den un antídoto —señaló Dante en tono solícito—. Resulta que lo llevo en el bolsillo de la chaqueta.

El hombre ante él cambió de postura en la silla y empezó a respirar pesadamente.

—En unos dos minutos se empezará a apagar tu sistema. —Dante agarró la copa una vez más y se echó hacia atrás en el asiento—. No te queda mucho tiempo, Gilbert. Si yo fuera tú, empezaría a cantar *La traviata*.

—Fue una llamada de teléfono —resopló el tipo, que no dejaba de removerse en la silla—. No me dijo su nombre. Lo único que hizo fue transferir el dinero y decirnos que interrogásemos a la chica.

—¿Para sonsacarle qué? —preguntó con calma Dante, mientras el tipo se tironeaba del cuello de la camisa.

—Para sonsacárselo todo. Dijo que la chica tenía algún tipo de información y que teníamos que romperla, costase lo que costase, y llamarlo con lo que descubriésemos.

—¿Y lo llamasteis? —Dante se miró el reloj de muñeca.

—No. —El tipo empezó a temblar—. La chica no se rompió.

Pues claro que no se *rompió*, joder. Su fiera reina guerrera no iba a romperse.

Dante no le pidió que le diese el número desde el que le habían llamado. Después de tantos años metido en el juego, sabía bien cómo funcionaban las cosas. Aquel número sería un callejón sin salida.

—Vas a tener que contarme algo más, si es que quieres vivir —dijo con voz cantarina, mirando las manillas del reloj de metal.

—Lo único que sé es que trabajaba para un grupo, ¿vale? —jadeó el hombre, sudando profusamente—. Algún tipo de gremio o sindicato o yo qué sé. ¡Deme el antídoto, por favor!

Algunos de los clientes del restaurante miraron hacia la mesa, a los dos hombres y la pistola que descansaba sobre ella, y se apresuraron a apartar la mirada. Todos sabían que estaban en un establecimiento de la Organización.

Dante soltó una risa entre dientes.

—Verás, Gilbert, lo que pasa es que le diste a tus chicos permiso para torturar a una chiquilla de quince años. —Se inclinó hacia adelante. La rabia en su interior bullía—. ¿Sabías que era mía?

Los ojos del tipo se desorbitaron mientras balbuceaba:

—No, no. Le juro que no sabía que era suya. De haberlo sabido jamás habría aceptado el trabajo.

Dante se limpió la boca con la servilleta.

—Bueno, al menos sabes por qué vas a morir. Adiós, gilipollas.

El hombre se estremeció, empezó a sufrir espasmos y cayó redondo sobre la mesa. Una espuma blanca le salió por la comisura de la boca. Dante le hizo un cabeceo al gerente y dejó caer un fajo de billetes ante el camarero de ojos desorbitados.

—Dile al chef que la comida estaba estupenda. Y quédate con el cambio.

Los hombres que habían torturado a Amara estaban todos muertos, pero quien había dado la orden seguía libre. Dante no pensaba descansar hasta encontrarlo.

Pasó un mes.

Dante no volvió a ver a Amara, o al menos que ella se diera cuenta. Fue a Puerto Sombrío y le echó un ojo al apartamento y al barrio en el que ella se iba a instalar, así como a las asignaturas que cursaría y a sus profesores. Le había buscado un apartamento en el edificio de Tristan, a quien dijo que la vigilase siempre que estuviese en la ciudad. Satisfecho, volvió a casa con la esperanza de verla por el complejo antes de que se marchase.

Sin embargo, Amara había salido pocas veces de su apartamento en el último mes. Dante sabía que le dolía no verlo, aunque no estaba seguro de que le doliese más que a él. Se enteró por su madre de que había terminado el instituto y ya estaba haciendo las maletas. Su madre y Vin la llevaron al aeropuerto. Dante comprobó el estado del vuelo en el teléfono y llamó al tipo que había colocado en el apartamento frente al de ella para confirmar que llegaba sana y salva.

No volvería a verla. La dejaría marchar, dejaría que viviese su vida. Pero prefería morir antes que permitir que nadie la hiciese polvo.

Y así, una vez que Amara estuvo lejos de la ira de su padre, Dante fue a hacer un trato con el diablo.

—¿Dónde está Damien?

Dante irrumpió en tromba en el despacho de su padre y estampó ambas manos sobre la mesa. Su padre lo miró con el ceño fruncido.

—¿De qué hablas?

Una rabia negra y amarga crecía en su interior.

—Déjate de mierdas. ¿Dónde está?

Lorenzo se echó hacia atrás en su silla, lo miró y parpadeó.

—No tengo ni idea de a qué te refieres.

Dante inspiró hondo y recurrió a toda su paciencia.

—He ido a verle y me he encontrado con que un incendio ha arrasado todo el sitio hasta los putos cimientos. Cómo es que todos los hospitales donde lo ingresamos acaban ardiendo, ¿eh? Llevo horas buscándolo entre cadáveres y supervivientes, pero no estaba allí. Así pues, padre querido, ¡¿dónde cojones está mi hermano?!

Su padre cogió el teléfono que descansaba sobre la mesa, se puso en pie, marcó un número y empezó a caminar en círculos. Dante esperó. Solo de ver a aquel hombre ya le recorría las venas un ácido ardiente.

—Damien Maroni —le ladró su padre al teléfono—. ¿Dónde está? —Una pausa—. No, no está en las dependencias. Ha habido un incendio. —Una pausa—. Quiero que lo encontréis. —Se volvió hacia Dante con ojos firmes—. No sé dónde está, pero lo encontraremos.

Dante se inclinó hacia delante y le clavó unos ojos muertos.

—Más te vale, padre. De lo contrario, tú y yo vamos a tener una conversación bien distinta.

—No te atrevas a amenazarme.

Dante guardó silencio y dejó que fueran sus ojos los que hablasen. Cada resquicio del odio que sentía hacia ese hombre y hacia sí mismo quedó patente.

—Si no encuentras a mi hermano, no tendrás nada con lo que chantajearme —le dijo Dante en tono quedo.

—La tengo a ella —contestó su padre—. Le tienes un apego estúpido. Pero está en mi poder, hijo.

Dante esbozó una sonrisa deliberadamente pequeña.

—Bien. Entonces será mejor que te asegures de que no le pasa nada.

—¿O qué?

—O me largo.

El silencio entre los dos estaba cargado de tensión. Dante jamás le había amenazado antes, pero es que antes no había estado listo para hacerlo. Ahora, sí.

—No te puedes largar. —Maroni el Sabueso invadió el espacio personal de Dante y le apuntó con el índice al pecho, con ojos incrédulos.

—Claro que puedo —le dijo él a su padre. Le agarró el dedo y lo apartó—. Como le toques un pelo, me largo. Todo tu legado se derrumbará. Sin heredero, Lorenzo Maroni, el Sabueso, no será más que pasto de las habladurías.

—Antes prefiero matarla.

Tal y como él esperaba.

—Y entonces no habrá nada que te proteja de mí y de Tristan —le informó—. Él ya es adulto. ¿Por qué crees que sigues vivo, padre?

Eso lo impactó; Dante se dio cuenta. Le dio unas palmaditas en el hombro.

—Tu mayor error ha sido pensar que Amara no era más que un peón, viejo. Así que más te vale decirles a tus perros guardianes que la mantengan a salvo. Como se haga aunque sea un corte en el dedo con una hoja de papel, te juegas la reputación y el cuello.

—No voy a permitir que mancilles nuestra sangre con una zorra cualquiera.

«Valiente cerdo pomposo».

—Algún día, esa zorra cualquiera será la madre de mis hijos, padre. —Dante le sonrió—. De tus nietos. De los futuros Maroni.

—Como te juntes con ella les rajaré el gaznate, tanto a ella como a su madre —escupió el viejo.

Una oleada victoriosa recorrió a Dante. Había llevado a su padre justo adonde quería.

—Entonces si me mantengo alejado de ella, la dejarás en paz, ¿no?

—Iba a sufrir un accidente —dijo su padre, y a Dante se le encogieron las tripas. Sin embargo, ya lo había sospechado—. Pero has aprendido a negociar, hijo. Si te la sacas de la cabeza, no la tocaré. Búscate a otra a la que follarte.

Dante apretó los dientes, a sabiendas de que no era momento de romper aquel precario equilibrio. Giró sobre sus talones para marcharse, pero se detuvo.

—Ah, otra cosa: a partir de hoy, su madre es empleada mía, no tuya. Las mismas reglas se aplican a ella. Te dejo, que tienes que buscar a mi hermano.

Sabía lo que iba a encontrar su padre: el cadáver abrasado de algún chico en las inmediaciones del hospital. Dante dudaba que su padre descubriese que se la habían jugado. Su hermano se encontraba al otro lado del océano, a salvo, en una casa maravillosa con los amigos que había hecho en el hospital, viviendo una buena vida lejos de aquellos juegos. Había dejado de ser un peón en el tablero. Dante jamás volvería a verlo, no se arriesgaría a que encontrasen el rastro hasta Damien de nuevo. Por su propia seguridad.

En cuanto Amara le contó la generosa oferta de su padre, Dante había comprendido que su vida estaba condenada. Su padre le rompería el ritmo, cosa que Dante no pensaba permitir, joder. Así pues, se deshizo de lo único con lo que había podido amenazarle a lo largo de los años. Había planeado fingir la muerte de su hermano para proteger a Amara, la dueña de su corazón. Aunque eso supusiese romperle el suyo.

Sintió una punzada en el pecho al recordar la última vez que había visto a su hermano, hacía unas semanas. Casi tan alto como él, era lo bastante inteligente como para entender lo que Dante le estaba diciendo. Damien comprendía que su hermano lo amaba, y que por eso tenía que dejarlo marchar. Siempre lo cuidaría, pero no podían volver a verse hasta que el viejo muriese. Y con Amara tenía que ir muy despacio y con cuidado. Su vida estaba suspendida en un precario equilibrio entre la amenaza de su padre y la promesa del propio Dante. Era un sacrificio, pero valía la pena esperar. Por Amara, valía la pena.

Imaginaba que ella lo mandaría al infierno si aparecía, con esa voz grave y áspera que le dispararía el corazón, como siempre. Creía que ella no sabía lo mucho que él adoraba su voz. En su mundo de balazos y gritos, la voz de Amara era una tierna plegaria, la prueba de que había vida más allá de aquellos ruidos interminables.

Habría vida después de aquello.

Pero el viejo no podía morir, aún no. Si lo asesinaban, había demasiadas variables que tendrían un impacto en muchas vidas. Dante solía fantasear a menudo con asesinarlo, con torturarlo de maneras diferentes por todo lo que le había hecho a su madre, a su hermano, a Roni, a Amara. Quería meterse a hurtadillas en su habitación y rajarle la garganta mientras dormía. Quería irrumpir en su despacho y meterle una bala entre los ojos. Quería arrastrarlo hasta la sala de interrogatorios y hacerlo sangrar durante horas. Dante alimentaba el odio que sentía por él, lo ocultaba bajo una sonrisa despreocupada mientras planeaba hacer pedazos su reino, poco a poco. Iba a mover las piezas hasta que no quedase nada más que los meros cimientos del imperio que Dante construiría.

Sin embargo, aún no había llegado el momento. Algún día llegaría.

Y ese día se fumaría un puto cigarrillo mientras veía sangrar al viejo. Y por fin follaría con la mujer que amaba.

12

Amara

Dieciocho/diecinueve años

Aquella ciudad nueva le era desconocida. Y lo que era peor: Amara estaba completamente sola. Echaba de menos a su madre, a su mejor amigo, a su hermanastra. Echaba de menos las colinas, los bosques, los paisajes. Lo echaba de menos a *él*. Echaba de menos sus besos, sus ojos, su voz. Aquella pequeña sonrisa que esbozaba para ella, aquel rostro bruñido, aquel fuego en sus ojos infinitos. Echaba de menos las esculturas, las conversaciones y los libros, los bailes, los paseos en coche, los sueños. Tras años de pasar cada día juntos, la separación le pareció aún más brutal. Pero lo conseguiría. Tenía que conseguirlo.

—¡Hola! ¡Soy Daphne!

Aquella chica vivaz de su clase se le acercó. La primera semana de curso había resultado algo abrumadora. El campus era bonito, y las asignaturas, interesantes. Amara sonrió.

—Hola —susurró con voz suave.

La chica frunció el ceño.

—¿Por qué susurras?

La sonrisa de Amara flaqueó.

—No sé cómo conectar con la gente —le dijo a su nuevo terapeuta, un amable hombre negro de mediana edad cuya consulta estaba cerca del campus—. Siempre me preguntan por qué no hablo normal, y no puedo decirles que es porque grité hasta hacerme trizas la garganta, ¿verdad? ¡No creo que charlar sobre torturas sea educado!

El doctor Nelson la contempló con calma, dejando que ella sola soltase el veneno.

—No puedo ir sin pulseras y chales. Una vez un chico me vio las muñecas y me preguntó qué me había pasado. ¿Es que no se nota que fue traumático? ¿No podría la gente ser un poco más sensible? Echo de menos ser yo misma. Echo de menos poder ser yo misma sin sentir que estoy rota.

Contemplaba el techo y veía cómo se desplazaban lentamente las aspas del ventilador. Acababa de despertar de una pesadilla y el corazón le retumbaba. El apartamento estaba a oscuras; estaba a solas. Cualquiera podría entrar a la fuerza. Cualquiera podría sacarla de la cama. Y ni siquiera podría pedir ayuda a gritos.

Contempló el techo y se preguntó por qué estaba allí. Se preguntó a qué altura estaba el ventilador del suelo. Se preguntó si aguantaría el peso suficiente.

Pero luego desechó aquellos pensamientos.

—¿Quieres que vaya a verte? —preguntó Nerea al teléfono—. Podemos pasar el finde juntas. Así me enseñas la ciudad.

—Me encantaría —susurró Amara al teléfono—. Seguro que el museo te gustaría.

—¿Tengo pinta de persona que disfruta yendo a museos? —Nerea soltó una risa entre dientes.

Hicieron planes. Su hermanastra fue a pasar el fin de semana con ella. Amara se sintió muy bien. Y el lunes, la soledad volvió a cernirse sobre ella.

Se despertó, fue a clase, regresó al apartamento a oscuras, estudió, durmió. Y repitió todo el proceso.

Algunas noches se despertaba estremecida por alguna pesadilla. En otras se dormía de puro agotamiento. Siempre pensaba en lo que haría después. Trabajaba, estudiaba, se agotaba la mente.

Oyó un ruido y se detuvo, con la llave en la cerradura y la mano en el pomo. El ruido se oyó de nuevo. Venía de la planta que había junto a su puerta. Amara se afianzó el bolso al hombro y se inclinó. Dejó sobre el suelo los libros que llevaba entre las manos. Las pulseras tintinearon y el sonido volvió a oírse. Un maullido. Miró detrás de la planta y vio a una gatita diminuta de color crema. El animal, que soltaba suaves maullidos, tenía unos enormes ojos verde oliva. A Amara se le derritió el corazón. Agarró con cuidado a la gata con la mano y se la acercó a la cara. Le asomó a los labios la primera sonrisa verdadera que había esbozado en mucho tiempo.

—¿Te has perdido, pequeña? —preguntó como quien habla con un bebé—. ¿Cómo has llegado hasta aquí?

La gata la miró, parpadeó y soltó otro maullido. Luego apoyó la cabeza en su mano en un movimiento que derritió por completo a Amara. Se enderezó, abrió la cerradura y llevó a su compañera de soledad a casa.

—Bueno, cómo te llamamos, ¿eh? ¿Pixie?
La gata la miró.
—¿Pogo?
La gata la miró.
—¿Estrella?
La gata la miró.
—¿Lola?
La gata la miró.
—¿Lulú?
Un maullido.
—Pues Lulú se queda.

Pasaron los meses.

Vivir sola no era sencillo. Tardó algo de tiempo en acostumbrarse a la idea. Tener a Lulú ayudaba. Amara no se había dado cuenta de lo segura que se sentía en el complejo. Echaba de menos a su madre, a su mejor amigo e incluso al cabrón que le había roto el corazón. Aunque aún lo amaba por todo lo que había pasado con ella, se alegraba de no haberlo vuelto a ver desde aquel día hacía tantos meses. Tras romper una relación que nunca había llegado a existir, Amara había hecho de tripas corazón y le había pedido a Vin que la llevase con la doctora Das, donde había llorado como un bebé mientras la mujer la escuchaba contárselo todo, sin el menor juicio.

—Has sido muy valiente al abrirle tu corazón después de todo lo que has pasado, Amara. Es muy triste que su afecto no sea recíproco al tuyo, pero podría ser positivo. Podrás explorar más una vez vayas a la universidad.

Sí, el único problema de eso era que Amara no confiaba una mierda en nadie. Eludía a todo el mundo, siempre alerta, por si alguien intentaba lanzarse sobre ella y subirla a una camioneta. Tampoco sabía cómo comportarse con las chicas. Había algunas que se limitaban a ignorarla. Otras habían intentado hablar con ella, y Amara se había dado cuenta de que eran normales. No habían vivido toda su vida en un complejo de la mafia, con un mejor amigo que era soldado de la mafia, y con algo parecido a un ex que en realidad era un príncipe de los bajos fondos. La normalidad de Amara y la de aquellas chicas no encajaban. Llegaba un punto en que no sabía de qué hablarles. Lo único bueno en su vida nueva era el ritmo acelerado de las clases, que tanto disfrutaba; y el doctor Nelson, el terapeuta que le había recomendado la doctora Das. Y Lulú, aquella criaturilla suave y esponjosa que se había acurrucado contra ella de inmediato y con tanta confianza que Amara se había enamorado.

Amara miró a Alex, el ayudante de cátedra que no había dejado de pedirle que saliesen hasta que ella accedió, mientras bailaban juntos. Le había puesto todas las excusas habidas y por haber, sobre todo el hecho de que, con aquellos módulos acelerados que tenía que acabar en dos años, no le quedaba tiempo para tener citas. Pero Alex había insistido. Las luces de neón del club al que la había llevado parpadeaban a su alrededor. La música, alta y palpitante, era horrible. Amara había pensado que irían a un restaurante o algo así. En cambio, Alex la había llevado a aquel centro de hedonismo que no era su rollo en absoluto. Se meció sobre los talones. Se había negado a que la invitase a una copa, por más que este insistió, hasta el punto de que el chico empezó a mostrarse molesto.

—¡Baila, Amara! —le gritó por encima de la música e invadió su espacio personal.

Involuntariamente, ella dio un paso atrás y chocó de espaldas contra la pared. Tenía los nervios disparados, pero se las arregló para componer una sonrisa. Él se le acercó aún más y la arrinconó. Las manos empezaron a sudarle. Aquello no le gustaba.

—No te acerques tanto, Alex —dijo, pero la música ahogó su voz.

Él se inclinó para oírla mejor. Le apestaba todo el cuerpo a vodka. A Amara se le revolvieron las tripas. Lo único que quería era irse a casa con Lulú.

—Te voy a besar, ¿sabes? —dijo él, sin dejarla escapar.

—Tener una cita no te da derecho a un beso —le dijo ella. Inspiró hondo para mantener los nervios a raya—. He dicho que no te acerques tanto.

Pero no sirvió de nada. La música estaba demasiado alta. Amara le dio un empujón que dejaba a las claras que aquello no le gustaba, con la esperanza de que le diese algo de espacio. Alex no se dio por enterado. Estaba claro que los hombres del mundo exterior también eran gilipollas que se creían con derecho a todo.

Amara le dio un rodillazo en la entrepierna, una maniobra que le había enseñado Vin, y lo apartó de un empujón. Alex se llevó las manos a las pelotas y apretó los dientes, con la cara roja.

—Pero ¡¿qué cojones?!

Ella corrió hacia la puerta lateral, apartando a la gente, y salió a algún tipo de rellano solitario. Sobre la puerta colgaba una bombilla roja que alumbraba unas escaleras que llevaban, esperaba Amara, a la calle. Se apoyó contra la pared y se apretó el vientre, intentando recuperar el aliento. No había nadie en la ciudad a quien pudiese llamar, nadie que lo dejase todo y fuese a recogerla para llevarla a casa. Amara era mayor, pero no confiaba en la gente. El taxi al que subiese podría apartarse del camino. El taxista podría ser un psicópata, llevarla a cualquier otra parte. Siempre imaginaba situaciones así, imágenes que aumentaban su inquietud. Tenía que mantener la calma.

La puerta lateral se abrió y Amara la miró, de repente alerta, lista para echar a correr por las escaleras si hacía falta. Y se le detuvo el corazón. Dante Maroni estaba en el estrecho rellano, que con su presencia parecía aún más pequeño. Vestía una elegante camisa oscura y pantalones negros. Sus ojos oscuros se centraron en los de ella sin decir palabra alguna.

Meses. Amara no lo había visto en meses y, aun así, Dante se atrevía a lanzarle aquella mirada posesiva. Tenía los *putos cojones* de plantarse ante ella como si no hubiese pasado el tiempo, de provocarle en el corazón aquella ansia tan aguda que hasta dolía.

Amara le clavó la vista. Empezó a temblarle la barbilla, le picaban los ojos. La rabia la envolvió mientras lo miraba. Atravesó el espacio que los separaba y le dio un empujón con ambas manos en el pecho. Todo el dolor, la agonía, la soledad que había tenido dentro aquellos meses burbujearon hasta la superficie. De pronto lo vio todo rojo, el cuerpo le tembló por la fuerza de sus emociones. Volvió a empujarlo, con la vista emborronada por las lágrimas. Le dio un puñetazo en el pecho y emitió una serie de gemidos casi feroces. Él se lo permitió. No la detuvo hasta que Amara quedó agotada.

—Apártate de mí. —Volvió a darle un empujón a aquellos músculos que ni siquiera se movieron. Lo taladró con la mirada entre lágrimas, con el cuerpo tembloroso. Joder, se estaba derrumbando emocionalmente.

—Amara —dijo él en tono suave. Le agarró las muñecas con las manos, con los dedos justo sobre las pulseras que le cubrían las cicatrices.

—No has luchado por mí. —Le tembló la boca, dio un tirón para librarse de él, pero Dante no aflojó el agarre—. ¡No has luchado por mí, Dante!

Él la acercó hacia sí hasta que ella chocó contra su pecho. Le sujetó ambas muñecas con una mano mientras le acunó el rostro con la otra, con una mirada intensa.

—Lucho por ti cada puto día, Amara.

Dios, cómo lo odiaba por decirlo en serio. Ella también lo amaba, después de todo aquel tiempo. Se le escapó una lágrima. Dante se inclinó y se la enjugó de la mejilla con un beso, como si aún tuviese derecho a hacerlo.

—Tienes que soltarme —le dijo ella, y se le rompió la voz. No se refería solo a sus manos—. Siento que sigues persiguiéndome, incluso aquí. Te siento, y no puedo vivir así. Tienes que parar. Por favor. Déjame marchar. Déjame marchar, por favor. —Empezó a sollozar, pegada a él. No se dio cuenta del momento en que Dante la rodeaba con los brazos y la abrazaba con fuerza—. Déjame marchar. Déjame marchar, por favor. Por favor —dijo entre hipidos.

Él pegó su frente a la de ella.

—Estás en mi sangre. Lates en mi puto corazón. El único modo de dejarte marchar es que se me pare.

Dios, no podía decirle ese tipo de mierdas. Caer rendida a sus pies era tan sencillo, tan embriagador. Lo que la asustaba era el golpe que la esperaba al final de la caída. Se limpió las mejillas, estiró la columna y contempló la corbata de Dante, ligeramente torcida después del empujón. La agarró, se la enderezó, le puso una mano en el pecho y lo miró a los ojos.

—Estoy enamorada de ti, Dante —le confesó, aunque ambos lo sabían ya—. Pero no te voy a dejar entrar y salir tan campante de mi vida como a ti te venga en gana. Dices que estás luchando por mí, y puede que incluso ganes la batalla, pero a mí me vas a perder. Pon fin a nuestro sufrimiento ahora mismo.

Dante apretó la mandíbula.

—Vete a tu apartamento. En unos días vendré a hablar contigo.

Amara asintió, inspiró hondo y se apartó de él. Se dio la vuelta hacia las escaleras. De pronto, una mano la giró en redondo de un tirón, y la boca de Dante quedó cerquísima de la suya. El aire entre los dos se endureció; se volvió intenso, eléctrico, y le provocó un hormigueo del pelo de la coronilla a la punta de los dedos de los pies, encogidos. Amara se apoyó en él, absorbiendo la tensión, el magnetismo, la fisicidad que tanto había echado de menos. Un saludo y una despedida al mismo tiempo. Luego se retiró y se alejó.

Dante tenía que tomar una decisión.

Dante Maroni era un idiota, y más idiota era ella por permitírselo.

Una semana después, Amara abrió la puerta de su pequeño apartamento, entró y cerró con llave tras de sí. Arrojó a un lado los zapatos de plataforma.

—¿Besa bien?

La voz surgió de la oscuridad del salón y la sobresaltó. Soltó un chillido y giró en redondo para ver a aquel hombre que no veía desde hacía una semana. El hombre que era dueño de todos sus pensamientos estaba sentado con aire despreocupado en el sofá. Le daba sorbos a la botella de vino que Amara tenía en el armario, con Lulú enroscada a sus pies. La gata estaba algo más grande que cuando Amara la había encontrado e incluso más adorable, con aquel pelaje de suavísimo tono crema y los ojos verdes más bonitos del mundo. Por otro lado, era toda una traidora, pues se estaba echando una siestecita apoyada en aquel hombre con el que Amara no tenía ni idea de qué hacer.

—¿Qué haces aquí? —le preguntó en tono quedo.

Encendió las luces del apartamento pequeño pero acogedor y puso el bolso en la mesa lateral. Dejó las llaves a un lado y fue descalza hasta el dormitorio, donde se quitó los pendientes con aire despreocupado por más que el corazón le retumbase en el pecho. Tras unos días de esperar a Dante y de que este no apareciese, Amara había tenido otra cita con un tipo de su clase de psicología del arte. ¿Había esperado a medias que aquello consiguiese que Dante reaccionase? Sí, así era.

Lulú alzó la cabeza al oír su voz y su cara achatada se animó al verla. Se apoyó en ella y se restregó contra sus piernas para luego seguir su camino tan pancha. Era una descarriada, igual que Amara. Estaba sola en la gran ciudad y ahora era su bebé.

Amara soltó los pendientes en el cuenco que había en el vestidor. Le hormigueó el cuello al notar la presencia que se le acercó por la espalda. Lo vio en el espejo detrás de ella. Tenía la barbilla recién afeitada, un moratón en la sien que no le había visto antes. Su silueta alta y ancha eclipsaba la de ella. Las mariposas que habían estado muertas en su barriga durante toda la cita cobraron vida y empezaron a aletear ante la presencia de aquel hombre que no sentía por Amara lo mismo que ella por él.

—No me has respondido, Amara —murmuró con suavidad. Sus ojos oscuros de tono chocolate le recorrieron el cuerpo entero, del vestido rojo que se había puesto a la pequeña chaqueta vaquera y el chal a juego. Absorbió con los ojos cada centímetro de su ser, como si hubiesen echado de menos sobrevolar su piel. A Amara se le puso la piel de los brazos de gallina.

—No es asunto tuyo, Dante —dijo en tono bajo y rasposo.

En el reflejo, los ojos de Dante se oscurecieron. Estaba detrás de ella, cosa que normalmente la alteraba, pero poder verlo en el espejo le dio a su mente un respiro de su habitual reacción de rodillas temblorosas. La mano de Dante ascendió en el espejo y se le acercó al cuello. Un dedo se enredó en el chal de seda y se lo bajó. A Amara se le aceleró la respiración. Dante dejó la cicatriz expuesta en el reflejo, ante ambos. Despacio, le recorrió la marca horizontal con el pulgar. Inclinó el rostro y le rozó la oreja con los labios.

—¿Te ha besado, Amara?

Se le endurecieron los pezones. Respirando con fuerza, con el pecho ascendiendo y descendiendo. Las miradas de los dos se entrelazaron, una especie de embriaguez palpitaba entre ambos. Amara negó con la cabeza. Dante le llevó de nuevo los labios al lóbulo de la oreja. El fuego posesivo en sus ojos resultaba familiar y desconocido a partes iguales.

—Pídeme que te bese.

A Amara le hormiguearon los labios. El recuerdo de la última vez que le había pedido que la besase latió entre ambos. Sabía que, si se lo pedía esta vez, todo cambiaría. Llevaban meses sin verse, sin hablar, viviendo sus vidas. Dante no tenía el menor derecho a irrumpir así en la de ella para luego largarse cuando le diera la gana. Amara no pensaba ser tan incauta ni caer bajo los caprichos de un hombre. Aunque fuera su hombre. Dio un paso atrás para apartarse de él y se desprendió de la chaqueta, porque notaba demasiado calor.

—No tienes derecho a venir pidiendo nada, Dante. No soy tuya. Tú me soltaste, ¿te acuerdas?

Antes de pronunciar la última palabra, Dante ya había invadido su espacio personal. Sus manos atravesaron el aire y le alzaron el rostro hacia él. Tenía la boca tan cerca de la de ella que captaba su aliento.

—Amara, tú y yo jamás seremos de nadie más —murmuró. Sus palabras le sobrevolaron los labios—. Podemos follar con un centenar de personas, pero *esto* jamás se irá. ¿Sientes cómo late entre los dos?

Para cuando Dante acabó de hablar, el corazón de Amara tronaba. El torso de él estaba a dos centímetros de sus pechos. Sí que lo sentía, mucho más fuerte que antes. Amara le miró los labios, aquella boca que había saboreado de tantos modos distintos, a apenas una orden de distancia.

—¿Piensas luchar por nosotros? —susurró. La herida de sus palabras aún le dolía en el pecho.

—Sí, Amara —le dijo con ojos llameantes, contemplando su rostro—. Pero ahora mismo no puedo darte más. He intentado alejarme de ti, dejarte vivir tu vida. Joder, vaya si lo he intentado. —Presionó la frente contra la de ella—. Pero no puedo, Amara. Eres el latido de mi puto corazón.

Y él era el latido del de Amara. Sintió que le ardían los ojos al recordar el amor y la seguridad que había sentido con él, el profundo dolor de la soledad que se había convertido en una constante a lo largo de los últimos meses. Arrugó la nariz. Sin embargo, creía que lo que Dante decía era verdad. Por algún motivo, incluso cuando le rompió el corazón supo que no lo había hecho por desprecio. Y al verlo, al ver la angustia en su cara, Amara creyó lo que decía. Sin embargo, no sabía si sus palabras significaban algo de verdad, como tampoco sabía qué sucedería al día siguiente. Sabía que lo deseaba, que deseaba tenerlo todo junto a aquel hombre.

Tragó saliva para aplacar los nervios. Dante aún le acunaba la cara entre sus grandes manos cálidas. Amara se puso de puntillas. Su nariz rozó la de él. Y pronunció la siguiente palabra:

—Bésame.

Dante estrelló los labios contra los suyos antes siquiera de que hubiera acabado de hablar y se tragaron la última sílaba.

«Por fin».

Todo su cuerpo tembló.

Amara se estiró aún más sobre las puntas de los pies. La presión de la boca de Dante le provocó un escalofrío por la columna. Él ladeó la cabeza y pegó aún más los labios a los de ella. Le lamió las comisuras de la boca. Su sabor, a vino, a humo y a él, alimentó el hambre persistente que Amara notaba dentro de sí. Sintió que sus propios labios se entreabrían con un suave gemido. Dante aceptó la invitación y entrelazó su lengua con la de ella.

Besar a Dante era como tener fuego en las venas. No era el tipo de llamas que abrasaban hasta reducirla a cenizas y ascuas, sino una hoguera que la calentaba por dentro en lugares que ni siquiera había sabido que estaban fríos y estremecidos. Un fuego que iluminó rincones de su ser que habían estado envueltos en tinieblas, que obligó a todo lo maléfico a retirarse a las sombras, mientras ella disfrutaba de su calidez. Dante guio su boca y ella lo siguió. Era una danza diferente, y a la vez una que habían ejecutado ya muchas veces.

Dante se apartó y ella abrió los ojos. Contempló sus labios, manchados de carmín, húmedos de su propia boca. Un zarcillo de pura posesión se desenredó en el interior de Amara al ver que él llevaba en la piel una prueba de su paso. Quiso marcarlo, del mismo modo que él la había marcado por dentro.

Dante le pasó el pulgar por los labios, un roce áspero.

Antes de saber siquiera qué hacía, Amara abrió la boca y se lo chupó. Los ojos de Dante se oscurecieron.

—Amara, más vale que pares si no quieres que follemos.

El calor serpenteó por su cuerpo, se enroscó en su bajo vientre y le derritió las entrañas. Claro que quería que follaran. Quería que Dante se la follase. Pero no quería entrar en pánico mientras pasaba. Le mordió el pulgar sin apartar los ojos de él.

—Ve despacio, por favor.

Los ojos de Dante llamearon y, de pronto, se encontró tirada de espaldas en la cama, con las piernas colgando por el borde. Dante se arrodilló entre ellas, con la vista clavada en Amara. Tenía la boca a un latido de distancia de sus bragas.

—¿Quieres que pare?

Ella negó silenciosamente con la cabeza. El corazón le iba tan deprisa que se le humedeció del todo la entrepierna. Él agarró las bragas, se las bajó por las piernas y las tiró sobre la cama. Con los dedos encontró los pliegues de Amara.

—Joder, estás empapada.

La voz brusca y dura que señaló aquel hecho, junto con los dedos bruscos y duros que le acariciaban la piel, consiguieron que Amara se humedeciera aún más. Con un gemido, ella le pasó una mano por el cabello.

—Dante.

Sintió que sus manos se le afianzaban bajo las rodillas y le echaban las piernas hacia atrás sobre la cama, abriéndola por completo ante sus ojos.

—Te voy a comer tanto el coño que voy a acabar enterrado en ti —afirmó, y su boca cayó sobre Amara.

Ella arqueó la espalda encima de la cama y le aferró el cabello con las manos. Un calor líquido le recorría el cuerpo en espiral hasta el lugar donde la boca de Dante la devoraba. Porque era lo que estaba haciendo: su lengua se hundía en ella, la paladeaba, se aprendía todos sus rincones. Él llevó una de las manos a su clítoris y la acarició vigorosamente con el pulgar mientras le comía el coño como si no tuviese ningún otro propósito en la vida.

Era la primera vez que le hacía sexo oral a Amara, y vaya si lo estaba disfrutando. Aquel placer no se parecía a nada que hubiese experimentado antes, ni siquiera las pocas veces que había intentado tocarse después de la agresión. Jamás había estado tan mojada, tan cerca del orgasmo. Se retorció, pegada a la cara de Dante. Se le escapaban de la garganta sonidos de placer. Se acercó aún más su boca; no quería que se apartase jamás de ella.

—Eso es, cariño —la animó él, enrollándose con su coño como si fuese la última vez que fuese a disfrutarlo—. Fóllame la cara. Joder, qué bien sabes. Usa mi lengua.

Dios, cómo le gustaba hablar. Las cosas tan sucias que decía con esos trajes impolutos que llevaba. Eso la puso aún más cachonda. La lengua de Dante le rodeó el clítoris, dio vueltas y vueltas, en diagonal, de todos los modos imaginables. Amara sintió que chocaba contra ella una oleada tan intensa que se le escapó un grito. Sus cuerdas vocales se tensaron al tiempo que el placer la inundaba. Sus piernas sufrieron espasmos sin control, y se corrió por completo en su cara. Dante la sostuvo durante todo el proceso, permitió que ella llevase el ritmo y la mantuvo sujeta a la cama mientras le bajaba poco a poco la sensación. Se sintió laxa, pesada, como si sus huesos pesasen una tonelada, pero de un modo placentero. Parpadeó y alzó la vista. Dante se cernía sobre ella, entre sus piernas, aún con el traje puesto. La recorría con una mirada tan visceral que a Amara se le encogió el corazón.

—Hola —susurró ella. El pecho le subía y le bajaba.

Dante curvó unos labios aún húmedos con los jugos de Amara.

—Hola. ¿Estás bien?

Ella se lamió los labios. Sentía el bulto en sus pantalones, apretado contra su calor desnudo. Supo que probablemente le estaba manchando los pantalones de humedad. Aunque los recuerdos intentaron salir a la superficie ante la prueba de la excitación de Dante, Amara no deseaba nada más que a aquel hombre. Deseaba que se enterrase en ella tan profundamente como pudiese, que fuese uno con ella de todos los modos posibles. Tenía que hacerlo. Necesitaba hacerlo. Con las miradas de ambos entrelazadas, reforzada por el calor posesivo en esos ojos marrones, consciente de que Dante preferiría cortarse un brazo que hacerle daño físicamente, Amara comprendió que iba a permitírselo.

—Dos cosas —le dijo en tono suave—. No me penetres por detrás. Y no me llames zorra.

Él alzó levemente las cejas y vaciló durante un instante.

—¿Hay algo que deba saber antes de que lo hagamos?

Amara sintió las manos pegajosas de sudor.

—No.

Jamás podría decírselo, y menos con aquella vergüenza aún enroscada en la garganta.

—¿Segura?

Ella asintió. Alzó las manos y empezó a desabrocharle lentamente los botones de la camisa, dejando al aire centímetro tras centímetro de la deliciosa piel masculina que Dante escondía tras aquellos trajes caros suyos. Cuando terminó, Dante estaba suspendido sobre ella, con la chaqueta y la camisa abiertas. Tenía el pecho cubierto por un escaso vello que descendía por unos abdominales sólidos y se introducía por debajo del cinturón y del bulto que asomaba en su entrepierna.

Ella lo agarró de los hombros y lo echó a un lado.

—Túmbate —le dijo en tono suave. Dante esbozó su típica sonrisa irónica.

—Como desees.

A ella se le escapó una risa.

—¿Acabas de citar *La princesa prometida* mientras intento seducirte?

—No hace falta que lo intentes, Amara —murmuró él, recorriéndole los labios con los dedos. Se tumbó de espaldas y se colocó los brazos tras la nuca—. Aunque es verdad que me obligaste a ver esa peli dos veces.

—Pero te gustó —señaló ella.

—Me encantó —dijo él con una mirada sorprendentemente serena—. Creo en el amor verdadero y creo en esperar a que llegue. ¿Habrías esperado tú, Amara? De haber sido tú la protagonista de la película, ¿habrías esperado solo por una promesa? ¿Sin saber por qué, cuándo ni cómo llegaría?

Amara sabía que ya no estaban hablando de la película. Se le subió encima y se sentó a horcajadas sobre su cintura. La erección de Dante se le apretó contra la entrepierna.

—En la película, ¿está mi amor verdadero intentando encontrarme? ¿Quiere estar conmigo? —preguntó.

Con el pulso disparado, le desabrochó la bragueta y sintió el tacto de su polla en las manos por primera vez. Los abdominales de Dante se tensaron ante el roce, pero siguió inmóvil, contemplándola.

—Todos los días.

Se le encogió el corazón. Con él no podía escudarse tras una barrera, sobre todo si decía ese tipo de cosas y, encima, las decía con sinceridad. Ignoró el modo en que la habían afectado aquellas palabras y le rodeó el miembro con los dedos, o lo intentó. Lo sintió suave, duro y pesado en la palma de la mano. Con la otra palpó uno de los bolsillos de sus pantalones y le sacó la cartera de cuero, con la esperanza de que llevase dentro un condón.

Lo llevaba. Amara lo sacó, se echó hacia atrás y lo abrió con los dientes. Por fin le miró la polla. La primera que había visto en la vida real, más allá del porno.

Era grande. *Grande*. Joder.

El pánico empezó a apoderarse de ella. No le iba a caber. No iba a poder. Le iba a doler. Dios, que no le *doliese*. Le tembló la mano y sintió que Dante le quitaba el preservativo. Se lo puso con un movimiento fluido. Eso aclaró parte de la niebla del pánico. No estaba haciendo aquello con un desconocido cualquiera que fuera a metérsela sin consideración o a hacerle daño. Se trataba de Dante. El hombre que había levantado en brazos su cuerpo cuando este estaba roto por completo. El que le había sostenido el alma cuando Amara pensaba que no había forma de arreglarla. El que le había dado oro para que llenase sus grietas a diario durante tres años. Era el hombre más peligroso que Amara conocía, pero en cierto sentido, también el más noble. Sabía que jamás le haría daño; cuando estaba con él no podía sentirse más segura. Si ella le decía que se detuviese, él se detendría. Inspiró hondo y lo miró a los ojos. Abrió más las piernas y sintió que la punta de su polla la rozaba.

—Te esperaría durante una eternidad, Dante Maroni —le susurró y fue bajando poco a poco para introducírselo. Sintió que sus músculos interiores se tensaban para acomodar su envergadura. Se le escapó un suspiro y se subió el vestido. Hasta el último centímetro de su cuerpo quedó desnudo ante la mirada hambrienta de Dante—. Pero tendría que pasar sola esa eternidad, ¿verdad?

Dante alzó las manos y le abarcó los pechos. Se los apretó con fuerza, y ella dejó que se hundiese un par de centímetros más en su interior. Intentó rotar las caderas para aliviar la presión. Dante tiró de ella hacia adelante, y sus pezones le acariciaron el pecho. Le hundió las manos en el cabello, con la mandíbula tensa y una mirada fiera en los ojos.

—Amara, algún día te voy a dar un anillo de compromiso —dijo entre dientes, y se introdujo otro par de centímetros—. Algún día tendremos muchos bebés. Tú espérame, cariño. Por favor, espérame.

Amara sintió que se le entrecortaba la respiración. El corazón se le encogió cuando Dante se la acabó de meter entera. Se sintió llena, pero no invadida. Lo miró a los ojos.

—¿Y qué pasa con eso de ser Dante Maroni? —le preguntó con voz suave, y se retorció mientras él palpitaba en su interior—. Algún día te encontrarás con alguna princesa de la mafia, y será a ella a quien le des un anillo y muchos bebés. —Dios, solo de pensarlo ya le dolía. Ya odiaba a la futura esposa de Dante—. ¿Recuerdas lo que dijiste? No somos una historia de amor. Somos una tragedia en marcha.

De pronto, Amara se encontró tumbada de espaldas. Dante se cernió sobre ella y se le hundió más profundamente de lo que Amara habría creído posible. Apenas un aliento separaba sus bocas.

—Pues hagamos que sea una buena tragedia.

Dante apoyó los codos contra sus rodillas y le abrió aún más las piernas al tiempo que se la sacaba del todo. Amara sintió el gemido que se le escapó cuando se le contrajeron los músculos, vacía de él, deseosa de que volviese. En apenas un segundo, Dante entró en ella una vez más, sin preámbulos. El poder de aquella embestida la levantó de la cama. Le botaron los pechos. Él se inclinó, se metió uno de sus pezones en la boca y succionó. Amara sintió una descarga de placer que fue directa a su entrepierna. Apretó con los músculos la polla de Dante y se aferró a las sábanas. Jamás había podido imaginarse aquella sensación. No se parecía en nada a sus pesadillas.

—Joder, qué bien se está dentro de ti —dijo él tras otra dura embestida. Le apretó el pezón con los dientes, le apoyó el pulgar en el clítoris y empezó a acariciárselo—. Qué apretada, qué mojada. Eres mía. Este coño ha sido mío todo el tiempo, ¿verdad, Amara?

Amara sintió que empezaba a perder la cabeza de placer. Estiró el cuello de lado intentando detener la ola del orgasmo, que amenazaba con estrellarse contra ella.

—No te contengas, cariño —oyó que Dante le susurraba al oído. Se inclinó sobre ella y le echó las piernas del todo hacia atrás. Le lamió el cuello y su pecho le frotó los pezones con una fricción que le provocó una espiral de calor por todo el cuerpo—. Córrete para mí, Amara.

Otra embestida, otra caricia, otro lametón.

—Apriétame la polla.

Otra embestida, otra caricia, otro lametón.

—¿Lo sientes?

Otra embestida, otra caricia, otro lametón.

—Qué chica más sucia eres; qué mojada estás para mí.

Otra embestida, otra caricia, otro lametón.

—Estás encharcando las sábanas.

Y Amara se *corrió*.

Fue como un cohete que saliese disparado al cielo y estallase en un millón de fragmentos de fuego y humo hasta evaporarse y quedar reducido a nada en cuestión de segundos. Se corrió tan, tan fuerte, que se clavó los dientes en el labio y se le escapó un grito estrangulado. Todo su cuerpo se estremeció en brazos de Dante, que la sujetaba, que aún se movía en su interior, que aún se la follaba como si fuese su chica sucia, como si su coño le perteneciese y pudiese hundirse en él cuanto quisiera.

—Mírame —dijo él entre dientes. Le pasó las manos por el pelo y le agarró la cabeza para inmovilizarla mientras Amara iba regresando poco a poco del éxtasis—. Tú. —Embestida—. Eres. —Embestida—. Mía.

Dicho lo cual, empezó a aumentar de ritmo y la golpeó una y otra vez con las caderas. Su pelvis le rozaba el clítoris con cada movimiento. Y sus ojos, esos hermosos ojos oscuros, estaban fijos en ella, la veía completamente desnuda, expuesta y vulnerable, abierta en todos los sentidos. La vio y la hizo suya, y ella se lo dio todo; la intimidad de sus cuerpos, de sus miradas, de sus corazones, que conectaron formando un tándem hasta que Amara no supo dónde acababa ella y dónde empezaba él.

Esa mirada en sus ojos, que contenía un *deseo* puro y sin adulterar, volvió a provocarle un orgasmo. Luego sintió que él se estremecía en su interior. Dante se corrió con un gruñido brusco al tiempo que le metía la polla tan hondo como pudo. Los músculos de Amara se tensaron alrededor de su miembro.

Los cuerpos de ambos descendieron lentamente de las alturas del orgasmo, sudorosos y agotados. Él se levantó y fue al baño, mientras que ella se quedó allí, inmóvil, contemplando el techo, a la espera de que se le calmase poco a poco el corazón. Sintió algo húmedo entre las piernas y bajó la vista. Dante la estaba limpiando con una toallita. Amara sintió que se le encogía el corazón en el pecho. ¿Por qué tenía que ser tan perfecto?

Dante tiró a un lado la toallita y se quitó la ropa, dejando al descubierto su cuerpo desnudo para ella por primera vez. Amara contempló esos músculos y relieves: los hombros anchos a los que se había agarrado muchas veces cuando él la llevaba en brazos, los fuertes brazos que la hacían sentir más a salvo que nunca, el pecho sólido que quería usar de almohada durante el resto de su vida. Lo miró, desde aquellos pies grandes y bonitos a sus muslos atléticos, desde la polla semierecta a la línea de vello que le recorría el vientre, pasando por los abdominales, los pectorales, el cuello y, finalmente, los ojos.

Dante se inclinó hacia ella y le dio un suave beso. Se estiró a su lado.

—¿Estás bien, cariño? —le preguntó, con la boca muy cerca de sus labios.

Ella le acunó la mandíbula con la mano. Había pasado de «chica sucia» a «cariño», cosa que le encantaba. Qué cosa tan rara era el cerebro. Amara pensaba que oír que alguien la llamaba sucia le habría disparado los recuerdos de aquella noche. Sin embargo, cuando Dante lo decía así, con esa voz de chocolate caliente y sábanas revueltas, con esos ojos oscuros que adoraban su piel, «chica sucia» sonaba más bien a «diosa». Le encantaba. ¿Cómo iba a tener ninguna oportunidad frente a aquel hombre que la hacía sentirse así? Respondió a la pregunta con un asentimiento.

—¿Cómo está mi madre?

—A salvo. Disfrutando del desafío de entrar en casa de Tristan. La mía es bastante aburrida para ella.

Amara soltó un resoplido divertido. Lo imaginaba a la perfección.

—¿Y qué tal le va a Tristan?

—Como siempre —le dijo Dante mientras jugaba con su cabello y sostenía un rizo rebelde entre los dedos—. La verdad es que ha pensado en comprarse un piso en la ciudad.

—¿En Tenebrae?

Dante negó con la cabeza.

—En Puerto Sombrío. No está muy lejos de aquí. Deberías ir alguna vez; creo que le gustaría.

Amara sintió un revoloteo de emoción, una punzada de dolor en el pecho ante la posibilidad de tener un amigo en la ciudad, por poco convencional que fuese Tristan.

—¿Significa eso que vendrá a menudo a Puerto Sombrío?

—Creo que vendrá mucho —dijo él, y le lanzó una mirada analítica—. ¿Conoces a Gabriel Vitalio?

Ella asintió. Por supuesto que conocía al infame Vitalio. Era el dueño de la ciudad.

—Tiene una hija, Morana. —Dante vaciló—. Tristan tiene algo con ella. De momento no puedo decirte mucho más.

Amara comprendió que Dante quería contarle mucho más, pero no insistió, a sabiendas de que se lo diría si así lo deseaba. Cambió de tema y preguntó:

—¿Y qué me dices de tu hermano? ¿Cómo está?

Hubo un silencio durante un latido. Luego, él se pasó la pierna de Amara por encima de la cadera, ambos cuerpos pegados el uno al otro, y miró al techo.

—Damien está bien. Tiene casi tu misma edad, aunque su cerebro es extraordinario. Otro médico ha confirmado el diagnóstico de Asperger, así que están desarrollando módulos de aprendizaje especiales para él.

Amara le acarició el pecho.

—¿Está a salvo?

—Sí. —Dante le agarró la mano y entrelazó los dedos a los de ella—. Fingí su muerte para que mi puto padre no volviese a usarlo como peón. Pero va a pasar mucho tiempo hasta que vuelva a verlo. Como mínimo, hasta que el bueno de papá muera.

Amara sintió que le retumbaba el corazón en el pecho. Su mente digirió los extremos a los que era capaz de llegar aquel hombre para proteger a sus seres queridos. A veces, sobre todo en momentos como aquel, en que Dante se mostraba tan tierno con ella, se olvidaba de que seguía siendo un hombre implacable que, según se rumoreaba, había llegado a interrogar a un tipo durante treinta horas sin que le cayese una sola gota de sangre en la ropa. Ahora, sin embargo, desnudo como estaba, Amara lo veía en su totalidad: el hombre y la bestia.

—¿A qué viene esa mirada? —preguntó él en tono quedo mientras recorría la palma de la mano de Amara, más pequeña, con el pulgar.

—¿Pasa lo mismo conmigo? —preguntó con una voz que era apenas un suspiro—. ¿Estoy fuera del tablero hasta que tu padre haya muerto?

La verdad era que no sentía el menor remordimiento por pensar en la muerte de aquel hombre. Dante se volvió hacia el techo y curvó las comisuras de la boca.

—¿Recuerdas lo que te dije de las piezas de ajedrez? Eso de que no sabía qué pieza eras tú.

—Sí.

Él giró el cuello para mirarla a los ojos.

—En el tablero eres la reina, Amara. Eres mi pieza más poderosa, pero también la más vulnerable. Si te atrapan, me atraparán a mí y se acabará el juego. Por eso estoy dispuesto a hacer todo lo necesario para asegurarme de que no te atrapen nunca. Aunque eso suponga de momento esconderte como si fueras un secreto.

Amara tragó saliva, con el corazón en la garganta. ¿Podía vivir así?

—¿Y qué hacemos ahora?

—Ahora desviaremos la atención —le dijo él—. Seguiremos adelante con nuestras vidas. Yo tendré alguna que otra cita con princesas de la mafia. Tú puedes salir con uno o dos tipos. Yo seguiré haciéndome con el negocio, y tú, con tus clases y tu terapia. Los ojos que nos vigilen verán que hemos terminado. Pero nos vamos a casa solos. —La miró con ojos llameantes—. No te va a tocar nadie, Amara. De lo contrario, tendré que dedicar mucho tiempo a limpiar un montón de sangre.

—¿Y lo mismo se aplica a ti? —preguntó ella por confirmarlo.

—No soy ningún hipócrita, cariño. —Le apartó el cabello de la cara—. No te voy a pedir nada que no vaya a hacer yo mismo. A mí tampoco me va a tocar nadie, solo tú. Tengo un apartamento en el edificio de Tristan. Cuando estemos en la ciudad, me escabulliré para ir a verte. No hablaremos por teléfono ni por internet; todo eso se puede rastrear. Si nos encontramos de casualidad durante el día, tú no eres más que una chica a la que yo conocía, y yo soy un tipo que te rompió el corazón. Mi padre no se enterará de lo que está pasando.

Amara se apoyó en un codo. El corazón le tronaba mientras procesaba todo lo que decía Dante. No había tirado la toalla con ellos dos; lo que había hecho era jugársela a todo el mundo, como buen maestro manipulador que era. ¿Podía confiar en que no se la jugase a ella también?

—¿Y qué hacemos si te pones cachondo un día cualquiera?

Él le acarició la mandíbula con un gesto tan dominante que le prendió fuego hasta en los huesos.

—Pues me agarraré la polla y recordaré lo prieta que estás. Y me correré. —Le deslizó la otra mano por el cuerpo y se la colocó en la entrepierna. Le apretó aquella humedad con la palma de la mano—. Así de sencillo, cariño. Yo controlo mis deseos; mis deseos no me controlan a mí.

Amara procesó lo que había dicho. Contempló la sinceridad y franqueza de su cara, una expresión que rara vez le había visto poner con nadie en mucho tiempo. Dante había perfeccionado una máscara de tipo encantador, de trato fácil, a quien no costaba subestimar. Así, tumbado desnudo como estaba ahora, Amara veía lo mucho que escondía: la manipulación, la astucia, la sinceridad.

Dante le recorrió el rostro con la mirada.

—Lo que te estoy ofreciendo no es lo que te mereces, pero por tu propia seguridad, no puedo darte más ahora mismo. Ni siquiera sé cuándo podré darte lo que necesitas. No podemos establecer un calendario, así que no será sencillo. Pero te dejo elegir. Si no quieres nada de esto, dímelo ahora. Me marcharé y me mantendré alejado de ti. Jamás tendrás que volver a tratar conmigo.

Amara no quería eso. Lo quería a él. Quería un futuro con él, aunque no supiese qué pinta tenía aquel futuro. Era un riesgo, y si les salía el tiro por la culata, Amara pensaba que no podría recuperarse de la pérdida.

—¿Y qué pasa si sí que quiero todo esto? —preguntó en tono suave, con los dedos alrededor de la muñeca de Dante, sintiendo el constante pulso bajo la palma de la mano—. ¿Qué hacemos? ¿Qué sucederá de momento?

—De momento nos esconderemos en las sombras. —Él esbozó esa pequeña sonrisa que siempre le provocaba mariposas en el estómago, y susurró junto a sus labios—: ¿Qué me dices, mi reina? ¿Quieres jugar?

Amara miró al hombre que quería a los ojos y vio ese mismo amor reflejado. Y así quedaron sellados sus destinos.

—Sí, mi rey. Quiero jugar.

Hicieron el amor una vez más antes del alba.

Amara se despertó y lo vio ya vestido. Aunque sentía alegría en el corazón, también notó un nudo en la garganta. Dante le acarició la cabeza a Lulú y se le acercó. Se inclinó a su lado, apoyado en las manos, junto a su rostro.

—Tengo que irme —le dijo con ojos suaves y la boca hinchada de tantos besos.

Amara asintió. Él le plantó un beso en los labios y apretó la frente contra la de ella durante un largo segundo. Luego se enderezó y se marchó. Ella se quedó en la cama, con una sonrisa en la cara y esperanza en el pecho.

Los días se convirtieron en semanas.

Dante fue a verla cinco veces en esas primeras cinco semanas. Ella atesoró cada visita en su memoria. Lo veía en internet. A veces estaba solo; a veces, con una mujer. Ignoró lo que veía, tal y como él le había pedido.

Pero cada vez perdía un pedacito de sí misma.

Las semanas se convirtieron en meses.

Amara terminó las clases y empezó un máster para formarse como terapeuta. Hizo amigos a los que les gustaban los libros, hablaba con Lulú, seguía yendo a terapia. Sus demonios le salían al paso por la mañana, volvía a ser ella misma por la tarde, encontraba placer en su cuerpo por la noche.

Dante vino muchas veces.

Y se marchó muchas veces.

Con pedacitos de Amara.

Los meses se convirtieron en años.

Amara celebró su vigésimo segundo cumpleaños con él.

Terminó el máster, empezó el doctorado y se peló el culo de estudiar. Hablaba con su madre cada dos días, mantenía el contacto con Vin y con Nerea. De vez en cuando iba al ático de Tristan.

Dante empezó a pasar varios días seguidos con ella. Por una vez, lo estaba poniendo todo en riesgo. Tenía que obligarse a sí mismo a marcharse en cada maldita cita, a dejarlo todo para la próxima.

Y Amara perdía más pedacitos de sí misma.

Seis años.

Con su evolución profesional y su terapia personal, Amara llegó a los veinticinco con confianza floreciente. Acabó el doctorado, puso en marcha su propia consulta, encontró clientes, se mudó a un apartamento que compró ella misma. Tenía citas, se cubría las cicatrices, llevaba tacones. Y volvía a casa sola.

Algunos días sentía que esperarle era señal de debilidad. Otros días sentía que esperarle era señal de fortaleza. Dos caras de una moneda siempre en movimiento. Esa era la única constante en el amor de Amara, cada vez más profundo; y en el amor de Dante, cada vez más demencial.

Él fue ascendiendo en la jerarquía, se convirtió en el auténtico heredero al trono. Amara se sentía orgullosa. Dante jamás tocó a otra mujer. Su corazón, su cuerpo y su alma pertenecían por completo a Amara. Ella se sentía amada. A él le encantaba acudir a ella, abrazarla durante largos minutos, como si sus brazos se muriesen de hambre. Odiaba marcharse; siempre apretaba la frente contra la suya. A ella le ardían los ojos.

Se escondían en las sombras.

Y Amara perdía más pedacitos de sí misma.

Siete años.

Se convirtieron en las raíces de un árbol, bien enterradas en el suelo, fuera de la vista, entrelazadas, entretejidas. Se daban fuerza mutuamente, se debilitaban mutuamente. Tomaban aquel amor como sustento, lo guardaban en lugares secretos y esperaban a que a aquel árbol que se había visto cortado con violencia le volviesen a crecer hojas.

Los bosques tardaban tiempo en crecer, los reinos tardaban tiempo en construirse, los imperios tardaban tiempo en existir. Allá donde se rompía un ser, otro se moldeaba para ocupar su lugar. Amara y Dante eran amigos y amantes, extraños, conocidos… todo lo anterior, nada de lo anterior.

Eran, nada más.

Esperaban.

Y Amara perdía más pedacitos de sí misma.

Su exilio nunca acababa. Ellos dos nunca empezaban de verdad.

Pero romper un imperio tarda más tiempo que romper a una persona. Y su imperio empezó a agrietarse con lentitud.

PARTE 3

TEMPESTAD
(en la actualidad)

Te seguiré, y haciendo de un infierno un cielo,
moriré por la mano que amo tanto.

WILLIAM SHAKESPEARE,
Sueño de una noche de verano

13

Amara

Supo que algo iba mal en cuanto lo vio aparecer en su puerta en pleno día. Dante jamás venía durante el día.

—Dante...

Antes de que pudiese decir nada más, la boca de Dante cayó sobre la de ella. La urgencia del beso le avivó la sangre. Lo saboreó por primera vez en semanas, semanas de no haberlo visto. Era como un afrodisiaco en sus venas. No lo había visto desde la noche en que había tenido una discusión acalorada después de que Amara le hubiese contado a Morana la verdad sobre Tristan. Aquella noche, Dante había venido a verla. Ambos estaban muy alterados y pasaron toda la noche echando un polvo rabioso que los dejó a ambos agotados.

Dante la metió en su nuevo apartamento, que Amara se había comprado hacía tres meses, y cerró la puerta de una patada. Le dio la vuelta y la aplastó contra la puerta, con dureza. Amara se tambaleó con los tacones puestos; había llegado a adorarlos por lo segura en sí misma y poderosa que se sentía al llevarlos, pero también porque, cada vez que se los ponía, se acordaba de aquella primera vez.

Antes de que ella pudiera recuperar el aliento, Dante ya se encontraba de rodillas y se había colocado sus piernas por encima de los anchos hombros. Sus bragas no eran más que un jirón de tela en las manos de él, rotas y olvidadas. Dante le pegó la boca a la entrepierna. Un hombre que le comía el coño a su chica por su propio placer era muy peligroso, y Dante Maroni era el más peligroso del mundo. En todos los años que llevaban haciendo aquello, Amara había perdido la cuenta de las veces que se había despertado con su boca entre los muslos, de las veces que Dante la había inclinado para saborearla, de las veces que la había aplastado contra una pared para devorarla. Lo hacía porque le encantaba, por nada más, y había conseguido que Amara se enganchase a aquella boca hábil que la embriagaba más y más a cada encontronazo, a cada orgasmo, a cada hora que pasaba. Porque sí, porque podía hacerlo.

Su coño conocía bien a Dante, lo reconocía, y se empapaba para él en segundos. Amara echó la cabeza hacia atrás y él la apretó contra la pared. Las manos de Dante eran lo único que la sostenía en vertical. Lulú los observaba con curiosidad desde la puerta. Se le escapó una risa estrangulada que acabó en gemido cuando le introdujo la lengua en su interior y le pasó la mano por el muslo para acabar acariciándole el clítoris. Joder, qué bien lo hacía. Era buenísimo.

Amara se mordió el labio y se apretó contra su boca, disfrutando de su placer, sin la menor vergüenza del deseo que sentía tras tanto tiempo sin estar con él. Algunos días aún notaba una punzada de culpabilidad por no haberle contado todos los detalles de la agresión y de cómo la había afectado. Tampoco le había confesado que aún se despertaba algunas noches empapada de sudor, a punto de gritar; ni que Lulú —su dulce y cariñosa Lulú, que ya había crecido y tenía un cuerpo peludo y adulto— siempre se le subía encima del pecho y empezaba a ronronear como un motor para calmarla mientras le clavaba aquellos grandes ojos verdes.

—Lulú nos está mirando —le dijo, jugueteando con el pelo de Dante.

—Que mire —gruñó él, y alzó la vista hacia ella. Al verlo así, arrodillado ante ella, Amara se derritió—. Que mire cómo me follo a su mamá contra la puerta.

«Ay, Dios».

Se irguió todo lo largo que era. De algún modo había crecido unos cuantos centímetros y estaba más ancho, más relleno. Seguía siendo más alto que ella, aunque Amara llevase tacones. De joven, Dante Maroni no la correspondía; pero ahora iba a acabar con ella. Le puso las manos en el culo mientras ella le desabrochaba los pantalones. Amara le sacó la polla, tan larga y conocida, y sintió su peso latiéndole en la palma de la mano. Él la levantó con facilidad, se alineó con ella y la embistió como quien vuelve a casa.

A casa.

Con Dante se sentía en *casa*.

Amara sintió que le ardían los ojos. Los cerró, y todo su cuerpo se estremeció de placer al conectar con él. Le dolía el corazón solo de saber que, más tarde, Dante se marcharía. No debería seguir pensando así. Debería dejar de pensar así.

Dante se hizo con su boca. Amara se apretó en torno a él al notar su sabor en los labios; un beso húmedo, fluido, perfecto. Él se la sacó apenas un par de centímetros para luego metérsela hasta el fondo de golpe. El interior de Amara lo recibió, tembloroso, y lo apretó con fuerza para retenerlo.

—Te he echado de menos —dijo Dante, y apretó la frente contra la de ella. La miró con ojos oscuros y apesadumbrados—. Joder, cómo he echado de menos a mi chica sucia.

Amara sintió un nudo en la garganta.

—Yo también te he echado de menos —susurró.

Dante sobrevoló su rostro con la mirada, como si quisiese memorizarla, comprobar si algo había cambiado desde la última vez que la había visto. Aquella última vez que compartieron el mismo espacio, ambos estaban muy alterados. Amara le dijo que era un cobarde. Se lo había dicho por la frustración de verse atrapada en el mismo bucle con él, porque Dante no hacía nada para que la situación avanzase o no se lo decía. Aquella noche no habían hablado mucho.

—Lo siento —murmuró Amara mientras contemplaba la franja de sus cejas negras, la frente amplia, la nariz recta, la barbilla afeitada, la boca hinchada y aquel cabello que solía llevar peinado hacia atrás, y que ahora le cubría la cara mientras se la follaba. Registró cada parte de su ser y se dio cuenta de cuánto había cambiado físicamente en la última década, desde el chico de veintiún años que había arraigado en su vida al hombre de treinta y uno en el que se había convertido.

Sabía que Dante comprendía a qué se refería. Sin embargo, algo iba mal. Sus ojos estaban demasiado oscuros, demasiado tristes. Amara había dedicado suficiente tiempo a aprenderse aquellos tonos marrones. Sabía cómo incidía la luz del sol sobre cada manchita y la teñía de dorado; sabía que la noche los convertía en agujeros negros que absorbían todo lo que veían. Amara conocía los ojos de Dante tan bien como las cicatrices de sus propias muñecas. Había memorizado cada detalle y lo llevaba grabado en el corazón.

—Dante —dijo con voz áspera.

Él la besó y acalló cualquier pregunta que fuese a asomar a sus labios. Aumentó de ritmo y la levantó más para alcanzar aquel punto mágico en lo más profundo de su interior. Amara se hizo líquido en sus brazos. Echó la cabeza hacia atrás y lo agarró de los hombros mientras él le besaba el cuello y le lamía la cicatriz, como tanto le gustaba. Su boca le hizo añicos el corazón. A lo largo de los años, Dante había besado hasta el último centímetro de su cuerpo, había visto todas y cada una de sus cicatrices físicas y las había cubierto de amor, como si fuesen hermosas insignias de valor. Esas marcas eran las vetas de oro de Amara; Dante se lo había dicho muchas veces.

Ella se dejó arrastrar por el placer y sintió que le empezaban a hormiguear los pies. El calor le abrasó la parte baja de la columna vertebral. La fricción la hundía más y más en el abismo.

—Joder, con qué ganas me aprietas —murmuró Dante, cuyo placer daba rienda suelta a todos los pensamientos sucios de su cabeza—. Me has echado de menos, ¿eh?

—Sí —jadeó Amara, que intentó empujar a su vez. Sin embargo, Dante la tenía empotrada, martilleaba contra ella, y la puerta se sacudía con cada embestida.

—Joder que sí. —Le lamió la línea del cuello, le dio un mordisco sobre la carótida y le provocó un chisporroteo de éxtasis que le corrió por la sangre—. Estás tan cachonda que me estás dejando empapado.

Oírlo decir guarradas la afectaba como la kriptonita. Cada vez que Dante hablaba así, Amara perdía la cabeza.

—¿Y qué vas a hacer al respecto? —lo desafió, apretando más fuerte mientras él volvía a entrar en ella.

Como venganza, Dante le mordió la barbilla.

—Este coño es mío —dijo entre dientes. Cambió de ángulo y de velocidad—. Tú eres mía. Te voy a follar viva. Me voy a meter tan dentro de ti que no podrás sacarme.

«Ojalá», pensó Amara. Se mordió el labio y él la alzó aún más para morderle el pezón endurecido por encima del vestido. La tela le rozó, húmeda, la piel sensible. Se le incendiaron las terminaciones nerviosas.

—Ay, Dios —gimoteó con voz tensa. Él volvió a rozarle el punto G y ella se corrió con una explosión, jadeando. Los músculos internos se apretaron contra él, lo estrujaron. Todo su cuerpo se estremeció mientras Dante seguía embistiéndola, adentro, afuera, una y otra vez.

—Eso es —jadeó él, y le enterró la cara en el cuello con movimientos más bruscos—. Córrete con mi polla, cariño. Empápame. Márcame.

Dante siguió tocándola en ese punto y Amara se corrió una y otra y otra vez. Al cabo, Dante se vació en su interior y la empapó con su semilla, entrando tan profundo como le fue posible. Se quedaron así unos pocos segundos, recuperando el aliento. La intensidad de la experiencia le provocó escalofríos a Amara. Él siguió encajado en su interior, con la cara en su cuello, depositándole suaves y dulces besos en la piel. Eso era, aquello era justo lo que había estado esperando Amara tantos años. Los meses de separación desaparecían en esos instantes de conexión, tan verdaderos, tan a flor de piel, tan puros, que Amara sabía que jamás tendría otro igual. No había más Dantes para ella, del mismo modo que sabía que para él no había más Amaras.

Él le alzó la cabeza y le acunó el rostro entre las manos. La recorrió con la mirada.

—Lo siento, pero tengo que irme.

Fue tan inesperado que a Amara se le encogió el corazón. No soportaba que se marchase y, a decir verdad, lo odiaba un poco cada vez que se iba, por más que lo comprendiese. Sin embargo, Dante solía quedarse un poco más después de follar. Amara no comprendía a qué venía aquel cambio tan rápido.

Entonces vio algo en sus ojos, algo que no había visto antes. Miedo. Eso la frenó en seco.

—Dante...

—Pídeme que te bese, Amara —ordenó, cosa que no había hecho en muchísimo tiempo. Tenía los ojos tan tristes, tan oscuros, que sus pupilas e iris se mezclaban formando un agujero negro que absorbía todo lo que era Amara.

Una alarma empezó a tintinear en sus oídos.

—Bésame —le dijo.

Él le sujetó la cara, la levantó en vilo y llevó su boca a la de ella con uno de los besos más tiernos y conmovedores que le había dado jamás. Se quedó así un largo minuto antes de salir de dentro de ella, tras lo que se recolocó la ropa. Con una mirada silenciosa, Amara lo vio marcharse tan rápido como había venido. Como un tornado que llega sin avisar, Dante había entrado de una ráfaga, le había sacudido los cimientos, había destrozado todo su interior y la había dejado en medio del salón, seguramente con una gata traumatizada, chupetones en el cuello y la entrepierna húmeda.

Se enteró dos semanas después.

Lo vio en las noticias dos semanas después:

Dante Maroni había muerto.

14

Dante

Amara había desaparecido.

Dante lo había hecho por ella, por los dos, pero ella se había esfumado. Dios, se moría de ganas de regresar para poder buscarla él mismo. Se caló la gorra. Echaba de menos el tacto del reloj de pulsera en la mano y el traje. La camiseta, aunque era suave, no era el tipo de prenda que llevase en público. Pero justo de eso se trataba.

Dante Maroni había muerto. Él era un fantasma. Llevaba años preparando aquel momento, trabajando desde dentro para conseguirlo. El armario de su querido papá estaba por fin abierto, y los monstruos que había en su interior le clavaban las garras.

Dante no había querido fingir su muerte, pero todo se había precipitado tras una llamada de teléfono del hombre que tenía delante, el mismo tipo raro que los vio a Tristan y a él darle una paliza a un asqueroso hacía años. De barba profusa y ojos castaños idénticos al cien por cien a los de Morana, aquel hombre le había dado la prueba del auténtico mal del que era capaz su padre.

Durante años, Dante había sabido que había algo más en el negocio, pero no había conseguido descubrir qué era. Sin embargo, la búsqueda de los secuestradores de Amara lo había llevado hasta un nombre: el Sindicato.

Dante recordaba aquel nombre. Y cuando Morana también lo mencionó mientras buscaba alguna pista de los niños perdidos hacía veinte años, todas las alarmas se le dispararon. Sin embargo, el Sindicato era un fantasma. Nadie sabía nada al respecto, nadie había oído nada, nadie sabía ni que existía. Así pues, para atrapar a un fantasma, Dante tuvo que cruzar la línea y convertirse él mismo en uno.

El hombre le tendió un sobre. Dante no sabía cómo se llamaba, nunca lo había sabido, pero lo había contactado poco después de poner a salvo a su hermano y del exilio de Amara. Desde entonces habían estado trabajando juntos, destruyendo poco a poco el imperio de su padre. Operaban desde los márgenes y preparaban todo el sistema para cuando Dante se hiciese con él a su manera. Sin embargo, por más que lo sorprendiese, Dante no comprendió hasta más tarde que aquel tipo le había tendido una trampa a Tristan al robar los códigos. Pero el tipo le había pedido que no se lo contase, y aunque en condiciones normales Dante no habría accedido, se trataba del padre de Morana, así que tuvo que respetar su petición.

—¿Esta es la dirección? —preguntó, hundiéndose más en las sombras de aquel antro escondido en Tenebrae, donde se reunía lo peor de la humanidad para beber alcohol barato y buscar compañía aún más barata. Nadie en todo el mundo lo reconocería allí, y menos con aquella desaliñada ropa holgada y la gorra.

—Sí —respondió el hombre, y se frotó la rodilla.

Dante sabía que la herida de la rodilla del tipo era cortesía de su padre. El Segador era un hombre fuerte, pero es que hacía falta serlo para sobrevivir a todo por lo que él había pasado, para vivir como vivía, solo por proteger a aquella hija que ni siquiera sabía de su existencia. Dante le había cogido cariño a Morana, y sabía que aquello sería un duro golpe para ella. Aun así, respetaba la fuerza, y la persona más fuerte que conocía estaba desaparecida.

¿Dónde *cojones* estaba Amara?

—Tienes que ir —prosiguió el hombre, hablando en tono bajo a pesar del ruido que había en aquel lugar—. Sé de buena tinta que dos miembros del Sindicato estarán ahí dentro. Tienen una pequeña «S» tatuada entre el pulgar y el índice. Encuéntralos. Puedes hacerte amigo suyo o bien interrogarlos, tú decides.

Dante asintió.

Iba a infiltrarse en el Sindicato, aquella organización fantasma que no existía. No sabía quién estaba involucrado en ella ni a qué se dedicaba exactamente. Sin embargo, ni de coña pensaba dejar que aquellos mierdas dirigiesen el cotarro mientras él intentaba hacerse con el poder. Su padre, que Dante supiese, o bien colaboraba con la organización de una u otra manera, o bien la obedecía. No era parte de ellos, porque no tenía ninguna «S» tatuada en la mano. Dante lo había comprobado.

—Llévate refuerzos. Pocos hombres —le dijo el Segador con esos ojos castaños, mayores, más experimentados, cargados de seriedad. Dante sabía que aquel hombre mataría algún día a su padre. Y, sinceramente, si alguien se merecía acabar con aquel cabrón era el Segador.

—Me llevaré a Tristan. —Dante volvió a asentir y dejó algo de dinero sobre la mesa por mera costumbre.

Se levantó, con la cabeza gacha, y salió del bar. Era todo un arte mezclarse con la multitud y las sombras, sobre todo con su altura y complexión. Salió al asfalto y empezó a recorrer la calle oscura. Le envió a Tristan un mensaje con la dirección y la hora usando el teléfono de prepago desechable, convencido de que estaría allí a tiempo.

Aunque Tristan había sido de adolescente una tormenta furiosa, de adulto se había convertido en la calma antes de que esa tormenta estallase. Tristan le bastaba y sobraba como refuerzo. Dante confiaba en que el cabrón le cubriese las espaldas. El chico apenas lo seguía tolerando, pero le tenía cariño a Amara. Además, saber que ella adoraba al muy capullo era un punto a su favor. Por otro lado, el hecho de que Dante le cayese bien a Morana lo había suavizado, por suerte, hasta el punto de que Dante podía soltar algún chiste y Tristan se limitaba a suspirar y dejarlo pasar. Suspirar. Aquel tipo no suspiraba jamás, pero Dante sabía lo que el amor, el sexo del bueno y la mujer amada podían hacer por el corazón de un hombre. Hacía años que lo sabía; gracias a ello había sobrevivido durante años, había encontrado fuerzas en los pozos más profundos del infierno por ello. Por ella.

«Amara».

Hacía una década, Dante había amado a la chica que fue. Ahora, la mujer en que se había convertido lo llenaba de asombro. La había visto crecer, había visto resplandecer sus cicatrices, convertirse en la mujer que, algún día, gobernaría a su lado. Antes de conocerla, Dante no había sabido que la dulzura y la fuerza pudieran coexistir en semejante equilibrio. A pesar de todo lo que le había pasado, de haber sufrido un infierno y haber luchado con los demonios de su mente, Amara seguía teniendo un amor por la vida que lo desarmaba. El corazón más generoso, la piel más dura. Era una mujer hermosa, una guerrera de sangre, una reina con cicatrices. Y Dante era el cabrón que había tenido la puta suerte de que ella sintiese un resquicio de afecto por él, hasta el punto de esperar a que cumpliese sus promesas, por más que le doliese la espera.

La mayoría de la gente no era capaz de sentir ese tipo de amor, de dar tanto, sin acabar perdida. Pero Amara sí. Con él, con su gata, con Tristan y ahora, con Morana, Amara se entregaba.

Dante le había dejado a la gatita Lulú (¿a quién se le *ocurre* ponerle a una puta gata Lulú?) en la puerta del apartamento justo después del exilio de Amara, cuando había pensado que podría dejarla marchar y mantenerse alejado de ella. No quería que estuviese completamente sola y, de algún modo, saber que tenía una compañera que él mismo le había dado le daba la sensación de estar más cerca de ella. Aun así, Amara todavía no sabía que él le había regalado a Lulú. Decía que la gata había sido un milagro en un momento de gran necesidad. Dante había preferido dejar que lo creyese así. Uno de los dos tenía que seguir creyendo en milagros.

«¿Dónde estás, cariño?».

Joder, cómo la echaba de menos. Y no le avergonzaba admitir lo completa y absolutamente enamorado que estaba de ella. Si había algo que su madre le había enseñado al principio de su vida, era que las emociones y los sentimientos eran poderosos. Y solo un necio se negaba a sus sentimientos llevado por algún tipo de sentido mal concebido de norma social. No había nada más fuerte que las emociones, como Dante bien había experimentado. El odio hacia su padre, el ansia de venganza por su madre, el hambre de justicia por su hermano y por Roni, el amor por Amara…, todas eran emociones puras, sin adulterar, que corrían por sus venas y lo empujaban a planear, intrigar y saquear poco a poco.

Y, después de tantos años, ya iba siendo hora de dar la cara.

La dirección correspondía a una granja a ciento treinta kilómetros de la ciudad, en plena campiña, registrada a nombre de un tal Alessandro Villanova. Dante no tenía la menor idea de quién era aquel tipo. Tristan y él entraron en la propiedad, y examinó con la mirada el sencillo exterior. Era demasiado sencillo. Cualquiera pasaría de largo por la autovía sin dedicarle ni una mirada de más a aquella casa. Dante sabía lo engañosos que podían ser los exteriores, y aquellas sencillas paredes grises estaban pensadas para engañar.

—Dime que tienes un mal presentimiento sobre esto —le murmuró Dante a un silencioso Tristan, con el estómago revuelto. Su amigo apretó la mandíbula; respuesta suficiente. Se fio de su presentimiento. Si las tripas le decían que algo iba mal, es que algo iba mal.

Avanzaron a hurtadillas entre las sombras, con las armas en mano, listos para atacar o defenderse si hiciera falta. Se oyeron ruidos en una habitación. Ambos intercambiaron una mirada y, con cautela, se aproximaron. Habían trabajado juntos a la perfección durante años, así que estaban bien coordinados. Dante contó a la de tres y asintió. Luego extendió la mano lentamente y abrió la puerta. Sentía calma en el corazón, pero las tripas le seguían dando vueltas.

Tristan y él vieron a cuatro adultos en la sala. De pronto, Dante comprendió exactamente con qué comerciaba el Sindicato.

«Son niños».

Tristan estrelló el puño contra la cara ya hinchada del tipo. Dante se mantuvo al lado y dejó que descargase toda su ira. Supo que ver a la chica, a aquella pequeña niña pelirroja, en ese lugar, en esa postura, había desatado algunos de los demonios que había en su cabeza.

Se habían topado con la escena y, por primera vez, Dante vio cómo se quebraba la expresión de Tristan, consciente de que la suya reflejaba lo mismo. Los dos eran asesinos y monstruos, pero había líneas que ni siquiera podían imaginar cruzar. Lo que habían presenciado allí era una auténtica monstruosidad.

De algún modo habían conseguido agarrar al primer gilipollas que había salido de la habitación, un gilipollas con una «S» tatuada en la mano, y se lo habían llevado a uno de los almacenes para interrogarlo. A juzgar por los golpes de Tristan, no iba a poder hablar, y mucho menos proporcionarles información coherente. «Ha llegado el momento de intervenir». Dante tiró el cigarrillo a un lado y le puso una mano en el hombro al joven.

—A partir de aquí me encargo yo.

Miró al hombre al que había llegado a considerar su hermano de armas, un hombre al que estaba a punto de írsele la pinza. Dante sabía que, a cada día que pasaba sin noticias de Luna, aumentaba el peso sobre los hombros de Tristan.

—Ve con Morana —le dijo en tono quedo, aunque no le importaba que su cautivo los oyese. No iba a salir de allí con vida—. Quédate con ella. Yo me encargo de este hijo de mil putas.

Tristan vaciló, pero luego asintió con aire rígido y salió del almacén. Dante agarró una silla, la giró y tomó asiento delante de aquel cabrón. Le gustaría haber podido llevarlo al sótano de interrogatorios en el complejo. Allí la infraestructura era mejor. Pero, bueno, improvisaría.

Sacó otro cigarrillo, porque estaba en medio de una situación muy estresante y necesitaba mantener la puta calma. Lo encendió despacio, con los ojos fijos en el hombre. De pelo oscuro, complexión media y ropa anodina, nadie se fijaría en él al verlo por la calle. Dante permaneció en silencio, se limitó a fumar y a mirarlo. Esa era su táctica preliminar. La gente solía subestimar lo poderoso que podía ser dominar el silencio, sobre todo porque los seres humanos siempre intentaban llenarlo. Era una táctica de tortura psicológica, de las favoritas de Dante. El artista que tenía dentro la valoraba muchísimo, porque permitía que la imaginación de sus víctimas volase libre. ¿Los iba a matar? ¿Cómo lo haría? ¿Con una bala, con un cuchillo, con un cable? ¿Los iba a torturar? ¿Les rompería los huesos? ¿Les arrancaría las uñas? ¿O algo peor?

Era su favorita porque antes incluso de hacerles una pregunta, sus víctimas ya estaban lo bastante asustadas como para mostrarle alguna grieta. Luego, Dante colocaba un clavo en aquella grieta y lo martilleaba, lo martilleaba, lo martilleaba hasta que se rompían.

Dio una honda calada y permitió que sus emociones le hirviesen bajo la piel, mientras la cara del hombre se iba hinchando más y más.

—¿Qué es lo que quieres?

«Se empieza a romper».

Dante se quedó ahí sentado y lo contempló sin tregua. Sabía que los volvía locos: un tipo enorme que fumaba muy calmado, sin responder, sin miradas enloquecidas. Nada.

—Mira, ni siquiera sé quién eres.

Mentira. El hombre lo había reconocido. Había empalidecido como si hubiese visto un fantasma. Dante expulsó una nube de humo. Sintió un impulso malvado y empezó a hacer anillos de humo en el aire que flotaron hacia el hombre.

El tipo se meó en los pantalones. Dante no reaccionó, se mantuvo sentado a metro y medio de él mientras el hedor flotaba por la habitación.

—Te diré lo que quieras saber —balbuceó el tipo—. Tengo esposa e hijos. Los quiero mucho. Deja que me marche, por favor.

Claro que sí, cuando los cerdos volaran. Aquel cabrón no podía estar hablando en serio. Dante cruzó una pierna y apoyó la mano del cigarrillo en la rodilla.

—Sindicato —murmuró una única palabra.

El tipo tragó saliva.

—No sé… no sé de lo que hablas.

Dante no respondió. Se limitó a contemplarlo en silencio. Pasó un minuto. Dos. Más. Tras unos cuantos minutos, el tipo se retorció.

—Me alistaron en la organización hace un mes —admitió—. Hoy era mi… esto… fiesta de presentación. —«Puto canalla asqueroso». Dante dio otra calada—. No sé nada más.

Poco probable.

—¿Cómo te llamas? —preguntó Dante.

—Eh… Martin.

—Martin, ¿cómo entraste en contacto con ellos? —preguntó.

El tipo tragó saliva, pero guardó silencio. Dante esbozó una media sonrisa deliberada, el tipo de gesto que destrozaba a la gente tras tanto silencio y alimentaba aún más su imaginación.

—Pues… solo se entra por… invitación —confesó tras unos segundos.

Dante asintió.

—Muy bien, Martin. ¿Quién te invitó a ti?

—Un tipo al que conocí en… en una sala de chat en internet.

—¿Y qué te dijo ese tipo sobre el Sindicato?

Él se estremeció.

—Solo me dijo que… que eran una organización que proporcionaba… lo que yo andaba buscando.

—Niños. Te refieres a niños —dijo Dante entre dientes, y sintió que la rabia le palpitaba en la sangre.

El tipo apartó la vista, aparentemente avergonzado. Sí, aquel cabrón había estado empalmado hacía solo unas horas. Dante no sentía ni un poco de compasión por él.

—Y ese tipo. —Volvió a dirigir el interrogatorio a su cauce—. ¿Estaba reclutando para la organización? ¿Cómo funciona?

—Si te lo digo, ¿me dejarás marchar? —Se enderezó en la silla, intentando ser valiente.

—Depende de lo que me cuentes, Martin —dijo él arrastrando las palabras. Se echó hacia atrás en la silla—. Si me pongo de buen humor, saldrás de aquí.

«Dentro de una bolsa para cadáveres», fue lo que no añadió. El hombre asintió, se lo había creído.

—Te diré todo lo que sé.

Bien.

—Aquel tipo... —empezó Martin, mirándose los pies—. Solo lo conozco por el nombre de usuario: SrX. Dijo que era parte de un grupo que podía proporcionarme... lo que yo quería. Lo único que tenía que hacer era pasarme por la fiesta de presentación y demostrarles que iba en serio. Bastaba con hacerme el tatuaje y ellos me darían más tarde las instrucciones. Me he tatuado hoy mismo. No sé nada más.

—Y ese SrX —dijo Dante, intentando encajar todas las piezas en su mente—. ¿Lo has llegado a ver en persona?

El tipo negó con la cabeza.

—No. Los tíos que había esta noche eran todos reclutas, aparte del tatuador. SrX había colocado cámaras con las que, según dijeron, nos estaban vigilando.

Dante le creyó. Ladeó la cabeza.

—Y durante todo el mes que pasaste como recluta a la espera, ¿llegaste a oír algo que te parezca que podría interesarme? La información extra siempre me pone de buen humor, Martin.

El tipo vaciló.

—No me obligues a levantarme, Martin —advirtió Dante.

Valiente gallina.

—Hubo una cosa —tartamudeó—. Creo que SrX no quería que se supiese.

—¿El qué?

—Algo sobre un tal Hombre Sombra —dijo el tipo—. Estábamos hablando y dijo que el tal Hombre Sombra, o algo así, vigilaba al Sindicato, así que más me valía andarme con cuidado durante mis actividades diarias.

El Hombre Sombra.

«Joder».

Dante había oído hablar de él, fuera quien fuese, pero no eran más que rumores. Incluso en su lado de los bajos fondos, aquel nombre era una leyenda imponente. Si el Hombre Sombra andaba detrás del Sindicato, debía de conocer su mundo en profundidad. Dante acababa de toparse con la punta del iceberg, mientras que ese hombre estaba en lo más profundo del océano. Jamás había tenido motivo alguno para intentar encontrarle, pero eso podía cambiar ahora mismo.

—¿Qué más? ¿Puedes decirme algo más sobre SrX? —preguntó.

El tipo pensó durante un segundo y luego parpadeó.

—No sé mucho más, lo juro. Mencionó que se había jubilado para dedicarse a reclutar. Antes solía hacer algo relacionado con entregas.

Dante sintió que se le encogían las tripas. Se mantuvo en silencio, a la espera.

—Me… —El tipo tragó saliva—. Me contó cierta historia como advertencia de lo que les pasaba a los chivatos. Creo… creo que en el grupo lo conocen bien.

Dante parpadeó y flexionó los dedos.

—Me dijo que mandó interrogar a una chiquilla hace unos quince años en nuestra ciudad… porque había oído alguna mierda que no debía. Contrató a unos tipos y la retuvo durante cuatro días. Algo así dijo.

—Tres días —le corrigió Dante. Empezaba a ver todo rojo. La sangre se le subió a las orejas y la vena del cuello le empezó a palpitar.

—S-sí —tartamudeó el tipo—. Era… era una advertencia. Me dijo que mandó que la torturasen y la violasen para descubrir si sabía algo, pero que la chica se salvó gracias a un chivatazo anónimo.

Que la torturasen y la violasen. «Torturarla. Y violarla. Violarla».

«A Amara».

A *su* Amara.

A una puta niña de *quince* años.

Todas sus dudas a lo largo de los años se solidificaron y, de pronto, los recuerdos le pasaron a toda velocidad por la mente: cada vez que Amara se quedaba rígida cuando él se le acercaba por la espalda, su vacilación la primera vez que Dante la había desnudado, el pánico que a veces la golpeaba, salido de la nada, cuando estaban follando. Dante siempre lo había atribuido al estrés postraumático, consciente de que la experiencia de la tortura física jamás desaparecería del todo. A veces tenía dudas, pero jamás, ni una sola vez, había tenido la seguridad de que la habían violado de esa manera. La doctora no había dicho nada durante los días que Dante pasó en el hospital, y en el informe policial no aparecía nada al respecto. Amara no había dicho ni una palabra. Ni. Una. Palabra.

Cada vez que Dante había estado con ella, follándola viva o comiéndole el coño o diciéndole guarradas, Amara no había compartido con él aquel dato que Dante debería haber sabido.

Y ahora había desaparecido.

Aquello fue un duro golpe para él. Un golpe que sacudió los cimientos de la confianza que tenía en aquella mujer en la que creía más que en nada.

Dante sacó el arma, apuntó a la cabeza del tipo y disparó. No apartó el dedo del gatillo; le disparó una y otra vez hasta vaciar el cargador. No quedaba sitio en el cuerpo del tipo para más balas.

Había llegado el momento. El momento de que Dante se apoderase del trono. El momento de encontrar a SrX. El momento de que su reina volviese a casa.

Había empezado la cuenta atrás para Lorenzo Maroni.

15

Amara

Amara miró a su primer cliente de la nueva ciudad, un tipo gigantesco de cabello oscuro. Y de verdad era gigantesco, mucho más grande que Dante, que era el hombre más enorme que Amara conocía. Intentó mantener una expresión facial serena, porque aquel tipo no solo era un gigante, sino que tenía cicatrices y era tuerto. Llevaba un parche de verdad sobre el ojo derecho. Amara jamás había visto a nadie con parche.

De pronto pensó en las novelas picantonas que solía leer de adolescente, en las que había piratas galantes y damiselas en apuros. Aquel tipo era decididamente sexy, del modo brusco y peligroso que alguien como ella sabía apreciar. Abrió más la puerta, esbozó una sonrisa y lo hizo pasar al despacho.

—Espero que no haya tenido ningún problema para encontrar la consulta, señor Villanova.

Tomó asiento en su cómodo sillón. Por la ventana se veía la vegetación exuberante y tropical. El hombre se sentó frente a ella en el sillón color crema a juego y la contempló con su único ojo, de un tono castaño claro que casi parecía dorado. Amara tampoco había visto jamás un tono de iris así. Bajo el parche que cubría el otro ojo asomaba una cicatriz de aspecto desagradable, que iba desde el lateral del cráneo hasta el borde del labio y le pintaba la cara con un ceño medio fruncido permanente.

—Llámeme Alfa.

Hablaba con voz suave y áspera. Amara sintió que enarcaba las cejas al oír aquel nombre. Tampoco había conocido nunca a ningún Alfa. Al parecer, en aquella ciudad iba a experimentar muchas cosas por primera vez.

—Alfa —se corrigió Amara—. Yo soy la doctora Mara Rossi. ¿Qué puedo hacer por usted?

—¿Podemos tutearnos? ¿Puedo llamarte Mara? —preguntó él, y paseó la vista por aquel despacho de tamaño medio.

Amara había vendido el apartamento en Puerto Sombrío, había hecho las maletas y le había pedido a su hermanastra Nerea que le consiguiese un pasaporte falso con un nombre lo bastante parecido al suyo como para seguir reconociéndolo, para poder viajar a algún destino desconocido. Había acabado viajando al sur, a la gran ciudad tropical de Los Fortis, un lugar que había investigado a fondo en busca de alguna conexión con Tenebrae o la Organización. No había encontrado nada.

Necesitaba dejar atrás su antigua vida por completo, excepto a su madre, a quien seguía llamando cada dos días con un teléfono desechable y a quien obligaba a jurar que le guardaría el secreto. Sabía que su madre mantendría su ubicación en secreto esta vez. Y aunque parte de Amara quería llamar a Vin, a Tristan o a Morana, sabía que lo mejor era cortar por lo sano. Sobre todo con Dante. Habían terminado.

—Por supuesto —le dijo Amara al hombre, centrándose en él.

Tras haberse sacado el título y haber realizado las prácticas bajo la supervisión de un tutor de la universidad, Amara llevaba seis meses con una consulta de terapeuta licenciada. Ni siquiera había empezado a anunciarse tras mudarse a Los Fortis. Por eso se había sorprendido tanto al recibir la llamada de aquel hombre para concertar una cita.

—No he venido a hacer terapia, Mara —le dijo el hombre.

De pronto, Amara sintió que empezaban a sudarle las manos. El tamaño y la complexión de Alfa, que había apreciado hacía un segundo, se volvieron más amenazadores. Mantuvo la calma y empezó a contar, tal y como había practicado muchas veces.

—¿Y a qué has venido?

Él se echó hacia atrás y la observó. Luego habló despacio:

—No voy a hacerte daño.

Amara tragó saliva, pero se mantuvo en silencio. Le martilleaba el corazón.

—Quiero saber quién eres. —Alfa se llevó una mano a la barbilla—. Verás, esta ciudad es mía. Siempre le echo un ojo a las idas y venidas de cualquiera que provenga de ciertos lugares destacados, como Puerto Sombrío. Y este edificio me pertenece. Mandé que comprobaran tus documentos y son falsos. Son una buena falsificación, pero siguen siendo falsos igualmente. Así pues: ¿quién eres y por qué estás en mi ciudad?

Amara sintió que se le escapaba poco a poco el aliento. Se puso en pie, con sus zapatos de tacón, y se acercó al escritorio. Sacó una carpeta de un cajón. Volvió a acercarse al hombre y se la tendió para que él mismo viese la licenciatura.

—No he venido a causar problemas, Alfa —le dijo con voz áspera—. Soy terapeuta licenciada. Me llamo Amara. He venido a tu ciudad a buscar nuevas raíces. Me gusta el clima moderado y estar cerca del bosque. Me… me recuerda a mi hogar.

Alfa le devolvió la carpeta sin abrirla.

—No sé leer.

Amara sintió que se ruborizaba.

—Oh. Lo siento —dijo, y aceptó la carpeta.

Él negó con la cabeza.

—Aunque no sepa, se me da bien descifrar lo que dice la gente. En mi trabajo es muy necesario. Puerto Sombrío no tiene bosque. ¿Dónde está tu hogar?

Amara se maldijo así misma por aquel desliz. Vaciló, pero al ver aquel único ojo que la escrutaba, respondió con sinceridad:

—En Ciudad Tenebrae.

Él asintió.

—Estás muy lejos de casa, Amara. ¿Te has ido por algún motivo concreto?

Ella inspiró hondo, se acercó a la ventana, contempló el paisaje de la ciudad y el bosque más allá de ella. Era muy parecido al de Tenebrae, solo que estaba en el otro hemisferio.

—Estoy embarazada.

El hombre guardó silencio, sentado en el sillón, durante un largo minuto.

—¿Y el padre?

Ella se limitó a negar. ¿Cómo explicarlo? ¿Cómo explicar todos los años en que se habían conocido, en que lo había amado, y que un día había aparecido, se la había follado sin condón y luego había fingido su propia muerte sin decírselo? Amara tenía en el teléfono una alerta con su nombre, de modo que si salía alguna noticia en internet sobre él, le llegaba una notificación. Recordaba haber recibido una, sentada con Lulú en el regazo, mientras veía una película. Recordaba haber desbloqueado el teléfono, haber leído el titular.

«El heredero del imperio Maroni muere en una explosión».

Recordaba el grito que se le había escapado de la boca. No podía creer lo que veían sus ojos. Recordaba haber llamado a Morana con dedos temblorosos. Recordaba que Dante también había fingido la muerte de su hermano en un incendio. Comprendió la verdad de un modo cruel. Dante no se lo había contado, ni siquiera le había dado una pista, nada que la preparase.

Y ya llevaba dentro a su hijo. Aunque era demasiado pronto como para hacerse un test que lo confirmase, Amara lo sabía. Tenía los pechos más sensibles, y no le había venido el periodo, cosa que nunca le pasaba. Sus reglas eran puntuales como un reloj. Además, Lulú había empezado a darle golpecitos con la nariz en el vientre. Lo había sabido el mismo día que habían concebido al bebé.

Y eso lo cambió todo.

—Bueno. —Alfa se puso en pie y la sacó de sus pensamientos—. En ese caso, Amara, te doy la bienvenida a Los Fortis. Tú y tu bebé estaréis a salvo aquí.

Se metió una mano en el bolsillo de los vaqueros y sacó una tarjeta, que dejó sobre la mesa.

—Aquí tienes mis datos de contacto. Si surge algún problema o alguien te busca líos, llámame.

Amara miró la tarjeta, un trozo de cartón negro con relieves plateados, y luego a él. Su amabilidad la había conmovido.

—Gracias —graznó, emocionada al ver que alguien se preocupaba por ella.

Alfa asintió y se dirigió a la puerta.

—¿Sigue vivo el padre?

Amara se rio ante la ironía de aquella pregunta. No supo qué responder, porque en aquel momento, Dante estaba muerto oficialmente. Así que se limitó a decir la verdad:

—Él y yo estamos condenados a sangrar por una herida que jamás se curará.

El gigantón se la quedó mirando, pensativo, durante un largo instante.

—Tienes fuerza, Amara, se te nota. Y los fuertes no tienen heridas que sangren, tienen cicatrices que se curan.

Sí, al parecer los dos compartían eso mismo. Alfa asintió; el pelo negro le cayó sobre la cara, con lo que el parche negro resaltó sobre la cicatriz. Luego salió y la dejó allí, plantada, con sus propios pensamientos. Se dio unas palmaditas en el vientre y negó con la cabeza.

—Tu papá es un cabrón —le dijo al bebé, con una risa entre dientes para sí misma—. Pero aun así le queremos, ¿verdad?

Sí que estaba condenada, sí.

Los Fortis era una ciudad increíble. Había sido construida en los años cincuenta gracias a una época de prosperidad de la industria mineral y del caucho. Estaba ubicada lo bastante cerca de la Amazonia como para disfrutar de increíbles paisajes verdes justo después de los límites. Con una población de más de cinco millones de personas, allí se podía hacer de todo. Pero lo más importante era que, aunque había criminalidad, Amara no había encontrado ningún vínculo visible con los bajos fondos de su antigua vida. Era un alivio.

Ahora su prioridad era el bebé.

Amara había alquilado el despacho a cinco minutos de distancia de la diminuta casa que había comprado, lo bastante grande para dos personas. Tenía un jardín precioso y se moría de ganas de empezar a cuidarlo. Aunque nunca se había permitido dedicar tiempo a la jardinería, siempre la había fascinado el arte de plantar y cuidar la vida.

Su barrio era uno de los motivos del elevado precio de la propiedad. Era la zona más segura de toda la ciudad. Había hileras de casas como la suya, con familias y ancianos. Era una comunidad vallada con guardias y cámaras de vigilancia. Eso le gustaba. Quería sentir un manto adicional de seguridad.

Fue a pie hasta su hogar, una casita muy mona pintada de un vivo tono amarillo tanto por dentro como por fuera. Se afianzó el bolso al hombro; el chal de seda que llevaba al cuello aleteaba al viento. Una fina capa de sudor le cubría el cuerpo por culpa de la humedad. Miró en derredor, a las demás casas, y saludó con un cabeceo a uno de los vecinos, que había sido de lo más amistoso cuando se mudó hacía unas pocas semanas.

Le dolían los talones solo de hacer aquel recorrido con los tacones de cinco centímetros, y le hormigueaban las cicatrices de los pies. Abrió la cerradura y entró en la casa.

—Lulú —llamó al tiempo que dejaba las llaves en la mesita del recibidor, se quitaba los zapatos de tacón y los dejaba a un lado. Cerró la puerta con llave tras entrar—. Ya estoy en casa.

Un borrón color crema corrió hacia ella y se enredó entre sus piernas. Amara se agachó y la levantó en brazos. Los grandes ojos verdes de Lulú la miraron, y soltó un «miau» de puro entusiasmo. Amara sonrió.

—Yo también me alegro de verte. Me has echado de menos, ¿eh? —preguntó, y se dirigió a la cocina.

—Miau —fue la respuesta.

A Amara se le ablandó el corazón. Lulú había sido su única compañera durante todos aquellos años de exilio y daba las gracias por tenerla, sobre todo porque era una gata increíblemente afectuosa. Por supuesto, había momentos en los que Lulú meneaba la cola y se largaba a hacer lo que fuera que hacían los gatos, pero le encantaba estar cerca de Amara. Su terapeuta de Puerto Sombrío le explicó lo mucho que ayudaban las mascotas con la ansiedad, y Amara estaba de acuerdo. No llevaba la cuenta de las veces que había estado a punto de sufrir un ataque y Lulú había saltado sobre ella y había empezado a ronronear. La vibración de aquel cuerpo peludo y cálido había bastado para bajarla a tierra.

Lulú fue quien percibió el embarazo de Amara antes de que ella intentase ver alguna señal. Le había pegado la cabeza al vientre y se lo había empezado a lamer, cosa que nunca había hecho antes. Amara apretó contra sí a su bebé peludo, la soltó y se llenó un vaso de agua. Sacó del holgado bolsillo del pantalón su antiguo teléfono desechable. Aunque no solía gustarle llevar pantalones, aquella prenda holgada se había convertido en su uniforme de trabajo a lo largo de los años. La ayudaba a disociarse de sí misma y centrarse en sus clientes. Marcó el número de su madre y se llevó el teléfono a la oreja. Tras cinco pitidos, su madre descolgó.

—Hola, mamá —dijo con suavidad al teléfono. Le dolía el corazón de ganas de volver a verla. No sabía cómo iba a hacerlo, pero algún día conseguiría que su madre fuese a Los Fortis y cuidaría de ella.

—Mumu —la voz de su madre se oyó al otro lado de la línea. Se le notaba una sonrisa al hablar que llenó de calidez a su hija—. ¿Cómo estás? ¿Estás ya bien instalada?

—Sí, mamá —dijo Amara. Abrió una lata de atún y se la puso a Lulú en su cuenco—. La casa está lista. Es superbonita. Me muero de ganas de que vengas.

—Y yo. —Su madre suspiró—. Pero aún es demasiado pronto. Dentro de algunos meses será más natural.

Amara estaba de acuerdo.

—¿Has ido ya al médico?

—No, esta semana iré. —Amara se sentó en la mesa del comedor. La cocina no tenía isla, pero era espaciosa y daba al jardín trasero, cosa que le encantaba. Siguió con la conversación y le dijo a su madre—: El miércoles tengo una cita con un terapeuta que me recomendó el doctor Neiman. Y el viernes voy al ginecólogo.

—Bien, bien —dijo su madre. Tras ella se oía ajetreo en la cocina—. Dante está vivo.

Ya, menudo sorpresón.

—Ya te dije que tu principito era demasiado listo para morir —le había dicho Amara a su madre en incontables ocasiones—. Se la ha jugado a todo el mundo.

—Sí. —Su madre bajó la voz—. Pero quien ha muerto es el señor Maroni.

Eso detuvo en seco a Amara.

—Pero ¿muerto de verdad? —preguntó, con el corazón al galope.

—Muerto de verdad —confirmó su madre—. Dante está organizándolo todo para hacerse con el poder.

Se iba a hacer con el poder. Por fin se iba a hacer con el poder. Lorenzo Maroni había muerto. Amara sonrió, llena de orgullo por el hombre al que amaba, consciente de que tantos años de trabajo y estrategia por fin le habían otorgado la victoria. Por fin iba a tomar las riendas del reino.

—¿No deberías decírselo, Mumu? —le preguntó su madre, como siempre hacía. Esperaba que Amara le dijese a Dante que esperaba un bebé suyo y que viviesen felices para siempre.

«No puedo estar contigo, por tu propia seguridad, hasta que mi padre haya muerto».

Todo era mucho más complicado que eso. Ella lo amaba, pero el hecho de que no la hubiese avisado de lo que pensaba hacer la había herido profundamente. A lo largo de los años había sentido que eran un equipo. Dante le había contado secretos, le había hablado de su madre, de que era posible que su padre la hubiese raptado y violado una vez casados a la fuerza. Le había hablado de su hermano, de dónde lo había escondido, de lo mucho que le dolía no poder verlo. Le había hablado de Tristan, del odio que sentía hacia Morana, que provenía del asesinato de su padre, y de lo que estaba haciendo. Aunque Amara no se había mezclado en todo lo que hacía Dante a lo largo de los años, sí que había estado al tanto. Dante venía a hablar con ella cada vez que se encontraba mal, compartía con ella detalles de la gente de su mundo, le pedía consejo en situaciones que lo preocupaban. Amara siempre había sido parte de su misión.

Por eso había pensado que podían jugársela a cualquiera, pero que jamás se la jugarían el uno a la otra. Durante casi siete años se habían mantenido en la sombra. Amara había esperado meses para pasar minutos con él, y mientras tanto había vivido su vida. Y él había fingido su muerte sin avisarla siquiera. Amara se merecía algo mejor que eso. A la mierda el amor, Amara se merecía algo mejor. Le había confiado su vida y su corazón, y aunque seguía haciéndolo, el corazón le dolía.

Dante era un pedazo de gilipollas, pero seguramente Amara lo habría perdonado una vez que se disculpase de no haber estado embarazada. Sin embargo, la idea de ser madre había traído a la superficie todos sus instintos protectores. Su bebé, el bebé de ambos, se merecía a un padre presente, que no viniera y se fuese luego. Y, más importante aún, no se merecía nacer en ese mundo sin protección. El bebé estaría en peligro solo por ser hijo de Dante Maroni. No. Amara pensaba criar al bebé con todo el amor que su propia madre le había dado al crecer. Y con toda la protección que pudiera darle su anonimidad.

—No serviría de nada, mamá —le dijo—. Hace tanto tiempo que soy un secreto que quizá Dante se haya olvidado de qué pasaría si me sacase a la luz. Sobre todo ahora que se está haciendo con el control de todo. Necesita casarse con alguien con poder, alguien que estabilice la Organización. Meterme a mí en escena solo servirá para que parezca débil. Ya no puedo ser su secreto, mamá. Y no permitiré que lo sea mi bebé. Por eso es mejor que Dante nunca sepa que existe.

—Lo entiendo, cariño. Yo hice lo mismo por ti. Pero Dante es distinto. Sigo pensando que deberías decírselo, Amara —intentó convencerla su madre, usando su nombre real para sonar firme. Amara conocía bien aquella táctica—. Te ama. Y ahora que el señor Maroni ya no está, podría darte a ti y tu bebé lo que necesitáis.

Amara se sentía tentada. Muy tentada.

—Tú prométeme que te lo pensarás —le suplicó su madre—. Ha... ha cambiado desde que ha vuelto, Mumu. Está más... oscuro. No lo sé explicar. Me preocupa.

El corazón empezó a retumbarle en el pecho. Apretó el teléfono con la mano. La embargó la necesidad de ir a buscarlo, de consolarlo, de dejar que compartiese con ella sus demonios. Pero lo reprimió todo.

—Te prometo que me lo pensaré —le dijo Amara a su madre.

Charlaron unos minutos más sobre otros temas. Luego, Amara colgó y observó a Lulú comer.

—Tú también piensas que debería decírselo, ¿verdad? —Lulú la miró y siguió comiendo—. Claro que sí. Le quieres, pequeña traidora.

Ñam, ñam, ñam.

—Pero es que se portó como un capullo, ¿sabes?

Ñam.

—Tú, el bebé y yo vamos a ser felices aquí, Lulú.

Una mirada dubitativa.

—No me pongas esa cara. No estoy enfadada del todo con él. Esto es lo mejor.

Lulú la ignoró. Amara suspiró y empezó a preparar la cena.

Dante se colocó entre sus piernas. Dios, adoraba que se pusiese así. Amara se retorció contra él, sintió cómo sus anchos hombros le separaban los muslos al encajarse. La boca de Dante descendió sobre su pubis. Depositó suaves besos sobre su piel depilada; una barba de pocos días que le arañó las partes más sensibles de la piel. Un momento, ¿por qué tenía barba de varios días?

—Estoy cabreadísimo contigo, chica sucia —gruñó Dante sin dejar de besarle el pubis, pero sin ir tampoco donde ella necesitaba que pusiese los labios.

¿Por qué estaba Dante cabreado con ella? Era Amara quien estaba cabreada con él.

—Este coño me conoce hasta en sueños, ¿verdad, cariño?

Y tanto. Amara estaba empapada solo de pensar en el placer que sabía que Dante le iba a dar. Flexionó las caderas e intentó que se diera prisa. Ah, cómo le echaba de menos, cómo echaba de menos su tacto, cómo echaba de menos aquellas guarrerías que le decía. Adoraba aquel sueño.

Un dedo recorrió sus pliegues, Amara sintió que la levantaban de la cama por las caderas. Parecía muy real.

—Te vienes a casa conmigo, cariño —le dijo.

Le encantaría que fuese así. Echaba de menos el complejo, los bosques, las colinas, a la gente. Había pasado mucho tiempo desde la última vez que lo vio. Quería irse a casa.

—Despierta, Amara —le ordenó.

No. Si se despertaba, lo iba a perder. No quería despertarse, aún no. Su lengua le dio un único lametazo entre los pliegues de carne. Dios, qué bien lo hacía. Demasiado bien.

Amara abrió los ojos. Parpadeó y contempló el ventilador del techo, que se movía a velocidad máxima. Notó el viento que le acariciaba los pezones, desnudos y endurecidos, y sintió humedad entre los muslos. Tardó un segundo en procesarlo todo: el negligé de seda negra que se había puesto para dormir y que había tirado a un lado de la cama; Lulú, dormida en el suelo junto a la puerta; la habitación, oscura, y la luz de la farola que se filtraba por la ventana… y Dante Maroni, gloriosamente descamisado y muy cabreado, con barba algo crecida, entre sus piernas.

«Pero ¿qué coño…?».

Con el corazón a mil por hora, Amara se revolvió de pronto entre las sábanas e intentó retroceder. Dante la sujetó con fuerza de los muslos y le impidió moverse.

—¿Qué estás…? Ay, joder. —Sus palabras acabaron en un gemido. Dante se la acercó de un tirón, le separó los muslos y se zambulló en ella.

Amara le agarró el pelo con una mano. La otra fue a las sábanas a su lado. Empezó a respirar con rapidez mientras él metía la lengua en su interior. Los benditos dioses del cunnilingus habían bendecido a aquel hombre con una boca que sabía usar a la *perfección*. Amara se mordió el labio, lo agarró de la cabeza y se la pegó aún más. Sintió una oleada enloquecedora de placer que creció en su interior.

—Sí —jadeó—. Dios, Dante, sí, por favor.

Él aumentó más y más la intensidad. Le acariciaba el clítoris con el pulgar, despacio…, muy despacio. La llevó cada vez más cerca del clímax y, de pronto, se detuvo.

—Joder, Dante, te juro por D…

De repente, él le cubrió la boca con la mano para acallarla. Negó una sola vez con la cabeza. El corazón de Amara le retumbaba en el pecho. Lo contempló con ojos desorbitados. Él se mantuvo inmóvil sobre ella, con la cabeza ladeada, escuchando. Le palpitaba la vena del cuello. Amara no oía nada, pero miró hacia la puerta y vio a Lulú; estaba toda erizada, con las orejas temblorosas.

En la casa se oía el tictac del reloj. Un perro ladró en algún lugar de la calle. Los bichos conversaban en su ritual nocturno. Todos eran sonidos habituales; no había nada que hubiese podido alertar al hombre y a la gata. Lulú salió para investigar y Dante se apartó de Amara. Se llevó un dedo a los labios para indicarle que guardase silencio. Le tiró su camisa azul. Ella asintió, se la puso con rapidez y se la abotonó. Una vez más dio gracias por la altura de Dante, porque la prenda le llegaba casi hasta las rodillas. Agarró las bragas que había tirado a un lado y se las puso. Dante se agachó sobre la chaqueta y sacó de ella una pistola.

Lulú maulló desde fuera. Dante se acercó a la puerta y aguardó, silencioso y alerta, casi inmóvil. Amara lo contempló. El silencio era asfixiante. Un nudo de pura ansiedad se apretaba en sus tripas. Se llevó una mano al vientre e intentó calmar los latidos del corazón, respirando con normalidad. No era momento de entrar en pánico.

Tragó saliva y fue de puntillas al lado de la cama. Sacó la pistola de descarga eléctrica que guardaba en un cajón y se sintió mejor por sujetar un arma en la mano. No podría haber cogido una pistola aunque quisiera; no le gustaban. No le gustaba la muerte, por más necesaria que esta fuera en su mundo, y no quería quitarle la vida a nadie. Sin embargo, probablemente debería pensar en ir armada, ahora que era más vulnerable.

Recorrió a su hombre con la vista. Dante se movió y los dos tatuajes de su espalda se flexionaron. Siempre la habían fascinado: un dragón negro gigantesco, que le ocupaba todo el lado izquierdo de la columna vertebral con la cola enroscada y la cabeza hacia atrás, contemplaba una bandada de cuervos que brotaba de entre sus alas y volaba en diagonal hacia la derecha. Conocía bien a Dante y su lado artístico, así que sabía que aquel tatuaje debía de tener algún significado para él, aunque jamás se lo había contado.

Dante se metió en el salón a oscuras. Se oyó un disparo, un forcejeo y varios gruñidos masculinos. Con la sangre palpitando en los oídos, Amara intentó contener la respiración. Tenía el arma lista para quien atravesase la puerta.

Pero lo que atravesaron fue la ventana, y antes de que Amara pudiese hacer ningún ruido, todo se volvió negro.

16

Amara

Recuperó la consciencia al oír su nombre. Abrió los ojos y parpadeó. Sacudió la cabeza para espantar el aturdimiento. No podía moverse. Al bajar la vista entendió qué pasaba: le habían atado las manos a los brazos de una silla. Las cuerdas le inmovilizaban las muñecas sobre la madera a la altura de las cicatrices.

Se le encogieron las tripas.

No.

No.

Empezó a forcejear para librarse y se raspó las muñecas contra la cuerda. Se le desbocó la respiración. No podía estar sucediéndole lo mismo otra vez. No iba a poder sobrevivirlo de nuevo. «Dios, por favor, no».

—¡Amara!

Alzó la vista al oír aquella voz masculina que pronunciaba su nombre. Dante. Estaba ahí, frente a ella, atado a una silla con cuerdas que lo inmovilizaban por el pecho, las manos, los pies. Iba descamisado. ¿Por qué iba descamisado? Amara se apretó el paladar con la lengua, una costumbre de siempre que, de algún modo, la calmaba un poco. Inspiró hondo. Seguía sintiendo que unos dedos negros le apretaban la mente. Miró en derredor para distraer la cabeza.

Y sintió que el corazón se le encogía.

Era la misma habitación.

La misma habitación en la que había pasado tres días hacía diez años, atada a una silla. En la que había dejado sus huellas sanguinolentas en el suelo al intentar escapar. Toda la terapia que había hecho a lo largo de los años no había podido prepararla para el ataque mental que supuso estar en aquel lugar. Las paredes empezaron a cernirse sobre ella, asfixiándola.

«¿Tiene Dante Maroni a alguien fuera del complejo? ¿Alguien a quien podamos utilizar contra él?».

La tenían. La tenían a ella y a aquel bebé del que Dante ni siquiera estaba al tanto. Tenía que decírselo. Dios, necesitaba decírselo. Amara abrió la boca, pero sus ojos permanecieron clavados a la pared por encima de la cabeza de Dante, de la que colgaban las mismas cadenas que la otra vez. Se le hizo un nudo en la garganta. Unos dedos grasientos se cerraron sobre su consciencia. Se le llenaron los pulmones de alquitrán, un peso que la hundía.

—¡Mírame, maldita sea! —Un grito penetró por entre la bruma—. Amara, cariño, mírame —dijo un hombre desde muy lejos—. Déjame ver esos ojos tan bonitos.

Ojos bonitos. Amara conocía aquella voz. Esa voz de humo, chocolate, sábanas revueltas. Dante. Lo miró, por un momento confundida al verlo. La última vez no había estado allí. Amara había estado sola en aquella habitación, sola y asustada. Ahora también estaba asustada, muy muy asustada. Le empezaron a temblar las manos.

—Amara. —Sus ojos oscuros se centraron sobre ella, fieros, intensos y llameantes—. Voy a matar a todos y cada uno de los hombres de este edificio por lo que han hecho. Ninguno de ellos llegará a tocarte, te lo prometo. Confía en mí, cariño.

Ella empezó a temblar. Confiaba en Dante, pero los recuerdos chocaban de frente con aquellas palabras. Intentó calmar los latidos del corazón, probó todos los trucos que sabía para cerrar aquella puerta de su mente, pero la ansiedad siguió cerniéndose sobre ella. Estaba atrapada en un denso pantano de dolor. Quería salir, avanzar, pero estaba atascada.

«¿Deberíamos decirle a Maroni que su novia está aquí?».

Las risas. Las burlas. El dolor. La sangre.

Amara cerró los ojos. Las cuerdas en la muñeca la marcaron. Sentía la cicatriz del cuello como si fuese una soga. Las cicatrices de sus pies la retrotrajeron al momento en que intentaba escapar cojeando y resbalaba sobre su propia sangre.

—Amara, estoy aquí, contigo.

Las palabras llegaron hasta ella y la trajeron al presente. Se centró en él, en las cuerdas que le rasgaban el pecho al inclinarse hacia ella, en el único tatuaje que tenía en el pecho. Un tatuaje que Amara había lamido incontables veces.

Ganar. Dante había dicho que valía la pena perder deliberadamente algunas batallas si servía para ganar la guerra. Amara también ganaría. Tenía que ganar. Ganar contra los hijos de perra que la habían convertido en una víctima, contra los demonios que la habían poseído, contra la gente que no la había aceptado. Necesitaba ganar.

Con los ojos pegados al pecho de Dante, dejó escapar una larga exhalación y se agarró a los brazos de la silla. Inspiró hondo.

—Eso es, cariño —la alentó él—. Cálmate. Estoy justo aquí, contigo. Ya no estás sola. Estoy justo aquí. Eso es, sigue respirando.

Su voz la calmaba. Otros recuerdos llegaron a ella y reemplazaron a los más feos. La fiera promesa que le había hecho Dante a su lado en la cama del hospital, los meses en los que había mantenido conversaciones con ella todos los días aunque Amara no pudiera hablar, las guarrerías que le había susurrado sobre la piel cada vez que conectaban, los secretos que le había murmurado al oído cuando estaban tumbados en la cama. Su voz era un hilo que conectaba todos los años, que llevaba consigo muchos recuerdos bonitos. Esa voz de humo, chocolate y sábanas revueltas.

Amara dejó que todo aquello la recorriese. Sintió que poco a poco se le calmaba el corazón. Abrió la boca para hablar, pero no le salieron las palabras. Tragó saliva.

—No te preocupes —le dijo él—. No hace falta que hables. ¿Te encuentras bien ahora?

Ella asintió sin hablar y miró aquellos ojos marrón oscuro que tenía.

—Si mis sospechas están en lo cierto —empezó a decir en tono amable, como si se hubiesen encontrado en alguna cafetería—, alguien de la Organización le ha chivado al Sindicato que iba a venir a verte a Los Fortis.

«¿Qué sabes del Sindicato?».

Aquella voz horrible volvió a susurrar, lista para arrastrarla de nuevo a las profundidades.

—He pasado las últimas semanas investigando a esa organización a escondidas —le informó Dante, mirándola con atención—. Te lo contaré todo cuando salgamos de aquí. Y vamos a salir de aquí, Amara.

La seguridad con la que hizo aquella afirmación le calmó un poco los nervios. Lo miró, lo miró de verdad, y vio cómo había cambiado en las últimas semanas. Para empezar, aquella barba oscura en la cara, que Amara jamás le había visto dejarse crecer. Le daba un aspecto más salvaje, peligroso, aunque no estaba segura del todo de que no le gustase. Sin embargo, en lo que se detuvo fue en los ojos. Había algo más oscuro en ellos, en el aura que los rodeaba, que la obligó a detenerse. Amara no estaba segura de si se debía a la muerte de su padre, a haberse hecho con el control de la Organización o al tiempo que había investigado a escondidas. Fuera lo que fuese, lo había endurecido, incluso en privado, de modos que Amara no había visto.

—¿Por qué te escapaste? —le preguntó Dante, estudiándola con la mirada, manteniéndosela, anclándola—. Sabías que no había muerto.

Amara tragó saliva. Tenía que contárselo. Pero antes debía hacerle su propia pregunta.

—¿Por qué no me lo contaste? —graznó con apenas un susurro.

Las cejas de Dante se alzaron levemente antes de que el entendimiento asomase a sus ojos.

—Estás enfadada conmigo.

Dios, qué ganas de darle un puñetazo. Amara sintió que empezaba a estremecerse. La crudeza de sus emociones empezó a dominarla. El dolor que llevaba años reprimiendo empezó a subir a la superficie y a mezclarse con la rabia por encontrarse en aquel lugar, con la agonía del momento en que había creído que

Dante había muerto, con el dolor de llevar tanto tiempo sola, con la culpabilidad por no haberle hablado del bebé, con el pánico que aún llevaba dentro. Todo se juntó en una amalgama de emociones que Amara ya no era capaz de diferenciar. Se le empezó a sacudir todo el cuerpo en la silla. Le ardían los ojos.

—Amara —oyó su voz desde lejos. Cada sílaba se alejaba más y más a medida que ella se iba perdiendo en un mar de emociones, que se ahogaba en todas y cada una de ellas. Cerró los ojos. No podía respirar—. ¿Puedes aflojar las cuerdas?

Aquella pregunta inesperada llegó hasta ella de entre la bruma. Abrió los ojos. Dante la miraba con calma.

—No se han molestado en atarte fuerte —le informó—. Estabas inconsciente y a quien querían inmovilizar era a mí, así que no se centraron mucho en ti. Supongo que tus nudos están bastante flojos. Y con las cicatrices en las muñecas, la piel te va a dejar más espacio para sacártelas. ¿Crees que podrás?

Amara miró las ataduras. La bruma en su cabeza se disipó lentamente al oír sus palabras. Tenía razón. La piel de la muñeca cicatrizada estaba un poco hundida, con lo cual tenía algo más de espacio. Tironeó de la cuerda y, con calma, intentó sacar la mano en lugar de forcejear, que era lo que había estado haciendo antes. Sintió que llegaba hasta la base del pulgar.

—Sí —le dijo.

Alzó la vista. Dante la miraba con el ceño fruncido.

—¿Te está bajando la regla? No te toca aún.

Ante aquella pregunta tan absurda, Amara se detuvo y dejó de tironear de la cuerda. Claro que no le estaba bajando la regla. Siguió su mirada, inclinó la cabeza y la vio.

Sangre.

Apenas un poco, pero estaba ahí, entre sus muslos. No. *No, no, no, no.*

—No, no, no, no —empezó a entonar, negando con la cabeza. Contempló con horror la pequeña mancha roja que tenía en la piel al tiempo que el pánico le empapaba el pecho.

—Amara, ¿qué…?

—Hace semanas que no me baja la regla —susurró.

Alzó los ojos horrorizados hacia él. Dante absorbió sus palabras. Sabía que Amara tenía una regla extremadamente regular. Conocía bien sus periodos. Demonios, si hasta ajustaba sus visitas a la regla. Dante comprendió lo que implicaban sus palabras. Encajó las piezas, recordó la última vez que habían estado juntos. En sus ojos ardió un fuego que Amara jamás, en todo el tiempo que lo conocía, había visto. Dante no pronunció palabra alguna. Se limitó a absorber aquel dato que su cerebro estaba procesando sin apartar los ojos de ella.

—Cálmate —dijo al fin. Su voz se había convertido en una dura orden—. Quítate esas cuerdas y me aseguraré de que salgamos de aquí. Ningún hijo de puta de los que están aquí os va a tocar, ni a ti ni a mi bebé. Pero necesito que te tranquilices.

Amara sabía que tenía que hacerlo. Y también sabía, a juzgar por aquellos improperios, que Dante estaba muy cabreado. Dante Maroni no maldecía en compañía de damas. Tenía buenos modales. Amara tragó saliva. Cerró los ojos, inspiró hondo y asintió.

—¿No ibas a decírmelo? —preguntó Dante tras unos minutos de silencio. Tenía todo el cuerpo inmóvil, crispado.

—Probablemente sí, tarde o temprano —admitió—. Es que…

—Es que ¿qué? —dijo él entre dientes.

—¡Perdóname por proteger a mi bebé mientras tú te hacías el muerto sin decirme ni una palabra al respecto, pedazo de cabrón! —explotó ella. Le dolió la garganta del esfuerzo de gritar, con una rabia idéntica a la de Dante. Los años de frustración se vertieron sobre su tono de voz—. ¿Te parece sencillo? ¿Que es fácil vivir sola en una ciudad en territorio enemigo, sin amigos, sin protección, sin nada más que una promesa durante años? ¿De verdad pensabas que iba a permitir que mi bebé pasase por ello?

—Nuestro bebé —gruñó él—. ¿Te crees que ha sido fácil para mí, Amara? —le preguntó con calma en la voz y todo lo contrario en los ojos—. ¿Crees que me lo he pasado genial «haciéndome el muerto»? ¿Te parece que me ha hecho gracia vivir así todos estos años? ¿Acaso crees que no he estado trabajando y sangrando cada puto día para construirnos un futuro?

Amara sintió que le temblaban los labios. Se moría de ganas de tocarlo.

—No ha sido fácil para ninguno de los dos, Dante. Justo por eso quería que fuese fácil para nuestro hijo o nuestra hija, porque no tiene por qué pagar el precio de nuestras decisiones. Tú y yo llevamos años esperándonos, pero me parece que en algún momento hemos perdido el rumbo. La meta se volvió tan importante que nos olvidamos del camino.

Su sinceridad lo dejó en silencio un largo minuto.

—He mandado matar a mi padre —le dijo en tono quedo—. Vi cómo se desangraba, como si fuera un cerdo en una matanza, mientras yo fumaba. Durante años ese fue mi objetivo, hacerme con los flecos de su imperio y ponerlos a mi favor. Manipulé a la gente, me hice un nombre… para que, algún día, cuando mi padre ya no estuviese, pudiese daros a ti y a nuestros hijos todo lo que os merecéis.

A Amara se le encogió el corazón ante la sinceridad de aquellas palabras. Era uno de los rasgos que más amaba de Dante: jamás reprimía sus emociones. Sentía lo que sentía y le importaba tres cojones que alguien le llamase lo que fuera. Aunque, claro, nadie se atrevía a llamarle nada porque Dante Maroni ya era una leyenda, el hombre más masculino en aquella sociedad tóxica. Era el más poderoso porque sabía exactamente lo que sentía y no se mentía al respecto.

—En cuanto salgamos de aquí —le dijo él con voz firme y los ojos encendidos—, tú y yo vamos a tener una conversación sobre ocultarnos mierdas el uno al otro. Hace mucho tiempo que deberíamos haberla tenido.

Oh, oh. Algo en el tono de Dante le provocó un hormigueo en la nuca y se le puso el vello de punta. Lo miró con atención a los ojos, vio el dolor y la rabia que contenían, y también una angustia que pensó que no tenía nada que ver con aquella conversación. El corazón le palpitó con rapidez. Inspiró hondo.

—Dante…

—No me contaste lo que pasó, Amara —dijo él, con la mandíbula apretada. Lo había descubierto. Amara no sabía cómo, pero Dante lo había descubierto—. Me dejaste follar contigo, me acogiste en tu cama, me permitiste tomarte de todas las formas posibles. Pero nunca. Me contaste. Lo que pasó.

A Amara se le llenaron los ojos de lágrimas.

—Aunque algo sospechaba. Debería habértelo preguntado, joder. ¿Sabes por qué no lo hice? Porque confiaba en ti. Confiaba en que si algo así había sucedido, me lo dirías. Pero no me lo contaste, así que preferí no asumirlo porque no quería insultar el recuerdo de lo que te había sucedido.

La estaba matando.

—Dante…

—Los dos la hemos cagado, Amara —le dijo, con ojos llameantes—. Y los dos vamos a responder por ello. Lo hablaremos, nos perdonaremos y seguiremos adelante. No pienso darte elección. No me he matado a trabajar durante años para que algo tan trivial como la falta de comunicación acabe con nosotros.

—No es algo trivial —murmuró Amara.

—Sí que lo es —le dijo él—. Vamos a salir de este puto sitio. Vamos a volver a conectar. ¿De verdad pensabas que iba a dejarte marchar? Después de que me haya pasado una década luchando por nosotros, ¿de verdad pensabas eso, Amara?

Ella apretó las manos.

—Me has hecho daño.

—Sí, es verdad. Soy un capullo.

A Amara se le escapó una risa entre dientes a su pesar al oír aquellas palabras. Él curvó los labios, pero volvió a ponerse serio. La abrasó con aquella mirada oscura y prosiguió:

—¿Sabías que, aparte de matar junto a Tristan a los cabrones que te raptaron, también llevo años buscando a quien dio la orden? Ha sido un proyecto paralelo mío. Al estar de incógnito me di cuenta de que debería haberle dedicado más tiempo. Porque todo está conectado, y yo estaba centrado en Maroni el Sabueso. Pero ahora el puto cabrón está muerto.

Dioses, cómo le dolía. Le dolía Dante, le dolía lo que le había sucedido, le dolía todo lo que habían sufrido por culpa de un único hombre. Por segunda vez en su vida, Amara se alegró de la muerte de otra persona.

—No podías saberlo, Dante —le dijo en tono suave, queriendo calmar aquel dolor que sentía emanar de él—. Lo que hizo no fue culpa tuya. Que tu padre fuera así no tiene nada que ver contigo.

—Soy de la familia Maroni, Amara —le dijo él. Ella se dio cuenta del cambio de carácter que había sufrido Dante desde que se hizo con el poder. Había sido un heredero, un príncipe, y ahora se sentaba en el trono—. Soy sangre de su sangre.

—Sí —asintió ella, manteniéndole la mirada—. Pero lo que recibes no decide quién eres. Lo deciden tus acciones. No es el arma lo que tiene el poder, sino quien la empuña. Y tú, Dante Maroni, eres un hombre poderoso.

—Joder, qué ganas de besarte ahora mismo —maldijo. Amara sentía el fuego de sus ojos.

Ella sintió que se le disparaba la respiración y se le crispaban los labios.

—Pues levántate ya de esa silla, tipo duro.

Los labios de él imitaron a los de ella durante un segundo, y luego volvió a hablar:

—¿De verdad crees que me retienen aquí en contra de mi voluntad, que sería tan idiota de ponerme en riesgo? ¿Crees que no he planeado esto?

Amara sintió que su corazón volvía a lanzarse al galope. Bajó la mirada a las cuerdas que lo sujetaban, tensas.

—¿De qué hablas?

—Mi padre trabajó mucho tiempo con el Sindicato —le explicó Dante—. Y no lo hacía solo. Nadie quería a alguien desagradable al frente de la Organización. Sea quien sea su topo, ha estado esperando a que surja la oportunidad de eliminarme.

—O sea que te ofreciste en bandeja de plata al viajar solo a Los Fortis —terminó Amara al comprender exactamente lo que decía Dante. Dios, ¿cómo había olvidado lo bien que se le daba aquel juego? Sintió que la inundaba algo parecido al orgullo.

—Lo que no pensé —dijo Dante—, es que fueran a atraparte a ti.

—Aun así, muy bien jugado, mi rey —susurró ella con una pequeña sonrisa en la cara—. Y entonces ¿a qué esperas?

—A que vengan a interrogarme —le dijo en tono tranquilo—. Seré yo quien lleve la voz cantante. Seguramente me pegarán un poco, así que necesito que mantengas la calma y sigas intentando librarte de las cuerdas. De haber estado solo, no me habría preocupado. Pero tú y...

—Lo sé. —Se le borró la sonrisa del rostro y se le encogieron las tripas—. Lo intentaré. Lo único que me pasa es que este lugar no me deja controlar mis reacciones.

—Ahora este infierno es mi imperio, Amara —le dijo él con ojos solemnes—. Mientras yo viva, nadie te tocará siquiera. Y pretendo vivir una vida muy larga y muy feliz contigo.

El nudo que había sentido dentro de sí empezó a derretirse. En medio de aquel infierno, Amara empezó a sentir que la inundaba una sensación de seguridad.

Inspiró hondo, asintió y empezó a ocuparse de las cuerdas.

17

Dante

Amara lo estaba intentando. Dante veía lo que estar allí, atada a una silla, embarazada de su bebé, le estaba haciendo a su mente.

Embarazada.

Estaba embarazada, joder, y no se lo había dicho. Aunque, por otro lado, él había pasado casi todo aquel tiempo fingiendo estar muerto. Sin embargo, se sentía furioso. La última vez que decidió ir a verla había sido por impulso. Deseaba estar con ella, tocarla una vez más, en caso de que muriese de verdad y jamás pudiese volver a hacerlo. En realidad no había querido verla, ni mucho menos aplastarla contra una pared, follársela duro y marcharse. Había sido una maniobra digna de un capullo, Dante lo admitía. Pero habían concebido un bebé. Su bebé. Joder, solo de pensarlo, de saber que la reina de su corazón iba a ser la madre de su hijo, le removía todo por dentro.

Qué madre tan increíble iba a ser. La había criado una mujer amantísima, cuyo amor se había multiplicado por diez dentro de ella. Amara era una mujer nacida con instinto para cuidar, a los débiles, a los inocentes, a los desamparados. Era suave y, joder, qué capacidad para perdonar tenía. De lo contrario, habría dejado a Dante en la puta cuneta hacía mucho. El hecho de que hubiese hecho las maletas y se hubiese mudado a miles de kilómetros de distancia para proteger a su hijo lo llenaba de orgullo y calidez. Era una tigresa que protegía a sus cachorros. Haberla encontrado en Los Fortis, saber que esta vez podía quedarse con ella, que no tenía que volver a dejarla… había sido el momento más gratificante de su vida.

Sin embargo, aquel pequeño rastro de sangre en sus muslos lo preocupaba. Sabía que podía ser una mancha y nada más. Además estaban en una situación increíblemente estresante. Pero, joder, odiaba haberla obligado a pasar por todo aquello. No había previsto que pudiesen llevársela a ella también ni que los fueran a traer a aquella ubicación en concreto.

Por otro lado, ¿por qué los habían traído precisamente allí? Ahí había algo que molestaba a Dante.

Esperaba que Morana ya hubiese desenmascarado al topo. Había estado manteniendo un registro de todas las llamadas y mensajes salientes del complejo desde que Dante había regresado. Esperaba que los hijos de puta que los habían secuestrado viniesen a interrogarlo pronto para poder sacar de allí a Amara. Sabiendo como sabía todo lo que le había sucedido allí dentro, no podía ni imaginarse lo que estaría pasando dentro de su mente en aquel momento. Amara dejaba la vista perdida mientras luchaba contra sus demonios interiores. La cicatriz del cuello resaltaba contra su pálida piel. Se agarraba a la silla con los nudillos blancos.

Dante la observó con detenimiento. Saber que estaba embarazada lo cambiaba todo. Si veía el más leve signo de que todo la estaba sobrepasando, tendría que encontrar algún modo de salir ya. Aquellos idiotas ni siquiera habían comprobado si llevaba armas; habían supuesto que iba desarmado al verlo sin camisa. Les esperaba una sorpresa desagradable.

Como en respuesta a sus pensamientos, la puerta de la habitación se abrió. Los ojos de Amara volaron hacia ella. Dio un pequeño respingo y se agarró con más fuerza a la silla inspirando hondo visiblemente.

«Aguanta, cariño. Solo un poco más», la instaba Dante en silencio.

Sus pechos subieron y bajaron bajo la camisa mientras respiraba de manera trabajosa, con los ojos clavados en el hombre que entró en la habitación. Dante apartó la vista de ella y se centró en el tipo; cambió de marcha en la mente. Ahora estaban en su interrogatorio. Se relajó en la silla y se mantuvo en silencio. El desconocido entró, vestido con una camiseta negra, pantalones de camuflaje y botas de combate. Llevaba una 9mm a la vista en la cadera. Era una táctica clásica: mostrarle al cautivo que se iba armado para inspirar miedo a morir. Dante estaba muy versado en aquellas maniobras. Guardó silencio y observó al tipo, que se agachó frente a él, concentrado, ignorando de momento a Amara, cosa que era positiva. Dante no quería que le prestasen ninguna atención.

—Dante Maroni —canturreó el hombre. Tenía un leve rastro de acento en la voz—. En carne y hueso.

—Ah, ¿eres fan mío? —Dante soltó una risa entre dientes—. Si quieres un autógrafo, tendrás que soltarme las manos. —Que pensase que tenía el poder.

El hombre esbozó una sonrisa en la que destelló un diente de oro en un lateral. Ojalá algunos estereotipos no se cumpliesen, pensó Dante.

—Mis jefes no son admiradores tuyos. De hecho, no están nada contentos contigo ahora mismo. Estás interfiriendo con el negocio.

Justo el pie que necesitaba.

—Y por eso la gente piensa que los mafiosos no tenemos modales, ¿sabes? Si querían hablar, podrían haberse puesto en contacto conmigo y haber concertado una cita —dijo arrastrando las palabras.

El hombre ladeó la cabeza.

—O sea que esto va a ir así.

Se enderezó y se acercó a Amara. Dante se obligó a mantener la calma. El hombre se agachó frente a ella.

—Eres de las guapas —dijo en tono amigable—. He oído que te hicieron cosas terribles aquí dentro. ¿Cómo te sientes al haber vuelto?

Amara se quedó inmóvil, contemplándolo como un halcón. No apartó la mirada del hombre.

—Tenéis que dejar de atar a las mujeres, tíos. Ya no le hace gracia a nadie.

«Esa es mi chica». Dante se llenó de orgullo al verla jugar, centradísima en aquel hombre. Él se echó a reír.

—Qué peleona. Crees que tu novio aquí presente me responderá si empiezo a hacerte cosas, ¿eh?

—Ah, no es mi novio —le dijo Amara, más calmada de lo que Dante había esperado—. Follamos de vez en cuando, nada más.

«Y una mierda».

El hombre se inclinó aún más hacia ella. Dante se sentó.

—En ese caso, no te supondrá un problema follarme delante de él.

Oh, aquel cabrón era bueno. Pero su chica era mejor.

—Sí que me lo supondría. —Se encogió de hombros—. Tengo alergia a los gilipollas. El trauma y esas cosas, ya sabes.

El hombre dejó escapar una risa. Se giró y miró a Dante.

—Me gusta. Lástima que tenga que hacerle daño para que hables.

Dante se mantuvo en silencio. Esbozó una pequeña sonrisa de medio lado, listo para distraerlo y darle a Amara tiempo para aflojar inadvertidamente sus nudos.

—Eres bueno, te lo concedo. Nos has traído a los dos aquí y quieres usarla para amenazarme. Muy bien.

El hombre se puso de pie y se acercó a la mesa del lateral, sobre la que había una caja de herramientas. Amara palideció; una fina película de sudor le cubrió la cara al verla. Respirando con rapidez, empezó a tironear despacio de las cuerdas y a aflojarlas aún más. A Dante se le encogió el estómago. Tenía que acelerar la situación.

—Bueno —empezó a decir en tono despreocupado—. ¿Y qué es lo que quieres?

El hombre se volvió hacia él con las cejas alzadas en señal de sorpresa.

—Mis jefes tienen un almacén de… mercancías en tu ciudad. La semana pasada ardió hasta los cimientos.

Dante frunció el ceño.

—No fui yo.

El hombre asintió.

—No nos había dado esa impresión. No es tu *modus operandi*. Pero Tenebrae es un centro sustancial de negocios para nosotros, y tu falta de cooperación ha ocasionado graves pérdidas para mucha gente importante. Sin embargo, gracias a la buena voluntad de tu padre y el trabajo que hizo para nosotros, mis jefes están dispuestos a ofrecerte un trato.

Dante alzó una ceja.

—Permíteme que insista: ¿no podríamos haber concertado una cita para hablar de esto? ¿Había que sacarme a rastras de la cama y amarrarme a una silla?

El hombre se encogió de hombros.

—No sabíamos si ibas a cooperar. —Señaló hacia Amara, un poco aterrorizada y resuelta. Ella dejó de forcejear en silencio para aflojar los nudos de las manos—. Ella no era más que una póliza de seguro. Hace tiempo que lo es.

Dante se apresuró a llamar de nuevo la atención del tipo para que Amara pudiese seguir con las cuerdas. Sus muñecas eran delgadas, y las cicatrices habían hecho que la piel de alrededor estuviese suave. Tenía bastantes posibilidades de sacar la mano.

—¿A qué te refieres? —preguntó para que siguiese mirándolo.

El tipo se limitó a sonreír. Dante sintió una punzada de preocupación, pero se guardó aquel dato para más tarde. No miró directamente a Amara, pero veía de reojo que estaba ganando inercia.

—Está bien —le dijo al tipo para que siguiese centrado en él—. ¿Y qué trato me ofrecen tus jefes?

El otro sonrió y se volvió a agachar frente a él. Apretó el puño.

—Es sencillo: trabaja con nosotros y seguirás con vida.

—¿A qué tipo de trabajo te refieres? —preguntó Dante, aunque ya sabía la respuesta.

—Tu padre era bastante activo en el negocio —prosiguió el hombre—. No hace falta que tú lo seas. Basta con que nos permitas almacenar y transportar por la ciudad. Con eso tendremos un trato.

—¿Almacenar y transportar niños? —preguntó Dante con las tripas encogidas.

—Tipo listo. —El hombre asintió.

—¿Y si me niego?

—Pues les daré este coñito de primera calidad a mis hombres hasta que tengas ganas de… colaborar.

Dante apretó la mandíbula, pero no dijo palabra alguna. Apretó los puños sobre la silla.

—Oye, gilipollas.

El tipo se dio la vuelta al oír aquella voz suave a su espalda. Amara balanceó la caja de herramientas, con brazos temblorosos por el peso, y se la estampó en la cara. Él rugió de dolor y cayó al suelo, agarrándose la herida sangrante que le había abierto en la cabeza.

—Este coñito de primera calidad no te lo puedes permitir.

Amara volvió a alzar la caja de herramientas y la descargó con fuerza sobre el cráneo del tipo. Dante se encogió al oír el crujido. El hombre perdió el conocimiento; probablemente, la herida de su cabeza fuera mortal. Amara se quedó ahí plantada, temblando. El pecho le subía y le bajaba, y el cabello le colgaba frente a la cara. En sus ojos verdes destellaba la ira. No llevaba más que la camisa de Dante. Parecía una diosa vengadora. Joder, Dante estaba perdido.

—Amara —la llamó—. Vamos, cariño. Puede que vengan más.

Ella lo miró con ojos desorbitados. Dejó la caja de herramientas a un lado. Le temblaba todo el cuerpo a causa de la misma adrenalina que él sentía aumentar en su interior. Saltó sobre el tipo inconsciente y se apresuró a acercarse a él. Sus esbeltos dedos largos temblaron mientras intentaba deshacer el nudo de sus muñecas.

—Déjame ver esos ojos preciosos —le dijo él con ternura, sabiendo que tenía que llevar la voz cantante si es que querían salir.

Ella se detuvo y alzó la vista hacia él.

—Buena chica —la elogió con voz suave—. Tengo un cuchillo en el calcetín derecho. Arremángame la pernera y sácalo.

Ella se inclinó y la camisa de Dante se abrió un poco. Aunque no era momento para fijarse en esas cosas, seguía siendo un hombre. Bajó los ojos al interior de la tela, satisfecho de que fuese su mujer. Sintió que sacaba con habilidad el cuchillo. Luego Amara se enderezó y empezó a cortarle la cuerda de las muñecas. Dante no necesitaba más que una mano libre para hacer papilla a aquellos cabrones. A esa distancia, Dante captaba su respiración agitada. Amara estaba entrando en pánico y, al mismo tiempo, intentaba contenerlo. Dante le dijo lo único que se le ocurrió para distraerla de su miedo:

—Me muero de ganas de follarte.

Amara se detuvo y lo miró con ojos desconcertados.

—¡¿En serio?! Ahora no es momento para decir guarradas, Dante Maroni.

Él esbozó una sonrisilla deliberada, calmado e impávido, porque sabía que así ella se relajaría. Y necesitaba que se relajase. Amara murmuró algo en voz baja antes de soltar:

—¿Por qué siempre hacen que parezca tan fácil en las películas? Estás atado a esta puñetera silla con unas cuerdas imposibles de cortar y yo, al borde de un ataque de pánico.

—Lo estás haciendo muy bien —le dijo él, contemplando las cicatrices en sus muñecas, enrojecidas por el forcejeo. Amara siguió cortando con los nudillos blancos de apretar, avanzando poco a poco. La cuerda apenas estaba ya unida por unos cuantos jirones que se romperían en cualquier segundo.

—¡Eh!

Una voz resonó en la puerta y Amara se volvió con brusquedad. Dante se inclinó hacia un lado y vio que un tipo corpulento los miraba enojado. Este se acercó a Amara y Dante alargó el brazo, sintiendo la presión en la cuerda que se le clavaba en el antebrazo. Le quitó el cuchillo a Amara de la mano y lo lanzó por los aires. El arma atravesó la habitación y alcanzó su objetivo: la hoja se hundió en el cuello del hombre. Salpicó la sangre y el tipo cayó de rodillas.

Amara retrocedió unos cuantos pasos, aunque la sangre no la había alcanzado, con una expresión de conmoción pintada en la cara. Dante esperaba que su mente sobreviviese. Desató hábilmente el nudo con la otra mano y se puso en pie. Sacudió las extremidades y dio un par de saltos para que fluyese la circulación.

Primero lo primero: atravesó el espacio que lo separaba de su chica, agarró aquel hermoso rostro con las manos y le dio un profundo beso.

—Eres una puta reina guerrera. Estoy muy orgulloso de ti —le dijo en tono suave, y vio el efecto que sus palabras tenían en ella. A Amara le temblaron los labios y esbozó una leve sonrisa.

—Tú me haces fuerte.

Joder, cómo le gustó oír eso. Dante le sonrió y apretó su frente contra la de ella, atento a cualquier sonido externo.

—En cuanto crucemos esa puerta, esta noche vas a ver una parte de mí que jamás has visto antes. Voy a masacrarlos y tendrás que presenciarlo. ¿Crees que me querrás después de verlo?

Ella lo agarró de las muñecas y asintió.

—En la salud y en la enfermedad, en la vida y en la muerte, en el asesinato y el caos. ¿No es así?

Él se rio y le dio un pequeño beso, con el afecto que sabía que Amara necesitaba aunque rara vez pedía en voz alta. Se apartó de ella, se inclinó y les quitó la 9mm al primer tipo y el cuchillo al otro. A Amara le tendió la pistola.

—Sujeta esto —le dijo. Ella la aceptó con manos temblorosas—. Está cargada y sin seguro. Quédate detrás de mí. Si ves que se te acerca alguien, apunta y dispara. Separa las piernas para estabilizar el cuerpo. Tiene un retroceso muy jodido, así que prepárate. ¿Estás bien?

—¿No te hará falta a ti? —preguntó ella, sujetando la pistola con ambas manos.

Él sonrió y movió el afilado cuchillo ante ella.

—Con esto voy bien. Salgamos de este antro.

La mayor desventaja era no saber exactamente cuánta gente había en el recinto al otro lado de la puerta. Podrían ser dos, diez o veinte. De haber estado él solo, habría dado igual, pero ahora protegía una mercancía muy valiosa. Si le pasaba algo, Dante se iba a enfadar mucho. Muchísimo.

Se dirigió a la puerta y se inclinó para comprobar ambos lados del corredor.

—Hay una escalera a la derecha —oyó sus palabras suaves detrás de él—. Desciende hasta una especie de despacho que da a un... garaje.

Se le crispó la voz con esa última palabra. Allí la habían encontrado Tristan y él. Allí la había alzado en brazos, donde ella había abierto los ojos con un parpadeo y se había anclado a su corazón con confianza. Dudaba que Amara recordase nada de eso, pero él no olvidaría jamás el modo en que su cuerpo diminuto se estremecía y sus inspiraciones dolorosas, que le habían impactado en el pecho como balas. Sabía lo que le estaba haciendo por dentro a Amara hablar de aquel lugar, revivir los recuerdos de su huida. Y, sin embargo, lo estaba haciendo. Por más aterrorizada que se sintiese, lo estaba haciendo. Dante no comprendía que se viese a sí misma como una persona débil.

Asintió una vez más para señalar que había captado el dato. Centró la mente en la tarea a continuación, con el cuerpo preparado tras años de entrenamiento, sintonizado con sus órdenes mentales. Salió a aquel corredor apenas iluminado. Confió en que Amara se pegase a él por la espalda y avanzó. Se detuvo al ver a un tipo cerca de lo alto de las escaleras. Avanzó a hurtadillas, se situó tras él, le cubrió la boca con una mano y le rajó la garganta. Luego lo depositó con cuidado en el suelo.

Saltó por encima del cadáver hacia las escaleras. Amara se quedó contemplando al tipo muerto, y él le tendió la mano para que saltase por encima. Amara aterrizó a su lado y le hizo un cabeceo para que continuase. Dante se dio la vuelta y bajó los escalones en silencio, con los sentidos alerta.

Oyó un ruido al final de las escaleras, captó que eran dos hombres y se apresuró a acercarse a uno por la espalda. Le dio un codazo en la coronilla y, antes de que el otro pudiese reaccionar, se inclinó hacia un lado y le arreó una patada en la garganta al tiempo que apuñalaba al primero en la arteria femoral para que se desangrase. El segundo alzó una pistola y Dante se revolvió; le dio una patada en la rodilla y le clavó el cuchillo en la boca a la vez que le agarraba la cabeza y la giraba para romperle el cuello. Todo sucedió en pocos segundos. La sorpresa y la velocidad habían jugado a su favor. Entró en el despacho.

Con otros dos tíos desarmados y muertos, Dante ayudó a su mujer a pasar sobre los cuerpos y se asomó a la cristalera de la puerta de salida, que daba al garaje. Había al menos seis hombres más, que él viese. Todos vestían de manera similar, de negro, al igual que los otros. Dante tomó nota de sus posiciones y planeó mentalmente la estrategia para acabar con todos.

—Dante.

El susurro quedo, casi aterrorizado, lo hizo girar el cuello para contemplar aquellos ojos grandes y verdes. Siguió la mirada de Amara y vio la sangre que tenía en los dedos. No comprendió por qué la asustaba hasta que se dio cuenta de que se miraba entre las piernas. Estaba sangrando, y esta vez no era una gota. El corazón empezó a retumbarle en el pecho. Amara alzó la vista hacia él, con los ojos inundados de lágrimas.

No.

«El bebé. No, joder».

—Aguanta, Amara. —Le tocó la mejilla con la mano libre y la manchó toda de sangre. Su propia voz le sonó brusca al salir—. Ya casi lo hemos logrado, ¿vale? Sé que es estresante, pero tienes que *aguantar* conmigo, joder.

—S... sí —tartamudeó ella. Se restregó los dedos en la camisa de Dante que llevaba puesta y soltó una larga bocanada de aire—. Sácanos de aquí. Estaremos bien.

Tenían que estarlo. No podía perder a su bebé, y menos aún pocos minutos después de saber de su existencia. Sin embargo, sabía que tenía que sacarlos pronto, antes de que estuvieran en peligro. Si abría la puerta, los hombres los verían y, aunque podía matar a muchos con el cuchillo, cabía la posibilidad de que llegasen hasta Amara. Podría minimizar el riesgo si cogía la pistola y la usaba junto con el cuchillo.

—Dame el arma y cúbrete detrás de mí —le ordenó—. Si consiguen darme, sal de aquí. No importa lo que pase, tú escapa.

La primera lágrima cayó. Amara quería decirle que no, pero lo comprendió al fin. Si escapaba, podría llevar a su bebé a un lugar seguro y contactar con Tristan. Asintió entre lágrimas. Apretó la frente contra la de ella durante un segundo y le dijo las palabras que ya le había dicho incontables veces a lo largo de los años:

—Eres el latido de mi corazón, Amara.

—Y tú del mío —replicó ella con voz apenas audible, aunque Dante tenía esas palabras tatuadas en la piel.

La urgencia se propagó por su sangre. Se apartó de ella y se zambulló en la adrenalina. Abrió la puerta apenas una fracción, lo suficiente como para salir por ella. Se acercó a hurtadillas al tipo más cercano, le rajó la yugular y le cubrió la boca. Dejó el cadáver en el suelo.

Otro miró hacia él. Dante apuntó y le disparó entre los ojos. De inmediato le pegó un tiro a otro más en la cabeza, y a otro en la rodilla, y a otro en el bazo. Dos de los hombres se agacharon tras los coches en cuanto oyeron los disparos. Dante se escondió detrás de una columna y le dio la pistola a Amara de nuevo. Le indicó que se quedase tras esta. Ella asintió y él se escabulló, siempre agachado. Rodeó el amplio garaje hasta el lugar donde había visto que los tipos se agazapaban tras un Ford azul. Con el cuerpo alerta pero suelto, se acercó por el lateral, con el cuchillo agarrado en la mano, como una extensión de su propio brazo. Llegó al coche por detrás, pero no vio más que a uno de los hombres. Una bala le rozó el costado; fue apenas un arañazo, pero dolía de la hostia. Aun así, no detuvo a Dante, que rajó al tipo y sintió cómo la sangre le salpicaba el torso. Se enderezó y fue a por el último hombre, pero sintió que este se le acercaba por detrás. Se giró y le arrojó el cuchillo al tiempo que el otro disparaba. Se dejó caer al suelo y rodó sobre sí mismo para escapar. La herida del costado le ardía. Entonces oyó que otro disparo reverberaba en el garaje y se le encogió el estómago. Se levantó y vio al último tipo en el suelo, con un cuchillo en el pecho y una bala en la cabeza. Alzó la vista y vio a Amara tras él, temblando como una hoja, con la pistola en la mano.

Acababa de dispararle a aquel tipo para salvarle el culo a Dante. Lo había protegido. Su Amara, aterrorizada como estaba.

Joder.

Se acercó a ella justo en el momento en que a Amara le fallaban las rodillas. Tenía la cara cubierta de lágrimas. Dante le quitó la pistola de las manos temblorosas, la alzó en brazos y se la echó al hombro como un bombero. No le importó toda aquella sangre, excepto la que le manchaba las piernas. Se acercó al Ford. Abrió la puerta y la depositó en el asiento del copiloto. La adrenalina y la tensión la habían conmocionado. Dante rodeó el coche a la carrera y le hizo un puente. Dio marcha atrás, pasó por encima de uno de los cadáveres y le echó un vistazo a Amara, que miraba por el parabrisas con aire ausente.

—Amara —la llamó. Ella lo miró a los ojos—. ¿Cómo te encuentras, cariño? —le preguntó, manteniendo la voz suave y la vista en la carretera. Al internarse por el mismo camino por el que la llevó al hospital hacía quince años, lo golpeó una sensación de *déjà-vu.*

—Estás cubierto de sangre —señaló ella con voz algo tensa.

—Estoy guapísimo así, cubierto de rojo, ¿no? —bromeó él, algo aliviado al ver que Amara sonreía—. Aunque, si hay que elegir, prefiero el sirope de chocolate con el que me cubriste aquella vez que hicimos el sesenta y nueve.

La distracción funcionaba. La mente de Amara era arcilla en sus manos, moldeable a sus sugerencias, y se doblaba en la dirección en la que él quería que fuera.

—Aquella noche lo pasamos bien —recordó ella, y lo miró con ojos tiernos. Sí, había sido una noche increíble.

—Podemos volver a hacerlo si quieres.

Ella guardó silencio un largo segundo mientras el coche avanzaba a toda velocidad.

—Estamos perdiendo al bebé, Dante.

Él apretó con más fuerza el volante y obligó al coche a ir a máxima velocidad. Se le hundió el pecho al oír aquellas palabras.

—No digas eso, Amara.

—Estoy sangrando demasiado —dijo en un tono resignado, derrotado, que lo partió en dos.

—Sí, pero te pondrás bien —dijo entre dientes—. No te atrevas a tirar la toalla. Ahora, no, y menos después de todo lo que hemos pasado.

—Estoy muy cansada, Dante —susurró ella. Algo en su voz le encogió las tripas.

—Ya lo sé, cariño.

—Solo quiero dormir.

No, aquello no era buena señal.

—Tú sigue despierta un poco más, ¿vale? Hazme compañía. Casi hemos llegado.

—¿Sabes? —empezó a decir ella—. Al principio tenía pesadillas con ese sitio. Soñaba que alguien me llevaba de nuevo a rastras hasta allí y prefería morirme antes de permitirlo.

Joder, Dante quería volver a asesinar a todos los hijos de puta que habían estado involucrados en el asunto.

—Pero jamás entendí por qué me raptaron a mí —musitó ella. Sus dedos jugueteaban con el dobladillo de la camisa ensangrentada—. Yo no era nadie, pero no dejaban de hacerme preguntas como si supiese demasiado.

Él la dejó hablar, contento de que siguiese despierta.

—Me preguntaron si deberían decirte que tu novia estaba con ellos. —Soltó una risa en forma de resoplido—. Pero tú y yo no éramos nada por aquel entonces.

Era fuerte.

—Tú siempre has sido algo para mí. Lo que pasa es que no sabía lo que eras.

—Ni siquiera sé cuándo cambiaron mis sentimientos hacia ti —prosiguió ella. Solía soñar con que serías mi primer beso, ¿sabes? Pero era un sueño. Tú estabas muy lejos.

—Ya no lo estoy —señaló él. Ella giró la cabeza y lo miró con sus sombríos ojos verdes.

—Me salvaste de mis pesadillas entonces, y me has salvado ahora también —dijo Amara, y le puso una mano en el brazo—. Gracias.

Conmovido por la emoción que había en la voz de ella, Dante mantuvo los ojos en la carretera, pero le agarró la mano y se la besó.

—Eres mía, Amara. Te voy a atesorar, a proteger, a amar. Puede que no seamos marido y mujer ante el mundo, pero llevo casado contigo en mi corazón desde hace ocho años. Y no importa lo que venga, lo pasaremos juntos. Construiremos nuestro imperio juntos. Basta de huir. Prométemelo.

Ella tragó saliva y le plantó un beso en el hombro.

—Basta de huir.

Dicho lo cual, Dante se internó en el aparcamiento de urgencias del hospital y rezó para que su mujer y su bebé estuviesen a salvo.

18

Amara

Perdieron un bebé.

Pero no perdieron al otro.

Una doctora de mediana edad le dio la noticia cuando se encontraba en el hospital, tumbada sobre las sábanas. Dante se hallaba a su lado mientras le cosían la herida del costado; se había negado a separarse de ella. Estaba embarazada de ocho semanas de gemelos, y uno de ellos se había aferrado a ella tan fuerte que había sobrevivido a todo aquel suplicio, aunque el otro no lo había conseguido. Amara seguía embarazada, pero había perdido a un bebé. No sabía cómo debía sentirse.

La doctora dijo que era un fenómeno llamado «síndrome del gemelo desaparecido», y que no era tan poco común como la gente pensaba. Resultaba extraño tener aquella sensación de pérdida mezclada con la euforia que sentía. Al mirar a Dante, vio la misma expresión reflejada, una emoción intensa en su cara. Le clavaba la vista en el vientre mientras la doctora la auscultaba con un estetoscopio.

—Es demasiado pronto para saber el sexo del bebé —les dijo la doctora—. Pero según la ecografía, este pequeño se encuentra bien. Aun así he de pedirle que tenga cuidado durante el embarazo. Hay un riesgo elevado de aborto.

Amara asintió, procesando aún la pena y el alivio.

—¿Hay algo en concreto que debamos hacer, doctora? —preguntó Dante junto a ella. Le agarraba la mano a Amara. En sus ojos había determinación.

—De momento le sugeriría que evite cualquier esfuerzo físico o mental —dijo la doctora—. Seguiremos monitorizando el embarazo.

Dante asintió.

—¿Y qué me dice del sexo?

La doctora sonrió y Amara se ruborizó.

—No debería haber problema. Asegúrese de no aplicar mucha presión sobre el vientre o de no realizar prácticas muy salvajes.

Dante se puso en pie, aún descamisado pero ya limpio del todo, con una venda en el costado. Llevaba unos pantalones desechables que le había dejado un enfermero, pero se negó a cubrirse con un batín, y a la enfermera le había dado igual a juzgar por el modo en que se lo comía con los ojos. Amara se había reído y había sentido compasión por la mujer. Sabía qué se sentía al ver aquel torso.

—¡Ay, Dios! ¿Os encontráis bien?

Amara se dio la vuelta al oír la voz femenina que resonó en la puerta. Morana estaba allí, con el pelo recogido en un moño desaliñado, mallas negras y un holgado top amarillo. Llevaba las gafas rectangulares caídas sobre el puente de la nariz y tenía los ojos castaños desorbitados de preocupación. Tristan, muy rígido, esperaba tras ella.

Al ver a sus dos personas favoritas, Amara esbozó una sonrisa. Les indicó con un gesto que entrasen, y la doctora se marchó. Morana se abalanzó sobre ella y ocupó el espacio junto a la cama. Sus ojos volaron al torso desnudo de Dante. Este flexionó los músculos deliberadamente porque sabía que cabrearía mucho a Tristan. Como si le hubiese dado pie, este le clavó una mirada hostil.

—¿Qué pasa, que no tienes camisa?

Dante sonrió.

—Pues no, no la tengo.

Tristan suspiró. Amara soltó una risa y Morana se inclinó hacia delante para abrazarla.

—Estoy aquí para lo que necesites, ¿vale? —le susurró al oído.

Amara le devolvió el abrazo con el corazón enternecido. Se alegraba a diario de haber confiado en aquella chica, tanto por ella como por Tristan.

Este se inclinó y le dio un beso en la mejilla, cosa que nunca había hecho hasta aquel instante. Centró sus ojos azules en ella.

—No vuelvas a desaparecer así.

Esas cinco palabras bastaron para que Amara comprendiese que había estado preocupado. A lo largo de los años, aunque Tristan no había hablado mucho con ella, siempre había estado ahí para ayudarla una y otra vez. Había mantenido la promesa que le había hecho en el garaje. Amara asintió y parpadeó para contener las lágrimas.

—¿Habéis encontrado algo?

La voz de Dante, con aire grave, rompió el momento. Morana se subió las gafas e intercambió una mirada con Tristan.

—Pues sí —respondió—. Localicé dos llamadas después de que te fueras a Los Fortis. Una la hizo Vin, y la otra, Nerea.

Dante apretó los dedos en torno a los de Amara.

—¿Vin tiene coartada?

Morana vaciló.

—Creo que sí. O sea, estaba en Puerto Sombrío en aquel momento, así que decidí tenerlo vigilado. No hizo nada aparte de esa llamada, pero hace tiempo que está algo esquivo. No sé.

Amara empezó a negar con la cabeza antes incluso de que Morana hubiese acabado de hablar.

—Me da igual lo esquivo que haya estado. Vinnie jamás, pero jamás, haría algo así.

—Estaba allí, Amara —dijo Tristan en tono suave desde un lado de la cama—. Cuando te secuestraron, Vin estaba presente.

—Pero tú no viste cómo luchó para salvarme —contraatacó ella con voz tensa—. No es él. Puede que os parezca sospechoso, pero jamás, jamás, me haría daño.

—Te creo. —Dante se puso de su parte—. Lo conozco desde hace mucho tiempo, sobre todo con Amara. Daría su vida por ella.

Morana asintió.

—Confío en vuestro buen juicio. Y, de todos modos, Nerea está aún más esquiva que Vin.

Amara sintió que se le encogía el corazón. Aunque no tenía una relación particularmente estrecha con ella, seguían siendo hermanastras. Aquella mujer le importaba.

—¿Qué ha hecho? —preguntó Dante.

—Pregunta mejor qué no ha hecho. —Morana soltó un resoplido y apoyó la espalda en los muslos de Tristan. Empezó a contar con los dedos—: Hizo una llamada sospechosa a un número desconocido. He intentado localizarlo, pero no he tenido suerte. Luego dejó el complejo y se compró un billete de avión a Los Fortis. Se encontró con un tipo tuerto que me costó mucho identificar, precisamente porque le falta un ojo. Pero resulta que es...

—Alfa —dijo Amara, sorprendida.

—... Alessandro Villanova, también conocido como Alfa.

Dante y Tristan intercambiaron una mirada dura al oír aquel nombre. Dante miró a Amara con aquellos ojos oscuros, cargados de un peso que no pertenecía a su amante, sino al líder de la Organización.

—¿Lo conoces?

Amara contempló la seriedad de su cara.

—Vino a verme después de mudarme. Me dijo que la ciudad era suya y que vigilaba a cualquiera que viniese de ciertos sitios, como por ejemplo Puerto Sombrío. Me descubrieron por el pasaporte falso.

—¿Quién te lo consiguió?

A Amara se le encogió el corazón.

—Nerea.

Dante asintió y se dirigió a Tristan.

—Convoca una reunión con los jefes de la Organización. Ha llegado el momento.

El otro hombre asintió y acarició el brazo de Morana con la mano. Ella alzó la vista hacia él. Amara se maravilló al ver el modo en que se comunicaban en silencio. Siempre había sido así entre los dos; bastaba una mirada para que tuviesen conversaciones enteras sin que nadie presente se enterase de qué decían. Era una comunicación telepática de la hostia. Amara habría sentido envidia de esa conexión de no haber tenido a su lado a un hombre igualmente asombroso.

—Vale, vale, vale. —Morana se volvió hacia Amara con una sonrisa en la cara—. Este grandullón quiere irse y yo tengo que ayudarlo con un par de cosas, así que te veo pronto. Nos quedaremos una semana en Tenebrae, pero luego tendremos que irnos. ¿Cenamos alguna noche de estas? Espero que sea una cena menos tensa que la última.

Amara vaciló y miró a Dante. Aunque él la había encontrado, no sabía qué sucedería a continuación. ¿Cómo iba a ser la logística? ¿Se quedaría en el complejo con él o qué había que hacer?

—Cenaremos el sábado por la noche en la mansión —afirmó Dante—. Los cuatro.

Amara soltó el aliento que había estado conteniendo, como si de pronto algo se le hubiese aflojado por dentro.

—¿Y Lulú? Dios, ¿se encuentra bien?

—Está en el complejo —le dijo Dante.

—¿Quién es Lulú? —preguntó Morana al mismo tiempo.

—Mi gata.

—¿Tienes gata? —Morana parpadeó—. Qué adorable. ¿Podemos tener gata? —Miró a Tristan.

—No.

Amara se rio ante la expresión que puso Tristan y el resoplido que soltó Morana. Luego, ambos se marcharon.

—Le hace mucho bien —señaló Dante, que volvió a mirarla con una sonrisa.

—Le está dando la vida —le dijo Amara, y le acarició la mano—. No les has contado lo del bebé.

Dante le recorrió las cicatrices con los dedos y posó los ojos el vientre aún plano.

—No quiero hablarle a nadie aún de nuestra niña.

A ella se le aceleró el corazón.

—Aún no sabemos el sexo.

Él se limitó a encogerse de hombros. Se inclinó y posó la cara contra el batín, justo sobre el bebé.

—Es una luchadora. Una superviviente, como su madre. ¿A que sí, princesa?

Amara se derritió al oírlo hablar con su vientre en aquel tono bajo y suave.

—¿Es raro que me sienta triste por haber perdido a un bebé y al mismo tiempo feliz de tener otro?

Él negó con la cabeza.

—Te sientes como te sientes, Amara. Estoy roto por el bebé que hemos perdido, pero saber que otro ha sobrevivido es maravilloso. Se ha aferrado a ti a través de todo el infierno que has pasado, y aquí sigue. A veces el dolor y la alegría son dos caras de la misma moneda.

Ella asintió. Tenía razón. Centrarse en la pérdida sería injusto para el bebé que había sobrevivido. Podían ser felices. Se merecían ser felices. Después de todo lo que habían pasado, juntos y a solas, se merecían un pequeño resquicio de felicidad.

—¿Estás lista para volver a casa?

A casa. Por fin se iba a casa.

Amara asintió con los ojos húmedos. Dante, aquel hombre que había acabado con demonios y con hombres para recuperarla, le besó la mano.

Había echado de menos aquel lugar. Las ondulantes colinas verdes, las carreteras serpenteantes, la gigantesca mansión que dominaba la vista. El coche ascendía. Amara se sintió extraña al entrar en aquellos terrenos que sabía que pertenecían única y exclusivamente al hombre que conducía el coche, el mismísimo rey del castillo. Ya no eran del hombre cuyo reinado de terror y poder flotaba en el aire. Ahora, de adulta, todo tenía un aspecto distinto al que había visto de adolescente. Las colinas eran más bonitas, las carreteras eran más estrechas, y la mansión daba menos miedo.

—Hemos guardado en el ático las pertenencias de mi padre —le dijo Dante, a su lado.

Vestía un traje negro que le había traído uno de sus hombres junto con un vestido de flores azules y verdes para ella. Llevaba el pelo echado hacia atrás, un peinado que resaltaba aquella impecable estructura ósea que Amara esperaba en secreto que heredase su bebé. Aquella barba de aspecto peligroso le cubría la mandíbula y unas gafas de sol ocultaban sus ojos. Dante tenía un aspecto formidable.

—¿Te has mudado a la mansión? —preguntó ella, tironeando del cuello del vestido. Sentía las tetas muy sensibles sin sujetador.

Dante se volvió al captar el movimiento de sus pechos. Luego volvió a mirar al frente y les hizo un asentimiento a los guardias para que abriesen las enormes puertas de metal. Después entró en el complejo.

—Estaba más centrado en encontrarte que en mudarme, aunque sí que empecé tras el funeral de mi padre. Tardaremos unos días en completarlo todo.

Detuvo el coche frente a la mansión, se bajó y rodeó el coche. Abrió la puerta de Amara y le tendió la mano. Ella la aceptó, bajó del vehículo y lo miró. Dante le acunó el rostro entre las manos y le acarició la cicatriz desnuda del cuello con el pulgar.

—Ve a ver a tu madre —le dijo en tono suave—. Te espera en mi antigua casa. Yo voy a organizar un par de cosas aquí.

—Vale —dijo ella. La recorrió un rayo de pura emoción al pensar en volver a ver a su madre.

Dante sonrió y se abalanzó sobre ella. Las bocas de ambos se estrellaron en un beso profundo y húmedo que rompieron a los pocos segundos. Amara jadeó y lo miró, parpadeando.

—¿A qué ha venido eso?

—A que ahora puedo besarte cuando, donde y como yo quiera. —Dio un paso atrás—. Y nadie puede hacer una mierda al respecto. —Le dio una leve palmada en el culo—. Corre.

—Mandón de mierda —murmuró ella en voz baja con una sonrisa en los labios.

Se dio la vuelta y empezó a caminar a toda prisa hacia su edificio, que se veía en la lejanía. Algunos de los guardias que patrullaban el recinto se detuvieron y le lanzaron una mirada, pero Amara los ignoró y apenas consiguió contener las ganas de correr. Se detuvo en el porche, alzó la mano y dio dos golpes en la puerta, balanceándose sobre las puntas de los pies de pura emoción contenida.

La puerta se abrió y su madre, a quien no había visto en años, la miró.

—Mumu.

Se le llenaron los ojos de lágrimas y Amara se abalanzó sobre ella. Le apoyó la cara en el hueco del cuello, una costumbre que jamás la había abandonado. Aquel aroma familiar que tan bien conocía, a cítrico, azúcar y calidez, le inundó las fosas nasales. Su madre la rodeó con los brazos y la apretó contra sí durante unos largos minutos en los que ambas lloraron por aquella dulce reunión tras años de tormento. Amara se apartó de ella y contempló las arrugas en su rostro, las canas en su cabello y la suavidad de su piel.

Fueron juntas al salón de Dante y hablaron durante horas. Hablaron de los bebés, de lo que había sucedido, de todo. Su madre se puso muy feliz al enterarse de que él sabía lo del embarazo, ante la perspectiva de ser abuela. Le dolió mucho que uno de los bebés hubiese fallecido. Amara le preguntó por todo lo que se había perdido al no estar en el complejo. Le preguntó por el funeral del señor Maroni, sobre la negativa a volver del hermano de Dante, sobre el cambio en la directiva de la Organización. Al verla hablar, Amara sintió que amaba aún más a aquel hombre que no solo la había salvado una y otra vez, sino que había protegido con respeto a la única persona que de verdad le importaba.

Dante Maroni era un hombre notable. Amara tenía suerte de ser suya.

Su madre dejó la casa tras unas horas. Le dijo que tenía que organizar un par de cosas de la mudanza en la mansión. Amara se quedó allí porque necesitaba unos instantes a solas. Volvió a pasear por la casa de Dante, vio las cajas y demás enseres apilados junto a las escaleras. Le picó la curiosidad y subió; se asomó al dormitorio casi vacío. Luego pasó por encima de una caja y subió otra planta, al estudio. Al ascender los últimos escalones, los recuerdos que tenía de aquella habitación la golpearon. Aquel primer beso en el cuello contra la puerta, los besos robados mientras empezaban su relación, los momentos de buena mañana en que Amara escuchaba algún audiolibro y lo veía esculpir. Todos esos recuerdos de aquel lugar y el hecho de que Dante se marchase de allí la entristecieron. Entró en la amplia habitación y recorrió con la vista los enormes ventanales, las numerosas esculturas que había en derredor, el banco de trabajo que iluminaba un rayo de sol. Conocía muchas de ellas, las que él había hecho al principio, pero muchas otras eran nuevas. Había refinado su estilo a lo largo de los años; sus creaciones se habían convertido en algo distinto.

Amara se acercó a una que representaba una mano masculina que se alargaba hacia arriba. Los tendones, las venas y los bordes estaban hermosamente definidos. Se estiraba con un anhelo palpable. Amara alargó su propia mano y tocó esos dedos, suaves. Sintió el frío de la arcilla contra su piel, asombrada por el tacto y la buena factura.

—La hice borracho perdido.

Se volvió al oír aquella voz desde la puerta y vio al creador de la pieza, apoyado en la pared, justo como aquella noche hacía tantos años. Amara sintió que se le aceleraba el corazón al recordarlo.

—Es muy bonita —le dijo con suavidad. Apartó la mano y miró en derredor—. ¿Qué vas a hacer con ellas?

—Mañana las pasan todas a la mansión —le dijo él, y se le acercó con zancadas lánguidas—. He mandado vaciar una habitación para guardarlas todas.

—Esta la echaré de menos —confesó Amara, y acarició la mano una vez más—. Mi yo adolescente tuvo unas cuantas fantasías con este sitio.

Notó que Dante se le acercaba hasta detenerse a su lado. Le acarició el brazo desnudo con un dedo y le acercó los labios a la oreja:

—Cuéntamelas.

Amara sintió que se le empapaba la entrepierna. Sus pechos, ya sensibles, le hormiguearon al tiempo que le atronaba el corazón.

—A veces... A veces, cuando te veía pasar las manos por la arcilla... —dejó la frase en el aire.

Dante subió el dedo por el brazo y le puso la piel de gallina.

—¿Sí? —le mordisqueó el lóbulo de la oreja.

Amara sintió que se arqueaba. Se agarró el vestido.

—Me imaginaba que me colocabas en el banco y que me recorrías así con los dedos. —Llegó al tirante del vestido, lo enganchó, lo bajó de un tirón—. Dante...

Estaban a plena luz del día. Cualquiera podría entrar por la puerta.

—¿Y qué más pasaba en tu fantasía? —preguntó él.

Bajó el tirante hasta dejar al aire un pecho, hinchado. Le acarició la areola con los dedos, trazando círculos enloquecedores. El pecho de Amara ascendía y descendía. Se agarró al antebrazo de Dante.

—Nada más —gimió mientras Dante acercaba la yema a su pezón tenso sin llegar a tocarlo.

—¿Estás mojada, chica sucia? —le susurró al oído con una voz suave y embriagadora que le puso los ojos en blanco.

—Sí —jadeó.

—¿Cómo de mojada? —preguntó él.

Volvió a acariciarle el lóbulo de la oreja con los dientes. Una descarga de fuego le llegó a Amara hasta la entrepierna. Se llevó una mano a la zona para aliviar la tensión, pero él le sujetó ambas y se las llevó a la espalda. La echó hacia atrás, arqueada, con lo que el pecho desnudo quedó más arriba, y siguió trazando aquellos círculos exasperantes cerca de su pezón.

—¿Qué tal si lo compruebas tú mismo? —lo provocó ella. Necesitaba que la tocase.

—Lo voy a comprobar —le aseguró él—. Pero antes, dímelo tú: ¿te estás mojando los muslos?

—Sí —admitió ella, que sentía la humedad creciente.

—Y si te como el coño, ¿me mojarás toda la barbilla?

Benditos dioses de los preliminares, oírlo decir cosas tan sucias la ponía a mil. Asintió.

—Dilo —ordenó él.

—Sí, te mojaré toda la barbilla —dijo.

Las palabras, la imagen y aquel dedo la volvían loca. Sintió que la barba a medio crecer de Dante le acariciaba la mejilla, una sensación nueva y emocionante.

—¿Acaso necesita mi chica sucia un polvo igual de sucio?

Dios, sí. Sí, lo necesitaba muchísimo. Habían pasado meses. Asintió. Dante completó otro círculo alrededor del pezón con el dedo.

—¿Sabes lo mejor? Voy a follarte sin condón y me voy a correr dentro. ¿Quieres que lo haga?

—Sí —jadeó ella.

Dante le soltó los brazos y dio un paso atrás. Amara se quedó algo desorientada, pero antes de darse siquiera cuenta, él le bajó el otro tirante y el vestido cayó al suelo. Se quedó desnuda a plena luz del día, mientras que él seguía con el traje puesto. La levantó en vilo, la colocó sobre la mesa y tomó asiento en el banco. Luego la acercó al borde de un tirón, le echó los muslos hacia arriba y la abrió por completo de piernas.

La luz del sol le cayó sobre la piel, la calentó y resaltó todas las cicatrices de su cuerpo. Dante las sobrevoló una tras otra con esos ojos oscuros, que se detuvieron entre sus piernas. Aunque se habían acostado un centenar de veces, a Amara seguía retumbándole el corazón. Su cuerpo estaba listo y tenso, esperándolo. Él inclinó la cabeza y le pasó la lengua a lo largo de su sexo. La sensación la obligó a arquear la espalda sobre la mesa.

—Dios —jadeó—. No pares.

Dante volvió a zambullirse. Le introdujo la lengua, la saboreó, la devoró como si fuese el plato más refinado del mundo y él estuviese muerto de hambre. Varios escalofríos le recorrieron la columna a Amara. Su piel se calentaba al sol por fuera, pero por dentro ardía con el calor que Dante le provocaba. Aquella sensación doble la acercó a toda prisa al borde del precipicio, pero se sentía segura, sabía que Dante la agarraría.

Él empezó a escribir el alfabeto entero con la lengua en su clítoris, aproximándola al abismo más y más. Amara estalló al llegar a la «D». Lo agarró del pelo y arqueó la columna para acercarle aún más las caderas. Sintió que el orgasmo la recorría más rápido, duro y veloz que nunca.

Lánguida de placer, vio con ojos sombríos que Dante se enderezaba y se desabrochaba los pantalones, con la boca húmeda de ella. La agarró por debajo de las rodillas y le echó las piernas hacia atrás hasta que casi estuvo doblada en dos. Le latía el corazón desbocado cuando Dante se hundió en ella. Se le escapó un gemido ronco. Dante la empaló con toda su longitud y su dureza, separando su interior en dos. A Amara le temblaron los músculos cuando él se la sacó para volver a hundirse aún más profundamente.

—Mantén las piernas abiertas —le ordenó.

Ella obedeció y se las agarró por debajo de las rodillas. Dante se inclinó por encima de ella y apoyó el peso con los antebrazos a los lados de su cabeza con cuidado de no aplicar ninguna presión en su vientre. Su pelvis se restregó contra ella en esa posición. La miraba con ojos oscuros. La sacó entera y volvió a metérsela, tan fuerte que la alzó un poco de la mesa.

—Deberías haber sabido que era una locura huir de mí —dijo él entre dientes. La rabia en sus ojos se transfirió a sus movimientos—. Soy capaz de seguirte hasta el fin del mundo.

Amara se apretó con más fuerza los muslos. Sus músculos vibraban de un hambre que solo aquel hombre podía saciar. La rabia de Dante se le contagió; se soltó los muslos y le dio un manotazo en el pecho.

—¡Dejaste que creyese que habías *muerto*, capullo! ¿Sabes el daño que me hizo eso?

Siguió pegándole una y otra vez. Todo su cuerpo se estremecía de rabia. Él le sujetó las muñecas y se las inmovilizó por encima de la cabeza con los ojos acalorados y rabiosos.

—Te enteraste enseguida de que era mentira, Amara. Y aun así te escapaste y te llevaste a mi bebé contigo. ¿Te digo cómo me *sentí* yo? —Se inclinó, con el rostro a dos centímetros del de ella y la polla hundida profundamente en su interior—. Perdí... la puta... cabeza.

Ella lo miró, enfadada, molesta, excitada. Le apretó la polla bien fuerte con su interior. Él gruñó y flexionó las caderas, reflejando su rabia, su cabreo y su deseo.

—Voy a pagar toda la rabia que siento con tu coño —le dijo, con la mandíbula apretada—. Voy a utilizar tu cuerpo y voy a ser la hostia de egoísta.

Ella alzó la barbilla.

—Y yo te voy a utilizar a ti.

—Ya lo creo que sí, joder.

Dicho lo cual, Dante se enderezó, siguió sujetándole las manos por encima de la cabeza y la embistió hasta metérsela todo lo que pudo. Amara abrió del todo las piernas e intentó darle más espacio, aunque no podía moverse con libertad porque él la tenía inmovilizada. Con una mano le sujetaba ambas muñecas, y con la otra la agarró de la barbilla. Dante la miró con ojos oscuros mientras aumentaba de velocidad. La embestía con fuerza, clavándosela hasta el fondo. La fricción y la incapacidad de moverse le estaban haciendo cosas a Amara que no podía ni entender.

Dante se la folló, dura, rápida, profundamente. Tan hondo que, quizá era por el embarazo, pero Amara jamás había sido tan consciente como en aquel momento de todos y cada uno de los centímetros de su envergadura, de la profundidad de cada embestida con la que tocaba fondo, de la crispación de cada músculo. Dante le acercó los dientes a la barbilla y la mordió mientras le rozaba con la polla el punto G. Amara cerró los ojos.

—Cásate conmigo, Amara.

Volvió a abrirlos al oír aquellas palabras. La expresión fiera de Dante la dejó aún más mojada. Se le encogió el corazón.

—Sé mi esposa, sé mi chica sucia, sé mía —murmuró él, pegado a sus labios.

—Estás hecho un romántico —soltó una risa y se le escapó todo el aliento.

Él le besó la cicatriz y se movió dentro de ella. Habló con voz a juego con su respiración alterada:

—Dame tus sueños y tus pesadillas, tu placer y tu dolor, tus fantasías y tus miedos. Dámelo todo. Sé mi reina en la calle y mi chica sucia en las sábanas. —La golpeó con las caderas. Las palabras le salían bruscas, ásperas, crudas—. Y hazme tuyo, joder. Que todo el mundo que vea mi anillo sepa que por fin te tengo. Di que sí, Amara.

Dios, la estaba matando. Se le arqueó la espalda en una corriente de placer que la recorrió y que le dejó la mente aturdida.

—Cásate conmigo.

—Dante... —susurró junto a sus labios.

Él estrelló la boca contra la suya. La pasión ardía entre los dos. Durante unos largos minutos se oyó solo el sonido de sus respiraciones, los crujidos de la mesa y el golpeteo de carne contra carne. Amara se corrió en unos instantes y Dante la siguió justo después. Apretó la frente contra la de ella.

—Di que sí, cariño.

Amara abrió los ojos y vio al hombre que su alma reconocía como suyo. Y dijo:

—Sí.

—Habrá que inventarse alguna versión oficial de la pedida —le dijo Amara mientras ascendían hacia la mansión, con las manos entrelazadas—. No creo que la verdad sea apropiada para el bebé.

Él le lanzó una mirada encendida, sonriente, pero guardó silencio.

El sol se ponía en el horizonte. La luz caía sobre las paredes de piedra de la mansión y las incendiaba. Aquel momento le parecía irreal: volver a los terrenos en los que había crecido, terrenos que habían sido su lugar de nacimiento y su ruina, terrenos que habían esperado a que volviese a casa. Y más irreal aún era caminar por aquel lugar de la mano con el chico del que se había encaprichado, con el hombre del que se había enamorado, sin tener que guardar el secreto, sin miedo ni vergüenza. Era consciente de que algunos ojos se volvían hacia ellos mientras subían los escalones hacia la mansión. Sabía que servirían de chismorreo al personal de servicio que andaba por allí. Pero había algo liberador en aquel tipo de afecto público, el tipo de afecto que se le había negado durante tanto tiempo. Amara lo ansiaba como una tierra seca, requemada y agrietada anhela una única gota de lluvia. Lo absorbió como si jamás fuese a disfrutarlo de nuevo. Sus grietas no habían desaparecido, pero se estaban curando. Solo deseaba más.

A Dante le sonó el teléfono, y ambos se detuvieron en la entrada. Amara captó el movimiento de algo peludo y bajó la vista. Lulú se enredó entre las piernas de Dante y le dejó un rastro de pelo en los bajos de los pantalones.

—Habría que comprar algún rodillo de quitar pelos de gato, ¿no? —dijo en tono irónico, mirando a su bebé peludo. Se inclinó, alzó a Lulú con un brazo y se la acercó a la cara—. No me pongas perdido de pelos delante de la gente. Tengo que proteger mi reputación.

Amara sonrió, divertida, al ver a aquel hombre enorme con traje caro y a la gata diminuta que lo estaba poniendo perdido de pelos. Se echó a reír. Dante se giró hacia ella y le tendió a Lulú.

—Ve al comedor, yo tengo que hacer unas llamadas.

Amara asintió. Él se alejó, con la chaqueta oscura del traje estirada sobre su ancha espalda. Suspiró, con un aleteo de apreciación femenina. Ahora se lo podía comer con los ojos tan abiertamente como quisiera. Se sentía feliz por primera vez en mucho tiempo. Se apretó a su bebé peludo contra el pecho.

—Me alegro de que estés bien, Lulú.

La gata se retorció en sus brazos y luego se calmó. Era una gata muy rara. A veces se dormía en brazos de Amara que, por experiencia, comprendió que el animal se estaba preparando para echarse una siesta. Le dio un beso en la coronilla y se dirigió al comedor.

Solo había estado en aquella habitación en unas cuantas ocasiones, sobre todo cuando ayudaba a su madre. Jamás había comido allí. También le pareció irreal quedarse ahí plantada, en la puerta, mientras el servicio le preparaba la mesa para cenar. Su primer impulso fue ayudar a colocarlo todo en su sitio, pero se reprimió. No sabía cómo podría ser la señora de una casa donde había pasado la vida sirviendo. Era una sensación muy extraña, tenía que reflexionar sobre ello. No quería desapegarse de los miembros del servicio del complejo, pero, como esposa de Dante Maroni, tendría que cumplir ciertas expectativas.

La mesa de casi cuatro metros era el punto central de aquella habitación enorme de ventanales altos y una vista espectacular de las colinas cada vez más oscurecidas. Del techo alto colgaba una enorme lámpara de araña que resplandecía bajo la luz del crepúsculo con diferentes tonos de fuego.

Desde un lado, Amara vio a dos chicas más jóvenes que habían trabajado con ella. Estaban colocando los cubiertos en la larga mesa y evitaban mirarla. Se quedó plantada junto a la puerta, con Lulú ya dormida en brazos.

A la mierda las expectativas. Que nadie hubiese sido amigable con el servicio no implicaba que ella no pudiera serlo. Olvidarse de las propias raíces era uno de los mayores errores que Amara había visto cometer a la gente. Estas eran importantes para que creciese un árbol. Esbozó una ampla sonrisa y entró en la habitación. Los cinco miembros del servicio se detuvieron.

—¿Qué pasa, me vais a ignorar? —les preguntó en tono de burla.

Uno de los hombres sonrió.

—Bienvenida, Amara. Cuánto tiempo.

Ella le devolvió la sonrisa.

—Muchísimo, Fabio. ¿Qué tal llevas la rodilla?

A él se le ensanchó la sonrisa.

—Me sigue dando punzadas.

Amara se volvió hacia la mujer que había sido aprendiz de su madre.

—¿Y tú qué tal, María? ¿Sigue jugando tu hijo al rugby?

La mujer le mostró una sonrisa rígida.

—Sí, señorita Amara.

La sonrisa le tembló un poco al ver la rigidez en la expresión de María. Apretó a Lulú con más fuerza contra sí y tragó saliva.

—Dejadnos solas, por favor.

Amara se dio la vuelta al oír la voz que sonó desde la puerta. Allí estaba Chiara Mancini, la esposa de Leo Mancini. Aunque Amara jamás había cruzado una palabra con ella, no le gustaba en absoluto. Chiara era extraordinariamente hermosa, quizá una de las mujeres más atractivas que Amara hubiese visto en su vida, pero su alma estaba podrida. Se rumoreaba que Leo, que era mucho mayor que ella, la había violado estando ya casados. Amara había sentido cierta compasión por la mujer, hasta que se enteró de que tenía tendencia por los chicos más jóvenes. Que Tristan hubiese sido su primera aventura extramarital tampoco había servido para que le cayese mejor. No sabía si alguna vez lo habría intentado con Dante, pero aun así enderezó la columna ante ella. El servicio salió de la habitación.

Chiara entró con un imponente vestido plateado y una sonrisa en los labios.

—Creo que no nos han presentado. Soy Chiara.

Durante un segundo, Amara se sintió vulnerable, como si estuviese en un sitio en el que no le correspondía estar. Pero recordó al hombre que había atravesado el infierno con ella, el hombre con el que iba a pasar el resto de su vida, y comprendió que tratar con gente como Chiara iba a ser parte de estar juntos abiertamente.

—Yo soy la doctora Amara —se introdujo cortés, empleando el mismo tono seguro que usaba con sus clientes.

Los ojos de Chiara revolotearon sobre la cicatriz del cuello, que Amara ya no escondía, y luego volvieron a su rostro. Fue una de las pocas ocasiones en que Amara dio gracias por ser más alta que otra persona.

—Bueno —empezó la mujer, contemplando la gatita dormida en brazos de Amara y arrugando ligeramente la nariz—. ¿Eres la novia de Dante?

Amara le lanzó una mirada fría.

—Disculpa, ¿y tú quién eres?

—Yo soy de su familia —canturreó Chiara, con ojos inocentes—. Está sometido a mucha presión. No es fácil ser el líder, y encima tan joven. Me preocupo por él.

—Y yo te lo agradezco —le dijo Amara con aquella voz suave que aún odiaba en ciertas ocasiones como aquella. La gente como Chiara la oía hablar y, de inmediato, pensaba que era débil. En su vocabulario, suave jamás sería igual a fuerte. Suave significaba maleable, crédulo, vulnerable. Lo único fuerte para ellos era lo provocativo. Tal vez pensaban que Morana era fuerte, con ese carácter despreocupado y esas agallas que se veían en sus ojos. Amara, con su vestido de flores, la gatita peluda, la voz suave y las cicatrices, apenas era una pobre chica inocente, un capricho, una diana fácil.

Quizá aquella voz y aquel comportamiento suyo eran una ventaja. Quizá servía para que la subestimasen. Mantuvo una expresión deliberadamente agradable y le dio las gracias.

—Qué bien que te preocupes por él.

Chiara mordió el anzuelo, la tanza y la plomada.

—Alguien tiene que hacerlo. Espero que se case pronto con alguna de las candidatas.

—¿Candidatas? —preguntó Amara, con cierta curiosidad, meciendo a Lulú en brazos.

—Ah, mujeres que Dante lleva años evaluando —le dijo Chiara en tono servicial—. Chicas de familias importantes, con buenos contactos. Necesita a alguien que aumente su poder.

Ella sonrió ante aquel ataque nada sutil. La Amara de hacía una semana bien podría haber estado de acuerdo con ella, quizá habría pensado que no era adecuada para él. Pero la mujer a la que habían atado en medio de su propia pesadilla y que había forcejeado con las cuerdas, que se había librado de ellas y que había matado a un hombre de un disparo para proteger al padre de su bebé… esa Amara había despertado en medio de una pesadilla y había salido de ella. Quizá no había salido indemne, pero sí más fuerte. Esa Amara no iba a caer tan fácilmente con esas tretas, porque si Dante hubiese querido casarse con una chica más adecuada, ya lo habría hecho. Y no había sido así. Le había dado su corona a ella.

Antes de que pudiese responder, se oyó la voz de Morana:

—Ah, mira, Tristan, es la lagarta de tu ex —exclamó desde la puerta, poniendo los ojos en blanco tras las gafas.

Presentaba un contraste grandísimo con Chiara. Iba vestida con vaqueros negros y una camiseta azul en la que se leía «La vida de friki es la vida mejor». A Amara se le escapó una sonrisa al leerlo, y al ver la mirada abiertamente hostil que su amiga le dedicaba a Chiara. Morana se detuvo a su lado en un claro gesto de apoyo.

Tristan también esbozó una sonrisa disimulada. Maldición, Morana le hacía mucho bien. Chiara los asesinó a los dos con la mirada, pero luego los dejó en paz y se acercó a las ventanas.

—¿Esta es Lulú? —susurró Morana, contemplando con asombro a la gatita dormida.

Amara asintió.

—¿Quieres cogerla en brazos? Es muy amigable.

—Ay, sí, ¿puedo? —Morana sonrió y cogió lentamente el suave cuerpo de Lulú en brazos. La gata se despertó al cambiar de manos y miró a Amara.

—No pasa nada, nena —le dijo y la acarició entre los ojos—. Es amiga. Te gusta conocer gente, ¿recuerdas?

Lulú soltó un maullido y se volvió para contemplar a Morana.

—Es muy suave —murmuró esta, asombrada.

Tristan se le acercó por la espalda y Lulú, a quien le gustaba ser el centro de atención, intentó trepar por el hombro de la chica para olisquearlo. Morana intentó sujetarla.

—¡Traidora! ¡Sé que huele bien, pero quédate un segundo conmigo!

Lulú se estiró hacia Tristan. Él miró a la gata, negó con la cabeza y dio un paso atrás.

—Aparta de mí esa cosa, por favor.

Dante entró en la habitación. Amara sintió su presencia y lo buscó con los ojos de inmediato. Sonrió al verlo acercarse. Dante agarró en brazos a Lulú y se volvió a hacia Tristan.

—Esta cosa no es más que un puto gato, tío —le dijo, y acarició a Lulú tras la oreja con tanta naturalidad que Amara se preguntó si habría tenido mascotas antes—. Es muy mona.

—¿Podemos tener una gata, cavernícola? —preguntó Morana, parpadeando hacia Tristan. Le puso una mano en el hombro—. Adoptaremos, por supuesto.

Tristan suspiro y le lanzó a Amara una mirada enojada. Ella soltó una carcajada. Se sentía bien. La vida era buena.

La cena fue tan bien como era de esperar, supuso. Chiara se había dedicado a lanzarle miradas y su marido, Leo, contemplaba el infinito, claramente distraído por algo.

Otra pareja de su edad —Amara no sabía sus nombres— le había ofrecido sendas sonrisas educadas, mientras sus tres hijos se mantenían en silencio, pero no dejaban de lanzar miradas furtivas a Lulú, que dormía a los pies de la estatua de un hombre. Dante había tomado asiento al frente de la mesa, donde antes se sentaba su padre, y ella ocupó el lugar a su izquierda. Tristan se sentó a su derecha, frente a Amara, y Morana junto a él. Era una disposición estratégica, un mensaje silencioso a todos los que los veían: así iban a ser las cosas.

Amara disfrutó un largo rato de la cena. Su hombre charlaba en voz baja con Tristan o bien se giraba para hacerles a los niños alguna pregunta. Le tocaba el pie con el zapato por debajo de la mesa de vez en cuando para darle un poco del afecto que Amara ansiaba por su parte. Con aquella barba que le ensombrecía la mandíbula, en contraste con el impecable traje que llevaba, Dante Maroni era una visión de belleza masculina, un puto tipo duro y primitivo. Su mirada oscura no se perdía nada, y su leve sonrisa lo escondía todo. Era contradicciones y equilibrios que se complementaban en un único espécimen: un veneno lento e indetectable para todo el mundo excepto para la gente que más cerca estaba de su corazón. A lo largo de los años, las pequeñas dosis de Dante la habían convertido en una superviviente con resiliencia, la habían hecho más fuerte.

Y ahora, en su despacho, el mismo donde Lorenzo Maroni había cambiado su vida, Amara contempló al rey de los bajos fondos en su trono, con un vaso de whisky en la mano, viendo cómo hablaban las otras dos personas en quienes confiaba.

—El tipo del aeropuerto me dio una dirección —dijo Morana, dándole sorbitos al vaso de whisky, sentada con las piernas cruzadas en el sofá, con los ojos fijos en Dante—. Pero cuando llegamos, la casa estaba vacía. Y ayer mismo me avisaron de que había ardido hasta los cimientos. Un cable defectuoso; eso es lo que dijeron.

Dante se echó hacia atrás en la mesa y dio vueltas al licor en el vaso, mirando a Tristan.

—La vamos a encontrar.

Se refería a Luna. La hermana pequeña de Tristan, que había desaparecido hacía veinte años.

Amara sintió que se le encogía el corazón al verlo apoyado contra la ventana, rígido, mirando al suelo. Se acercó a él. Así, encorvado, la cabeza de Amara llegaba a su misma altura. Le puso una mano en el bíceps y se lo apretó. Él alzó aquellos centrados ojos azules.

—No pierdas la esperanza, ¿vale? —le susurró—. Te has esforzado muchos años por tener el control. Ahora tú llevas las riendas. Tienes a Dante, que también lleva las riendas de este sitio. Tienes a Morana, que hace cosas que ni yo entiendo. Y me tienes a mí, que te doy apoyo moral. La encontraremos.

Él apretó la mandíbula, pero asintió. Se enderezó y fue a sentarse junto a Morana, que se acurrucó contra él como si fuese un osito en lugar de uno de los hombres más peligrosos de su mundo. Por otro lado, nadie sabía mejor que ella lo peligroso que era.

Amara ocupó el hueco que Tristan había dejado vacío y se apoyó contra el alféizar. Dante habló:

—¿Te has dado cuenta de que últimamente hay muchos incendios en edificios, Tristan?

—Sí. Resulta sospechoso.

—Estoy de acuerdo. —Dante dio un sorbo de whisky—. Bueno, ¿qué pistas tenemos ahora mismo?

Morana negó con la cabeza.

—He intentado contactar con el tipo del aeropuerto otra vez, pero de momento no ha contestado.

Dante asintió.

—Bueno, os cuento lo que yo sé.

Dejó la bebida a un lado, sacó un cigarrillo del bolsillo y vaciló; sus ojos volaron hacia Amara. Ella asintió para darle permiso, y Dante se lo encendió. Amara no podía contribuir con nada a la reunión, pero sabía que él quería que estuviese al tanto de todo. Y le daba las gracias por ello, sobre todo porque, si iba a estar a su lado, quería que estableciesen una auténtica relación de compañeros. Dante dio una honda calada que le dejó claro lo estresado que estaba.

—El Sindicato se extiende mucho más profundamente de lo que pensábamos —empezó—. Apenas he rascado la superficie, y está todo lleno de mierda. Llevan al menos veinte años, que sepamos, comerciando con niños. Podría ser incluso más.

Amara se llevó por instinto la mano al estómago. Dejó escapar el aliento y la bilis le subió a la garganta al oír aquello. Era escalofriante. Los niños eran una línea que jamás, jamás, había que cruzar. Oír que llevaban décadas violándolos la repugnaba y le puso la piel de gallina.

«¿Ya no gritas más, zorra?».

Aquel recuerdo llegó a ella surgido de la nada y se estrelló contra su consciencia. Ella también había sido una niña. Se dio un pellizco en la parte interior de la muñeca y soltó todo el aire. Prestó atención a la voz de Dante para anclarse al presente.

—No sé de todos los modos con que operan —prosiguió él—, pero sí que he encontrado uno: tienen una especie de reclutadores que ojean las salas de chat y foros que frecuentan los hijos de perra a los que les gustan los niños. Allí encuentran miembros para la organización.

—Si calculamos como mínimo veinte años, si no más —dijo Amara—, eso implicaría cientos de miles de miembros.

—Me cago en Dios —maldijo Tristan, y se pasó la mano por la cara. Niños. Pobres niños.

Dante dio otra calada.

—Sí, pero esos miembros no nos sirven de nada. Tenemos que descubrir hasta dónde llega la organización y quién está involucrado. El reclutador del que me habló aquel tipo usaba el apodo SrX. —Vaciló y miró a Amara de soslayo. Luego volvió a hablar, con un ligero espasmo en la mandíbula—. Es el mismo tipo que ordenó que secuestraran a Amara hace quince años.

A ella le llegaron retazos de una conversación de hacía mucho tiempo, traídos a su recuerdo por aquel nombre.

«SrX está aquí».

«Enseñadme a la chica».

—Estaba allí —murmuró. Su cerebro aún intentaba recordar más de una conversación que ni siquiera se acordaba de que había tenido lugar.

Dante se volvió hacia ella con una ceja alzada.

—Ese apodo me ha hecho recordar. —Amara frunció el ceño—. Creo que no estaba del todo consciente cuando oí su nombre. Pero estuvo allí un momento.

Dante miró a Morana con ojos llameantes.

—Tristan y yo registramos el edificio en aquella época, pero no encontramos nada. Quiero que busques de nuevo, a fondo, a ver si se nos pasó algo. El secuestro de Amara jamás ha tenido sentido para mí desde un punto de vista lógico. Quizá el tal SrX esté conectado de algún modo… es la pista que hay que seguir.

Morana asintió.

—Me pongo a ello. Si están ojeando en ese tipo de foros, seguro que habrá un rastro en la internet oscura. Pero será arriesgado. No había comprendido hasta qué punto me estaba protegiendo el Segador…, mi padre, quiero decir, de todo lo que había ahí dentro. Puede que tarde un poco en blindarme, pero puedo hacerlo.

El cerebro de Morana asombraba en cierta manera a Amara, así como la confianza que tenía en sus habilidades. Al ser una mujer que había tenido que reconstruirse desde cero y que aún pasaba días odiándose a sí misma, esa confianza le parecía inalcanzable. Como terapeuta, sabía que esa confianza era un escudo bien construido que ocultaba todo un manantial de emociones.

—Bueno, pero que no te encuentren —señaló Dante—. No podemos arriesgarnos a que cierren la única puerta que hemos descubierto. Y hazme un favor: intenta encontrar algo sobre el Hombre Sombra si puedes.

—¿El Hombre Sombra?

—¿Está involucrado en esto?

Morana y Tristan habían hecho ambas preguntas a la vez. El Hombre Sombra. Era un apodo interesante, sobre todo sabiendo cómo se ganaban los motes en aquel mundo. Dante miró a Tristan.

—En el interrogatorio descubrí que él es la única persona con la que el Sindicato se anda con cuidado. Y el enemigo de mi enemigo es mi amigo. Quiero encontrarme con mi nuevo amigo y descubrir qué es lo que sabe.

—Vale, pero vaya apodo más brutal. —Morana reflejó lo que Amara estaba pensando—. ¿Quién es ese tipo?

—Nadie lo sabe —le respondió Tristan, que le pasaba el brazo por detrás sobre el sofá—. Por las calles corren rumores sin fundamento sobre él. Peces gordos que aparecen muertos en sus casas sin que nadie haya entrado o salido, sin señales de allanamiento, con un balazo, estrangulados, envenenados, congelados. El Hombre Sombra no tiene *modus operandi*, ni cara, ni nombre. Por eso han empezado a llamarlo así. —Se volvió hacia Dante—. ¿Por qué iba a andarse con ojo el Sindicato con él? No es más que un hombre, y ellos son una organización entera.

—Esa es la cuestión —murmuró Dante, y expulsó una nube de humo—. ¿Te apetece ir a hacerle una visita a Alessandro Villanova mañana? Iremos en el avión privado.

Tristan asintió.

—¿Hora?

—A las ocho.

—Alfa —dijo Amara desde el lateral. Todos los ojos se volvieron hacia ella—. Así me dijo que lo llamase. Fue amable conmigo, sobre todo teniendo en cuenta que fui con un nombre falso. Hasta me ofreció protección.

—Ah, ¿sí? —Dante aplastó el cigarrillo en el cenicero y le clavó aquellos ojos oscuros. El fuego posesivo que había ardido en ellos a lo largo de los años volvía a llamear al rojo en ellos—. ¿Puede que sea porque eras una mujer hermosa y sola en su territorio?

Amara entrecerró los ojos.

—No lo estoy defendiendo. Solo digo que fue bueno conmigo, y no tenía necesidad de serlo.

Dante apretó la mandíbula y se volvió hacia las otras dos personas presentes en la habitación.

—Amara y yo nos vamos a casar.

A Amara se le descolgó la mandíbula ante el anuncio repentino.

—Dios mío —exclamó Morana.

Tristan alzó las cejas hasta el techo. Los miró a ambos y esbozó una pequeña sonrisa.

—Felicidades.

—¡Esto es fantástico! —Morana se inclinó hacia adelante. Aquella emoción tan genuina le llenó el corazón de calidez a Amara—. Un momento, ¿y el anillo? ¿Le has pedido la mano sin anillo?

—No lo había planeado. Ya se lo daré, no te preocupes —la tranquilizó Dante—. Tienes que enviar a Vin al complejo, necesito que esté allí. Y échale un ojo a Nerea. Avísame de inmediato si hace algún movimiento sospechoso.

Morana asintió sin dejar de sonreír.

—Vale, pero ayudaré a organizar la boda. ¡Nunca he estado en una!

Amara se dio cuenta con cierta sorpresa de que ella tampoco. La primera boda a la que iba a ir sería la suya.

Tristan alzó el vaso.

—Por la esperanza.

Viniendo de él, esa frase le provocó a Amara un auténtico burbujeo en el corazón.

Esperanza.

19

Dante

Alessandro «Alfa» Villanova era un hijo de puta de lo más esquivo. ¿Quién coño se iba a vivir al borde de la puta Amazonia? Dante sintió que el sudor se le acumulaba en la frente. Salió del jeep negro que los había recogido del aeropuerto y los había llevado por todo Los Fortis hasta las afueras de la ciudad. Empezaba a preguntarse si aquellos tipos no pensarían despacharlos a Tristan y a él en medio de la jungla. Su amigo, también alerta pero en silencio, bajó del vehículo que los había dejado en uno de los complejos más grandes que habían visto. Dante pensaba que el suyo en Tenebrae era enorme y verdoso, pero aquel parecía no tener fin. Se extendía hasta donde alcanzaba la vista, ubicado en una meseta que llevaba hasta un enorme océano de verdor al este. Al oeste estaba el único camino de acceso que lo conectaba con la ciudad.

—Seguidme —dijo uno de los esbirros que los había recogido, un tipo alto y desgarbado de ascendencia africana que los llevó por un camino de cemento rodeado de verjas. Los aromas a flores tropicales flotaban en el aire a su alrededor. El sonido de los pájaros cercanos creaba una cacofonía musical.

Dante estaba impresionado, y no era fácil impresionarlo. En señal de cortesía, algo habitual cuando cualquier líder quería entrar en el territorio de otro, había concertado la reunión con aquel tipo. Sentía curiosidad, pero también debía ir con cautela. El hecho de que la propiedad en la que Tristan y él se habían infiltrado estuviese registrada a su nombre no le daba ningún voto de confianza, pero Dante sabía lo fácil que era usar algo en nombre de otra persona. Mantuvo la mente abierta de momento e ignoró el hecho de que quizá había intentado ligarse a su mujer. Hizo un cabeceo en dirección a Tristan, y ambos siguieron al hombre.

Las rejas terminaban junto con el cemento. Dante se detuvo y contempló una de las creaciones más espectaculares que había visto. A veinte minutos de Los Fortis, Alessandro Villanova se había construido el complejo más increíble que hubiese contemplado jamás. Estaba compuesto de tres niveles. El inferior tenía al menos diez o más pequeñas cabañas marrones por la ladera, de techos inclinados de tejas rojas que se habían descolorido hasta adoptar un tono más parecido a la arenisca. A cada lado de este nivel había un edificio gris de tres plantas, las únicas estructuras de techo plano de todo el lugar. El segundo nivel tenía menos cabañas, pero más grandes, del mismo tono marrón y rojo. Entre ellas había exuberantes jardines de plantas verdes y flores coloridas. Por último, en el nivel superior había una enorme mansión gris de ladrillo y vidrio, con amplias terrazas a cada lado y una gran piscina curva que empezaba a un lado de la terraza y, probablemente, llegaba hasta el otro extremo.

Si alguien podía llegar a empalmarse viendo un sitio, aquel lo conseguiría sin duda. El aislamiento, el exotismo, el paisaje, la salvaje grandiosidad… todo eso se mezclaba para crear un santuario privado que alojaba un pequeño ejército. Un imperio escondido.

—Joder —murmuró Tristan a su lado mientras contemplaba el lugar.

Dante sentía lo mismo. Negó con la cabeza y recorrió con la vista a las numerosas personas que iban de un lado para otro en el nivel inferior. Empezó a subir los escalones de piedra que ascendían hasta lo alto. Vivir allí suponía hacer mucho ejercicio.

Para cuando llegaron a la mansión, Dante sintió que estaba sudando bajo el traje. Pero, joder, valía la pena por la vista. A un lado, la ciudad en la lejanía; y al otro, enormes extensiones de jungla oscura. El esbirro los llevó a una de las terrazas, donde habían dispuesto varios asientos. Dante se fijó en el poco personal de seguridad que había en aquel nivel.

—Estará con ustedes en un minuto —dijo el esbirro, y los dejó solos. Bajó las mismas escaleras que acababan de subir y que eran el único punto de acceso, que Dante viese.

—Nada de seguridad —comentó Tristan, igual de alerta que él.

Dante asintió, se metió las manos en los bolsillos y contempló la vista. El aire en aquel nivel era frío y levemente húmedo.

—¿Cómo es que no sabíamos nada de este sitio?

Tristan se sentó a su lado.

—Se está muy tranquilo. Me recuerda a los complejos turísticos para recién casados que Morana me enseña a todas horas.

Complejos turísticos para recién casados. Aquel tipo estaba hablando de complejos turísticos para *recién casados*. Desde luego, en algún lugar del mundo debían de haber empezado a criar pelo las ranas. Dante se volvió hacia él y lo miró.

—¿Crees que te casarás algún día con ella?

Tristan contempló el exuberante paisaje.

—No creo que lo esté esperando. O al menos, de momento no. Lo que pasó con el Segador la ha afectado muchísimo. De momento lo que hace es distraerse haciendo planes para viajar después de que encontremos a Luna. Yo dejo que los haga. Le viene bien para digerirlo todo.

Dante esbozó una sonrisa.

—Te tiene pillado de los cojones.

—Que te follen, gilipollas.

Dante volvió a sonreír y contempló el cielo nublado.

—Me alegro por ti, pedazo de mierda. Me alegro por los dos.

Tristan guardó silencio durante un latido.

—¿Amara y tú estáis bien?

—¿Qué pasa, que me vas a dar consejos sobre relaciones?

Él se encogió de hombros.

—La comunicación y esas mierdas son importantes en las relaciones.

Dante lo miró, sorprendido.

—¿Quién eres y qué has hecho con Tristan?

El muy cabrón esbozó una sonrisa disimulada.

Se oyeron unos ladridos y ambos se giraron. Tras unas puertas de cristal vieron a dos grandes pastores alemanes. Más allá, un hombre gigantesco que se acercaba. Dante no solía encontrarse con gente más grande que él, pero aquel tipo le sacaba unos cuantos centímetros, tanto en altura como en anchura. Tenía el cabello negro y ondulado que le caía por aquel rostro bien jodido. Llevaba un puto parche de verdad sobre un ojo. Todo en él exclamaba a gritos peligro y dominio de un modo que activó los instintos depredadores de Dante. Se escondió tras la fachada que mejor le servía, la del agradable caballero que la gente solía subestimar. La gente esperaba que Dante Maroni, el Muro de la Organización Tenebrae, el hijo de Maroni el Sabueso, el nieto de Maroni el Hombre de Hielo; fuese un hijo de puta agresivo, arrogante y brutal. Y lo era. Pero los trajes, los modales y el encanto siempre engañaban a todo el mundo.

El gigantón los saludó con un cabeceo y extendió una mano grande y cubierta de cicatrices hacia él.

—Alfa —habla con voz ronca. El único ojo, de un tono dorado oscuro, los evaluó a ambos—. Bienvenidos a Los Fortis.

Dante le estrechó la mano con firmeza.

—Dante Maroni. Este es Tristan Caine.

Alfa asintió hacia Tristan y les hizo a ambos un gesto hacia la zona cubierta de la terraza, donde había muebles de bambú. Todos tomaron asiento. Los perros tras la cristalera se sentaron y contemplaron a su amo y a los dos desconocidos.

—Vaya sitio se ha construido usted —comentó Dante, para romper el silencio.

Alfa se limitó a asentir, aunque solo con un lateral de la cara, pues el otro estaba inmóvil de forma permanente por culpa de la cicatriz que le bajaba desde el parche. Aquel tipo era un superviviente. Dante sentía respeto inmediato por cualquiera que hubiese pasado por mierdas difíciles y hubiese sobrevivido.

Desde el otro lado de la terraza apareció una señora mayor de piel cuarteada, cargada con tazas humeantes de café y algo para picar. Les dedicó una sonrisa y habló con acento cantarín:

—Este café es la especialidad local. Avísenme si necesitan cualquier otra cosa.

—Gracias, Leah —le dijo Alfa con voz ligeramente más cálida. Dante se preguntó durante un segundo si debería beber o rechazar la bebida, pero Alfa le dijo—: No enveneno a mis invitados, señor Maroni. No es mi estilo.

Tanto él como Tristan cogieron una taza humeante y dieron un sorbo. Estaba amargo, pero, joder, tenía un sabor increíble.

—¿Se lo ha contado al fin su padre? ¿Por eso ha venido? —preguntó Alfa, relajado en su silla.

El hecho de que estuviese tan relajado, de que no hubiese seguridad y de que no los hubieran cacheado a ninguno de los dos en busca de armas antes de reunirse con él, le indicó a Dante lo letal que era aquel hombre. A diferencia de su padre, que recurría a su ejército de guardias de seguridad para mantenerse a salvo, aquel tipo era un rey guerrero que había amasado todo su ejército luchando. Y ganando.

—¿A qué se refiere? —preguntó Dante, dando un sorbito de café.

El ojo dorado del hombre se centró en él, afilado.

—Tenemos el mismo padre, señor Maroni.

La mano de Dante se detuvo llevándose la taza a la boca. Le clavó la vista a aquel tipo.

—¿Disculpe?

Alfa se echó a reír.

—El muy cabrón no te lo dijo.

Dante flexionó los dedos en torno a la taza. La dejó en la mesa y se inclinó hacia delante, con la mandíbula apretada.

—Explícate.

Alfa lo miró con compasión.

—Mi madre era trabajadora sexual en Los Fortis. Su trabajo pagaba los estudios de arte de su hermana pequeña y el piso en el que vivían. Lorenzo Maroni visitó la ciudad hará unos treinta y tres años y se fijó en ella. La violó y la dejó embarazada. También raptó a su hermana y se la llevó consigo. Se acabó casando con ella.

Dante sintió que se le agrietaba el corazón. El suelo bajo sus pies empezó a sacudirse. Miró a aquel tipo, lo miró de verdad, y vio la similitud: el pelo oscuro, la mandíbula, los pómulos, la nariz, la complexión. Estaba mirando a su hermanastro.

Todas aquellas historias tan jodidas sobre las monstruosas acciones egoístas de su padre le dieron ganas de levantarlo de nuevo de la tumba para matarlo otra vez. La monstruosidad de un único hombre había destruido muchísimas vidas.

«Joder».

—No sé qué decir. —Dante negó, intentando digerirlo todo.

Alfa ladeó la cabeza.

—Cuando recibí tu petición para reunirnos, pensé que te habías enterado. Sobre todo porque una de tus soldados vino a verme hace poco para que se lo confirmase.

—¿Nerea? —preguntó Dante—. ¿Pasó por aquí porque lo sabía? ¿Cómo lo descubrió?

Alfa se encogió de hombros.

—Me dijo que estaba indagando sobre el pasado de tu madre y se topó conmigo. Yo no pensaba decírtelo.

Eso lo detuvo en seco.

—¿Por qué no? ¿Por qué nunca has intentado contactarme?

Alfa soltó una risa en forma de resoplido, sin ningún humor.

—Bueno, ya contacté con Lorenzo Maroni. Cuando tenía trece años y vivía en la calle, mi madre se estaba muriendo y yo necesitaba dinero para la cirugía. Desesperado, contacté con él. —Dejó la taza en la mesa—. Lo único que conseguí fue la confirmación de que era un cabrón despiadado y de que estábamos mejor sin él.

Dante rechinó los dientes y apretó los puños. Tenía un hermano mayor, el auténtico heredero del imperio que él jamás había querido. Y su padre lo había jodido bien.

—Pero bueno, si no es por una reunión familiar, ¿a qué has venido?

—¿Tienes alguna propiedad cerca de Tenebrae, Alfa? —Tristan habló por primera vez con voz tensa. Dante inspiró hondo y se acercó al borde de la terraza. Tenía que digerir todo aquello.

—No —respondió Alfa—. Jamás he querido acercarme al territorio de los Maroni.

Dante no sabía qué creer. Era posible que lo que Alfa acababa de contar sobre su padre fuera verdad, pero también podía estar diciendo aquello para manipularlos, a él y a Tristan. Si aquel hombre colaboraba con el Sindicato, bien podría tratarse de un engaño.

—¿Sabes algo del Sindicato?

Dante se dio la vuelta, se metió las manos en los bolsillos y se centró en el motivo de la reunión. Alfa le lanzó una mirada firme con su único ojo. Una mirada que intimidaría a un hombre más débil.

—Comercian con niños. Pero yo no tengo nada que ver con ellos. ¿Por qué habéis venido a hablar conmigo de esto?

—Porque hemos encontrado una casa registrada a tu nombre. El Sindicato la usaba para iniciar allí a sus miembros nuevos; los ponía a violar a una chiquilla —afirmó Tristan, con los puños apretados.

—¿A qué nombre, Alfa o Alessandro?

—Alessandro —dijo Dante.

Él negó con la cabeza.

—No es posible. Nadie de los bajos fondos conoce mi nombre real. Todo lo que tengo está registrado a nombre de Alfa o de Alfa Villanova. Nadie sabe que me llamo Alessandro, excepto mis centinelas.

—A Amara le dijiste ambos nombres —dijo Dante.

Los ojos de Alfa se centraron en él.

—Ah, es tuya. Es una buena mujer. Le di ambos nombres pensando que podría haber algo entre nosotros.

Las tripas de Dante ardían. Y una mierda.

—Es mía.

Alfa gruñó.

—Lo cierto es que no sé por qué iba alguien a comprar una casa usando mi nombre real, ni por qué iba a hacerlo el Sindicato. He oído hablar de ellos, en mis negocios solemos oír de todo. Pero jamás he tenido contacto con ellos.

—¿Y cuáles son tus negocios? —preguntó Dante, curioso por saber cómo había conseguido un chico de la calle sin dinero llegar a construir el complejo en el que se encontraban.

—Seguridad y recuperación. —Alfa no dijo nada más, y Dante casi sonrió. Un cabrón esquivo—. El Sindicato es responsable de muchas mierdas que estamos empezando a descubrir.

Dante volvió al asiento, se quitó la chaqueta del traje del calor que hacía.

—Nuestro padre trabajaba con ellos de algún modo que aún no he descubierto. —Dejó la chaqueta a un lado, se inclinó hacia adelante y miró a su hermano a los ojos—. ¿Puedo confiar en ti, de hombre a hombre?

Alfa enarcó una ceja.

—Siempre que no seas como nuestro padre, no tengo ningún problema contigo.

Dante asintió. Le bastaba con eso. Cualquier hombre que odiase a su padre estaba de su parte.

—Hace veinte años —empezó— raptaron a veinticinco chicas de Tenebrae. Una de ellas era la hermana de Tristan, Luna. Sabemos que Lorenzo Maroni y Gabriel Vitalio se las entregaron al Sindicato, pero no sabemos dónde enviaron a Luna. Eso es lo que estamos investigando.

Los ojos de Alfa volaron hacia Tristan y se suavizaron un poco.

—Es duro. Siento ser yo quien lo diga, pero hay muchas posibilidades de que no siga con vida. Pocos de los niños que se lleva el Sindicato logran sobrevivir. Tienes que estar preparado para esa posibilidad.

Tristan asintió, con la mandíbula apretada.

—Lo estoy, pero quiero respuestas.

—Y yo quiero saber quién es el cabrón que ha usado mi nombre —afirmó Alfa.

—Tenemos a una hacker que puede averiguarlo —le dijo Dante—. A cambio, tú puedes darnos alguna pista. ¿Trato?

Alfa se lo pensó un largo segundo.

—Está bien, veré qué puedo averiguar.

Dante se puso en pie, sacó su tarjeta del bolsillo y se la tendió, vacilante.

—Mi madre se cortó las venas en la habitación donde pintaba. Mi hermano pequeño estaba presente. Tiene Asperger y vive una buena vida lejos de todo este mundo. Tuve que renunciar a verlo para protegerlo y ahora no quiere regresar. Lo comprendo. Ha encontrado una buena mujer y trabaja de arquitecto desde casa. Quiere que tanto yo como este mundo nos mantengamos lejos de su vida. A veces hablamos por teléfono, pero ya no somos más que conocidos. Le he fallado como hermano al intentar protegerlo. Lo que quiero decir es que, si de verdad también lo eres, entiendo que no quisieras contarme nada, pero a partir de ahora tú decides cómo operamos: como hermanos o como conocidos. Tú eliges.

Dicho lo cual, Dante le dedicó un cabeceo a Alfa y se dirigió a las escaleras, con Tristan detrás.

—¿Dante?

Él se detuvo y se dio la vuelta.

—Felicidades por el bebé.

Este sonrió y asintió. Luego descendió los escalones y miró a Tristan.

—No pareces sorprendido.

Tristan bajaba a paso vivo tras él.

—Anoche Amara no dejaba de tocarse la barriga. Ya me lo olía.

Dante contempló el increíble paisaje a sus pies y sintió la conmoción al comprender que le pertenecía a su hermano.

—¿Te crees lo que nos ha contado?

—Sí —dijo Tristan—. Se parece un poco a tu padre, excepto por el ojo.

—Jamás había visto a nadie con un solo ojo —comentó Dante—. Espero que encuentre alguna pista para nosotros. Pídele a Morana que lo investigue a fondo. A él y a la propiedad.

Tristan asintió, y entonces le sonó el teléfono. Dante vio el nombre de Morana en la pantalla y supo que era importante. Los dos preferían mandarse mensajes a llamarse, que él hubiera visto.

Tristan respondió.

—¿Sí?

Dante casi puso los ojos en blanco al oír el tono que empleaba con el amor de su vida. Su amigo se quedó rígido y dejó de bajar las escaleras. Él también se detuvo, alerta.

—Mándame la dirección. Dante y yo iremos en el avión.

Dante esperó a que se explicase. Tristan se guardó el teléfono.

—El gilipollas del aeropuerto le ha mandado una dirección y le ha dicho que o se planta allí en veinticuatro horas o lo perderemos.

La adrenalina se extendió por el sistema de Dante.

—¿Dónde es?

—A ciento veinte kilómetros de Tenebrae —respondió Tristan.

Ambos intercambiaron una mirada y echaron a correr escaleras abajo, listos para liarla muy gorda.

Dante pidió refuerzos de camino al aeropuerto, contento de saber que Vin había regresado y que iba a traer tres hombres de fiar al aeropuerto de Tenebrae. Desde allí irían en coche hasta la ubicación. Maniobrando el Range Rover, con Tristan a su lado, echó un vistazo por el retrovisor y vio dos vehículos utilitarios del complejo detrás de él. Salieron de los límites de la ciudad, siguiendo las direcciones del GPS.

—Entre en la siguiente salida hacia la avenida Portsmouth —dijo la robótica voz femenina.

Dante siguió la indicación. Tenía los hombros agarrotados tras cinco horas de vuelo. Rotó los hombros y se crujió el cuello con un sonido que resonó alto en el silencio del vehículo. Sentía una pelota de puro estrés en el estómago; la provocaba lo desconocido. No sabía si se iban a meter en una trampa o si aquello era una pista genuina. Y lo que era peor: tampoco sabía qué tipo de pista era. Podría ser cualquier cosa, desde un lugar abandonado a una casa tan horrible como la de la última vez.

—¿Listo, amigo? —le preguntó a Tristan en tono deliberadamente ligero para burlarse, a sabiendas de que estaría aún más estresado que él.

Tristan le lanzó una mirada, pero se mantuvo en silencio, con la mano en la pistola. La de Dante estaba en el salpicadero, a la espera de que la agarrase y disparase.

—Gire a la izquierda en Madison Boulevard —dijo el navegador.

Dante giró y se internó por un camino de tierra que se apartaba de la carretera principal. Lo rodeaban acres de tierra de cultivo que se extendían varios kilómetros hasta los bosques. La noche cayó sobre el cielo y oscureció la tierra hasta el punto de darle un aspecto espectral. La luna llena brillaba sobre todos ellos.

—Esto parece una película gótica —señaló Dante, comprobando el mapa del GPS en el salpicadero.

—Su destino está a tres kilómetros —dijo la voz.

Los faros iluminaron el área boscosa en la que se adentraron. Apareció ante su vista una casa de madera, grande y dilapidada. El edificio estaba completamente a oscuras, abandonado. Dante detuvo el vehículo, agarró la pistola, bajó del coche y cerró la puerta. Oyó las demás puertas cerrarse al salir los otros. El frío del aire le puso de punta el vello de la nuca. Algo oscuro se enroscó en sus tripas al mirar la casa. No era solo el entorno o el hecho de que la casa fuese escalofriante, sino que el mismo aire estaba envenenado de gritos no oídos e historias no contadas. Dante siempre había mantenido abierto el corazón y los sentidos, y todo vibraba de tensión en aquel momento.

Les hizo un cabeceo a los hombres a su espalda, intercambió una mirada con Tristan y le indicó con dos dedos que avanzase. Este también asintió y los dos se agacharon bajo la hierba alta para cubrirse mientras avanzaban.

De un lateral de la casa colgaba un tablón torcido y desvaído. Dante entrecerró los ojos e intentó leer lo que ponía, pero estaba demasiado despintado como para verlo bien.

—Hay sombras junto a la ventana derecha —susurró Vin desde atrás.

Dante vio moverse una silueta oscura. Con pasos silenciosos, atravesó el patio y llegó hasta el porche. Los tablones de madera crujieron bajo su pecho y delataron su presencia. Con la adrenalina bombeando en la sangre, Dante les hizo un gesto con la cabeza a sus compañeros. Dado que ya los debían de haber descubierto, alzó las manos y apuntó con la pistola. Le quitó el seguro y echó la puerta abajo de una patada. El lamentable estado de la madera hizo que la puerta cayera al instante.

Desde dentro resonaron disparos, y Dante se puso a cubierto. Ya le habían hecho un rasguño en el costado, no quería más heridas en el cuerpo, gracias.

—Por detrás —le ordenó a Vin y a otros dos tipos. Todos rodearon la casa y fueron por la puerta trasera.

Dante se agachó, se quitó la chaqueta y la sostuvo en la mano, a la espera. Se oyó otro disparo desde el interior. Él marcó la ubicación mentalmente a partir del sonido, se irguió y le tiró la chaqueta a la cara a su atacante, que quedó cegado un momento, lo suficiente para que Dante le disparase en las rodillas.

Miró al soldado de la Organización que estaba detrás de Tristan y le ordenó:

—Desarmadlo, sacadlo fuera y mantenedlo con vida para interrogarlo.

—Sí, jefe.

El tipo se puso a ello mientras Dante y Tristan se internaban más en la casa oscura con la luz de la luna como única guía para orientarse.

—Un tipo ha acabado sin cara de un tiro —se oyó la voz de Vin desde el otro extremo—. Otro ha salido corriendo a los bosques. Liam y Alek van tras él.

Dante asintió, con el cuerpo tenso y las orejas bien abiertas, pendiente de cualquier ruido inadecuado. Todo estaba sumido en un silencio sepulcral, no se oían los sonidos naturales de la noche. Dante no captaba nada, excepto su respiración regulada y la sangre que le latía en los oídos. Sin embargo, presentía que no estaban solos. Sintió unos ojos centrados en él, pero no sabía dónde estaban.

—Tenemos compañía —les murmuró en voz baja a Tristan y a Vin—. No os alejéis.

Avanzó, adentrándose más en la casa. Llegó a una suerte de recibidor con una escalera ascendente y empezó a subir. En el primer piso fue comprobando puerta por puerta, con cuidado de no pasar por alto a nadie. Vin se dirigió al segundo piso, mientras Tristan se quedaba en la planta baja. En pocos minutos, la casa estuvo registrada y vacía.

—¿Ya está? —preguntó Tristan con suavidad—. ¿Hemos irrumpido aquí por ese tío de ahí fuera? No tiene sentido.

No, no tenía sentido. Se les estaba escapando algo.

Se oyó un sonido de cristales rotos en la cocina. Todos se pusieron alerta y echaron a correr en esa dirección. Entraron, pero la estancia se encontraba vacía. El suelo estaba cubierto de vidrio; había trozos justo sobre una trampilla. Dante intercambió una mirada con sus compañeros, se agachó y agarró el mango. Sorprendentemente, no estaba frío al tacto, lo cual significaba que alguien lo había tocado hacía poco para abrirla.

Se asomó al interior y vio ocho pares de ojos inocentes y aterrorizados que le devolvían la mirada.

—Me cago en Dios bendito —murmuró Vin—. Son niños.

Y tanto que eran niños. Chavales sucios de no más de diez años.

—Vamos, salid —los animó Dante con voz suave, aunque le hervía la sangre. Extendió la mano hacia uno de ellos y bajó el arma—. No os vamos a hacer daño.

Uno de los chicos tartamudeó:

—¿N-nos vais a llevar a casa?

Joder. Se le iba a salir el corazón del puto pecho.

—Sí —le prometió—. Os vamos a mandar a casa. Salid, venga. Ahí abajo está muy sucio.

—Y huele muy mal —dijo otro chico—. ¿Cómo podemos saber que dices la verdad?

Antes de que Dante pudiese responder, un tercer chico, que tenía unos ojos brillantes de un color que no supo identificar, afirmó:

—Dicen la verdad. Él me habló del tipo de los ojos azules. —Señaló a Tristan.

—¿Él? —preguntó Dante, confundido—. ¿Quién?

—El Hombre Sombra.

20

Amara

La llamada sorprendió a Amara a las nueve. Había estado pasando el rato con Morana en la cabaña de Tristan. Hablaron de sus respectivas vidas y pasaron una noche de chicas, dedicándose solo a ser amigas, a relajarse con otra compañera femenina, cosa que ninguna de las dos había tenido en su vida. Amara le habló del acuerdo con Dante durante aquellos años, de los estudios acelerados que le habían permitido empezar a pasar consulta como terapeuta, de sus motivos para huir. Morana le confesó la situación con su padre, le dijo lo perdida que se sentía algunos días y que Tristan la anclaba al mundo. Le contó que se preguntaba por el destino de la verdadera hija de Gabriel.

También hablaron de planes de boda mientras bebían chocolate caliente. Por primera vez en su vida, Amara experimentó lo bien que le sentaba al corazón tener una auténtica amiga. Morana era de verdad su amiga del alma, del tipo que lo dejaría todo y estaría ahí para ella en cualquier momento, a la que podría mandarle un mensaje para contarle las cosas más raras y que se limitaría a responder con cosas más raras aún. El tipo de amiga a quien Amara podría confiarle su bebé si algún día le pasaba algo a ella.

Su día había empezado muy bien. Dante la había despertado con un suave beso antes de marcharse. Le dijo que Vin pasaría el día allí con ella. Amara había pasado la mañana con su amigo, el gordito que ahora estaba buenorro, reconectando con el hombre en que se había convertido. Se dio cuenta de que, aunque se había endurecido, por debajo seguía siendo el chico al que adoraba. Vin era otro amigo del alma que le alegraba el día solo por pasar tiempo con ella.

Así pues, la llamada fue una sorpresa. Ahora, sentada junto a Morana en el asiento del copiloto de un sedán de la Organización, de camino a la dirección que le habían dado, Amara no supo si debía preocuparse o no.

—Sabía que el tipo del aeropuerto nos había echado un gran cable esta vez —le dijo Morana.

—Sí, pero ¿por qué me habrá llamado Dante para que vaya a ese sitio? ¿Y por qué me habrá pedido que contacte con los servicios sociales? —preguntó Amara, perpleja.

Morana se encogió de hombros, giró y adelantó a un coche. Iba mucho más rápido de lo que Amara estaba acostumbrada, pero conducía con seguridad.

—¿Quién sabe? ¿Va a enviar tu contacto a alguien a esa ubicación?

Amara miró la hora en el teléfono.

—Sí, deberían llegar en veinte minutos.

—Nosotras llegamos en diez.

—Eso no es lo que dice el GPS —señaló Amara. Su amiga se limitó a sonreír y a acelerar aún más.

Amara se rio y se sujetó a la manilla de la puerta.

—Por favor, no provoques ningún accidente. Llevamos a bordo un bebé del tamaño de una alubia.

Morana le lanzó una mirada divertida y redujo un poco la velocidad al acercarse a un cruce.

—Lo sé, Tristan me lo ha contado. Dijo que ayer no dejabas de tocarte la barriga y que, textualmente: «El muy gilipollas debe de haberla preñado».

Amara soltó una risa. El comentario de Tristan no la sorprendía mucho.

—¿Se sabe algo de Nerea? —preguntó.

—Nop. —Morana suspiró—. He estado vigilando sus movimientos, pero de momento no hay nada sospechoso.

Amara asintió. Justo lo que esperaba. Durante el resto del trayecto, las dos charlaron sobre el bebé, pero guardaron silencio al meterse por un camino de tierra iluminado por la luz de la luna y ver los bosques.

—¿Es impresión mía o este sitio lo han sacado de una película de miedo? —murmuró Morana en tono quedo. Avanzó por el camino hasta la linde del bosque. Los faros iluminaban la carretera. No se veía nada más que árboles a ambos lados y oscuridad al frente.

—Este sitio da escalofríos —concordó Amara. Vio en el GPS que el destino quedaba a poco más de un kilómetro—. ¿Seguro que vamos bien?

La respuesta llegó en forma de tres vehículos utilitarios, un coche patrulla, una ambulancia y una casa la hostia de chunga iluminada por los faros de los demás vehículos. Morana aparcó al lado del coche patrulla y ambas salieron. Intercambiaron una mirada y se acercaron a la parte frontal de la casa, en cuyos escalones había varias personas.

Al acercarse al grupo, Amara se fijó en que eran chavales envueltos en mantas. Niños pequeños. Con el corazón al galope, vio que Morana se dirigía al lateral de la casa, donde Tristan estaba sentado en el suelo, hablando con un chico. Se volvió hacia el otro lado y vio a Dante allí plantado, sin chaqueta, con la camisa arremangada por encima de los antebrazos y las manos en las caderas, escuchando a un policía que le estaba hablando. Sus ojos volaron hacia ella y la recorrieron de la cabeza a los pies. Extendió la mano en su dirección; una llamada silenciosa para que acudiese a su lado.

Amara se acercó, con sus zapatos de plataforma, y contempló la escena en derredor. Tenía muchas preguntas, que debían de vérsele en los ojos. Dante le pasó un brazo por la cintura y siguió hablando con aquel policía calvo de mediana edad.

—Cinco de ellos coinciden con denuncias por desaparición que se han presentado en el último año —dijo el policía, ignorando a Amara—. Hemos avisado a sus guardianes legales; deberían llegar por la mañana. Luego les tomaremos declaración.

Dante asintió y le acarició distraídamente la cadera a Amara, aunque estaba centrado en la conversación, igual que ella.

—¿Y los niños que se han llevado al hospital?

El policía negó.

—Estamos intentando localizar sus registros, pero de momento, nada. Supongo que tendremos que buscar entre los últimos cinco años más o menos. De momento se quedan en el hospital. Enviaremos a un agente a vigilarlos.

—Que sean dos —ordenó Dante, y Amara se preguntó si de verdad podía darle órdenes a un poli. Sabía que los Maroni tenían a muchos departamentos en el bolsillo, pero desconocía hasta dónde llegaba su influencia.

—Voy a tener que dar parte a servicios sociales —dijo el poli.

Dante le apretó a Amara la cadera.

—Mi mujer, aquí presente, es terapeuta con licencia. Tiene contactos en el departamento. Ya ha dado parte ella.

—Llegarán pronto —intervino Amara en voz baja.

El policía asintió.

—A ver, se puede encontrar una explicación para lo que ha pasado aquí, pero voy a tener que hacer un informe.

—Vale. ¿Y qué pasa con ese? —Dante ladeó la cabeza hacia el chico sentado junto a Tristan.

—Ni idea —dijo el poli—. Hemos repasado los últimos ocho años, que es la edad que dice tener el chico, pero no hemos encontrado nada en el sistema. Ninguna denuncia por desaparición, ningún contacto. Seguiremos buscando, pero veo pocas posibilidades.

—Gracias, Derek. —Dante le hizo un asentimiento al policía—. Tenme al tanto.

El policía asintió a su vez y se dio la vuelta para hablar con los chicos sentados en los escalones, con los que su compañero ya estaba hablando mientras los enfermeros los auscultaban. Tristan estaba sentado a un metro de distancia, con la cabeza gacha, mientras el chico que estaba con él hablaba. Morana los miraba no muy lejos.

—¿Qué está pasando? —le preguntó Amara a su hombre, alzando la vista hacia él. Vio las sombras que le caían sobre el rostro.

—Hemos encontrado a esos niños aquí —le dijo Dante, y se volvió hacia la escena—. Los habían raptado a todos, estaban listos para ser enviados. Vin ha llevado al complejo a uno de los tipos que había aquí para interrogarlo. Otro murió y el otro ha escapado. Ocho niños, Amara. Ocho niños.

Ella le dio un beso en el hombro y lo soltó. Ambos contemplaron a Tristan, que seguía con la cabeza baja mientras escuchaba lo que le estaba contando el chico. Amara jamás había visto así a su amigo, tan concentrado en un chaval. Pero sabía que Tristan protegía mucho a los niños; no era ninguna sorpresa.

—Esto es solo el principio. Hemos abierto la caja de Pandora. Estas pesadillas seguirán saliendo a la luz. Quiero construir un futuro mejor para nuestros niños. Tú apóyame, ¿vale?

—No tienes ni que pedírmelo, Dante —le dijo Amara en tono suave—. Siempre te apoyaré.

—Sé que no dejas de preguntarte qué papel vas a desempeñar en este nuevo orden que tenemos ahora —musitó él, mirando a los niños—. Tú eres la sanadora, Amara. Eres el faro que guía a estas almas perdidas hasta la orilla. Necesitan a alguien que los guíe, alguien que tenga inteligencia emocional y suficiente fuerza como para comprender el trauma y la supervivencia, pero que siga siendo una luz. Esa eres tú.

Giró el cuello y le clavó esos ojos oscuros con la voz llena de convicción.

—Encontraremos a más niños, más chicos y chicas, en diferentes estados. No sabemos cuántos. Habrá que rehabilitarlos. Necesitarán ayuda tanto física, de la que me puedo ocupar yo, como mental, que es tu punto fuerte. Podemos darles la oportunidad de tener una vida, Amara. Podemos dejar un legado en este sitio dejado de la mano de Dios. ¿Me ayudarás en esta tarea, mi reina?

Amara contempló aquellas vidas inocentes arruinadas por aquella oscuridad y sintió que se le encogía el corazón. Sabía lo mucho que consumía el alma solo sobrevivir contra todo pronóstico. Conocía bien el dolor y la pérdida, como también la fuerza de voluntad. Y sabía que no estaría allí de no haber tenido ayuda. No había más opción para ella.

Volvió la mirada hacia el hombre que no solo amaba, sino del que se sentía orgullosa, en aquel mismo segundo, y le dio su respuesta:

—Sí, mi rey.

Que empezaran los juegos.

Los enfermeros y la policía acabaron bastante tarde. Solo quedaba Amara cuando acudieron los dos tipos de servicios sociales; los ayudó a gestionar el destino que correrían ambos niños en el hospital y se aseguró de que les proporcionaran algún apoyo para digerir la experiencia. Justo cuando empezaba a pedir el mismo trato para el chico que estaba sentado junto a Tristan, Morana le hizo un sutil gesto de negación con la cabeza. Amara lo dejó estar y se encargó de despedir a los de servicios sociales, que iban a llevar a los demás chicos a conocer a sus tutores. Cuando se fue todo el mundo, por allí solo quedaban Dante, Tristan, Morana, el otro chaval y ella misma.

Amara se acercó a Dante, que estaba sentado en los escalones, contemplándola. Dante se abrió de piernas para hacerle sitio y la acercó hacia sí de un tirón. Hundió el rostro en su vientre y empezó a murmurar algo en voz tan baja que Amara no lo distinguió. Ella le acarició el pelo con los dedos, deleitándose con la suavidad de los mechones y la calidez de su aliento contra la tripa. Se quedó quieta y le devolvió el abrazo mientras él recuperaba fuerzas gracias a ella.

Dante la agarró de las caderas para que se le sentara en el regazo, le apoyó la cara en el hueco del cuello e inspiró su olor. A Amara se le encogió el corazón, como le pasaba siempre con él, y lo abrazó mientras miraba al chiquillo, que acababa de quedarse dormido con la cabeza apoyada en el regazo de Tristan. Se dio cuenta de que su amigo estaba mirando a Morana, y de que ambos conversaban sin pronunciar palabra. Ella se inclinó hacia Tristan y lo besó con suavidad en los labios. A veces a

Amara le seguía sorprendiendo que este dejara que Morana se le acercase tanto.

Tristan cogió al niño en brazos y se incorporó. El movimiento despertó la atención del hombre que abrazaba a Amara. Sin soltarla, Dante los miró a ambos de soslayo.

—¿Os vais a marchar?

—Sí —respondió Morana mientras sacaba del bolsillo la llave del coche—. Xander, el enano este, se ha quedado frito, y Tristan quiere seguir hablando con él. Hemos pensado que nos lo vamos a llevar y luego ya veremos.

Dante asintió con la cabeza y cruzó una mirada con Tristan.

—Si necesitáis algo, avisadme.

Tristan asintió y llevó al chico en brazos hasta el coche de Morana. Tumbó a Xander en el asiento trasero y ocupó el del copiloto mientras Morana se sentaba al volante. La conductora se despidió de ellos con la mano y el coche se alejó.

—¿Cuánto crees que se quedarán al chico?

Amara bajó la vista al oír la voz de Dante, que le había apoyado una mano en la tripa en actitud posesiva. Se encogió de hombros.

—Ya veremos.

Dante esbozó una sonrisilla y, sin que Amara tuviese tiempo siquiera de tomar aire, la abrazó y se incorporó, levantándola del suelo. A ella se le escapó un chillido y se agarró a sus hombros, con el corazón a mil por hora. Dante la metió en el Rover, se sentó a toda prisa frente al volante y arrancó el coche para alejarse de aquel lugar espectral.

—Ese sitio me ha puesto los pelos de punta —murmuró Amara mientras el escenario iba menguando en el retrovisor—. ¿Cómo sabía el tío del aeropuerto de Morana que estaba aquí?

Dante se lo pensó un momento, mientras el coche salía de la espesura y se internaba en el camino de tierra que atravesaba la campiña.

—Es el Hombre Sombra.

Amara se volvió hacia él. La luz de la luna llena se derramaba a través del parabrisas y bañaba sus facciones con un resplandor suave y romántico. Pensó en lo que acababa de decir, lo contrastó con lo que ella ya sabía y se mostró de acuerdo.

—Tiene sentido. Por eso Morana no llegó a verlo.

Dante giró el volante para internarse en la autovía y el coche dio una sacudida.

—Estaba ahí esta noche.

Amara enarcó las cejas.

—¿Lo viste?

—No. —Negó con la cabeza—. Pero estaba ahí. Nuestros hombres encontraron en el bosque al tío que escapó. Estaba atado a un árbol y tenía un mensaje atado con cinta adhesiva al pecho.

—¿Un mensaje?

Dante la miró de reojo.

—Decía: «Buen trabajo». El Hombre Sombra quería que encontrásemos ese lugar. Casi nos ha llevado de la mano.

—Está jugando con vosotros —dedujo Amara. Un escalofrío le recorrió la columna y subió la calefacción del coche—. Pero ¿por qué?

Dante calló. Recorrieron unos cuantos kilómetros en silencio hasta que volvió a hablar:

—Alfa es mi hermanastro.

Al oírlo, Amara se volvió bruscamente hacia él. Dante le contó lo que había pasado cuando fue al complejo de Alfa. Le habló de lo que había descubierto, de que su padre les había arruinado la vida a todos. Se lo contó todo, y también le dijo que no sabía si podía fiarse de él por completo. Estaban cerca de la ciudad. Las carreteras que surcaba el coche seguían oscuras y vacías.

—Se portó bien conmigo —le recordó Amara.

—Lo que quería era follarte —replicó Dante, con la mandíbula tensa.

A Amara se le escapó la risa.

—Eso habría sido la hostia, teniendo en cuenta que sois hermanos. Me habría sentido una fresca.

No había terminado de hablar y Dante dio un volantazo y paró el coche en el arcén. Le desabrochó el cinturón de seguridad, reclinó el asiento, la cogió y se la puso encima. A Amara se le desbocó el corazón.

—Repite eso, anda —dijo él entre dientes. A Amara se le escapó una sonrisilla, al tiempo que se colocaba a horcajadas sobre su cuerpo, las caderas de Dante entre los muslos, y le apoyaba ambas manos en el pecho.

—Estás siendo absurdo.

Dante le agarró un pecho con la mano, le puso la otra en el culo y apretó con actitud de que aquel territorio era de su propiedad. Bajo la luz de la luna, los ojos oscuros le brillaban como obsidiana pura, un mineral nacido de las llamas y enfriado a los vientos. Un aroma masculino, esa colonia que a Amara le encantó desde la primera vez que la olió, se propagó por el interior del coche. Dante le aturdió los sentidos —vista, oído, olfato, tacto— y ella se deleitó en la sensación. El corazón le retumbaba, pero en el vientre se le enroscaba un deseo que era pura anticipación ya conocida. Aquello ya no era como al principio, cuando su deseo era como un incendio forestal; desconocido, inesperado, desbocado. No, ahora se prendía poco a poco; era una hoguera en mitad de un desierto nevado que derretía la escarcha, que calentaba los huesos e iluminaba la oscuridad. Ya habían estado juntos cientos de veces y volverían a estarlo cientos de veces más. Sin embargo, la necesidad que sentían el uno por la otra había evolucionado: de ser amantes que se descubrían y aprendían habían pasado a convertirse en recuerdos en las pieles de ambos; cada centímetro del cuerpo de Amara conocía a la perfección cada centímetro del de Dante. Por todo ello, por todos los años y los roces entre ellos, aquella mano en su pecho y la otra en su culo le provocaron una ola de calor que le recorrió la columna; tan familiar, tan deliciosa, tan deseada. Amara florecía al verse deseada por aquel hombre, y florecía aún más al desearlo. Después de sufrir la agresión se había sentido casi tan poco deseable como poco apetente. No había sabido si volvería a disfrutar del sexo en su vida, ni de si podría librarse de la vergüenza en caso de que lo lograse. Dante la había iniciado en aquella chispa de calor siendo todavía un crío, y le había enseñado a dominarla convertido ya en un hombre. Había sido la primera persona de la que se había enamorado, su primer amor de verdad, su primer beso. El primer amante al que le había permitido penetrarla. Dante había sido su primer todo.

Pero también habían pasado muchos años separados, amándose de lejos, a cientos de kilómetros. Con ansia, con necesidad, se querían en las sombras sin saciarse nunca. Aunque resultaba ridículo que Dante tuviese inseguridades con ella, Amara lo comprendía. Las raíces eran fuertes, pero habían cercenado el árbol y ahora volvían a brotar nuevas hojas que necesitarían tiempo y cuidado para crecer fuertes. Se inclinó hacia él y le dio un beso en la comisura de los labios.

—Mi corazón solo late por ti, Dante. —La mano le apretó el culo con más fuerza.

—Y el mío por ti. —Apoyó la frente contra la de ella—. Nos va a ir bien, ¿vale? Con esta vida, con el bebé, juntos.

Amara le acarició la nariz con la punta de la suya.

—Sí, nos va a ir bien. Vamos a estar juntos. Eso es lo que importa.

—¿Me querrás cuando sea viejo y tenga todo el pelo blanco?

—Claro que sí. Serás un madurito interesante. —Esbozó una sonrisa—. Me encantará hacérmelo contigo.

—Joder. —Soltó una risita entre dientes.

—Dante —susurró.

—¿Hum? —Se acurrucó contra ella.

—Estoy un poco cachonda —confesó.

Él entrecerró los ojos y la recorrió con la mirada.

—Pídeme que te bese —ordenó él con ojos serios. Amara sintió que, en el poco espacio del vehículo, se le aceleraba la respiración.

—Bésame.

—Mi chica sucia —murmuró él.

Apartó la mano de su culo y se la metió bajo el vestido hasta rozarle las bragas, entre las piernas. Con la otra le pellizcó el pezón, fuerte. Una ráfaga de calor le atravesó el pecho a Amara y se dirigió donde los dedos de Dante le recorrían la piel al tiempo que se le empapaba la mano.

—Estás chorreando —gimió él.

Le apartó las bragas y le metió dos dedos. Amara gimió y echó el cuello hacia atrás mientras agarraba a Dante de la cabeza y empezaba a mover las caderas sobre ellos.

—Fóllate mi mano, cariño —la instó él en voz baja, ronca, perfecta.

Amara meneó las caderas con movimientos lascivos y notó el pulgar de Dante en el clítoris, que alternaba entre apretárselo a acariciárselo. Aquella serpiente enroscada de placer desvergonzado se crispó en su interior y la incitó a paladear el éxtasis que le aguardaba.

—Empápame la mano, chica sucia. Eso es. Este coño es mío, Amara. —Dante llevó la boca al otro pezón y se lo chupó con fuerza por encima del vestido. Una corriente eléctrica le recorrió el cuerpo a Amara, que arqueó la espalda entera—. Estas tetas son mías. —Ascendió para besarle el cuello—. Esta cicatriz es mía.

Amara separó las piernas y se acopló aún más a él sin dejar de menear las caderas. La boca de Dante se hizo dueña de la suya. La besó con profusión, la devoró y le electrificó todas las terminaciones nerviosas. Tenía el corazón desbocado y las paredes de su sexo latían alrededor de los dedos de Dante. Él le recorrió los labios con la lengua, la enredó con la de ella, se la chupó con la boca entera. La humedad de aquel beso, lo sucio de aquella unión y el chapoteo que ambos provocaban la pusieron aún más cachonda. Se apartó para recuperar el aliento, jadeando, y de improviso explotó: el orgasmo impactó contra ella y la recorrió, la sacudió, la estremeció. Los músculos de su sexo se apretaron contra él, un escalofrío le sacudió toda la columna vertebral. Se le pusieron los ojos en blanco.

Abrió los ojos, con el corazón aún retumbando. Dante sacó los dedos y se los llevó a la boca, mirándola a los ojos. Lamió uno y paladeó con la lengua el sabor de Amara. El calor volvió a enroscarse en su vientre, más rápido de lo que hubiera esperado. Él la agarró y se la acercó a la boca para que pudiese probar su propio sabor; sus labios chocaron, colisionaron.

Después, Dante se apartó de ella, la levantó y la dejó de nuevo en su asiento. Amara clavó la vista en la erección que le abultaba en los pantalones y él esbozó una sonrisa.

—No vamos a follar aquí, cariño. Podría haber alguien acechando y, si se nos acerca, no me voy a enterar si estoy dentro de ti.

Dante volvió a arrancar el coche. Amara se inclinó hacia él y le acarició el pecho. Al mismo tiempo, le mordió el lóbulo y dio un tironcito.

—Amara —le advirtió cuando ella le recorrió la polla con la mano y le desabrochó la bragueta—. Cariño.

—Siga conduciendo, señor Maroni —susurró ella.

Acto seguido se inclinó junto a la guantera y se metió la polla de Dante en la boca. Le dio placer a su hombre mientras este se las apañaba como podía para volver conduciendo a casa.

Amara se sentía muy agradecida de no estar teniendo náuseas durante el embarazo. Después de los primeros días de cansancio extremo y vómitos, se había recuperado y los bebés no le habían dado más problemas. Se le encogió el corazón al recordar que ya solo quedaba uno. No sabía si aquel pensamiento le dejaría para siempre esa leve sensación de felicidad acompañada de vacío, pues todavía era demasiado reciente. Se pasó la mano por el vientre aún plano y se miró el camisón en el espejo. Sentía como si fuese a rasgarlo de golpe. La tela rosa que en su día le envolvía los pechos estaba ahora tensa al máximo, hasta el punto de elevar el escote. Un par de milímetros más y seguramente ya no cabría en aquella prenda.

Suspiró y se giró a un lado y a otro, intentando detectar algún cambio en su cuerpo. Tras ella, Lulú dormitaba a los pies de la cama, la misma que Dante y ella compartían ahora en la mansión. Su primera noche en aquella cama había transcurrido en un dichoso sueño nacido del agotamiento. La noche anterior, en cambio, no había conseguido conciliar el sueño, mientras que Dante había quedado fuera de combate al momento. Aún seguía dormido. La luz de la mañana resplandecía por la estancia.

Dante tenía el sueño pesado, siempre había sido así. Amara solía decir en broma que no lo despertaría ni un terremoto. En cuanto apoyaba la cabeza en la almohada, se apagaba como un interruptor; sin roncar, sin emitir sonido alguno y sin moverse. Rara vez cambiaba de postura por la noche. Quedaba tan inmóvil que Amara podría haberlo confundido con una estatua de no ser por la calidez que desprendía.

Ella, en cambio, se movía muchísimo. Giraba a un lado y a otro y se retorcía un centenar de veces durante la noche. Había días en los que tenía vívidos sueños o pesadillas que solían despertarla, mientras que otros le costaba conciliar el sueño. Además, le encantaban las almohadas y las mantas; cuantas más, mejor, cosa que Dante no comprendía. A él le daba igual; le bastaba con tener un sitio donde dormir para cerrar los ojos y caer redondo.

Amara lo dejó dormir, con Lulú a los pies de la cama. Sabía que estaba cansado. Se puso la bata de seda que iba a juego con el camisón. La lencería de noche era uno de sus placeres culpables; con aquellas prendas se sentía femenina y hermosa. En cuanto empezó a ganar dinero, lo había despilfarrado en camisones y negligés con los que se iba a la cama. Las noches en las que Dante venía a visitarla, sacaba las prendas especiales que reservaba para la ocasión para que él pudiese arrancárselas. Aunque era un placer momentáneo, valía la pena por ver la llamarada de deseo en sus ojos.

Amara salió de la habitación, cerró la puerta y se internó en el pasillo. El dormitorio principal estaba un poco apartado del resto de la casa, pues se encontraba en la segunda planta del ala este de la mansión. El pasillo alfombrado estaba decorado con cuadros en ambas paredes. Dante los había traído del almacén y los había enmarcado, pero era su madre quien los había pintado. Eran pinturas al óleo de paisajes, y también imágenes abstractas: la puesta de sol que tan bien conocía sobre las colinas de Tenebrae, un río que serpenteaba por una ciudad, una hoja caída sobre la hierba… así como formas perturbadoras. La madre de Dante era buena pintora; las tonalidades y el acabado de sus obras eran increíbles. Amara intuía de dónde le venía la vena artística a Dante.

Estaba a punto de proseguir pasillo abajo cuando un cuadro captó su atención.

Se acercó. Era una imagen lisa excepto por dos sombras: una se agazapaba en el suelo, mientras que la otra se cernía sobre la primera. Su sencillez resultaba perturbadora, pero no era eso lo que había frenado en seco a Amara. En la universidad, una de sus asignaturas optativas había tratado sobre psicología aplicada al arte y a los medios visuales. Había dedicado un año entero a estudiar el tema, lo había disfrutado, y había analizado diferentes obras de creadores de todo el mundo. Fue ese entendimiento de la psique del creador lo que la detuvo, lo que la llevó a contemplar los cuadros del pasillo desde una perspectiva distinta.

Con el corazón desbocado, volvió a toda prisa al dormitorio, junto a Dante.

—Dante. —Lo sacudió para despertarlo; azuzada por la urgencia de saber la respuesta a lo que tenía en mente—. Despierta.

Él abrió los ojos, adormilado, y entonces vio su rostro. Se enderezó al instante en la cama, alerta, y llevó por puro instinto la mano hacia la pistola que descansaba en la mesita de noche.

—¿Qué pasa? ¿Le pasa algo al bebé?

Amara negó con la cabeza e inspiró hondo.

—No, no. No le pasa nada. Relájate.

Dante acercó la mano a la trenza de Amara y se la lio alrededor del puño.

—Entonces ¿por qué me despierta tan temprano mi señora? —preguntó en tono ligón.

Amara sonrió, pero seguía pensando en los cuadros del pasillo.

—Tengo que preguntarte una cosa sobre tu madre.

Él frunció el ceño, pero se recostó para apoyarse en las almohadas.

—Claro.

—Según Alfa, tu madre era estudiante de Arte. Lorenzo Maroni la raptó y la trajo aquí, ¿no? —Dante asintió y entrecerró los ojos con aire inquisitivo—. Y pintaba contigo y con tu hermano, ¿verdad?

—Sí. ¿Qué se te está pasando por la cabeza? —preguntó Dante con la voz aún pastosa del sueño.

Amara tragó saliva.

—Y tú la encontraste con Damien en la habitación, con las venas cortadas.

Él tensó la mandíbula, pero asintió.

—¿Recuerda Damien algo de todo aquello?

Él le soltó la trenza.

—No lo sé. Era demasiado pequeño. Si recuerda algo, no me lo ha dicho nunca, y eso que se lo he preguntado.

—Respóndeme a una última cosa —le suplicó Amara mientras agarraba aquella mano grande y áspera entre las suyas y lo miraba con ojos sinceros—. ¿Tienes más cuadros que haya pintado tu madre?

Él negó con la cabeza.

—Mi padre los tiró casi todos en un arranque de ira. Los únicos que conseguí salvar son los que están ahí fuera. ¿De qué va todo esto, Amara?

Ella se mordió el labio, no muy segura de cómo decirle lo que había descubierto. Inspiró el aroma almizcleño de su cálida piel.

—Tu madre sentía que algo la acechaba, Dante —dijo con un susurro quedo en el espacio entre ambos.

—¿Por qué lo dices? —la voz le salió ronca.

—Por los cuadros. —Amara contempló aquellos ojos oscuros del color del chocolate—. Los he estudiado en la universidad. Ahora que los veo juntos comprendo que algo no encaja. ¿No fue extraña su muerte? Sobre todo que se suicidase estando su hijo en la misma habitación. —Dante le apretó la mano con más fuerza—. ¿Podría ser que no fuese ella quien se cortó las venas, sino que se las cortase otra persona? —Sintió que le temblaban los labios—. O, si fue ella, ¿podría ser que alguien la empujase a hacerlo? ¿Puede ser que la asesinaran?

No tenían respuestas; aunque empezaban a surgir nuevas preguntas.

21

Dante

Llamó a Damien. Tras la sospecha que Amara había compartido con él, Dante no había dejado de darle vueltas en la cabeza. Intentó recordar a su madre, sus ojos tristes, su amplia sonrisa, su amor hacia él y hacia su hermano. Cuanto más recordaba, más se daba cuenta de que ella jamás se habría suicidado estando uno de ellos en la misma habitación. Durante años la había odiado un poco por abandonarlos a los dos. Y ahora, con el teléfono pegado a la oreja, sentía que se lo comía la rabia.

No había sido su padre. Eso lo sabía. Para empezar, si hubiera querido matarla, jamás se habría casado con ella. Una vez que su madre se convirtió en la esposa de Maroni el Sabueso, se volvió intocable. Su muerte había sido un golpe contra el orgullo de su padre, y no había nada que este adorase más que su propio ego. Se había enfadado, pero mucho, ante el insulto que le había supuesto su muerte. El suicidio de su esposa fue como un bofetón en la cara.

Oyó por el auricular la voz de su hermano, que no había oído en semanas.

—¡Dante!

Supo que estaba sonriendo.

—¿Cómo estás?

—Bien, bien —dijo Damien.

Dante imaginó que asentía. Le gustaba imaginar sus movimientos: asentir, mover las manos, tabletear en el suelo con los pies. Dante se había aprendido los hábitos de su hermano de niño. Era parte de quererlo tanto.

—¿Cómo está Alia? —preguntó, refiriéndose a la mujer de su hermano. Se habían conocido gracias a un amigo común. Era diseñadora de interiores y, que Dante supiese, lo trataba muy bien.

—Bien —dijo la voz masculina de Damien en el teléfono—. Hemos empezado a ir juntos a clases de baile.

Dante sonrió al imaginarse a su hermano, tan alto, y a su diminuta mujer bailando. Seguramente no tenían una mierda de coordinación entre los dos.

—¿Y qué tal se os da?

—Pues mal. —Su hermano se rio—. Pero nos divertimos.

Dante se alegró.

—Por cierto, pronto me voy a casar.

—¿Con Ojos Verdes? —preguntó Damien. Aunque sabía el nombre de Amara, se había enamorado de sus ojos hasta el punto de que se pasó un mes obsesionado con investigar sobre ojos verdes y, en concreto, con el tono de ella.

—Sí —confirmó Dante—. ¿Quieres venir a la boda? —preguntó, aunque sabía la respuesta.

—Me gustaría. —Damien suspiró—. Pero es mejor que nadie sepa de mí. Me gusta mi vida aquí.

Dante esperaba que, algún día, su hermano le diese otra respuesta. Sin embargo, respetaba sus deseos. ¿Acaso no habría elegido él también mantenerse lejos de toda aquella mierda de haber tenido la oportunidad?

—No te preocupes —dijo con despreocupación a sabiendas de que Damien se alteraría si pensaba que había herido sus sentimientos—. En realidad, quería hablarte de mamá. ¿Te parece bien que hablemos de ella?

Oyó que la respiración de Damien se aceleraba y esperó.

—Sí, está bien —dijo su hermano—. Hablé mucho de ella en las terapias de Lucero del Alba.

—¿La recuerdas? —preguntó Dante, sorprendido.

—Un poco. —Se oyó un sonido al otro lado de la línea: un lápiz que golpeaba contra una superficie de madera. Su hermano estaba jugueteando con un lápiz y daba golpecitos contra algo de madera. No era buena señal.

—Oye, no pasa nada —lo tranquilizó—. No hace falta que hablemos de ella.

—No, hay algo que debería decirte —respondió su hermano—. El doctor Sanders me dijo que debería contártelo, que me ayudaría. Estábamos hablando de unos sueños que llevo teniendo toda la vida, pero no sueños buenos. Los buenos suelen ser fantasías sexuales o sueños en los que construyo las cosas que me gustan, ya sabes. Pero no es eso lo que el doctor me dijo que te contase.

Dante sintió que empezaba a atronarle el corazón en el pecho.

—¿Y qué te dijo que me contases?

—Mis sueños sobre mamá —dijo Damien. El golpeteo del lápiz contra la madera seguía de fondo, constante—. No la recuerdo, pero siempre tengo un sueño en el que un hombre me sujeta en brazos y mamá llora y se corta y hay mucha sangre y me despierto muy asustado. El doctor Sanders dice que podría ser un trauma por lo que le pasó y que debería hablarte de ello, porque a veces en el sueño apareces tú y me subes en brazos para sacarme de allí. Eres mi héroe.

La presión en el pecho le provocó un nudo en la garganta.

—Gracias por contármelo, Damien. Si necesitas algo, dímelo, ¿vale?

—Sí —dijo Damien—. Ya hablamos, hermano.

Colgó de repente. A Dante no le sorprendió, estaba acostumbrado a la brusquedad de su hermano con el teléfono. Se quedó allí plantado, en el despacho, contemplando el césped y el lago. Le daba vueltas en la cabeza a todas las piezas del puzle que estaba descubriendo. Su hermano tenía un cerebro con altas capacidades, así que, aunque era posible que todo fuesen imaginaciones suyas, aquel vívido sueño recurrente también podía ser un recuerdo.

Su madre había querido que se escondiese. Había sentido que le estaban dando caza. La habían asesinado. Dante se pasó la mano por la cara, intentando discernir los hilos de misterio que lo rodeaban y que no dejaban de enredarse.

A lo largo de las tres semanas siguientes se mantuvo en calma o, al menos, tan en calma como podía estar un hombre que lideraba la familia mafiosa más grande de los bajos fondos. Dante se había hecho verdaderamente con las riendas de todos los negocios, había eliminado por completo todos los lastres y había colocado de forma estratégica apoyos —tanto personas como objetos— que maximizaban sus beneficios.

Tristan y Morana habían ido a Puerto Sombrío con el pequeño Xander con la excusa de que Morana iba a intentar localizar por sí misma a sus familiares cercanos mientras Tristan hablaba con el chico. Dante había soltado un resoplido al enterarse, consciente de que el hecho de que se llevasen al niño ya indicaba que querían quedárselo. Dante estaba feliz por ellos, sobre todo porque Xander había coordinado el rescate junto con el Hombre Sombra, aunque decía no haberlo visto nunca.

El Hombre Sombra, que era el gilipollas del aeropuerto de Morana, era una entidad desconocida. Tenía lazos con el Sindicato, cosa que se bastaba y se sobraba para que Dante fuese con mucho cuidado con él. No sabía a qué jugaba aquel tipo ni con qué propósito, pero no le gustaba.

Alfa llamó a Dante durante esas semanas y le dijo que, aunque no había oído nada de sus informantes, estaba seguro de que iba a encontrar algo. Había sido una llamada de negocios, pero también un sutil gesto de mano tendida que daba a entender que aceptaba la oferta que Dante le había hecho. Se sintió bien.

También empezó a investigar la muerte de su madre en busca de algún informe en aquellos años, de su historia, de lo que fuera. De momento no había dado con nada.

Sobre el terreno, había reestructurado los recursos de su padre. Colocó en primera línea al ejército que su padre había construido a lo largo de los años, hombres que él mismo había reclutado y entrenado. Ese sería el núcleo de su Organización. A Vin, de quien más se fiaba, le encargó la seguridad de Amara. Era una buena maniobra porque ella estaba cómoda en su presencia y Dante confiaba en Vin. Los había visto pegados el uno a la otra como siameses desde siempre, sabía que la presencia de Vin en la vida de Amara le haría bien. Y Amara le hacía bien a Dante.

Dormir en sus brazos cada noche, despertarse con su calor pegado a él, saber que no había necesidad de esconder su amor hacia ella… todo eso suponía el mayor y más hermoso cambio de su vida. Algunas mañanas se despertaba temprano para mirar a la mujer a la que había deseado durante años, incapaz de creer que ya era suya.

Dante rascó la superficie de la estatua en la que estaba trabajando. La luz de la mañana entraba en su nuevo estudio, en un lateral de la casa. En la radio sonaba el audiolibro de *Cumbres borrascosas*. Dante enarboló el raspador sobre la áspera superficie de arcilla seca.

—«Quédate siempre conmigo, bajo la forma que quieras, ¡vuélveme loco! Pero lo único que no puedes hacer es dejarme solo en este abismo donde no soy capaz de encontrarte».

Joder, debería haber escuchado aquel libro hacía años. La angustia, el anhelo y la pasión que había en esa historia le recordaba a su propia tragedia junto a Amara en años pasados.

—Imposible no enamorarse de Heathcliff —dijo la voz de Amara desde la puerta. Dante se dio la vuelta y la vio allí, tapada con una de sus camisas.

Amara prefería llevar lencería de seda en la cama, pero cuando los camisones dejaron de caberle por la hinchazón de los pechos, los desechó todos en un arranque de ira. Luego fue al vestidor de Dante, agarró una camisa suya, se la puso y afirmó:

—Estas no se me quedarán pequeñas.

Él la recorrió con una mirada apreciativa. Su camisa, bastante grande, le disimulaba los pechos y el pequeño bulto del vientre. La trenza del cabello le caía sobre un hombro. Lo miraba con aquellos ojos tan bonitos. A él le encantaba verla con su ropa.

Amara entró en la estancia y él dejó el raspador. Pausó el audiolibro en el teléfono y la atrajo hacia sí de un tirón. Le desabotonó la camisa sin apartar los ojos de los de ella. Las pupilas de Amara se dilataron en medio de esos orbes verde oscuro. Se le aceleró la respiración y Dante comprendió que estaba cachonda y por eso había venido a buscarlo.

Habían ido a la ginecóloga dos veces en las últimas semanas. En la última visita, Amara había confesado que estaba mucho más excitada y sensible de lo normal. La doctora le había dicho que era natural, que era seguro practicar el sexo y que debería disfrutarlo mientras se lo permitiesen las hormonas. Tras esa conversación, Amara se subió a la camilla para que le hiciesen la ecografía. Y ahí Dante había visto a su bebé por primera vez. Apenas era una manchita, un haba diminuta en medio de la pantalla en blanco y negro, pero le había provocado una sensación poderosa y visceral que le recorrió todo el sistema y lo había dejado tembloroso. Ese fue el momento en que la pérdida del otro gemelo lo golpeó con fuerza. De pronto ese otro hijo también se hizo real. Dante vio la misma alegría y dolor por la pérdida reflejados en el rostro de Amara. La vio intentar contener las lágrimas y fracasar. Cuando los dos salieron de aquella habitación, habían cambiado.

Dante le abrió la camisa y apartó la vista para contemplar su vientre abultado, que le estiraba las cicatrices de la piel del estómago, alzándose desde el borde de las bragas. La sensación lo golpeó de nuevo. Ahí estaba su bebé guerrero, dentro de su mujer guerrera.

Acunó con ambas manos el bulto del vientre de Amara, que aún era lo bastante pequeño como para caberle entre los dedos. Le untó la piel con arcilla húmeda, marcándola tanto a ella como a su bebé. Le plantó un beso en la barriga. Ella le pasó las manos por el cabello.

—Vas a ser la princesa más querida del mundo entero —le susurró en un tono suave a su bebé, aún sin saber técnicamente si era una niña o un niño, pero con la seguridad en su corazón de que era una niña—. Papá ya te quiere con locura.

—«Papá Dante» —murmuró Amara con esa voz que él tanto amaba—. Me gusta cómo suena.

—Cuidado. —Le miró los pechos, los sopesó—. Me basta con un segundo para ponerte perdida.

A ella se le endurecieron los pezones. Y solo de verlos, a Dante se le fue toda la sangre a la polla, constreñida en los pantalones. Joder, adoraba el modo en que el cuerpo de Amara respondía a sus palabras, a su voz, a todo. Sentía que era el cabrón con más suerte del planeta.

Sin pronunciar más palabras, recogió un poco de arcilla húmeda con las manos y le cubrió los pechos con una fina capa. Sabía que la mezcla fría la estimularía, pero la piel no empezaría a hormiguear de verdad hasta que se secase. Todas sus terminaciones nerviosas empezarían a cosquillearle.

Amara contuvo el aliento y Dante comprendió que era el efecto del frío de la arcilla. Se detuvo y la contempló, hipnotizado, mientras la fina capa se secaba sobre sus pezones endurecidos, que subían y bajaban con cada respiración. Se puso en pie, le quitó del todo la camisa por encima de los hombros y la arrojó a sus pies descalzos. Ahora Amara solo llevaba puestas las bragas de algodón. La luz del sol naciente bañó su cuerpo desnudo, iluminó su perfección, sus cicatrices, su piel. Dante vio los riachuelos de humedad en la arcilla, que se secaba rápidamente. Recogió más y le restregó los hombros con ella. Oyó la respiración temblorosa de Amara mientras la rodeaba. Se inclinó y, consciente del efecto que le hacía, le susurró al oído:

—Me voy a colocar detrás de ti, Amara.

Ella asintió, con los ojos cerrados, y sintió las manos de Dante sobre el cuerpo. Joder, era perfecta. Dante la rodeó del todo, le miró la piel de su espalda, las tres delgadas franjas de carne quemada por el ácido que la abarcaban en diagonal de la cadera al omoplato. Probablemente, Amara no se daba cuenta de que Dante había imitado aquella estructura en el tatuaje del dragón, para llevar sus mismas cicatrices, de la cadera al hombro. Si alguien miraba las espaldas desnudas de ambos a la vez, codo con codo, se daría cuenta de la simetría: el dragón escupía fuego por la espalda de Amara como reflejo.

Dante se inclinó y le besó las cicatrices. Luego se enderezó y las cubrió con arcilla.

—Dante —susurró ella.

Un temblor le recorrió la columna; él sintió la vibración bajo los dedos y siguió extendiendo la arcilla por encima. Vio cómo se secaban las capas e inmortalizaban sus cicatrices. Cogió más y se le pegó a la espalda, sintiendo que la humedad se le extendía por el pecho. Le pasó los dedos por el vientre, cubriendo el bulto generosamente con la mezcla. Luego pasó a los pechos. Le pellizcó los pezones y le besó el cuello. Sintió que Amara se arqueaba bajo sus manos. Ella le apretó las nalgas contra su erección. Él se retiró para acomodarse entre sus glúteos por encima de las capas de ropa que llevaba. A Amara se le aceleró la respiración, como siempre. A veces gemía, aunque en pocas ocasiones gritaba, debido a las cuerdas vocales. A veces hablaba para llamar su atención mientras follaban. Pero siempre se le alteraba la respiración; suave, lenta, dura, rápida, breve, larga… y así. Dante se había aprendido sus respiraciones para saber cómo respondía y anticiparse a sus necesidades. Había pasado años repasando cómo cambiaban, comprendiendo lo que significaba cada variación. La había memorizado como si fuera su canción favorita.

Aquella alteración en la respiración significaba que estaba a punto de correrse.

Dante dejó de pellizcarle los pezones y empezó a trazar círculos a su alrededor con los dedos húmedos, cerca, pero no del todo.

—¿Podrás correrte así, chica sucia? —le susurró junto al cuello, y le apretó la polla contra el culo con tanta fuerza que Amara se puso de puntillas.

—Por favor —suplicó ella suavemente.

Dante notó el peso de sus pechos en las manos. Amara le apoyó la cabeza sobre el hombro. Alzó las manos por encima de los hombros para rodearle el cuello, con lo cual sus pesadas tetas se elevaron aún más. Dante le chupó el cuello y le apretó aquellos asombrosos pechos. Volvió a pellizcarle los pezones, los estiró. La arcilla se secaba sobre la piel de Amara, aumentando sin duda la sensación.

—Dios, Dante —gimió ella.

Le temblaron los labios mientras él continuaba con sus atenciones: se siguió restregando contra su culo, le pellizcó y le tiró de los pezones, le chupó la nuca. Sus respiraciones se volvieron más y más cortas, y Dante supo que le faltaba poco. Separó los labios y le mordisqueó el cuello, para luego clavarle los dientes en la piel con suficiente fuerza como para dejarle un buen chupetón, al tiempo que le pellizcaba los pezones.

Amara se corrió tras abrir la boca en un grito mudo. Le cedieron las piernas y fueron las manos de Dante, en sus pechos, las que soportaron su peso.

Era la primera vez que se corría solo mediante estimulación por encima de la cintura. Dante se sintió bien. No había nada que lo llenase más que darle placer a aquella mujer. Se sentía más poderoso que nunca cuando la llevaba hasta las estrellas por los medios que fuese; sus propias necesidades eran secundarias. Sin embargo, nada lo ponía más que comerle el coño.

La giró hacia sí y vio cómo recuperaba el sentido poco a poco: una mujer envuelta en su arcilla, disfrutando del placer, desnuda, abierta, vulnerable, confiada, con ojos medio dormidos y pechos alzados. Una belleza divina que tenía dentro a su hijo. Al verla, comprendió lo que eran las musas. Le acunó el rostro entre las manos, abrumado por el revuelo de emociones que Amara le inspiraba.

—Eres mi obra maestra —le dijo, apretando la frente contra la de ella, un gesto que siempre aplacaba el torbellino de emociones en su interior—. Y yo soy tu humilde sirviente.

—No —susurró ella, palabras que rozaron los labios de Dante—. Tú eres mi emperador.

Después de hacer el amor en la ducha y limpiarse, Amara lo acompañó al despacho. Le tendió a Lulú, porque ya no podía sujetarla. La maldita gata adoraba subírsele al hombro y cuando Dante la acariciaba, se pegaba a él y ronroneaba.

Amara se acomodó en uno de los sofás y tomó a Lulú en brazos. Él rodeó el escritorio y se abrió la chaqueta del traje. Ella empezó a hablar:

—Bueno, pues he estado comprobando la lista de edificios que me diste —dijo, acariciando a la gata, vestida con uno de los vestidos holgados que aún le cabían, con una gargantilla al cuello para ocultar la cicatriz. Cada vez que salía del complejo se la ponía, o bien un pañuelo.

—¿Y? —preguntó Dante. Sacó las gafas de cerca del cajón superior y le echó un vistazo a la hoja que Amara le había tendido, en la que había varias anotaciones con su letra curva y limpia.

—¿Llevas gafas? ¿Cómo es que no te las he visto?

Dante alzó la cabeza al oír la pregunta y miró su expresión sorprendida por encima de las lentes.

—Solo las llevo para leer —aclaró—. Probablemente nunca me hayas visto leer. Prefiero los audiolibros. Solo leo informes y mierdas parecidas aquí, por las noches.

—O sea, que por las noches estás aquí, trabajando, con esas gafas tan sexis —dijo ella.

Dante sonrió.

—Yo no diría que son sexis, pero sí.

—Hum... —Amara dejó morir la voz y acarició a la gata—. Bueno, Vin y yo hemos ido a todas esas ubicaciones y hemos echado un vistazo. —Se apoyó en un cojín y recogió las piernas—. Solo dos de esos edificios tienen suficiente espacio y están lo bastante aislados para nuestro proyecto. Están cerca el uno del otro, a unos diez minutos a pie. Me parece que sería una buena idea compartir recursos.

Dante asintió y leyó las notas sobre las dos propiedades de las que hablaba. Había detallado concienzudamente los pros y los contras de ambas ubicaciones, y había añadido la proximidad al complejo como uno de los pros. Dante apartó la vista de la hoja y le preguntó:

—¿Cuánto personal necesitarías?

—Depende de cuántos niños haya.

Dante reflexionó un segundo.

—Dame una estimación.

Amara también se lo pensó.

—Diría que un educador y un tutor por cada cinco niños, más un supervisor por cada veinte. Con eso, cada adulto debería poder darle a cada niño la atención que necesita sin agotar sus reservas. También haría falta personal de seguridad, claro, pero de eso sabes tú más que yo.

Dante asintió y volvió a mirar las hojas.

—¿Puedes organizar las nóminas de los educadores y tutores?

Amara asintió.

—No debería haber problema. Tengo contactos tanto en el mundo académico como en otros ámbitos formativos. Haré algunas llamadas y los entrevistaré yo misma. Vin puede supervisarlos. En caso de que no lo consiga te avisaré. Debería tardar uno o dos meses en empezar.

Los interrumpió el sonido del teléfono de Dante, que bajó la vista y vio que tenía una reunión con uno de sus informantes. Se puso en pie, guardó el teléfono y se abrochó la chaqueta. Luego se echó el pelo hacia atrás para apartárselo de la cara y se acercó al asiento que ocupaban Amara y la gata. Apoyó una mano en el sofá y se inclinó. Ella alzó la cabeza, lista para recibir su beso.

—¿Podrás ocuparte?

—Sí.

—¿Y tu consulta?

—Haré sesiones con quienes más lo necesiten.

—¿Y tu terapia?

—He concertado citas mensuales con la doctora Das.

—¿Y nuestra boda?

—Decidamos una fecha, ¿te parece?

—Sí, bien.

Le dio un beso, apretó su frente contra la de Amara y salió a ocuparse de la vanguardia de su imperio mientras ella se ocupaba de la retaguardia.

22

Amara

Decidieron que la boda sería dentro de tres meses, en primavera, aunque para entonces Amara estaría de ocho meses. En un principio, Dante no había querido esperar tanto, pero ella le había recordado que su boda no era solo su unión, sino un mensaje al mundo entero, y tenía que ser potente. Dante Maroni se casaba con la hija de la criada por amor —la misma chica a la que habían raptado y violado a los quince años— y no con la belleza virginal de alguna familia amiga para aumentar en poder y contactos. Era todo un acontecimiento. Había que invitar a gente, montar algo de espectáculo, jugar a ciertos juegos de poder.

Dante había estado de acuerdo, y a la mañana siguiente había puesto en contacto a Morana y a la madre de Amara con una coordinadora de bodas para poner todo el tinglado en marcha. La madre de Amara, que ahora vivía en la antigua casa de Dante y había empezado a tejer ropa de bebé, estaba exultante.

Amara se pintó los labios de rojo.

—Parece usted una diosa, futura señora Maroni —le dijo su futuro esposo, detrás de ella.

La recorrió un escalofrío. Le echó un vistazo y admiró aquel gallardo esmoquin negro que se había puesto. Dante se puso la chaqueta y se tapó los tirantes. Aquella ropa lo hacía parecer más alto. Amara iba a juego, llevaba un resplandeciente vestido negro de Grecian con cintas que le cubrían los pechos y caían holgadas hasta los pies, escondiendo efectivamente su vientre, cada vez más hinchado. Dos cortes a ambos lados de los muslos dejaban ver atisbos de sus piernas y de los altos tacones que llevaba. Se había dejado suelto el pelo con sus ondas naturales, y se había puesto al cuello una sencilla gargantilla de oro, así como pulseras de oro en las muñecas. Aquellas joyas ocultaban sus cicatrices y, al mismo tiempo, resaltaban el tono cálido de su piel.

Tenía buen aspecto.

—Futura doctora Maroni —corrigió Amara. Su voz grave le sonó ronca incluso a ella.

—Ajá. —Cruzaron una mirada en el espejo. Dante la agarró de la mano y le deslizó algo en el dedo.

Maldita sea, estaba hecho todo un as.

Amara alzó la mano y contempló el hermoso anillo, que destellaba con la luz. Tenía una esmeralda preciosa de forma ovalada, rodeada de una corona de diamantes con un bonito aro de platino.

Dante le besó el lóbulo de la oreja, agasajándola de afecto.

—En la parte interior hay un grabado que dice «mi reina», para que recuerdes que siempre, sin importar dónde estés tú o esté yo, eres el latido de mi corazón.

Amara sintió que le lagrimeaban los ojos y parpadeó con rapidez porque su maquillaje no era resistente al agua.

—¿Y tu anillo?

Él le plantó un beso en la nuca, mirándola a los ojos, y le enseñó su propio aro de platino.

—A juego. Pero yo ya sé que soy tu rey.

—Un rey de lo más modesto.

Él esbozó una sonrisa.

—¿Lista para marcharnos?

Amara asintió. Lo agarró agradecida del brazo que le ofrecía, porque llevar tacones estando embarazada era una experiencia bien diferente.

Se celebraba una gran fiesta en la mansión para festejar que Dante había tomado oficialmente el control de la Organización Tenebrae. No habían querido hacer una fiesta de pedida, dado que aquella era su presentación oficial a su mundo y, de todos modos, quienes la vieran en brazos de Dante con ese anillo gigante captarían el mensaje.

A lo largo de los últimos días, Dante y sus hombres se habían dedicado a vigilar e interrogar al hombre que habían capturado en la casa siniestra, así como al tipo al que el Hombre Sombra había dejado atado al árbol. Uno de ellos se había tragado una píldora de cianuro que tenía en la boca y había muerto. Al otro lo detuvieron antes de que se tragase la cápsula que tenía en un diente falso. Tras semanas resistiéndose a romperse, el tipo había confesado al fin sus crímenes. Quienes trabajaban para el Sindicato sabían que jamás podían contarlo o, de lo contrario, se enfrentarían al peor de los infiernos, tanto ellos como sus seres queridos y cualquier persona que les importase remotamente. Por eso, la mayoría de los colaboradores prefería acabar con su vida antes que hablar.

El tipo les contó que la casa era un almacén de tránsito para los niños, un lugar donde se quedaban unos días antes de pasar a niveles superiores de la organización. Ellos eran los operadores de bajo nivel; siempre había un contacto de nivel intermedio de los guiaba y les decía dónde recoger a los niños y dónde soltarlos. Ese contacto ni siquiera tenía nombre, solo se identificaba con un número de teléfono. Morana había localizado que estaba dentro de los límites de la ciudad.

La situación era un lío muy confuso, nada tenía sentido: su secuestro, SrX, el Hombre Sombra, los niños, la madre de Dante. Había demasiadas preguntas y ninguna respuesta. Amara y Dante bajaron las escaleras y entraron en el enorme salón en el que solían celebrarse las fiestas. Ella le apretó el bíceps. Todas las miradas se habían girado hacia ellos; algunas, amigables; otras, hostiles; la mayoría, cautelosas. A una parte de Amara le seguía pareciendo irreal asistir a una fiesta en los mismos salones donde había trabajado de sirvienta en su día. Pero eso era el pasado.

Enderezó la columna y se cuadró junto a su futuro marido, orgullosa de la mujer en quien se había convertido y del hombre que Dante había llegado a ser. Y así entraron.

—Dante. —Leo Mancini se acercó a ellos, con ojos astutos—. ¿Podemos hablar en privado un momento?

Dante abrió la boca, pero entonces otra persona de la Organización lo llamó. Leo se retiró a otro lado de la sala. Dante charló un poco y luego se apartó a un lado, acercándose a otro hombre al que Amara reconoció como la mano derecha de los Maroni. Empezó a charlar con él, con maneras calmadas, frío, compuesto. Dante Maroni, encantador, se estaba haciendo con aquel lugar. Amara dudaba que nadie pudiese resistirse a él cuando se ponía así. Se mantuvo a su lado, tal y como le había pedido, y miró en derredor. Sus ojos se detuvieron en Nerea, su hermanastra. Iba vestida con pantalones y suéter negros. Por primera vez, Amara reflexionó sobre ella. Nerea se había sumado a las filas de la Organización inmediatamente después de su secuestro, y Amara había estado demasiado distraída con su propio proceso de curación como para hacerle mucho caso. Había aceptado la mano amigable que le había tendido y ahora, al mirarla, se preguntó si esa mano había sido de verdad amigable. Sin embargo, a lo largo de los años, Nerea siempre se había portado bien con Amara. Se interesaba por su salud, le daba consejos si los necesitaba e incluso le había preparado un pasaporte falso.

Pensó en su padre. Tras haberla abandonado a ella y a su madre, ninguna de las dos había intentado volver a contactar con él. Amara se preguntó si debería hacerlo ahora. Nerea captó su mirada y esbozó una sonrisa cálida y genuina. Amara se sintió algo culpable por sospechar de ella. Hizo un cabeceo en su dirección, y luego Dante y ella siguieron rodeando la sala. Entonces empezó a sonar música y Dante se volvió hacia ella.

—¿Me concedéis este baile, mi reina?

Amara le sonrió y lo agarró de la mano. Él la llevó hasta el centro de la pista y se la acercó. En su día, tenerla tan cerca habría sido una imprudencia. Ahora era un alarde. Estaba alardeando de ella en público. Amara se sentía divina. Le apoyó la cara en el hombro y él la fue guiando con la música. Si cerraba los ojos, podía retrotraerse a hacía una década, en su estudio, los dos a solas, jóvenes, alocados, inseguros.

Qué lejos habían llegado.

Uno de los hombres de Dante lo llamó y rompió el momento. Amara se volvió para dejarlo marchar cuando captó un aroma a tabaco puro.

«¿Qué sabes del Sindicato?».

Inspirar hondo solo empeoró la sensación. Cerró los ojos e intentó expulsar los recuerdos que le asaltaban la mente. Empezó a ver chiribitas rojas y a sentir que se le helaban los pulmones.

Recordó la última vez que había tenido un ataque de pánico, atada a una silla mientras perdía a uno de sus bebés. Intentó controlarse y se preguntó si aquello acabaría alguna vez. No podía sufrir un ataque de ansiedad en ese momento, cuando el embarazo era tan delicado. Todo iba bien, estaba a salvo.

Debieron de temblarle los dedos, porque Dante hizo una pausa en la conversación y se volvió hacia ella. Sus ojos oscuros la evaluaron en segundos.

—¿Necesitas algo de aire? —preguntó en un tono lo bastante bajo como para que nadie lo oyese. Ella asintió, agradecida de que la conociese tan bien.

Dante le hizo una seña a Vin y le dio un empujoncito a la altura de las lumbares para que fuese a darse una vuelta por el exterior mientras él seguía frecuentando a los asistentes a la fiesta. Amara vio a su amigo, que ahora era jefe de seguridad. Vin la esperaba junto a la salida lateral. Le aguantó la puerta para que saliese y Amara le sonrió. Salió dando pasos cortos y seguros con sus zapatos de tacón. La puerta se cerró tras ella.

—¿Estás bien? —preguntó, y la llevó por un camino pavimentado y decorado de enredaderas a los lados que acababa en una pequeña glorieta de jardín.

Amara inspiró el aire fresco de la colina y los aromas de las flores nocturnas que permeaban en el aire. Sintió que su corazón desbocado se empezaba a ralentizar. Tomó asiento en el banco de mármol y alzó la vista a las estrellas mientras Vin montaba guardia en la entrada de la glorieta de jardín.

Oyó sonido de pasos y se inclinó para ver a Leo Mancini, que se acercaba hacia la glorieta, mirando en derredor con ojos astutos por si alguien lo estaba vigilando. Casi no había guardias que patrullasen aquel lado del complejo. Amara se enderezó y Vin le cortó el camino a Leo.

—Apártate, chico —escupió este—. Tengo que hablar con ella.

Vin se dio la vuelta y la miró, preguntándole en silencio si quería que echase a aquel tipo. Amara no quería quedarse a solas con Leo, pero tenía curiosidad por saber por qué había venido a verla. Le hizo un leve asentimiento a Vin, que lo dejó pasar. Se llevó la mano a la pistola que llevaba en la cadera por si acaso a Leo se le ocurría hacer algo inapropiado. Amara dudaba que fuese a hacer nada estando tan cerca de Dante.

—Amara. —Leo tomó asiento en el banco de mármol frente al de ella. Los genes de los Maroni se veían con claridad en su mandíbula y su porte distinguido. Miró en derredor, se inclinó y dijo—: Alguien va a matarme esta noche.

Amara alzó las cejas, sorprendida.

—¿Cómo lo sabes?

Él negó con la cabeza.

—Eso da igual. Tengo que decirte algo.

—¿Qué?

—Hace diez años escuchaste a escondidas una conversación que no deberías haber oído —empezó. Amara sintió que se le disparaba el corazón y le empezaban a sudar las manos. Le lanzó una mirada a Vin, quien se la devolvió, con todo el cuerpo alerta.

—Sí. —Amara tragó saliva. Recordaba perfectamente aquella conversación—. Por eso me raptaron, ¿no?

—Así es —asintió el hombre—. Pero ni Lorenzo ni yo dimos la orden. Por aquel entonces éramos socios afiliados al Sindicato. Nuestro trabajo era transportar… envíos.

Amara sintió que la bilis le subía a la garganta.

—Pero antes habíais hecho algo más que eso, ¿verdad? Me refiero a cuando acabó la Alianza.

Leo vaciló.

—Lorenzo intentó enviar una remesa, pero todo acabó en desastre cuando se mezclaron el Segador y Gabriel. El Sindicato le dijo a Lorenzo que arreglase el estropicio y que se limitase a realizar transportes. Escúchame: no me queda tiempo y no puedo hablar con Dante en medio de la fiesta. Tú eres mi única esperanza.

Amara no comprendía.

—¿Esperanza de qué?

—De redención.

—Pero ¿de qué hablas?

—He hecho cosas terribles. Terribles. Con las manos, pero también con mi silencio. Tu regreso al complejo junto a Dante ha despertado el interés de varios peces gordos. Me matarán esta noche antes de marcharme, pero antes de que suceda, quiero confesarme. Y Dante tiene que saberlo todo.

—Cuéntamelo a mí.

Leo se pasó la mano por la cara. Parecía mucho más viejo de lo que en realidad era.

—El Sindicato defiende su privacidad hasta extremos letales. Todos los que hayan trabajado con ellos saben que hablar de sus actividades implica una muerte segura. Durante la Alianza, cuando estábamos planeando el primer envío, teníamos un contacto. Un comerciante.

Amara sintió un hormigueo en la piel al oír el modo despreocupado con que Leo denominaba a esos niños inocentes, «envío». Guardó silencio para que continuase.

—Concertamos una cita con él para discutir los pasos a seguir. Más tarde me enteré de que Talia, la madre de Dante, también oyó a escondidas aquella conversación.

De pronto, todo encajó.

—Y la mataste.

—No. La verdad es que Lorenzo le tenía mucho cariño. Habían empezado con muy mal pie, pero a lo largo de los años mejoró la situación. Decidimos guardar el secreto, protegerla. Ella se puso muy nerviosa a raíz de aquello, pero nosotros manteníamos la situación bajo control. Excepto que había algo que no habíamos comprendido del Sindicato: siempre tienen gente infiltrada allá donde hacen negocios. Uno de nuestros soldados era espía del Sindicato. Cierto día entró en el estudio de Talia y le puso a su hijo una pistola en la cabeza para obligarla a cortarse las venas.

—Dios. —Amara se llevó una mano a la boca, conmocionada.

Sintió que se le rompía el corazón por aquella mujer, por el pequeño Damien, por Dante. El viento le acarició los brazos desnudos y la heló hasta los huesos. Contempló la sinceridad en la cara de aquel hombre mayor.

—Lo siento —dijo Leo con voz grave y vaciló—. Lo hicieron para darle una lección a Lorenzo, para mantenerlo bajo control. Había peces más grandes que él en el mar.

—¿Y qué le pasó al espía? —preguntó Amara, apretando en un puño la tela de su vestido.

—Tras el asesinato, Lorenzo accedió a cooperar. Ascendieron al espía en las filas del Sindicato y se convirtió en nuestro enlace con ellos. Era nuestro contacto para todas las misiones, noticias e informes.

La vacilación de Leo le provocó un nudo en el pecho a Amara. Aquello iba a ser un mazazo. Dijera lo que dijese a continuación, iba a ser un gran golpe.

—Dilo —susurró, esperando que no fuese lo que ya le estaba diciendo la mente. Vin le puso la mano en el hombro para darle consuelo. Amara inspiró hondo y se preparó.

—Cuando descubrimos que nos habías estado escuchando, tuvimos que informarle —dijo Leo con remordimiento en los ojos—. Y él...

Se oyó un disparo y una bala alcanzó a Leo justo entre las cejas. Amara soltó un grito que le desgañitó la garganta. Vin se agachó y la tiró al suelo. Amara miró el cadáver del hombre que había sido en parte responsable de su secuestro.

La embargó el mareo y se dio cuenta de que llevaba demasiado tiempo conteniendo la respiración. Se agarró al asiento de mármol y sintió la picazón de las lágrimas en los ojos. Le temblaba la mandíbula por el esfuerzo de no gritar. Unos recuerdos horribles la asaltaban.

¿Qué había estado a punto de decir Leo?

Varios guardias llegaron corriendo a la glorieta de jardín junto con algunos invitados de la fiesta. Amara se enderezó hasta quedar sentada. El frío del mármol la caló hasta los huesos.

—¡Amara! —la voz de Dante retumbó por el terreno.

Vino corriendo hacia ella con pánico en los ojos. En cuanto la alcanzó, se agachó y le llevó las manos a la cara. Sus ojos le recorrieron todo el cuerpo.

—¿Estás bien? ¿Está bien el bebé? ¡Joder, Amara, contéstame!

Ella se estremeció y se agarró a sus manos.

—Estoy bien. Estamos bien —lo tranquilizó.

Dante miró a Vin y sus ojos se endurecieron.

—Quiero saber de dónde ha venido esa bala y quién ha sido el hijo de la grandísima puta que ha disparado.

Vin asintió con rapidez y echó a correr hacia la mansión. Amara se volvió hacia Dante y vio los profundos estanques de oscuridad que asomaban a sus ojos. Se preguntó cómo podría decirle lo que acababa de descubrir.

—Un momento, a ver si me entero —dijo Morana en la pantalla del teléfono—. El tal SrX es quien ordenó que te raptaran. Primero fue soldado de la Organización, pero luego empezó a trabajar para el Sindicato como espía. Mató a la madre de Dante y lo ascendieron. ¿Es eso? Vaya, es lo más jodido que he oído en mi vida. ¿Cómo se lo ha tomado Dante?

Amara suspiró y acarició a Lulú, en su regazo.

—¿Tú qué crees?

—Pues supongo que no muy bien. —Morana se encogió. Tras ella, la luz del ático se encendió.

—Ha pasado las últimas horas manteniendo reuniones en su despacho —le dijo Amara—. Creo que está muy afectado por lo cerca que me pasó la bala.

—Cualquiera se quedaría afectado, sobre todo tras descubrir lo que le pasó en realidad a su madre. —Los ojos expresivos de Morana se suavizaron de compasión por él. Miró un segundo a un lado de la pantalla, distraída por algo—. Un segundo, Amara

—dijo, y se hizo a un lado—. No, Xander, así no se hace. Pon el código en basic y abre el archivo. Sí, eso es, ¡bien hecho! ¡Choca esos cinco!

Amara alzó las cejas. ¿Cuántos años tenía Xander, ocho? ¿Cómo es que estaba hablando de programación con Morana? ¿Qué cojones...?

Su amiga volvió a la pantalla con una sonrisa enorme en la cara.

—Perdona, Xander necesitaba ayuda.

—¿Qué tal le va? —preguntó Amara, con curiosidad por el chico.

Morana se encogió de hombros.

—No muy bien, a decir verdad. No habla mucho, pero es listo a rabiar. Ni siquiera yo hacía las cosas que hace él a su edad. Le gusta sentarse conmigo mientras trabajo a ver cómo introduzco códigos y tal. No habla, aparte de para hacer alguna que otra pregunta. Puta suerte, ¿eh? Los dos hombres de mi vida apenas sueltan gruñidos. —Soltó una pequeña risa y negó con la cabeza.

—Deberíais hacerle un test de inteligencia —señaló Amara.

Morana asintió.

—Sí, lo vamos a hacer. De momento es que nos estamos adaptando todos a compartir el mismo espacio, ¿sabes? Tristan está como un cochino en un charco, adora al chico. No lo dice en voz alta, pero se le nota. La otra noche los pillé a los dos preparando pizza en la cocina porque Xander había tenido una pesadilla.

—Vaya, quién lo iba a decir de Tristan —admitió Amara.

—Ya te digo. —Morana asintió—. Yo aún estoy investigando retratos faciales a ver si averiguo algo sobre él, pero de momento, *niente*.

—¿Ha dicho algo sobre el Hombre Sombra? —preguntó Amara con curiosidad. Se acomodó en el sofá del salón. La luz del sol se derramaba por la estancia.

—Tristan me ha dicho que lo ha mencionado, pero que solo se comunicaba con él dejándole notas y que se mantenía en las sombras. La última vez que vio al tipo fue entre la bruma. Puede que tengas razón y que sea el mismo tío del aeropuerto. Tristan está cabreadísimo porque no le vi la cara. Por cierto, ¿has probado la nueva crema hidratante de leche de melocotón? Me han dicho que es divina.

Un sonido de pasos atrajo la atención de Amara.

—Oye, luego te llamo —le dijo a Morana, y colgó.

Nerea entró en la habitación y miró a Amara.

—Eh —dijo ella, preocupada por el silencio de su hermanastra. No había tenido tiempo de hablar con ella en los últimos días.

Nerea se detuvo en el extremo de la habitación.

—¿Estás embarazada?

Amara frunció el ceño.

—Sí, ¿por qué?

Nerea negó con la cabeza.

—Por nada. Te veo luego.

Salió al instante. Amara se quedó muy extrañada por aquella rarísima conversación.

Dante, con las gafas puestas, contemplaba la pantalla del portátil. Amara y su madre estaban sentadas en el sofá del despacho, discutiendo detalles de la boda. Solían sentarse en otra parte para no interrumpir a su futuro marido, pero aquel día necesitaban saber su opinión.

—Entonces ¿qué? ¿Oro o plata?

—Oro.

—¿Mesas separadas o buffet?

—Mesas separadas.

—¿Vamos a invitar a Al y a su familia?

—Sí.

Así llevaban al menos una hora. Amara y su madre le hacían preguntas sencillas y él respondía con monosílabos mientras trabajaba con el portátil. Hacía un día precioso, la brillante luz del sol entraba por los grandes ventanales del despacho. Lulú se echaba la siesta en un sitio particularmente cálido bajo un rayo de sol. La gata había decidido que aquella estancia era un buen lugar para pasar los días. Siempre que él estaba en el despacho, Lulú también. Si Dante no se encontraba allí, la gata iba en busca de Amara. Y si ninguno de los dos estaba, entonces se acurrucaba en algún rincón de la enorme mansión y se echaba la siesta.

Amara miró a Dante, sumido en su espacio de trabajo, con aquella barba de varios días que ya empezaba a tomar forma de barba de verdad, y las gafas puestas sobre aquella cara tan bonita. Sintió un aleteo en la barriga, como cuando era una adolescente que contemplaba a un chico inalcanzable. Apoyó la cara en la mano y se dedicó a comérselo con los ojos.

—¿Por qué me miras tanto? —le preguntó él sin apartar la vista de la pantalla.

Su madre alzó la vista y los miró a ambos.

—Siempre te ha mirado así, Dante —le dijo, divertida—. A estas alturas no debería sorprenderte.

Dante sonrió, pero siguió trabajando. Entonces le vibró el teléfono y apartó la cara.

—Morana —saludó—. Un momento, te pongo en altavoz.

Colocó el teléfono en la mesa y volvió a mirar la pantalla.

—A ver, sabes que llevo unos meses vigilando a Nerea, ¿no? ¿Te acuerdas de que desapareció? Pues le he seguido la pista, y adivina hasta quién me han llevado mis pesquisas.

—¿Hasta quién? —preguntó Dante en tono ausente, aún mirando la pantalla.

—Hasta SrX. —Morana empezó a hablar a toda velocidad por el altavoz, emocionada—. Profundicé más en mi investigación digital, a ver si encontraba más información sobre el tipo con el que se reunió. Y me ha tocado la lotería.

Dante se quedó inmóvil, de pronto concentrado en la llamada.

—¿Has descubierto su nombre?

—El nombre completo, no —dijo Morana, entusiasmada—, pero tengo un nombre de pila y una foto, ¿qué te parece? La estoy pasando por un sistema de reconocimiento facial ahora mismo. Échale un ojo al correo electrónico, te la acabo de enviar. Está encriptada para protegerla de ojos fisgones, pero también te he enviado el código para desencriptarla. Bueno, pues por eso llamaba. Te tengo que dejar.

—Dale a Tristan un abrazo de mi parte. —Dante sonrió.

—Sí, seguro que me lo acepta. —Morana soltó una risa entre dientes—. Mejor me quedo yo con el abrazo. Luego hablamos.

La llamada se cortó y Amara sintió una oleada de asombro ante las locuras que era capaz de hacer su amiga con un ordenador. Jamás había comprendido cómo lo lograba. Se puso en pie, con un cierto dolor de espalda ahora que el vientre estaba más abultado. Fue a ver la foto, curiosa.

Dante abrió el email y metió el código. Una cascada de letras recorrió la pantalla durante una fracción de segundo, y luego la carpeta se abrió.

—Xavier —musitó Dante—. ¿De verdad es SrX?

Negó con la cabeza y pinchó con el ratón sobre la foto para maximizarla. Era una imagen frontal de la cara de un tipo de aspecto anodino, afeitado y calvo, con gafas de montura dorada.

Amara frunció el ceño. La foto le avivó algo en el cerebro.

—Yo a ese lo he visto antes.

Dante se volvió hacia ella con ojos afilados.

—¿Dónde?

Ella negó con la cabeza, intentando acordarse. Aquella cara le resultaba desconocida y al mismo tiempo, le sonaba. Y, de pronto, recordó.

—Me enseñaron esa foto —dijo con voz áspera—. Durante el interrogatorio, me la enseñaron y me preguntaron si lo conocía. ¡Ahí fue donde lo vi!

Dante apretó la mandíbula y le puso a Amara una mano en la cadera.

—Ya sabemos que fue él quien dio la orden. Y que es probable que estuviese presente.

La madre de Amara fue junto a ella y le acarició la espalda para darle consuelo. De pronto su mano se detuvo. Clavó la vista en la pantalla con expresión conmocionada.

—¿Mamá? —preguntó Amara, preocupada—. ¿Estás bien? ¿Conoces a este tipo?

Parecía a punto de retroceder espantada. Miró a su hija con sus mismos ojos verdes.

—E-es tu padre, Mumu.

Amara sintió que se le paraba el corazón. *No. No podía ser. ¿De qué cojones hablaba su madre?*

—No —susurró.

Dante la agarró con más fuerza, pero ella clavaba la vista en su madre.

—¿Seguro que es el mismo? —preguntó Dante—. ¿El padre de Amara?

Su madre asintió, mirando con atención la pantalla.

—Está más viejo, pero definitivamente es él. ¿Es quien ordenó que te secuestraran? No es posible. No. ¡Es tu padre!

¿Su padre? Amara no tenía padre. Nunca lo había tenido. Las había abandonado cuando ella era muy pequeña; ni siquiera lo recordaba. No la había traumatizado ni nada parecido. Le bastaba y le sobraba con su madre. Aun así, ¿qué cojones…?

—No comprendo —graznó, confundida, asustada y afectada.

—Lo eché poco después de que nacieses, Mumu —le dijo su madre—. Era una persona… tóxica. No quería a alguien así en tu vida. Le pedí que se fuera y se marchó. Yo estaba preparada para hablarte de él, pero nunca preguntaste nada.

Esa no se la había visto venir.

No se la había visto venir en *absoluto*.

Le parecía irreal. No podía creerlo. No quería creerlo. Porque eso implicaba creer que su padre había sido quien había dado permiso para que la traumasen, la torturasen, la violasen. Implicaba creer que había sido él quien le había puesto una pistola en la cabeza al hermano de Dante mientras su madre se desangraba. Implicaba creer que era un monstruo, no solo un desconocido que no había querido ser parte de su vida.

El silencio en la habitación fue lo que convirtió todas aquellas posibilidades en realidad. Sintió que se le llenaban los pulmones de alquitrán. Se le alteró la respiración. Su mente empezó a procesarlo todo, pero fracasó. El corazón le empezó a martillear en el pecho. Se le encogieron las tripas. Sintió una pesadez en el pecho y se le nubló la visión. Estaba perdiendo el sentido…

Algo le tiró de los brazos y la obligó a reclinarse, a sentarse en algo cálido. Un aroma almizcleño a colonia masculina penetró en la bruma y se introdujo en sus pulmones, dispersando el alquitrán con una sensación de seguridad.

Amara enfocó la vista y se encontró sentada en el regazo de Dante, que la rodeaba con sus brazos fuertes y musculosos y la apretaba con fuerza. Lulú saltó sobre la mesa y se le acercó. Tras años de estar con ella, la gata sabía reconocer un ataque de ansiedad.

Amara inspiró hondo y tomó al animal en brazos. Se la apretó contra el pecho y la acarició. La gata empezó a vibrar contra su piel, como un motor, calmando su corazón desbocado.

—Así que SrX es mi padre —susurró. Se le quebró la voz al pronunciar aquella última palabra. Sintió que su hombre se tensaba antes de volver a relajarse de nuevo y darle otro suave apretón. Dante miró a su madre.

—¿Por qué era tan tóxico? ¿Qué hacía cuando estabais juntos?

Las palabras, calmadas, flotaban en el aire de la habitación. La madre de Amara inspiró; le temblaron las manos arrugadas mientras digería la noticia. Amara no podía ni imaginar cómo se sentiría.

—En aquella época, Xavier era un soldado de la Organización. Fue por aquel entonces cuando empecé a trabajar de cocinera aquí. Era todo un descarado. Pasamos una noche juntos, pero la relación se volvió muy tóxica rápidamente. Tenía una educación pésima, y cuanto más veía yo de él, más me daba cuenta de que… no iba a funcionar. Tu nacimiento fue el impulso que necesitaba para sacarlo de nuestras vidas. No quería que su sombra cayese sobre ti.

A Amara se le hizo un nudo en la garganta por el amor que tenía su madre hacia ella. Lo comprendió mejor que nunca. ¿No había hecho ella lo mismo al enterarse de que estaba embarazada? ¿No había huido para proteger a su bebé de aquel mundo? Le agarró la mano a su madre, con ojos brillantes.

—Te quiero, mamá.

La mirada de su madre se suavizó.

—Te quiero, Mumu. ¿Estás bien, pequeña? —le preguntó.

Amara se encogió de hombros. No sabía si estaba bien.

Dante la siguió abrazando y dijo con voz tierna:

—¿Te importa dejarnos a solas, Zia? Ve a hacerte un té y luego vuelves.

Su madre asintió.

—Os dejo para que habléis a solas.

Salió y cerró la puerta tras de sí. Amara dejó a la gata en el suelo y se volvió hacia Dante, aún en su regazo.

—Ahora sé cómo se siente Morana —le dijo con suavidad. Le dolía el corazón—. Los pecados de nuestros padres se quedan con nosotros, desde luego. Siento mucho lo que le hizo a tu madre, Dante.

Él apretó la mandíbula cubierta de barba. Cerró los ojos oscuros, le puso a Amara una mano en la nuca y apretó su frente contra la de ella. Inspiró su aroma. El pecho de ambos ascendía y descendía al mismo ritmo.

—Siento mucho lo que te hizo a ti —le dijo con voz ronca.

Amara tragó saliva.

—Estuvo presente. Vino a verme y dejó que sucediese. ¿Qué tipo de monstruo hace algo así?

La mano de Dante, en su nuca, se crispó.

—Prométeme una cosa, Amara. —Ella abrió los ojos y vio los estanques color chocolate que eran los de Dante. Esperó a que siguiese—. Si alguna vez pierdo el camino, si pierdo el alma en este lugar... —le dijo, con fiereza en los ojos—. Si me vuelvo tóxico contigo o con nuestros hijos, prométeme que acabarás conmigo.

—Dante...

—Prométemelo.

Le tembló el labio.

—No pasará. No te lo permitiré.

Él apretó aún más la frente contra la de ella y ambos se quedaron en silencio, absorbiendo la gota de tinta negra que había caído formando remolinos sobre sus vidas.

23

Amara

—¿Tienes dolores? —le preguntó la ginecóloga a Amara mientras le pasaba gel frío por el abdomen.

Amara negó. Dante la agarraba de la mano.

—No, pero estoy cansada. No sé si es por todo lo que está pasando o por la criatura.

La doctora sonrió.

—Tu cuerpo está creando un ser humano, Amara. Eso supone un gran esfuerzo. Tienes que descansar más si te lo pide el cuerpo. De hecho, dado el riesgo del embarazo, te recomendaría que evitases situaciones estresantes.

Amara asintió. Dante y ella miraron a la pantalla mientras la doctora le recorría la barriga. Los tonos blancos y negros cobraron vida.

—Ah, mirad —dijo la doctora—. ¿Queréis saber el sexo del bebé? Aquí se ve.

—Es niña, ¿verdad? —preguntó Dante junto a ella, acariciando el anillo.

—Pues sí, lo es —confirmó la doctora, señalando a una forma blanca en pantalla—. Aquí la tenéis, acurrucada en el útero de la madre, cómoda y segura. Tiene aspecto saludable. Felicidades.

Amara sintió un nudo de emoción en la garganta ante la realidad de tener una vida dentro de sí. Sin embargo, también le pesaba la realidad de la otra vida que debería haber estado ahí pero que se había perdido. Sintió que las mismas emociones recorrían al hombre a su lado. Dante flexionó los dedos en su mano, con los ojos sorprendentemente húmedos.

—¿Puede hacernos una foto, por favor? —preguntó con voz embotada.

La doctora asintió.

—Claro.

Dante la miró y apretó su frente contra la de ella.

Había un bebé, el otro se había perdido. Amara estuvo segura de que aquello siempre le iba a doler.

—¿Cómo lo has podido encajar tú, Morana? —preguntó Amara, de nuevo por videollamada. Ella estaba en su dormitorio, con un chocolate caliente, y su amiga, en su salón con una copa de vino.

Morana suspiró.

—La verdad, no sabría decirte. Supongo que no pienso mucho en ello. Puede resultar abrumador, ¿sabes?

Amara asintió. Sabía exactamente a qué se refería.

—¿Qué hago, Morana? Mi padre ordenó que me secuestrasen. Mató a la madre de Dante. Es que… no me cabe en la cabeza.

—Yo tuve un padre biológico genial que me protegía y que murió como cinco minutos después de conocerle. Y el hombre que pensé durante toda mi vida que era mi padre me odiaba por haber ocupado el lugar de su hija. Pienso mucho en ella, ¿sabes? En la auténtica Morana. Me pregunto si estará bien. Si estará viva.

Amara sintió que se le encogía el corazón.

—¿No hay padres buenos en el mundo?

—Dante será un buen padre. —Morana le hizo un guiño descarado, y Amara escupió un poco de chocolate de la risa.

—Tristan también —señaló ella.

Morana alzó la copa de vino.

—Brindo por haber encontrado padres buenos para nuestros críos. Podemos llamarnos dichosas.

Sí que podían, sí.

No había rastro de Nerea.

Después de aquella conversación rara de cojones, había abandonado la Organización sin dar más explicaciones. Las sospechas de Amara empezaron a concretarse. Había muchas posibilidades de que estuviese trabajando con SrX, pero no comprendía por qué se había pasado años intentando establecer vínculos con ella.

Sin embargo, una semana después, Morana siguió el rastro de miguitas de pan que había ido dejando su hermanastra, intencionadamente o no, y localizó su última ubicación conocida a pocos kilómetros de la ciudad. Dante reunió a sus hombres y Amara esperó durante horas, mordiéndose las uñas, hasta que regresó. Y le dijo que lo habían capturado.

Poco antes de la medianoche, Dante se preparó para interrogarlo. Amara estaba que echaba humo.

—Si te crees que me voy a quedar aquí cruzada de brazos, es que has perdido la chaveta, Dante —le dijo con toda sinceridad.

Él se limitó a mirarla con firmeza, no como su hombre, sino como líder de la Organización.

—Que estés presente me hace parecer débil. Así no podré interrogarlo bien si las cosas se ponen bruscas. No voy a torturarlo, Amara, y menos delante de ti si eso puede provocarte alguna reacción. Tienes un embarazo de riesgo.

Amara inspiró hondo.

—Tengo que verlo.

—Y yo tengo que asegurarme de que nada de esto te afecta ni a ti ni a nuestro bebé.

Dante no lo entendía. Amara necesitaba un cierre. Necesitaba entender el motivo.

—Voy a ir, Dante —le dijo en el mismo tono, plantada en medio del despacho—. No puedes darme órdenes.

Él ladeó la cabeza.

—No, pero sí que puedo ordenarles a mis hombres que no te dejen salir de esta habitación.

Amara apretó los dientes de frustración. Dante salió. Debía de estar loco para pensar que no iba a ir con él a ver a Xavier. Necesitaba saber, preguntarle por sí misma por qué la había destruido si ella no le había hecho nada. Esperó quince minutos para darle ventaja y luego salió lentamente del despacho. Se encontró con dos guardias en la puerta principal de la mansión.

Se había atrevido a hacerlo, el cabrón.

Amara apretó los dientes y fue a la parte trasera de la casa. Salió por la puerta de la cocina, donde a su majestad no se le había ocurrido poner guardias, y escapó por los jardines. La noche envolvía la colina, había guardias que patrullaban la zona y que le lanzaban miradas curiosas mientras ella avanzaba hacia el centro de entrenamiento con aquel vestido bohemio que le disimulaba la barriga. Dos guardias apostados a la entrada la detuvieron.

—No puede entrar, señora.

Amara les sonrió y le enseñó el teléfono.

—Dante se ha olvidado el teléfono en el dormitorio y no deja de sonar. A esta hora de la noche tiene que ser urgente. Será mejor que me dejéis entrar un segundo para dárselo y largarme enseguida. Se va a enfadar mucho si esas llamadas son importantes, ¿sabéis?

Los dos tipos intercambiaron una mirada, vacilantes. Amara añadió:

—En serio, chicos, ¿qué creéis que voy a hacer, ponerme a levantar pesas por la noche?

Uno de ellos asintió.

—Cinco minutos, señora.

Amara le dedicó una sonrisa radiante y entró. Dante y ella no habían anunciado oficialmente su compromiso, pero la gente no era imbécil. Aunque no tuviese aquella gigantesca piedra verde en el dedo y él no llevase el aro, ya se estaban llevando a cabo las preparaciones de la boda, y Amara se ocupaba ahora de la casa después de que Chiara se marchase tras la muerte de Leo. Todo el mundo sabía que iba a ser la señora de la mansión y habían empezado a tratarla como tal, con el respeto que exigía el título.

Era la primera vez que entraba en el centro de entrenamiento. Basándose en todo lo que había oído de pequeña, había imaginado mazmorras y cámaras de tortura. Lo que se encontró fue unas instalaciones último modelo, un ring de boxeo, un centro de fitness y armas guardadas bajo llave en armarios de cristal a esa hora de la noche. Amara había pasado las últimas horas preparándose para confrontar a un hombre a quien no había visto jamás, pero cuya sangre le corría por las venas. No le iban a negar ese derecho como si fuera una niña que no sabía qué era lo mejor para ella.

Dante le había dicho en cierta ocasión que la sala de interrogatorios estaba en el sótano. Se dirigió a la derecha, abrió la única puerta que había y bajó los escalones del centro de entrenamiento hasta el nivel inferior. Poco a poco, el espacio apareció ante su vista junto con la gente que allí había. Vin estaba en un rincón de la estancia. Dante se sentaba en una silla frente a otro hombre.

Todos los ojos se giraron hacia ella cuando entró. Los de Dante se entrecerraron, y una llamarada enojada y rabiosa los atravesó. Amara alzó la barbilla y lo retó sin palabras a decir algo. A él le palpitó la vena del cuello, pero se mantuvo en silencio. Amara sintió una calmada oleada de fuerza que la recorría. Hacía aquello por sí misma, por su hija, por el mundo al que la iba a traer. Aunque este jamás sería bueno ni limpio ni recto, Amara podía desempeñar un papel en hacerlo mejor. Había sobrevivido a mucho; podía con aquella confrontación.

Sentir la presencia silenciosa de Dante aumentó la fuerza en su interior. Siempre había sido así, desde el día en que estuvo junto a ella en el hospital hasta aquel preciso instante, en que tan cabreado con ella estaba. Dante le daba fuerzas, hacía que se sintiese más segura, apoyada. Era una de las principales razones de que hubiese conservado la cordura, de que se hubiese aferrado a la vida mientras salía de la peor parte de su trauma, de que se hubiese curado. Dante decía que Amara era su faro, pero en realidad él había sido el de ella, de pie en medio de las noches más tormentosas, iluminando la oscuridad, diciéndole que no estaba lejos de la orilla.

El sótano tenía más aspecto de mazmorra de lo que Amara había imaginado. Era oscuro, húmedo y de aspecto desamparado. Las paredes tenían un tono gris borroso, había columnas de piedra que soportaban el peso del techo alto. Cada medio metro colgaban bombillas amarillas que le daban a aquel lugar un brillo lamentable.

Vin estaba en un rincón, con la expresión dura y los brazos cruzados, junto a una mesa en la que había varias armas. Al verlas, a Amara se le retorcieron las tripas. Apartó la vista de ellas y observó al hombre sentado en una silla en el centro de la habitación. No estaba atado. Los miraba a todos ellos. Era un hombre calvo, afeitado y bien vestido, con gafas de montura dorada. El mismo cuya foto le había enseñado su secuestrador en un teléfono hacía tantos años. Su padre.

Amara se detuvo a un metro de él y clavó una mirada de ojos verdes en los suyos, de tono aceituna. Todos los recuerdos de su agresión volvieron a ella.

«SrX está aquí».

Había estado allí.

—¿Por qué? —preguntó con voz áspera. Eso era lo que quería saber: por qué.

Xavier le sonrió, con calidez en los ojos.

—Su primera orden fue que te matase, chica. No sabía que eras tú. Pero cuando te vi allí, tan hermosamente rota, te dejé vivir.

«¿Hermosamente rota?». La habían atacado, torturado, violado. Le habían flagelado la piel y le habían vertido ácido sobre los músculos. Había acabado ensangrentada. No había nada *remotamente* hermoso en todo a lo que había sobrevivido.

—Así que, de haber sido cualquier otra chica inocente, la habríais torturado, violado y matado, ¿no?

—Sí.

Estaba loco de remate. Era un *enfermo*. Amara sintió que la acidez del estómago le subía a la garganta.

—¿Y la madre de Dante? La matasteis por el mismo motivo que me secuestrasteis, ¿no? Oyó a escondidas una conversación que no debería haber oído.

Él esbozó una sonrisa cálida que le puso a Amara la piel de gallina.

—¿Tienes la menor idea de lo enorme y profunda que es nuestra organización? Tenemos a gente muy poderosa en puestos influyentes. Por eso tenemos una política muy sencilla con la que protegernos: nada de testigos. Quien no trabaja para nosotros, no ha de saber nada de nosotros.

—Así que habéis matado a más gente inocente a lo largo de los años.

—Por supuesto.

Amara se tambaleó en el sitio al comprender el alcance de lo que estaba diciendo. Ella no era más que una de muchos. Igual que la madre de Dante. Muchos habían muerto sin saber nada. ¿Quién demonios era aquella gente? Sintió que Dante le ponía una mano a la espalda, sujetándola por la curva de la cintura. Se inclinó hacia él, contenta de tener su apoyo. Una vez recuperó el equilibrio, Dante le dejó su asiento y se acercó a otra silla en un lateral.

—Quiero matarte, Xavier —le dijo con calma al hombre que había engendrado a Amara, y se le acercó con la silla—. Por lo que les hiciste pasar a mi madre y a mi hermano. Por lo que le has hecho pasar a mi mujer. Por lo que has hecho pasar a mucha gente inocente.

—Pero no lo vas a hacer. —Xavier se relajó en su silla.

—Pero no lo voy a hacer —concordó Dante—. Hace algunos años te habría matado, pero ahora me eres de más utilidad vivo que muerto. El día en que dejes de serme útil, quizá te irás a dormir y ya no despertarás. O quizá te eches un vaso de agua y lo que bebas sea ácido que te derrita los órganos por dentro. O quizá te despiertes atado a una silla con cuchillos en la piel. O, demonios, si ese día me siento misericordioso, quizá vayas a hacer la compra y sufras un terrible accidente. ¿Quién sabe?

Maldita sea, Dante era muy bueno. Su padre se fue envarando poco a poco con cada palabra, aunque permaneció en silencio.

—¿Te queda claro? —preguntó Dante, quitándose la chaqueta.

—Sí —dijo su padre en tono quedo.

Dante asintió y se arremangó despacio la camisa por encima de los antebrazos.

—Ahora vamos a hablar como adultos. Malos, pero adultos. ¿Dónde están los niños que mi padre envió hace veinte años?

Xavier se encogió de hombros.

—No tengo ni idea. Por aquel entonces yo no era más que un soldado raso de la Organización. Me ascendieron más tarde.

—¿Puedes enterarte?

—Sí, quizá sí. Pero los más jóvenes no suelen sobrevivir.

—Hum. —Dante acabó de arremangarse y miró a Vin—. Pásame la pistola, por favor.

Vin, en silencio, se acercó a la mesa y agarró el arma. Se la tendió a Dante, que se la puso en el regazo y sacó un cigarrillo.

—En esa remesa de niños había una pequeña pelirroja de tres años —empezó a decir—. Quiero que la encuentres y que me pases toda la información que haya sobre ella.

El padre de Amara guardó silencio. Dante expulsó una nube de humo.

—¿Por qué nos secuestrasteis hace unas semanas y nos llevasteis a la misma ubicación?

Xavier se miró las manos.

—Es un sitio que empezamos a usar de nuevo hace unos años. No había que secuestrarla a ella, solo a ti. Los chicos pensaron que era un daño colateral.

El desagrado de Amara debía de quedar patente en su cara, porque Xavier la miró y dijo:

—Yo no tenía madera de padre. Hay hombres que no son capaces de criar a una hija.

—¿Esa es la excusa que pones? —dijo ella con tono de incredulidad.

—Es la verdad. Los niños se convierten en lo que son sus padres. Nerea tuvo una madre de mierda que la dejó conmigo, y se ha convertido en una mujer dura. Tú tuviste una madre buena y te has convertido en buena persona. A mí me crio un hombre monstruoso, y un monstruo es lo que soy.

Amara negó con la cabeza, incapaz de creer lo que oía.

—Nosotros no somos nuestros padres, Xavier. Los niños son... como flores silvestres. Pueden plantarse en algún lugar, pero crecen allá donde está su corazón. Lo que nos define no es dónde nos plantan, sino hacia dónde crecemos.

A él se le escapó una risa.

—Ay, qué ingenua eres, chica. Qué lujo debe de ser esa inocencia. Sí, has pasado por un infierno, pero, hijita querida, el infierno es mucho más grande de lo que pensabas. El mundo es muchísimo más profundo y oscuro de lo que creías. Con los sitios en los que he estado, no puedo ser más que lo que soy.

Ante aquellas palabras, un escalofrío le recorrió la columna a Amara. Xavier sonrió al verla estremecerse.

—No despiertes al dragón, chica. La bestia ya tiene la mirada clavada en la Organización después de la muerte de Lorenzo, que se ha comunicado como un asunto interno. La gente del Sindicato no tiene conciencia ni humanidad. Vas a desatar sobre tu familia algo que no comprendes de verdad. Lo verás cuando tu bebé...

Una oleada protectora la recorrió con tanta fuerza que se le aceleró el corazón. Echó mano de la pistola que descansaba en el regazo de Dante y la enarboló con fuerza. Quería dispararle. Quería dispararle y eliminar su esencia del mundo en el que iba a nacer su hija. Pero, si lo mataba, perderían una pista. Xavier podía darles información que salvaría a incontables niños, aunque no mereciese vivir.

Su instinto maternal hacia su hija y el instinto que la empujaba a proteger a otros niños batallaron en su interior. Amara se acercó la pistola a la nariz, inspiró y soltó el aire, intentando contener la rabia que sus palabras habían desatado dentro de ella. Aquel hombre había hecho sufrir a mucha gente, y Amara no podía hacérselo pagar porque tenía el poder de evitar que otros sufrieran.

«Ganar». Eso había dicho siempre Dante al tratar con su padre. Perder una batalla, ganar la guerra. Amara tenía que perder aquella batalla. Alargó el brazo y sus ojos volaron hacia Dante, que la observaba. Le quitó el seguro a la pistola, tal y como Vin le había enseñado, y apuntó con ella a aquel hombre que le sonreía. Le temblaban un poco los brazos. La proximidad le permitió apuntar bien. Apretó el gatillo justo sobre su rótula.

Resonó el disparo y el retroceso la envió hacia atrás. Cayó sobre la silla al tiempo que Xavier se agarraba la rodilla y gritaba de dolor.

—Eso es por mi yo de quince años, cabrón —dijo ella con voz áspera, sintiendo una gran satisfacción al ver cómo sangraba.

Dante no dijo ni una palabra. Se limitó a contemplarla como un halcón mientras ella miraba a su padre, con el pecho ascendiendo y descendiendo. Apuntó a la otra rodilla y también se la voló de un tiro.

—Y eso es por la madre de Dante y los otros inocentes a los que has destruido.

Se puso en pie, se acercó a la silla donde Xavier aullaba y le apuntó a la cabeza con la pistola.

—Escúchame bien, Xavier —dijo Amara con voz firme, atrayendo su atención hacia ella—. Tu organización tiene espías aquí, así que ya es hora de que metamos nuestro propio espía entre sus filas. Tú nos vas a ayudar a hacerlo. Nos ayudarás a encontrar a los niños desaparecidos. Nos darás respuestas. Y mantendrás la boca cerrada. Si nos traicionas en algún momento o me pones en peligro, si algo de lo que hagas repercute directamente en mi familia, puedes olvidarte de todo el mundo —afirmó, clavándole la pistola en la frente. Los ojos de Xavier se desorbitaron levemente—. Les diré que te hagan daño una y otra vez, y no permitiré que te den muerte hasta que te hayan arrancado a latigazos toda la piel de los huesos. ¿Te queda claro?

Él asintió.

Amara se volvió hacia Dante.

—Prométeme que si su sombra cae alguna vez sobre nuestros hijos, lo harás sufrir.

—Será un placer —prometió él, y le echó un anillo de humo en la cara al padre de Amara.

Ella asintió y volvió a la silla.

—Bueno, ¿quién será nuestro espía dentro del Sindicato?

—Yo —dijo Vin desde un lado de la estancia.

Amara lo miró y se le aceleró el pulso.

—Vinnie.

Él la miró a los ojos.

—No pude protegerte entonces, pero ahora sí. Deja que lo haga.

Amara contempló a su amigo de toda la vida y vio al hombre en que se había convertido. Sintió que se le ablandaba el corazón.

—Ya lo discutiremos en mi despacho —le dijo Dante a Vin. Se puso en pie y le tendió la mano a Amara—. En cuanto a este cabrón, de momento encerradlo aquí.

Amara aceptó la mano y empezó a alejarse de aquel sitio. Subieron las escaleras y salieron del centro de entrenamiento.

Dante se acabó el último cigarrillo que le quedaba. Dio una calada, en silencio. Amara sabía que estaba enfadadísimo con ella, así que también guardó silencio. Caminaron hacia la mansión y fueron al despacho. Dante cerró la puerta después de que Amara entrase y la empujó contra ella. La agarró con una mano de la mandíbula, con ojos llameantes.

—Si me vuelves a desafiar así otra vez, Amara, te juro que te dejo aquí encerrada bajo llave.

En su día, una frase así quizá la habría hecho reaccionar de mala manera. Sin embargo, conociendo como conocía ahora a aquel hombre, lo único que hizo Amara fue poner los ojos en blanco.

—¿Y para qué iba a desafiarte sin motivo? No me van las emociones fuertes. Me gusta la vida tranquila. Y me gusta estar a salvo. Pero si me niegas la oportunidad de dar cierre a mis asuntos, tengo que tomar las riendas, Dante.

—No lo vas a volver a ver. No hablarás con él de nuevo. Ni siquiera volverás a pensar en él —gruñó Dante, a dos centímetros de sus labios—. Seré yo quien se encargue de él y quien lo despache cuando llegue el momento.

Amara le acarició el pecho.

—Está bien.

—Por cierto, introducir a un espía en sus filas ha sido una gran idea. Bien hecho.

Amara lo miró a la cara, a esa barba que le cubría el mentón. El aroma de su colonia y el del humo se entremezclaban formando un mejunje que le gustaba mucho.

—¿Y si tiene razón, Dante? ¿Cómo podemos impedir que todo esto dañe a nuestros hijos?

Él la miró y le acunó el rostro entre las manos. Se acercó su cara ruborizada hacia sí.

—Hasta cierto punto, tenía razón, Amara: en cierto modo somos nuestros padres. Yo tengo mucho de mi madre, y lo sé. Y tú tienes mucho de la tuya. Nuestros hijos también tendrán parte de nosotros, pero somos más que nuestros padres. Fíjate en Tristan. O en Morana. O en nosotros. Nuestros hijos también serán más. Y lo haremos como siempre lo hacemos todo: juntos, tú y yo. Haremos de este reino lo que queramos. Esta noche ha sido un gran paso para conseguirlo. Tenemos respuestas y tenemos una pista. Estamos construyendo una casa nueva sobre los cimientos de la antigua. Si es necesario, pintaremos nuestra nueva casa de sangre.

—Entonces ¿se la vamos a jugar al Sindicato, mi rey?

Él soltó una risa entre dientes, con los dedos aún sobre la cara de Amara.

—Se la vamos a jugar, mi reina.

24

Amara

Estaba a punto de explotar, pero no en el buen sentido. Amara se encogió y recorrió todo el salón de festejos de la mansión. Tenía los tobillos hinchados, la columna encorvada hacia atrás, las manos detrás de las caderas… porque se había convertido en una ballena. La doctora le había advertido que el octavo mes de embarazo resultaría duro para su cuerpo, pero nadie le había dicho hasta qué punto. Tenía que ir corriendo al baño cada cinco minutos para aliviar la vejiga, estaba hinchada como una calabaza y le habían empezado a crujir las articulaciones. A esas alturas no era más que una barriga gigante.

—No, no, dejad la lámpara de araña —le dijo a un miembro del servicio que estaba subido a una escalera ensartando cables con bombillas por toda la estancia como parte de las preparaciones de la boda de la semana siguiente. Iba a ser toda una fiesta, aunque ni ella ni Dante querían algo así.

De niña jamás había pensado en cómo sería la suya. Por aquel entonces lo único que veía era a Dante, y este era inalcanzable, así que no dedicaba mucho tiempo a pensar en bodas. Sin embargo, sí que le gustaba cómo iban las preparaciones. El jardín tras la mansión, del muro a la glorieta, ya estaba decorado. Se habían colocado postes con doseles blancos y dorados que cubrían el espacio abierto por completo. También habían puesto asientos, reservado flores y, básicamente, organizado toda una lujosa ceremonia. Y dado que casi era verano, no era probable que lloviese aquella semana. Haría sol y algo de viento frío.

Amara no recordaba haber visto jamás una fiesta de aquel tamaño en el complejo. Incluyendo a los conocidos del señor Maroni y a las familias de la Organización y sus socios, bastante más de setecientas personas iban a asistir a la boda de Dante Maroni y su novia de fuera del mundillo. La mayoría no aprobaba su unión, según se rumoreaba, pero todos estaban de acuerdo con el ascenso de Dante al poder, con su nuevo reinado y con lo que aportaría.

—Ay —oyó la voz de Morana detrás de ella. Sus ojos castaños tras las gafas se centraron en los tobillos de Amara, embutidos en zapatos sin tacón—. No tiene buen aspecto.

—Y no veas cómo duele —gimoteó Amara—. Te juro que parece que tengo a una giganta aquí dentro, aunque sé que es muy pequeña.

—Bueno, tanto tú como Dante tenéis la bendición de ser muy altos, así que no me sorprendería que fuese un bebé grandote —comentó Morana.

Tristan y ella habían llegado en avión la noche anterior, justo una semana antes de la boda, para ayudar. Dado que Damien no iba a asistir, Tristan había accedido a acompañar a Dante, mientras que Morana estaría al lado de Amara. Esta sabía que sus amigos no se iban a casar antes de haber encontrado respuestas sobre Luna, pero esperaba en secreto que lo hiciesen pronto. La mayor sorpresa, sin embargo, era el chico que habían traído consigo.

Xander era un niño callado, pero ya se había hecho un hueco en la vida de Tristan y Morana. Amara lo había visto jugando a las cartas con Tristan por la noche y había comprendido a qué se refería Morana. Tristan amaba a aquel chico, era evidente en el modo en que se acercaba a él, en cómo lo miraba en todo momento cuando estaban en la misma habitación, en cómo le revolvía el pelo. Amara reconocía el modo en que Tristan se enamoraba; le había pasado lo mismo con Morana, aunque con mucho menos torbellino de emociones. Teniendo en cuenta lo que habían vivido ambos, Amara estaba segura de que serían unos padres increíbles para el chico si decidían quedárselo.

—Por cierto, tu vestido ha llegado. —Morana sonrió con una emoción contagiosa—. Es precioso, Amara. Vas a dejar ciego a Dante.

Amara resopló.

—Espero que no. ¿Se sabe algo de Nerea?

Morana negó y contempló cómo encendían la enorme lámpara de araña.

—Ha desaparecido, pero no me sorprende. Seguro que sabía que tu padre era SrX.

Amara se encogió de hombros, aún dispuesta a darle a su hermanastra el beneficio de la duda.

—Quizá no. En realidad, no sabemos mucho de su pasado. Y se ha portado bien conmigo a lo largo de los años, así que no pienso cargarle la culpa de nada sin pruebas.

Morana asintió.

—Eso me gusta de ti, ¿sabes? Eres muy abierta. Maldita sea, ¿quién pone unas lámparas de araña así en todas las habitaciones? Estos ricos están locos.

Amara se rio, sintió presión en la vejiga y soltó un suspiro. Unas semanas más. Solo unas semanas más.

Volvieron del baño que había junto al salón, Amara subió las escaleras al segundo piso, donde había estado el estudio de pintura de la madre de Dante. Jamás había tenido oportunidad de ir allí, y siempre había querido.

La enorme habitación estaba vacía, excepto por algunas cajas y suministros de arte bajo un gran ventanal, justo frente a la entrada desde la que se veían las colinas y el río que las atravesaba. Se acercó y recorrió el paisaje con la vista. Era precioso; comprendía que debía de haber sido una gran inspiración.

—La mató aquí, ¿lo sabías?

Amara se giró al oír aquella voz femenina. Sintió un latido doloroso en los pies hinchados y se encogió. Nerea salió de detrás de la puerta. Iba vestida de negro de la cabeza a los pies.

Parecía mucho más mayor de lo que Amara la hubiese visto nunca. Tenía la cara cubierta de arrugas de estrés.

—Hermana —dijo con voz áspera—. Te hemos estado buscando.

Ella asintió.

—Sí, lo sé. Estaba escondida.

Amara parpadeó.

—¿Por qué?

Nerea sonrió. Un escalofrío recorrió la columna de Amara.

—Tienes una madre asombrosa, ¿sabes? —empezó a decir, y dio un paso hacia ella.

Instintivamente, Amara dio un paso hacia atrás, en silencio.

—Tienes una amiga asombrosa —continuó su hermanastra con tono suave. Se deslizó hacia ella, como una serpiente—. Tienes un marido asombroso. Y ahora tienes un bebé asombroso. Tú, la asombrosa Amara.

Ella sintió presión en el pecho y se llevó por acto reflejo las manos a la barriga.

—¿Sabes lo único que tuve yo? —Nerea dio otro paso. Acarició la pistola que llevaba a la cadera—. Un padre que me maltrataba y que dejaba que sus amigos me violasen. Y una madre aún más mierda que me dejó con él aun sabiendo lo que había hecho. Y no tuve amigos, porque mi padre empezó a entrenarme para hacerle de espía.

A Amara le dolió el corazón por aquella mujer, aunque sus sentidos estaban alerta.

—Conozco bien la vergüenza que se siente. Sé cómo te mancha el alma.

—No, no lo sabes. —Nerea negó con la cabeza y se rio—. ¿Crees que sabes qué se siente porque te torturaron tres días y te violaron tres hombres? No lo sabrás nunca, porque después de que él ordenase que te soltasen, hubo gente que te cuidó y te mandó a hacer una puta terapia, por el amor de Dios. Lo que yo tuve fue una habitación fría y entrenamientos por la mañana. Así que no, Amara, no sabes lo que se siente. La oscuridad en tu alma no es más que una mancha. La que hay en la mía es un eclipse.

El dolor de su voz, la angustia en su cara, la tortura que se veía en sus ojos... todo ello hizo que a Amara se le desgarrase el corazón. El pulso le retumbaba en las venas, en los oídos. Nerea soltó una risa entre dientes ante su silencio.

—Pero no pasa nada, ¿sabes? Me las arreglé para salir adelante. Hasta que Xavier me encargó espiar a la Organización y acercarme a ti para asegurarme de que no te chivabas de nada. Me aceptaron porque era su hija y vine aquí, contenta por tener una hermana, contenta porque no conocieses a nuestro padre, contenta de que entendieses mi dolor. Esperaba que conectásemos. Y te vi: la hermosa y herida Amara, que tenía una madre que la amaba, una amiga que la protegía y al puto príncipe de la Organización en la palma de la mano. Y eso me cabreó.

Amara sintió que se le crispaba el vientre y que le costaba respirar.

—Lo siento —le dijo a su hermana, con el corazón encogido de dolor—. Lo siento por todo, Nerea.

Ella ladeó la cabeza y la contempló.

—¿Sabes qué? Creo que lo dices en serio. Y eso hace que te odie aún más.

La intensidad de la emoción que emanaba de la mujer golpeó a Amara directamente en el pecho y le provocó una oleada de dolor por el vientre. Se agarró la barriga y se obligó a mantener la calma y no poner nervioso al bebé, pero, joder, qué difícil era. Tenía que salir de aquella habitación. Intentó dar un paso lateral, pero Nerea la bloqueó. El corazón empezó a latirle descontrolado.

El bebé. Tenía que mantener la calma por el bebé. No podía perderlo también. Ahora, no. Inspiró hondo y obligó a su cuerpo a escuchar a su cerebro.

—Déjame salir.

Nerea sonrió.

—Solo estamos teniendo una conversación que hemos pospuesto largamente, hermana.

Amara miró la pistola que llevaba en la cadera y tragó saliva.

—No lo comprendo. Siempre fuiste muy buena conmigo, sobre todo cuando estaba en el exilio.

—Ah, tu exilio fue una alegría para mí —mencionó su hermana, jugueteando con la pistola de la cadera—. A Lorenzo le daba igual lo que Dante hacía contigo. Eras del complejo, la hija de una criada. No le importaba dónde metía la polla su hijo. Pero luego le hablé del vínculo emocional que tenía Dante contigo. Le dije que empezabas a soñar con hacerte con su imperio y que serías la vergüenza del apellido Maroni. Y el gilipollas egocéntrico se lo tragó.

Amara recordó el día en que la habían llamado de buenas a primeras a la mansión. Toda la conversación en aquella habitación, el modo en que se le había roto el corazón.

—Pensé que te dolería mucho y me puse contenta. —Nerea negó con la cabeza, incrédula—. Pero no, eres la asombrosa Amara. Te ganaste un puto viajecito a la universidad para estudiar lo que querías, un apartamento tranquilo, un coche… hasta una puta gata. Supongo que follarse al príncipe sale a cuenta, ¿eh?

Una rabia profunda, virulenta y vieja inundó su sistema. Amara siempre había atribuido lo que había pasado al destino, pero al ver a aquella mujer con quien compartía la mitad de su sangre, al darse cuenta de que era responsable del dolor y la soledad que tanto ella como Dante habían sufrido, una rabia pura y sin adulterar la embargó.

Guardó silencio, echando humo. De pronto todo tenía sentido.

Nerea sacó la pistola de la cartuchera. Amara se giró levemente a un lado y se protegió el vientre de forma instintiva. Aunque aquella mujer la hubiese destruido, no iba a destruir a su hija mientras Amara siguiese con vida. Tenía que ganar tiempo.

Fingiendo estar asustada y asustada a medias, le preguntó con voz suave:

—Fuiste tú quien envió a esos tipos a Los Fortis, ¿verdad?

Nerea sonrió.

—¿Cómo crees si no que Dante lo descubrió tan rápido? Fui yo quien te consiguió el pasaporte falso, ¿recuerdas? Sabía exactamente dónde estabas, le dije que habías mencionado que te ibas a ir allí.

Amara asintió. Tenía sentido.

—¿Y Alfa? ¿Fuiste a verle?

Nerea se rio.

—Lorenzo me habló de su bastardo pocos días antes de morir, y sentí curiosidad. Y ya que estaba en Los Fortis, concerté una cita con él. Sin embargo, es un cabrón muy suspicaz, al momento sospechó que había algo turbio. Volar desde Puerto Sombrío fue un paso en falso. Supongo que me conectó contigo y sus hombres casi os salvaron a ti y a Dante.

Amara tomó nota mental de invitarlo a la boda para darle las gracias por haber sido tan bueno con ella y haber intentado salvarlos.

—Por suerte, mis hombres os sacaron antes de que Alfa pudiese interferir. —Nerea suspiró—. Todos pensaron que la cosa no iba de secuestrarte a ti, que el objetivo era Dante, pero se equivocaban. Siempre has sido tú. Os reuní a los dos en ese sitio por ti. Me parece un toque elegante, ¿no crees?

La asaltó el recuerdo de estar de nuevo atada a la silla, de sangrar entre las piernas, de perder al bebé. El dolor, el miedo y la ira la removieron por dentro. Amara sintió que el odio, un odio genuino, se le filtraba hasta los huesos.

—Perdí a mi bebé —susurró. Tenía todos los músculos del cuerpo tensos, los puños apretados a los costados—. Perdí a mi bebé por tu culpa.

Una sonrisa se dibujó en la cara de Nerea, una imagen que revolvió por completo a Amara.

—Me alegro.

Oh, aquella zorra iba a morir. Aquella zorra iba a morir entre horribles sufrimientos.

Por primera vez en su vida, Amara sintió que un odio auténtico y asesino llenaba todo su ser. Se le contrajo el vientre y se lo tocó con una mano, ahogando un grito. Contracciones de Braxton Hicks. Eso era lo que le estaba pasando. Había leído sobre ellas. Sí.

—Ay, ¿ya viene el bebé? —preguntó Nerea con preocupación fingida. Su bonito rostro se afeó.

Amara se estremeció.

—No.

No podía ser. Era demasiado pronto. No estaba lista. Y no había modo alguno de que el bebé sí que lo estuviera. Nerea la apuntó con la pistola y ella sintió una oleada de pánico, de pánico genuino, que la llenó por completo. Se le disparó la ansiedad e intentó reprimirla, contenerla dentro de sí. El miedo, la furia y el fuego se entremezclaron en su interior con tanta fuerza que ella ya no sabía diferenciar cuál era cuál.

El sentido de conservación tomó las riendas. Tenía que proteger al bebé. Tenía que protegerse a sí misma. Tenía que vivir una vida larga y feliz con el hombre al que amaba. Se lo merecía. Pero estaba en la segunda planta, en una habitación a la que nadie iba, y la mayor parte de la gente de por allí se encontraba abajo, preparando la boda. Amara retrocedió un paso y se llevó la mano a la espalda. Hizo como si tantease a ciegas para apoyarse en el alféizar, pero en realidad tocó la superficie de las cajas que había tras ella, buscando un arma, algo que pudiese ayudarla.

Nerea se le acercó un paso, dos, tres, hasta dejar la pistola justo sobre su estómago, a apenas dos centímetros de distancia. A Amara se le detuvo el corazón y luego empezó a atronarle en el pecho con una descarga de adrenalina que le recorrió las venas. Todo su ser era muy consciente de hasta el último aliento que daba, y que le abultaba más el vientre y lo acercaba a la pistola. Intentó no respirar muy fuerte, pero la sacudió otra contracción muy violenta.

No. No. No. «Lucha conmigo, pequeña», le suplicó a su hija no nata, con el corazón al galope.

—Lo siento, Amara —dijo Nerea. Las palabras reverberaron en su interior hasta que empezaron a temblarle las manos—. No puedes tenerlo todo. No lo vas a tener todo. No podré vivir sabiendo que eres feliz. No puedo.

Nerea amartilló la pistola, le quitó el seguro e introdujo el dedo en el gatillo. Amara, desesperada por dentro, tanteó tras de sí y encontró una pequeña lata de pintura. Sufrió otra contracción, más rápida que la anterior.

«Aguanta un poco más, bebé».

—No tienes que hacer esto —le dijo para ganar tiempo mientras intentaba abrir la tapa de la lata a su espalda. Se le rompió una uña y se encogió por el dolor del dedo, aunque, por suerte, el movimiento quedó enmascarado por otra contracción. Ahogó un grito y se cubrió el vientre con la otra mano, que rozó el cañón de la pistola.

Solo tenía una oportunidad. Una, y no podía fallar. Tragó saliva, agarró la lata de pintura con una mano y trazó un arco con el brazo para lanzársela a Nerea al tiempo que con la otra apartaba el brazo que sostenía la pistola. Oyó un disparo justo por encima del hombro y sintió que rompía aguas. El dolor la embargó y se le disparó el corazón.

Nerea cayó al suelo con un grito ahogado. Intentó limpiarse los ojos con la mano libre. Amara se inclinó, aunque no debería haberlo hecho, y le quitó la pistola de la mano. Giró sobre sus talones…

… y le vació el cargador entero en el cuerpo a su hermanastra. La pistola se quedó sin balas.

Alguien entró a toda prisa en la habitación.

Amara sintió que se le aflojaban las rodillas. Sufrió un calambre y todo el dolor que había estado conteniendo se estrelló contra ella. Dado el bajo umbral del dolor que tenía, se le nubló la vista y empezó a ver estrellas rojas tras los párpados. Todo se convirtió en un borrón. Alguien la levantó en brazos y la desplazó. Estaba en un coche en movimiento y luego percibió un olor a hospital. Pero lo que más sentía era un dolor infinito.

Las manos de Dante tocaron las suyas en algún instante del proceso. Le susurraba y le gritaba palabras de apoyo. Estaba empapada de sudor. Su vista se centraba y se volvía a emborronar entre luces. Una y otra y otra y otra vez.

Horas después, Tempest Talia Ava Maroni vino al mundo con un grito más fuerte que el de su madre. Su hermana perdida jamás llegó.

EPÍLOGO

Dante

Dante contempló a la pequeña princesa guerrera que tenía en brazos, su pequeña tormenta, y sintió que algo cambiaba en su interior, algo que caía, que encajaba en su sitio y quedaba bien sujeto. Tempest tenía los nombres de dos mujeres que habían protegido a sus hijos, cada una a su manera: la madre de Amara y la suya. Era una escuálida criaturilla arrugada con una mata de pelo oscuro y ojos entrecerrados. No se parecía en nada a los bebés de las películas. Dante jamás había visto nada más bello. Con sus nalgas apoyadas en la mano y todo su cuerpo envuelto en una manta en el antebrazo, Dante sintió que le ardían los ojos.

—Dante... —graznó una voz en la cama del hospital.

Él centró su atención en aquella mujer por la que ya no sabía qué sentía. «Amor» era una palabra demasiado dócil, y «adoración» le parecía demasiado juvenil. A los quince años la habían roto, había sangrado y, aun así, había sacudido todo el mundo de Dante. Ahora, agotada y vacía, era la dueña absoluta de su mundo.

Se sentó junto a ella y le colocó a su precioso bebé envuelto en mantas sobre el pecho. La mujer a quien le pertenecía toda su vida esbozó una sonrisa lacrimógena y sollozó. Alzó una mano cubierta de cicatrices para sujetar a la niña. Su anillo destelló bajo la tenue luz.

—Lo ha conseguido —dijo Amara con voz rasposa.

Sus ojos húmedos la recorrieron y acabaron en los de Dante. Resplandecían con una emoción infinita tan grande que Dante sintió que caía en su interior una vez más. Los ojos de Amara, esos singulares ojos expresivos y hermosos, siempre lo habían agarrado con fuerza del pecho.

—Es una luchadora —dijo; su propia voz le sonó rasposa—. Como tú.

A Amara le temblaron los labios.

—Es nuestra, Dante. Nuestra. Después de tanto tiempo.

Él le depositó un beso en los labios húmedos.

—Mi reina guerrera. Estoy muy orgulloso de ti.

Amara le acarició la nariz con la suya.

—¿Le has contado los dedos de los pies?

—Los tiene todos y cada uno.

La princesa puso un puchero con los labios. De su cuerpo diminuto escapó un gimoteo.

—La mantendremos a salvo, ¿verdad? —le preguntó Amara en tono quedo, contemplando aún su milagro.

Dante acarició la suave piel del bebé con un dedo. El corazón se le encogió cuando la pequeña se lo agarró con sus manos diminutas. La confianza de aquel contacto era la misma confianza inconsciente que le había demostrado Amara con quince años. Dante juró internamente que las protegería con todo su ser.

—Sí, la mantendremos a salvo.

—¿Y si se rompe? —Amara lo miró a los ojos.

—Pues repararemos las grietas con oro.

Amara sonrió, y Dante apretó la frente contra la de ella.

—Dios mío, es preciosa.

Morana arrullaba a la pequeña Tempest mientras Amara, sentada en la cama del hospital, la sostenía en los brazos. Dante estaba sentado en una silla a su lado. Acababan de contarle lo sucedido a Amara: Morana la había encontrado en la habitación al oír los disparos. Había sido ella quien pidió ayuda a gritos. Tristan fue quien entró a toda prisa, levantó a Amara en brazos y la llevó al coche mientras ordenaba a sus hombres que retirasen el cadáver de Nerea.

Morana se había sentado en el asiento trasero junto a ella mientras Tristan conducía como un loco hasta el hospital. Por el camino llamó a Dante. Amara pasó cinco horas de parto, con Dante a su lado, cuando Tempest salió, chillando como un espectro, enfadada por la incomodidad de estar fuera del cómodo útero de su madre.

La pequeña parpadeó y miró en derredor con los ojos algo más abiertos.

—Tiene tus mismos ojos —señaló Tristan, detrás de Morana. Así era, y a Dante le encantaba. Amara había heredado los ojos de su madre, y Tempest, también.

Amara paseó la vista por la habitación y se le cambió un poco la cara al no ver a Vin. Dante se sintió mal. Debería haberlos acompañado en aquel momento tan importante, pero estaba infiltrado con Xavier; había entrado gracias a una recomendación de SrX. Contactaba con Dante una vez a la semana para informarle. Dante esperaba una llamada suya aquel mismo día. Le echó un vistazo al reloj y comprobó que aún era pronto. Miró la mano de Tristan, que acarició con un dedo la mejilla del bebé. Entonces se fijó en el tatuaje que se había hecho en el dedo anular. Era una oportunidad demasiado buena para dejarla pasar.

—Bonito tatuaje —dijo con una sonrisa—. Estás hecho un romanticón, Tristan.

Él le enseñó el dedo corazón, y Morana le dio un manotazo de inmediato.

—Aquí hay niños. Ojo con los gestos maleducados.

—Pues dile a este que no me cabree, coño —dijo Tristan, clavándole la mirada a Dante.

—Y ojo también con las palabrotas —señaló Morana.

Amara, en la cama, soltó una suave risa.

—Vais a ser buenos padrinos —dijo en tono suave a sus dos amigos. Su madre, que había venido a ver a la nietecita, se había ido hacía unos minutos.

—¿Seguro que quieres que apadrinemos a la niña? —preguntó Morana por centésima vez.

Amara asintió, meciendo a Tempest en sus brazos.

—No hay nadie en quien confíe más, aparte de Dante. Si nos sucediese algo, sabré que estará a salvo, y a cargo de dos personas que la querrán y darán su vida por ella.

A Morana se le saltaron las lágrimas. Tristan le puso una mano en el hombro a Amara, una aceptación silenciosa. Dante sonrió.

—¿Quién vigila a Amara ahora que Vin no está? —preguntó Tristan en tono quedo, junto a Dante, mientras ambos esperaban a que la aludida saliese al jardín.

Por supuesto que Tristan iba a hacer la pregunta menos romántica posible en uno de los momentos más románticos de su vida. Dante casi se echó a reír, pero se contuvo.

—Sav —respondió.

Paseó la vista por el jardín, que habían transformado en un escenario loquísimo digno de un cuento de hadas. No habían retrasado la boda. Lo que había hecho Dante era traer a Amara a casa y no permitir que alzase ni un dedo mientras se recuperaba. Podría resultar sobreprotector, pero así estaban las cosas.

Ahora esperaba, vestido con esmoquin, y miraba a los invitados que habían acudido a la ceremonia. Todos los peces gordos de la Organización, de los bajos fondos, conocidos tanto de su padre como suyos.

—Creo que Xander es como Damien —dijo Tristan de pronto, a su lado, con las cejas algo fruncidas—. No es exactamente igual, pero parecido. ¿Tienes algún consejo?

Dante se volvió y siguió la mirada de Tristan, centrada en el chico de ocho años que se sentaba en primera fila y miraba una tablet. Teniendo en cuenta que Morana ya le había dicho lo inteligente que era, resultaba muy posible que su amigo tuviese razón.

—No pienses —le dijo—. Mejor que darle vueltas a la cabeza, es saberlo a ciencia cierta. Que lo diagnostiquen para que puedas hacer lo mejor para él. Eso suponiendo que os lo quedéis, claro —añadió con una sonrisa astuta.

Tristan le lanzó una mirada y luego volvió la vista al frente.

—Me recuerda a mí a esa edad. No quiero que esté solo. Está feliz con nosotros. Con Morana y conmigo.

Dante sonrió.

—Pues quédatelo. ¿Estás feliz?

—Creo que sí.

La música empezó a sonar y cortó la conversación. Dante se giró. Zia recorría el pasillo, con el brazo engarzado a su mujer, que iba vestida con un espectacular vestido blanco y dorado que resplandecía bajo la luz del sol. Tenía mangas largas de encaje y un cuello alto que le tapaba la cicatriz. Amara tenía el pelo recogido en una especie de moño y llevaba a su princesa guerrera en brazos. Dante sintió que algo se le removía dentro del pecho, algo suave y fiero y vivo, algo que solo resonaba con y para aquella mujer. Su *magnum opus*. Su reina guerrera. La madre de su hija.

Amara se detuvo junto a él con una enorme sonrisa en sus labios rojos.

—Hola.

—Hola —murmuró él. La recorrió con la mirada y paladeó aquel momento que había llegado a pensar que jamás disfrutaría con ella tras tantos años esperando. Sus ojos miraron llameantes a la criaturilla curiosa que se retorcía y miraba en derredor, asombrada. Dante se inclinó y le plantó un beso en la frente, tras lo que le dio un intenso beso a su mujer.

—Eres el latido de mi corazón, Amara. Y ahora, ella también.

Amara le limpió el pintalabios de la boca.

—Y del mío.

La ceremonia empezó. Y aunque su mundo se oscurecía a cada día que pasaba y que salían a la luz imperios que Dante no conocía, el que estaba construyendo emergía peligroso y aterrador. Aunque había misterios sin resolver, preguntas sin responder y futuros inciertos, aunque había posibles peligros tras cada recodo… Dante contempló su tablero de ajedrez y a su reina, y se sintió listo para jugársela a todos.

EPÍLOGO ADICIONAL

Desde las sombras, el hombre contempló el inicio de la boda. Dante Maroni se casaba con alguien de fuera de la Organización. Y su heredera ya había nacido. A su lado se encontraba el Cazador, y Morana Vitalio al otro. El crío al que los había guiado se sentaba en primera fila. Y Alfa, el rey del sur, se sentaba atrás del todo junto a una mujer diminuta. Era perfecto.

El hombre encendió varias veces un mechero. Les concedería una semana. Luego llegaría el momento de dejarles más miguitas de pan. Había llegado la hora.

La serie Dark Verse proseguirá
en el cuarto volumen

Gracias por elegir mi libro. Espero que hayáis disfrutado del viaje de Dante y Amara. Aunque este no es el final y volveréis a verlos, me emociona igualmente. Por favor, si os parece bien, dejad una reseña o una valoración antes de saltar a vuestra siguiente aventura literaria.

AGRADECIMIENTOS

Dante y Amara me han embarcado en un viaje al interior de mí misma. Ha habido algunas partes extremadamente difíciles de escribir, mientras que otras han fluido. Pero yo no estaría aquí, y desde luego no me estaría dedicando a esta profesión que tanto amo, sin el inmenso apoyo de estas personas a las que doy las gracias.

Primero y principalmente, a mis lectores, los que han estado conmigo desde el principio. Gracias. Gracias por creer en mí y por darme algo por lo que vivir. Saber que estáis ahí para sujetar a mis personajes cada vez que estos caigan es la sensación más hermosa del mundo.

En segundo lugar, a mis padres. Vuestro amor infinito hacia mí me ha convertido en la persona que soy hoy en día. Vuestro amor en la distancia y en el tiempo es la columna en la que me apoyo. Cada día doy las gracias por ser vuestra hija. Gracias.

También quiero darle las gracias a la gran comunidad literaria que me ha dado la bienvenida y ha aceptado a mis personajes. A todos los blogueros y bookstagramers, a todos los editores y fotógrafos, a todos los amigos que he forjado y todos los contactos que he hecho. Gracias. A quienes se volvieron locos conmigo y celebraron mi libro, gracias. En un primer momento escribí una dedicatoria especial para ellos y ellas, pero luego me di cuenta de que había escrito mil palabras, así que me limitaré a decir GRACIAS a todos los que cogieron mis bebés literarios, me dieron una oportunidad y me recomendaron a otras personas. A todos los que me han tratado con amabilidad y a los pocos que se han convertido en amigos íntimos míos. Sabéis quiénes sois y lo importantes que sois para mí. ¡Gracias!

Y a Nelly. No me caben palabras en el corazón para darte las gracias por lo que has hecho por mí. Tu arte, tu imaginación y tu generosidad me hacen sentir que soy la persona más afortunada del mundo. Gracias por darles a mis palabras unas imágenes perfectas y por tolerarme cuando me pongo porculera. Te quiero.

A Rachel, gracias por ser mi ojo avizor cuando no me alcanza la vista. ¡Aprecio mucho nuestra amistad y te aprecio a ti!

A mis amigos, gracias por ser tan pacientes conmigo cuando desaparecía durante días sin leer los mensajes, o cuando a veces los leía pero básicamente me dedicaba a ser una porquería de amiga. Os quiero.

A mi tribu de lectores, los regalos con los que me habéis honrado me dejan sin palabras. Toda esta abundancia que derramáis sobre mí me colma cada maldito día. Gracias, gracias, muchísimas gracias. Mejoráis mi vida entera.

Y, sobre todo, te quiero dar las gracias a ti, que estás leyendo esto. Gracias por elegir mi libro, por decidir leerme. Si has llegado hasta aquí, tienes mi agradecimiento eterno. Espero que lo hayas disfrutado, pero aunque no haya sido así, te doy las gracias por elegirlo. Muchísimas gracias por dedicarle tu tiempo. Por favor, antes de saltar a tu siguiente mundo literario, piensa si quieres dejar una reseña.

¡Muchísimas gracias!